EVA-MARIA BAST

# Die aufgehende Sonne von Paris

In der Stadt der Liebe wurde sie zu Mata Hari, auf den Bühnen der Welt fand sie ihr Zuhause

ROMAN



PIPER

*Mehr über unsere Autoren und Bücher:*
*www.piper.de*

Wenn Ihnen dieser Roman gefallen hat, schreiben Sie uns unter Nennung des Titels »Die aufgehende Sonne von Paris« an *empfehlungen@piper.de*, und wir empfehlen Ihnen gerne vergleichbare Bücher.

In der Reihe »Bedeutende Frauen, die die Welt verändern« liegen vor:
Band 1: Laura Baldini, Lehrerin einer neuen Zeit
(Maria Montessori)
Band 2: Romy Seidel, Die Tochter meines Vaters
(Anna Freud)
Band 3: Petra Hucke, Die Architektin von New York
(Emily Warren Roebling)
Band 4: Laura Baldini, Ein Traum von Schönheit
(Estée Lauder)
Band 5: Lea Kampe, Der Engel von Warschau
(Irena Sendler)
Band 6: Eva-Maria Bast, Die aufgehende Sonne von Paris
(Mata Hari)
Band 7: Eva-Maria Bast, Die vergessene Prinzessin
(Alice von Battenberg)
Band 8: Yvonne Winkler, Ärztin einer neuen Ära
(Hermine Heusler-Edenhuizen)

Unser Versprechen für mehr Nachhaltigkeit
• Klimaneutrales Produkt
• FSC®-zertifiziertes Papier
• Hergestellt in Europa

FSC www.fsc.org
MIX
Papier aus verantwortungsvollen Quellen
FSC® C083411

ISBN 978-3-492-06259-6

Redaktion: Kerstin von Dobschütz
Satz: Uhl + Massopust, Aalen
Gesetzt aus der Adobe Devanagari
Druck und Bindung: CPI books GmbH, Leck
Printed in the EU

# Prolog

## Java 1899

Ich möchte so gern mit euch spazieren gehen.« Der kleine Junge schob seine fieberheißen Händchen in die seiner bekümmerten Eltern, die seit seiner schweren Erkrankung Tag und Nacht an seinem Bett weilten.

Margaretha MacLeod drückte die Hand ihres Sohnes ganz vorsichtig, öffnete den Mund, um etwas zu sagen, ihm zu versichern, dass ein Spaziergang durch Javas bunte Blütenwelt genau das sei, wonach ihr ebenfalls der Sinn stand. Doch da sackte der Kopf des Kleinen zur Seite. Margaretha schrie erschrocken auf und wandte sich Hilfe suchend zu dem Arzt um, der etwas abseits gestanden hatte, um den Moment nicht zu zerstören. Sofort eilte Dr. Smith herbei, untersuchte den Jungen und erklärte mit bekümmerter Miene: »Er hat das Bewusstsein verloren.«

Margaretha schluchzte auf und presste sich erschrocken die Hand vor den Mund. »Nein.«

»Das ist alles deine Schuld!« Die Worte, die ihr Mann John ihr entgegenschleuderte, waren wie Peitschenhiebe.

Margaretha starrte ihn nur stumm an. Reichte es nicht, dass er sie schlug, betrog, beschimpfte und misshandelte? Konnte er sich nicht wenigstens in einem Moment wie diesem zurückhalten? Absurderweise unterstellte er ihr stets, ihn zu betrügen, dabei war er es, der sein Bett jede Nacht mit einem der Dienstmädchen teilte. Alle sollten sie ihm zu Willen sein.

Margaretha sandte ihm einen hasserfüllten Blick, beschloss dann aber, nicht näher auf seine Unterstellungen einzugehen. Sie wollte ihre Kraft lieber ihrem Sohn geben, damit er gesunden konnte. So wie seine Schwester Jeanne-Louise, genannt Non, die im Nebenzimmer lag und inzwischen zumindest wieder auf dem Weg der Besserung war.

»Was können wir tun?«, fragte sie den Militärarzt.

»Im Augenblick nicht viel«, antwortete der Mann bedauernd. »Bleiben Sie einfach bei ihm, und halten Sie seine Hände. Das wird ihm Kraft geben.«

Margaretha nickte.

»Ich sehe nach Ihrer Tochter und bin gleich wieder bei Ihnen«, fuhr Dr. Smith fort. In der Tür drehte er sich noch einmal um und sagte: »Eins noch. Versuchen Sie, Auseinandersetzungen vor dem Kleinen unbedingt zu vermeiden. Auch wenn er nicht bei Bewusstsein ist, könnte er das mitbekommen, und er sollte sich unter keinen Umständen aufregen. Das wäre fatal.«

»Natürlich«, versicherte Margaretha und warf ihrem Mann einen warnenden Blick zu, den dieser finster erwiderte.

Dann nahm sie Normans Hand wieder in die ihre und betrachtete liebevoll das schweißnasse Gesichtchen. In welcher Hölle war sie nur gelandet! Ihre Kinder waren vergiftet worden, ihr Mann hatte sich als eifersüchtiger und gewalttätiger Alkoholiker erwiesen, und wenn sie inzwischen auch etwas mehr in Niederländisch-Ostindien angekommen war und vor allem die Tänze und Bräuche der javanischen Frauen sie zu faszinieren begannen, war sie doch einsam, so fern von der Heimat. Dabei hatte alles so romantisch begonnen! Nachdem ihr Vater pleitegegangen war, hatte Margaretha Gertrudia Zelle nach einem Mann Ausschau gehalten, der in der Lage wäre, sie zu versorgen, und diesen Mann in dem zwanzig Jahre älteren John Rudolf MacLeod, der seinerseits per Zeitungsannonce nach einer Frau gesucht hatte, gefunden. Groß und stattlich war er gewesen, er hatte ihr gefallen in seiner Uniform, und was er ihr erzählte von dem fernen Niederländisch-Ostindien, in das er als Offizier der Kolonialtruppen bald reisen und sie mitnehmen würde, hatte paradiesisch geklungen. Sorgenfrei würden sie dort leben können, an langen Sandstränden unter Kokospalmen entspannen. Und Margaretha hatte sich nur zu gerne fortgeträumt. Dass er die Wahrheit sagte, wusste sie auch deshalb, weil überall in der Stadt Plakate hingen, die ein Leben in den Kolonien anpriesen und auf denen ebendas abgebildet war, was John ihr beschrieb: das Paradies.

Vor etwas mehr als zwei Jahren waren sie dann mit Norman an Bord des Linienschiffs SS Prinses Amalia gegangen. Ihrem Jungen, der jetzt so hilflos vor ihr lag. Sie schluckte, und während sie wieder sein liebes Gesichtchen betrachtete, verloren sich ihre Gedanken erneut.

Wie aufgeregt sie gewesen war! Leuchtend und verheißungsvoll lag die Zukunft vor ihr, und wenn John auch ohne Zweifel manchmal etwas einsilbig war, so war er doch ausgesprochen aufregend. In seiner Uniform fand sie ihn sehr attraktiv, im Bett verstanden sie sich hervorragend. Dem gemeinsamen Sohn war er ein zärtlicher und liebevoller Vater. Doch dann hatte sich das Blatt gewendet: Nach einem kurzen Aufenthalt in Batavia hatten sie die erste Zeit in Ambarawa verbracht, einem winzigen Dorf mitten im Dschungel. Margaretha hatte sich in dem winzigen Holzhaus furchtbar unwohl gefühlt. Nur eine weitere andere weiße Frau gab es in der Garnison, und die war schrecklich langweilig. Die Einheimischen, die sie sich in Holland so aufregend und exotisch vorgestellt hatte, waren ihr einfach nur fremd und unheimlich. Zu allem Überfluss war sie wieder schwanger und hatte grässliche Angst davor, mitten in diesem Urwald entbinden zu müssen. Doch dann hatte sich das Blatt noch einmal zu ihren Gunsten gewendet – zumindest kurz. John war nach Tumpang in der Nähe von Malang versetzt worden. Hier ging es zivilisierter zu, sie lebten in einem schmucken Haus im Kolonialstil, es gab Pferde, auf denen sie reiten konnte, und auf den Rücken der Rösser fühlte sie sich endlich wieder frei. Auch die Garnison war deutlich größer als die letzte, die Offiziere warfen ihr bewundernde Blicke zu, sie war jung, schön und fühlte sich ausgesprochen begehrt. Am 2. Mai kam ein entzückendes Mädchen zur Welt, und Margarethas Leben hätte eigentlich perfekt sein können, wenn John sich nicht immer merkwürdiger verhalten hätte. Damals begann seine Alkoholsucht – und seine Affären. Gleichzeitig hatte er sie aber immer wieder des Betrugs beschuldigt, und als sie bei einer Theateraufführung anlässlich der Krönung der niederländischen Königin Wilhelmina die Hauptrolle gespielt hatte und bejubelt worden war und ein Offizier sie anschließend zum Tanzen aufforderte, machte John ihr in aller Öffentlichkeit eine Szene und erhob in jener Nacht das erste Mal die Hand gegen sie.

Unter gesenkten Lidern musterte sie verstohlen den Mann, der auf der anderen Seite des Bettes saß und seinen Sohn ansah. Voller Verzweiflung war dieses vom Alkohol rot geäderte, sonst so zornige Gesicht nun. Dass er ihr die Schuld am Zustand ihrer Kinder gab, war absurd, denn die Gerüchte, die in Medan an der Ostküste Sumatras, wohin John vor einem Jahr versetzt worden war, kursierten, gaben *ihm* zumindest allesamt eine Mitschuld. Die eine Variante besagte, ein Eingeborener, der von

John geschlagen worden war, habe die Kinder vergiftet. Die Leute erzählten sich aber auch, es sei die Amme gewesen, mit der ihr Ehemann ein Verhältnis hatte. Um bei ihr freie Bahn zu haben, habe er ihren Mann verhaften lassen, und sie habe sich auf diese Weise gerächt. In der dritten Version war deren eifersüchtiger Ehemann der Giftmischer.

Was für ein Verrat.

Oder hatte John am Ende doch recht? »Du hast die Kinder vernachlässigt«, hatte er ihr vorgeworfen. Und tatsächlich hatte sie die beiden nach ihrer Ankunft in Medan nur zu gern in die Obhut der Amme gegeben, die sie ja noch nicht einmal kannte, und hatte sich mit ausgebreiteten Armen ins Stadtleben gestürzt. Denn Medan pulsierte, im Gegensatz zu dem Ort, an dem sie zuvor gelebt hatten. Es gab Elektrizität, Häuser mit mehreren Stockwerken, in deren untersten Etagen sich kleine *tokos* befanden, Ladengeschäfte, in denen man nach Herzenslust einkaufen konnte, und reich verzierte Kutschen, auf denen sich feine Damen durch die Stadt ziehen ließen. Margaretha war ausgehungert nach Zivilisation und ein wenig Luxus gewesen und hatte endlose Einkaufstouren unternommen – misstrauisch beäugt von den anderen Frauen der Garnison, die fanden, sie benehme sich wie eine Königin. Aber ihr Kaufrausch war doch nur ein Ventil für die Respektlosigkeit, mit der John sie behandelte!

Dennoch, erkannte sie jetzt, es war ein Fehler gewesen. Sie hätte bei ihren Kindern sein müssen. Sie nicht einer Wildfremden überlassen, die sie nun …

Margaretha beugte sich über ihren schlafenden Sohn, um ihn ganz sacht auf die schweißnasse Stirn zu küssen. Verzeih mir, mein Schatz, sagte sie, nur in ihren Gedanken, damit John sie nicht hören konnte. Bitte verzeih mir. Ich werde dich nie wieder im Stich lassen. Bitte, bitte verlass mich nicht.

Doch ihr stummes Flehen half nichts. Minuten später erschlaffte die kleine Kinderhand in der ihren. Norman war von ihnen gegangen.

*

Zwischen ihr und ihrem Schmerz lag ein Schleier. Margaretha wusste: Würde jemand diesen Schleier fortziehen, würde sie sterben. Die Schmerzen würden sie umbringen. Sie wusste nicht, ob sie dankbar für diesen Schleier sein sollte oder nicht, denn auch wenn er sie in gewisser Weise schützte, so lähmte er sie andererseits auch. Sie reagierte nicht, als John sie in seiner endlosen Trauer um seinen Sohn anschrie, sie aß nichts, sprach nicht, trank nur dann und wann einen Schluck Wasser. Sie weigerte sich, das Sterbebett ihres kleinen Jungen zu verlassen, und selbst als sie ihn irgendwann fortbrachten, gegen ihren Willen, begehrte sie nicht auf. Der Schleier verhinderte Reaktionen, so wie er Schmerz verhinderte.

Als sie ihn fortgebracht hatten, in einem winzigen, weißen Sarg, da wankte sie hinüber ins Nachbarzimmer, wo ihre Tochter noch immer in ihrem Krankenbett lag – auch wenn sie sich auf dem Weg der Besserung befand. Obgleich sie kleiner und zarter war als ihr großer Bruder, hatte die Einjährige den Giftanschlag überstanden. Stundenlang saß Margaretha stumm an ihrem Bett, hielt ihre Hand und fasste den Entschluss, ihre Tochter nie zu verlassen, immer bei ihr zu sein. Ihr Leben in ihren Dienst zu stellen und ununterbrochen auf sie aufzupassen. Was auch kommen möge.

Am Tag vor der Beerdigung polterte John herein, der in seinem Kummer um seinen Sohn umso mehr zum Alkohol griff. Er packte seine Frau am Arm, riss sie grob vom Krankenbett ihrer Tochter weg und warf sie buchstäblich zur Tür hinaus, um ihr dann zu folgen. Doch er tat noch etwas viel Schlimmeres, er zerriss den Schleier, der über Margarethas Schmerz gelegen hatte. »Wenn die Pest mich doch nur von dir befreien würde, damit ich wieder glücklich werden könnte, Griet«, spie er sie an, und die Spucketröpfchen flogen aus seinem Mund und landeten auf ihrem Gesicht. Sie wischte sie nicht fort. »Es ist mir unmöglich, dich, du … du … du Dirne, weiter um mich zu haben. Meinen Sohn hast du auf dem Gewissen. Meine kleine Non wirst du nicht auch noch bekommen. Ich werde alles tun, um dich mir vom Halse zu schaffen.«

Es dauerte eine Weile, bis Margaretha, nun ihres schützenden Schleiers beraubt, das alles begriff. Während John vor ihr tobte, brach in ihrem Innern alles über sie herein. Ihre Welt stürzte in sich zusammen. Sie realisierte – alles. Sie hatte ihren Sohn verloren.

John tobte weiter. Margaretha sah ihn voller Abscheu an. »Lass mich durch«, sagte sie schließlich, taub vor Schmerz. Sie versuchte, an ihm vorbei in das Krankenzimmer zu gelangen, doch er schob sie nur fort wie eine lästige Fliege. Wieder probierte sie es. Verzweifelt. Sie musste doch zu ihrer kleinen Non, sie hatte es doch versprochen!

»Du hältst dich von ihr fern, Griet!«, brüllte ihr Mann, packte sie bei den Oberarmen und schleuderte sie mit aller Kraft gegen die Wand. Und dann war da nur noch Schwärze.

*

Noch bevor Margaretha die Augen aufschlug, wusste sie, dass etwas Schreckliches geschehen war. Und dann kam die Erinnerung zurück. Der Schmerz fuhr wie ein bohrender Pfeil durch ihren Körper. Ihr Blick fiel auf die Betten neben ihr, in denen andere Frauen lagen. Sie waren verletzt, so wie John auch sie verletzt hatte. Sie war offensichtlich im Militärkrankenhaus und damit bei ihrer Tochter, Non. Hastig setzte sie sich auf und stöhnte gleich darauf vor Schmerz. Ihr tat jeder Knochen weh, John hatte sie wieder einmal übel zugerichtet. Dieser Bastard!

Sie quälte sich zur Tür und in den Gang hinaus. Sogleich eilte ihr eine Schwester entgegen. »*Mevrouw* MacLeod«, rief sie erschrocken. »Sie sollten noch liegenbleiben. Sie stehen noch immer schwer unter Schock! Und Sie haben Verletzungen davongetragen. Gestern sind Sie in Ihrem Kummer einfach gegen die Tür gelaufen und haben das Bewusstsein verloren!«

Margaretha musste ein bitteres Lachen unterdrücken. Gegen die Tür gelaufen! Es sah John ähnlich, dass er diese Ausrede erfunden hatte, nachdem er sie derart brutal niedergeschlagen hatte. Ihr Mann übernahm nie die Verantwortung für seine Taten, auch nicht hinsichtlich des Todes von Norman, ihrem kleinen Jungen.

»Ich muss zu meiner Tochter«, stieß sie hervor, doch die Krankenschwester schüttelte bedauernd den Kopf. »Ihr Mann hat Ihre Tochter gestern mit nach Hause genommen«, sagte sie. »Sie ist wieder so weit genesen.«

»Was?« Entsetzt starrte Margaretha die besorgte Schwester an. »Dann gehe ich zu ihr.«

»Aber Sie können doch nicht …«, setzte die Schwester an, doch Margaretha hieß sie schweigen. »Doch, ich kann«, sagte sie selbstbewusster, als sie sich fühlte. »Und ich muss.«

*

Nachdem der schützende Schleier zerrissen war, gab es nur eine einzige Möglichkeit für Margaretha zu überleben. Sie floh. Sie floh aus ihrem lieblosen, tristen, kalten Leben in eine buntere, farbenfrohere, liebevollere Welt. Java bot dafür die perfekte Kulisse. Zum Glück musste John bald nach der Beerdigung wieder zu seiner Arbeit zurückkehren, und Margaretha, die ihrem Mann inzwischen abgrundtiefen Hass entgegenbrachte, konnte ihren Tag gestalten, wie sie es wollte. Und wenn die Sitten und Gewohnheiten der Einheimischen sie in all ihrer Fremdheit anfangs auch eingeschüchtert, ja fast abgestoßen hatten, so ließ sie sich nun regelrecht von ihnen verzaubern. Ihr war, als nehme diese exotische, duftende Welt sie in ihre Arme, um sie zu trösten. Stundenlang ging sie mit Non durch die Straßen, ihre Finger strichen über die gewebten Sarongs, sie bewunderte die Farben der Gewürze und sog den Duft von Jasminblüten tief, ganz tief in sich ein. Und dann erlebte sie eine Offenbarung: Als sie eines Tages wieder einmal in Banjoe Biroe unterwegs war, vernahm sie mit einem Mal betörende Musik. Trommeln waren da und Flöten, außerdem noch einige weitere Instrumente, die sie nicht zuordnen konnte. Derartige Musik hatte sie schon öfter gehört, sie bisher aber immer abgelehnt. Nun wurde sie regelrecht in ihren Bann gezogen. Sie folgte den Klängen und sah auf einer kleinen Steinbühne zwei Frauen tanzen. Schlangenartig bewegten sich ihre Körper, die in halb durchsichtige Sarongs gewickelt waren. Sie schienen mit der Musik zu verschmelzen. In ihren Gesichtern sah Margaretha die völlige Hingabe. Ob das ging? Den Schmerz einfach aus sich herauszutanzen?

Begeistert sah sie zu, die kleine Non auf ihrem Arm war inzwischen eingeschlafen. Da die sprachbegabte Margaretha relativ gut Javanisch beherrschte, verstand sie, um was es ging: Sie wohnte der Vorstellung des mythischen Hindu-Epos Ramayana bei. Ihre Augen folgten den anmutigen Bewegungen der Bajaderen, und während sie ihnen zusah, war sie eine von ihnen, aufgehoben und geborgen in dieser duftenden, bunten Welt voller Sonnenschein.

Wie in Trance taumelte sie nach der Vorstellung durch die Straßen.

Dann ging sie in den kleinen *toko*, in dem sie zuvor die Sarongs bewundert hatte, kaufte einen ganzen Armvoll und ließ sich den ersten von einer strahlenden Javanerin, die sich vor Begeisterung über die Tatsache, dass eine Weiße die landestypische Kleidung tragen wollte, kaum halten konnte, anlegen. Nur die kleine Non wollte Margaretha ihr nicht anvertrauen, und so musste die Frau den Sarong wickeln, während sie ihre Tochter auf dem Arm hielt. Sie würde sie nie wieder in fremde Obhut geben.

Am Straßenrand kaufte sie auf dem Weg nach Hause noch eine Jasminblütenkette und steckte sich die duftenden weißen Sterne in ihr Haar. Sie ging barfuß und hatte das Gefühl, dass der Boden dieses Landes ihr durch diese Berührung Kraft gab. Die Wärme strahlte durch ihre Fußsohlen nach oben, als sei sie nun von einer Sonne durchdrungen, die die innere Kälte, unter der sie so lange gelitten hatte, verglühen ließ. Nun verstand sie, warum die Hindus und die Buddhisten ihre Tempel stets mit bloßen Füßen betraten.

Als sie nach Hause kam, sah John ihr fassungslos entgegen. »Das schlägt doch dem Fass den Boden aus!«, schrie er. »Willst du mich noch mehr blamieren, Griet? Kleidest dich wie eine Ureinwohnerin. Na ja, siehst ja auch ohnehin so aus.«

Doch Margaretha lächelte nur und ging, ohne ein Wort zu sagen, an ihm vorbei, nach oben in ihr Zimmer. Sie schloss die Tür von innen ab, legte ihr schlafendes Töchterlein in seine Wiege, setzte sich an ihren zierlichen Sekretär, zog einen Bogen

Papier heraus und begann einen Brief zu schreiben – an ihre alte Freundin Ybeltje im heimischen Leeuwarden.

*Liebe Ybeltje,*
*Java ist ein sehr romantisches und mythisches Land. Es ist ein Land unendlicher Möglichkeiten, und ich tauche immer tiefer in die Sitten und Gebräuche ein. Ich bin in Jasminblüten gehüllt und in die Geheimnisse der Götter eingeweiht worden. Ich bin nun eine javanische Tempeltänzerin, Ybeltje, kannst Du Dir das vorstellen!*

Von ihrer Trauer um den kleinen Norman schrieb sie kein Wort, auch nicht von ihrem brutalen Ehemann. Sie war der Realität entflohen und hatte einen Weg gefunden, ihrem verzweifelten Leben zu entkommen. Margaretha McLeod, von ihrem Ehemann Griet genannt, gab es nicht mehr. Sie war eine andere geworden: Mata Hari.

# Teil 1

## 1904-1905

# 1. Kapitel

Die Landschaft vor dem Zugfenster huschte vorbei. Dorf um Dorf, Baum um Baum. Margaretha sah hinaus, folgte den dahinfliegenden Welten mit ihren Augen. Sie war auf dem Weg nach Paris. Paris! Die Stadt der Liebe und des Lichts, die Stadt der Träume! In Paris, so hoffte sie, könnte sie das sein, was sie einmal gewesen war, bevor das Leben ihr so übel mitgespielt hatte. Die schöne Margaretha, genannt M'Greet, der die Welt zu Füßen lag. Sie gehörte in Samt und Seide gehüllt, ihr Hals, ihre Hände und Arme sollten von den herrlichsten Juwelen geschmückt werden.

Zwar war ihr erster Besuch in Paris vor einem Jahr ausgesprochen erfolglos verlaufen, und sie war ziemlich geknickt wieder zurückgekehrt, aber Aufgeben war noch nie eine Option gewesen, deshalb versuchte sie es nun erneut. Wie sie es anstellen sollte, ihre Reise diesmal erfolgreicher enden zu lassen, wusste sie allerdings noch nicht. Sie hatte keinen Centime in der Tasche. Aber sie hatte Fantasie. Und sie hatte ihre Schönheit.

Margaretha war derart in Gedanken versunken gewesen, dass sie gar nicht bemerkt hatte, wie sich die Szenerie draußen veränderte. Vor den Fenstern zogen nun graue Vorstadthäuser vorbei, groß waren sie und prachtvoll, und es wurden immer mehr, je näher sie dem Gare de l'Est und damit der Innenstadt kamen.

Mit quietschenden Bremsen fuhr der Zug schließlich in den Bahnhof ein. Margaretha erhob sich von ihrer Bank in der Holzklasse. Obwohl sie mehr als zwölf Stunden unterwegs gewesen war, hatte sie nicht wahrgenommen, wie unbequem ihr Platz eigentlich gewesen war. In ihren Träumen hatte sie sich ausgemalt, sie reise im komfortabel ausgestatteten Privatabteil eines reichen Geliebten.

Doch nun war sie in Paris angekommen. Und in der Realität. »Mademoiselle, Sie müssen aussteigen«, sagte der Schaffner, und Margaretha schenkte ihm einen tiefen Blick aus ihren dunklen Augen, der seine Wirkung nicht verfehlte. Der junge Schaffner schmolz regelrecht dahin. Wie sie das alle taten. Wenn John auch der reinste Teufel gewesen war und sie verflucht hatte: Die meisten Männer waren ihr verfallen. Margaretha hatte eine Menge Macht über sie. Und die würde sie zu nutzen wissen, damit ihr Traum wahr würde.

»Da… darf ich Ihnen mit dem Gepäck helfen?«, fragte der Schaffner diensteifrig.

»Ich habe keines«, ließ Margaretha ihn wissen. »Ich gedenke, mich in Paris vollkommen neu einzukleiden. Ich habe eine Erbschaft gemacht, müssen Sie wissen. Nur leider muss ich persönlich erscheinen, um an das Geld zu kommen. Deshalb bin ich auch mit der Holzklasse gereist.«

»Eine Erbschaft«, staunte der junge Mann und lief feuerrot an.

»Ja«, bekräftigte Margaretha. »Endlich habe ich auch das Geld, das meinem Stand angemessen ist. Ich bin nämlich eine javanische Prinzessin.«

Nun war es vollkommen um den Schaffner geschehen. »Kö… Kö… Königliche Hoheit«, stammelte er und verneigte sich.

Die junge Frau lächelte huldvoll. »Das nächste Mal«, verkündete sie, »das nächste Mal reise ich nicht mehr in der Holzklasse.«

»Si… si… sicher nicht, Königliche Hoheit.«

Unter Verbeugungen begleitete der vollkommen überforderte Schaffner Margaretha zur Tür und verneigte sich noch einmal, als sie dem Zug entstieg.

Margaretha hatte den jungen Mann schon wieder vergessen, als sie ihren Fuß auf die oberste der drei Tritte setzte und hinabstieg. Sekunden später berührte sie wieder einmal Pariser Boden. Sie atmete erwartungsfroh tief ein – und gleich darauf hastig wieder aus. Diese Großstadt roch nicht so, wie sie es sich erträumt hatte, um ehrlich zu sein, stank sie sogar ziemlich. Nach Urin, nach Benzin und noch etwas anderem, das sie nicht einordnen konnte. Aber war da nicht auch der Duft nach Jasminblüten? Und kroch nicht der Geruch frisch gekochten Kaffees in ihre Nase? *Darauf* musste sie sich konzentrieren und die negativen Aspekte einfach ignorieren. So hatte sie das schon immer gehandhabt und war dabei ausgesprochen erfolgreich gewesen. Und das Gebäude, in dem sie sich befand, war auf jeden Fall ausgesprochen prächtig.

Beeindruckt sah Margaretha zu den mächtigen Glasdächern hinauf, während sie weiter in Richtung Ausgang schritt.

»*Attention!*«, rief eine scharfe Stimme, doch es war zu spät. Nach oben blickend hatte Margaretha übersehen, wo sie hinging, und war mit einem Mann zusammengestoßen, der offenbar einen großen Stapel Papiere bei sich hatte. Durch den Zusammenstoß waren sie ihm entglitten und breiteten sich nun auf dem Bahnsteig aus. »*Merde*«, fluchte der Mann und schickte einen ganzen Schwall auf Französisch hinterher, den Margaretha nicht verstehen konnte, der aber nicht sonderlich freundlich klang.

»Pardon«, sagte sie hastig und ging in die Knie, um dem Mann beim Aufsammeln zu helfen.

Der hob den Kopf, um ihr einen verärgerten Blick zuzuwerfen, stutzte dann aber, und seine Augen leuchteten auf. Margaretha registrierte es zufrieden. Wie oft hatte sie diesen Ausdruck in Männeraugen schon gesehen. Das war etwas, worauf sie sich verlassen konnte. Sie bedachte ihr Gegenüber mit einem tiefen Blick und einem sinnlichen Lächeln, als sie sagte: »Ich bin untröstlich, Monsieur. Ich war so mit meinen Sorgen beschäftigt, dass ich gar nicht darauf geachtet habe, wohin ich meine Schritte wende.«

Während sie sprach, half sie ihm, die Papiere einzusammeln, und gewährte ihm damit einen Einblick in ihr Dekolleté, das durch den Schnitt ihres Reisekleides geschickt betont wurde. Es verfehlte seine Wirkung nicht.

»Aber, Mademoiselle«, sagte er. »Sie haben Kummer? Kann ich Ihnen irgendwie helfen?«

»Ach«, seufzte Margaretha, »ich möchte Sie nicht mit meinen Sorgen belasten.«

»Ich bitte Sie«, sagte der Mann. »Ich helfe wirklich gern.«

»Ach«, seufzte Margaretha abermals, während sie sich langsam erhob und ihn dabei aus dem Augenwinkel musterte. Seine Kleidung war ausgesprochen exquisit, wirkte sehr kostspielig, und er war, wie sie sich eingestehen musste, äußerst attraktiv. Vermutlich war er ein Geschäftsmann, worauf auch die Aktentasche, die aus allen Nähten zu platzen schien, und die zahlreichen Papiere in seiner Hand hindeuteten. Der Mann hatte sich inzwischen ebenfalls erhoben und sah sie aus unfassbar blauen Augen eindringlich an.

Sie schenkte ihm ihrerseits einen tiefen Blick. »Stellen Sie sich vor, ich bin ausgeraubt worden!«

»Nein!«, rief der Mann. »Das ist ja schrecklich.«

Sie nickte. »Mein Gepäck ist weg. All meine Kleider und auch all mein Geld, ganz zu schweigen von meinem Schmuck. Nun stehe ich hier, vollkommen mittellos.«

»Aber das ist ja entsetzlich!«, empörte sich der Mann. »Haben Sie Anzeige erstattet?«

Sie schüttelte den Kopf. »Dazu hatte ich noch keine Gelegenheit. Ich weiß auch gar nicht, wo die Polizei ist, ich war noch nie in Paris. Und die beiden Herren, die Zeugen des Diebstahls wurden, meinten, dass es wohl aussichtslos sei. Zumal wir nicht sicher sind, wann genau das Gepäck abhandengekommen ist. Es muss sich irgendwann auf der Fahrt ereignet haben. Als ich aussteigen wollte, waren meine Koffer nicht mehr da.«

»Wie entsetzlich«, wiederholte der Mann. »Da kommen Sie zum ersten Mal in die Stadt der Liebe und dann werden Sie ausgeraubt. Wenn Sie erlauben, würde ich das gern wiedergutmachen.«

»Sie?«, entgegnete Margaretha mit gekonntem Augenaufschlag. »Aber Sie können doch gar nichts dafür.«

»Nun ja«, erwiderte der Mann. »Indem ich in Sie hineingerannt bin, habe ich mich ja in gewissem Sinne mitschuldig gemacht.«

Margaretha schenkte ihm erneut ein tiefes Lächeln. Sie wussten sehr wohl beide, dass sie es war, die den Zusammenstoß verursacht hatte.

»Da kann ich Sie doch hier nicht einfach so stehen lassen. Ich muss noch die Unterlagen bei der Bank abgeben«, sagte er und deutete auf den Stapel Papiere. Dann fuhr er fort: »Meine Kutsche steht draußen, und wenn Sie erlauben, würde ich Sie gern in eine angemessene Unterkunft bringen, sobald ich meine Angelegenheiten erledigt habe. Sie sind selbstverständlich mein Gast.«

Margaretha sah ihn gespielt verlegen an. »Ich stehe tief in Ihrer Schuld.«

Der Geschäftsmann, Margaretha schätzte ihn auf Mitte dreißig, lächelte. »Bei Ihrer Schönheit, wenn Sie erlauben, würde Sie wahrscheinlich jeder Mann nur allzu gern aus einer Notlage befreien.«

»Sie schmeicheln – und sind ein wahrer Gentleman.«

Der Mann schlug sich leicht gegen die Stirn. »Wenn ich das wäre, hätte ich nicht jede Etikette vergessen und mich Ihnen schon längst vorgestellt. Bitte verzeihen Sie meine Unachtsamkeit. Ihre Schönheit hat mich ganz durcheinandergebracht.« Er legte die rechte Hand an seinen Hut, um ihn zu lüften, verneigte sich leicht und sagte: »Gestatten: Louis Castagnole.«

»Sehr erfreut, Monsieur Castagnole«, erwiderte Margaretha lächelnd. »Ich bin Lady Margaretha MacLeod.«

»Angenehm.« Mit einer erneuten Verneigung küsste er ihre Hand.

Margaretha lächelte zufrieden. Das Glück war ihr hold. Endlich einmal. Faszinierend, welche Macht Geschichten hatten. Manchmal glaubte sie sogar selbst, was sie da so alles erzählte.

»Sie hätten sich keinen besseren Zeitpunkt für Ihren ersten Besuch in unserer Stadt aussuchen können«, sagte Louis Castagnole, als sie ihm gegenüber in der Kutsche Platz genommen hatte. Geschickt fädelte der Kutscher das Gefährt in den überbordenden Pariser Stadtverkehr ein. Es herrschte ein ungeheurer Lärm, und der Benzingeruch, den Margaretha schon beim Aussteigen aus dem Zug wahrgenommen hatte, war hier ungleich stärker, drang erbarmungslos durch die dünnen Kutschenwände. Dennoch ließ sie fasziniert ihre Blicke schweifen.

»Ich möchte unbedingt den Eiffelturm sehen«, sagte Margaretha aufgeregt.

»Mit Vergnügen. Wenn Sie erlauben, zeige ich Ihnen gerne die Stadt, nachdem ich Sie in Ihre Unterkunft gebracht und Sie sich ein wenig erfrischt haben.«

»Das wäre wundervoll.«

In diesem Moment hielt die Kutsche vor der Banque de Paris et des Pays-Bas, die in einem feudalen Gebäude in der Rue de Rougemont ihren Firmensitz hatte. »Es wird nicht lange dauern.« Ein angedeutetes Lächeln, dann war er aus der Kutsche gestiegen und kurz darauf im Bankhaus verschwunden.

Margaretha ließ sich tief in das Polster der Kutsche sinken, und während sie ihre Blicke über das feudale Bankhaus schweifen ließ, dachte sie, dass ihre Ankunft in der Stadt des Lichts nicht besser hätte verlaufen können. Doch auch wenn sie darüber hätte jubeln mögen: Wirkliche Freude wollte sich nicht einstellen, zu schwer wog immer noch der Schmerz, nach Norman nun auch ihre Tochter Non verloren zu haben. Zwar erfreute sich die Kleine bester Gesundheit, doch als sie sich schließlich von ihrem Gatten trennte – nach vielen schlechten Tagen, noch schlechteren Wochen und Monaten, nahm er ihr das Teuerste, was sie hatte. Ihre Tochter. Jeanne-Louise, zärtlich Non genannt. Selbst Briefe und Pakete, die sie an Non sandte, schickte er ungeöffnet wieder zurück. Sie hatte gekämpft wie eine Löwin, jedoch feststellen müssen, dass eine Frau im Vergleich zu einem Mann offenbar wenig Rechte besaß. Auch deswegen war sie nach Paris gekommen. Weil sie hoffte, hier, in der Stadt des Lichts, ihrer inneren Dunkelheit entfliehen zu können.

Sie schrak aus ihren trüben Gedanken hoch, als sich die Kutschentür öffnete und Louis Castagnole zurückkehrte. »Wie unaufmerksam von mir«, nahm er das Gespräch wieder auf.

Margaretha sah ihn fragend an. »Was ist unaufmerksam?«

»Sie müssen furchtbar hungrig sein. Darf ich Ihnen im Hotel etwas auf Ihr Zimmer bringen lassen und Sie heute Abend zu einem Diner einladen?«

»Sehr gerne, Monsieur Castagnole«, antwortete Margaretha, die erst jetzt bemerkte, dass sie tatsächlich großen Hunger verspürte.

»Sehr schön.«

# 2. Kapitel

Das Hôtel du Louvre erwies sich als prächtiger Jugendstilbau und war, wie Margaretha rasch feststellen konnte, mehr als standesgemäß. Obendrein ließ das Personal keinen Zweifel daran, dass ihr Begleiter bekannt und äußerst gern gesehen war.

Mit einer kleinen Verbeugung überreichte der Portier ihm den Schlüssel zu ihrem Zimmer. »Dürfen wir uns um Ihr Gepäck kümmern?«

Er sah sich suchend um.

Castagnole schüttelte bedauernd den Kopf. »Stellen Sie sich vor, Lady MacLeod wurde ausgeraubt. In der Bahn!«

»Wie schrecklich«, rief der Mann, doch Margaretha bemerkte, dass sich ein Hauch von Misstrauen in seine Augen schlich. Als lang gedienter Portier kannte er vermutlich jede Menge Geschichten, wahre und unwahre, und besaß einen siebten Sinn hinsichtlich der Unterscheidung derselben. Doch es war nur ein Moment gewesen, gleich darauf hatte sich der Portier wieder im Griff.

»Kann ich ansonsten noch etwas für Sie tun?«

»Sehr gerne, würden Sie bitte für mich und meine Begleitung für heute Abend einen Tisch im Café de Flore reservieren?«

»Selbstverständlich.«

»Werte Lady MacLeod«, wandte sich Louis Castagnole an Margaretha, während sie sich zu den Aufzügen begaben, »Sie sind sicherlich erschöpft von der anstrengenden Anreise nach Paris und der Aufregung um den Diebstahl Ihres Gepäcks.«

Als sie nickte, fuhr er fort: »Ich begleite Sie zu Ihrem Zimmer und lasse Ihnen wie versprochen eine kleine Stärkung bringen. Ich hätte aber noch eine Frage.«

»Jede.« Sie strahlte ihn an.

Während der Fahrstuhl unter der Regie eines etwa vierzehnjährigen Knaben in Livree, der vor Stolz um seine wichtige Aufgabe zu platzen schien, nach oben glitt, sagte Castagnole: »Da Ihnen ja Ihr gesamtes Gepäck geraubt wurde… dürfte ich Ihnen eine Auswahl an Kleidern auf Ihr Zimmer schicken lassen? Ich kann mir vorstellen, dass Sie sich vor unserem Diner, auf das ich mich im Übrigen sehr freue, aus Ihren Reisekleidern befreien möchten.«

Margaretha bedachte ihn erneut mit ihrem reizendsten Lächeln.

»Sie scheinen Gedanken lesen zu können. Ich hatte mich schon gefragt, wie ich es bewerkstelligen sollte, heute Abend in angemessener Kleidung zu erscheinen.«

»Dann wird es mir eine Freude sein, dafür zu sorgen.«

Inzwischen waren sie in der Beletage, in der sich die besten Zimmer befanden, angekommen, und Margaretha wandte sich ihm zu. »Ich danke Ihnen sehr. Für alles.«

»Darf ich Sie um halb acht Uhr in der Hotelhalle erwarten?«

»Es wird mir eine Freude sein«, versicherte sie. Und sie meinte es auch so. Wer hätte vor ein paar Stunden gedacht, dass die Dinge sich so glücklich fügen würden! Endlich war da wieder jemand, der für sie sorgte. Endlich war sie wieder die kleine Prinzessin, die ihr Vater immer so verwöhnt hatte! Adam Zelle, der wohlhabende Hutmacher und Spekulant, hatte vier Kinder gehabt, aber sie, Margaretha, war stets sein kleiner Liebling gewesen. Er hatte sie verwöhnt, wann immer er nur konnte. Sogar eine kleine Kutsche, die von zwei weißen Ziegen gezogen wurde, hatte er ihr geschenkt! Was hatten die anderen Mädchen gestaunt und sie bewundert, als sie so durch das holländische Leeuwarden gefahren war. Allein, das war lange her. Ihre Mutter war inzwischen gestorben, das Geschäft des Vaters bankrott und Margaretha durch die Hölle gegangen. Doch nun schien sich alles wieder zum Guten zu wenden. Endlich!

Louis Castagnole hatte Wort gehalten und ihr sowohl köstliche kleine Speisen als auch eine große Auswahl exquisiter und ohne Zweifel sehr kostspieliger Kleider auf ihr Zimmer bringen lassen.

Margaretha, die schon gar zu lange ihrer Lust nach schöner Garderobe nicht mehr hatte frönen können, hielt sich, nach einem ausgiebigen Schaumbad in einer beinahe unverschämt großen Wanne, ein Kleid um das andere vor und hatte Schwierigkeiten, sich zu entscheiden. Louis Castagnole verfügte wirklich über einen ausgezeichneten Geschmack! Und ihre Kleidergröße hatte er mit schmeichelhafter Genauigkeit erraten.

Schließlich entschied sie sich für eine jadegrüne Robe mit tiefem Rückenausschnitt und steckte ihr langes dunkles Haar im Nacken zu einem losen Knoten zusammen. Dazu die tropfenförmigen Perlenohrringe, die der Vater ihr einst geschenkt hatte, der einzige Schmuck, den sie noch besaß, und sie war, wie sie fand, perfekt angezogen. Auf dem Weg nach unten bewunderte sie die luxuriöse Ausstattung des Hotels, schlenderte durch die Eingangshalle, blickte durch das Glasdach in den Abendhimmel. Die ersten Sterne funkelten ihr schon entgegen und spiegelten sich im Wasser des mit Blumen geschmückten Springbrunnens.

Auch die blauen Augen Castagnoles funkelten, als er seine schöne Begleitung erblickte.

*

Es war ein zauberhafter Abend gewesen. Louis Castagnole hatte die Erwartungen, die er zweifelsohne in ihr geweckt hatte, nicht enttäuscht. Sein Benehmen war formvollendet, das Abendessen vorzüglich, und je länger es dauerte, desto mehr hatte die Atmosphäre zwischen ihnen zu knistern begonnen. Hier eine flüchtige Berührung, dort ein tiefer Blick und am Ende des Abends das Geständnis: »Ich habe mich in Sie verliebt, Margaretha. Als wir auf dem Bahnsteig buchstäblich ineinandergerannt sind – das war Magie. Das war Schicksal.«

Sie musste sich keiner Lüge bedienen, als sie flüsterte: »Ja. Ja, das geht mir auch so.«

Zwar hatte sie sich nach der schmerzlichen Erfahrung mit John geschworen, nie wieder einen Mann in ihr Herz zu lassen, aber das Herz musste man vielleicht auch gar nicht öffnen, um das himmlische Prickeln zu genießen, das er in ihr erzeugte, und die Vorzüge, die er ihr in finanzieller Hinsicht zu bieten hatte, waren auch nicht zu verachten.

Louis Castagnole versank in einem innigen Handkuss, und nach dem Dessert gingen sie Arm in Arm zum Ausgang, wo bereits der Kutscher auf sie wartete und diensteifrig von seinem Bock sprang, um ihnen die Tür zu öffnen. Und sie gleich darauf wieder zu schließen.

Während die Pferde sich in Bewegung setzten, zog Louis Castagnole Margaretha MacLeod in seine Arme, um sie leidenschaftlich zu küssen.

Als die Kutsche vor dem Hotel hielt, begleitete Louis, ganz Gentleman, sie noch zu ihrer Zimmertür. Voller Verlangen sah er sie an, um sie sodann erneut zärtlich zu küssen. »Ich danke dir für einen zauberhaften Abend«, flüsterte er. »Morgen früh bin ich pünktlich um neun Uhr zur Stelle.«

Doch sie schüttelte den Kopf. »Bitte. Komm mit hinein. Ich möchte dich jetzt nicht loslassen.«

»Bist du sicher?«

»Ja.« Zum einen war da die Leidenschaft, zum anderen wollte sie in ihrer ersten Nacht in Paris nicht allein sein. Er würde ihr helfen, die bösen Geister zu vertreiben.

»Das lasse ich mir nicht zweimal sagen«, murmelte er und nahm ihr den Schlüssel aus der Hand.

# 3. Kapitel

In der Avenue Nicolas II hielt die Kutsche an. Nach einer leidenschaftlichen Nacht und einem *petit-déjeuner* im Bett hatten sie sich auf die von Margaretha herbeigesehnte und von Louis versprochene Stadtrundfahrt begeben. Ganz Gentleman, half er ihr aus der Kutsche.

»Das ist ja gigantisch«, staunte Margaretha, als sie das mächtige Gebäude erblickte, vor dem die Kutsche gehalten hatte.

»In der Tat, das ist es«, freute sich Louis über ihre Begeisterung. »Das ist das Grand Palais.«

»Wie lang ist es?«

»Stolze zweihundertvierzig Meter lang und vierundvierzig Meter hoch! Zusammen mit dem Petit Palais«, er deutete auf ein weiteres Gebäude, das dem ersten gegenüberlag, »war es Teil der Pariser Weltausstellung von 1900.«

»Die Weltausstellung!« Margaretha war wie elektrisiert. Im fernen Java hatte sie damals jeden Schnipsel verschlungen, den sie über die Pariser Weltausstellung hatte ergattern können. Dieser Fortschritt! Wie schnell die Welt sich weiterdrehte, während sie mitten im Dschungel festsaß, neben einem bösen, brutalen Mann, hatte sie damals gedacht. Und nun war sie hier. Es schien ihr ein gutes Omen zu sein, dass Louis sie, obwohl sie ihm mit keinem Wort von ihrer Begeisterung für die Weltausstellung erzählt hatte, zuerst hierhergebracht hatte.

»Warst du schon einmal drin?«, fragte sie, während sie sich bei ihm unterhakte und das Gefühl genoss, neben diesem offenbar sehr reichen, charmanten und gut aussehenden Mann an einem Ort zu stehen, auf den vor vier Jahren die ganze Welt geblickt hatte. Die Welt hatte doch so viel mehr zu bieten als Dschungel und Einsamkeit!

»Ja, sogar während der Weltausstellung«, sagte Louis nun. »Und ich bin auch mit dem rollenden Gehsteig gefahren.«

»Davon habe ich gelesen, aber vorstellen konnte ich mir das überhaupt nicht.«

»Es war wunderbar«, rief Louis, und Margaretha, die ihn schon in der vergangenen Nacht als ausgesprochen leidenschaftlich erlebt hatte, stellte fest, dass er diese Leidenschaft offenbar nicht nur im Bett zu empfinden imstande war. Seine Begeisterung gefiel ihr, steckte an, wirkte so jung und unbeschwert und half ihr, das Dunkel in ihrem Herzen zu verdrängen. Nur zu gern ließ sie sich darauf ein.

»Eine Fahrt kostete fünfzig Centimes, und man konnte dann in rund zwanzig Minuten einen Rundgang absolvieren. Dabei konnte man zwischen zwei Rollsteigen mit unterschiedlichen Geschwindigkeiten wählen«, erzählte er, während sie die Avenue Nicolas II entlangschlenderten.

»Und was hat dich auf der Weltausstellung am meisten beeindruckt?«, fragte Margaretha. »War es die Rolltreppe?«

Louis dachte angestrengt nach und entgegnete dann: »Das ist wirklich schwer zu sagen. Es gab so vieles, was ungemein faszinierend und neuartig war. Wenn ich mich unbedingt entscheiden müsste, würde ich vielleicht den Palast der Elektrizität wählen.«

»Erzähl mir mehr.«

»Gern.« Er hob ihre Hand an seinen Mund, um sie zu küssen, und fuhr dann in seiner Schilderung fort: »Der Palast lag am Ende vom Garten des Marsfeldes. Er hatte weder Eingang noch eine Fassade, sondern war wie ein Fächer geformt und befand sich oberhalb der Springbrunnen und Wasserspiele. Neben vielen anderen Statuen stand dort unter anderem die Elektrizitäts-Fee aufrecht in einem Wagen, der von Pegasus und einem Drachen gezogen wurde. Sobald die Dämmerung hereinbrach, wurde die Fee derart beleuchtet, dass man dachte, es wäre ein riesiges Feuerwerk.«

Lächelnd blieb er stehen, drehte ihr Gesicht zu sich und sah ihr zärtlich in die Augen. »Das würde übrigens auch zu dir passen, Elektrizitäts-Fee. Besonders, wenn ich an die letzte Nacht denke.«

Sie erwiderte seinen Blick, und auch dieses Mal verfehlte er seine Wirkung nicht.

*

Die nächsten Tage vergingen wie im Flug, Margaretha und Louis erkundeten gemeinsam Paris und liebten sich nach opulenten Abendessen leidenschaftlich und hingebungsvoll. Heute jedoch musste Louis, der, wie er Margaretha inzwischen berichtet hatte, ein bedeutender Weinhändler war, tagsüber zu einer Besprechung in die Banque de Paris et des Pays-Bas.

»Ich werde dich vermissen, mein Engel«, sagte er, als er sie am Morgen leidenschaftlich küsste. »Bitte vertreib dir die Zeit, und besorge dir neue Garderobe und Geschmeide. Lass es dann auch auf meine Kosten anschreiben und ins Hotel bringen.«

»Aber das kann ich doch nicht annehmen, mein Liebling!«, widersprach Margaretha.

»Aber sicher kannst du«, sagte er. »Du tust mir damit sogar einen Gefallen.« Er band sich die Schuhe zu und stand dann auf. »Ich habe genug Geld auf der Bank. Ich habe es im Überfluss, und ich brauche es nicht. Es ist mir ein großes Vergnügen, die Frau meiner Träume zu verwöhnen. Bitte kauf dir alles, was dein Herz begehrt.«

»Wenn du dir wirklich sicher bist.«

»Und wie sicher ich mir bin. Ich bin gespannt, was du mir nach meiner Rückkehr heute Abend präsentierst.«

*

Trotz Louis' Aufforderung, sie solle kaufen, was das Herz begehrt, war Margaretha anfangs durchaus noch etwas zögerlich, als sie durch die Galeries Lafayette schlenderte, und ließ zunächst nur kleine Dinge zurücklegen. Schließlich kam Louis nicht nur für ihr Hotelzimmer auf, sondern erfüllte ihr auch ansonsten nahezu jeden Wunsch. Als sie aber die Pelze sah, die sich herrlich weich und in beinah unverschämter Fülle aneinanderreihten, war es um sie geschehen. Wie sehr hatte sie sich schon immer einen solchen gewünscht, und Louis hatte sie ja regelrecht aufgefordert, alles, aber wirklich alles anzuschaffen, was sie sich wünschte. Ohnehin war es ausgesprochen kühl im herbstlichen Paris, bald würde der Winter hereinbrechen, und sie bräuchte etwas, das sie warm hielt. Louis hätte bestimmt nichts dagegen. Zwar war ein Pelz ohne Frage ungleich teurer als ein Wintermantel, aber hatte er nicht gesagt, er habe mehr Geld, als er je ausgeben könne? Und ein Pelz würde ihm, da war sie sich sicher, auch ausgesprochen gut gefallen!

Kaum hatte die Verkäuferin sie aufgefordert, ihn doch zumindest einmal probeweise zu tragen, wusste sie, dass sie ihn unbedingt haben musste. Damit war der Damm gebrochen. Und von dem Moment an gab es kein Halten mehr.

Als der Page am späten Nachmittag an ihrer Tür klopfte und die Pakete ins Zimmer schob, die soeben von den Galeries Lafayette geliefert worden waren, bekam sie dann dennoch ein schlechtes Gewissen. Ein Paket reihte sich ans andere. Hatte sie es doch übertrieben? Was, wenn Louis böse auf sie werden würde? Doch ihre Angst war vollkommen unbegründet, wie sich zeigte, als Louis, der inzwischen offiziell in ihrer Suite eingezogen war, am Abend zurückkam. Eher amüsiert als verärgert betrachtete er all ihre Anschaffungen und bestand darauf, dass sie ihm ein Kleid nach dem anderen vorführte. Und der Pelz fand besonderen Gefallen. Erleichtert ließ sich Margaretha in seine Arme ziehen und voller Inbrunst küssen.

# 4. Kapitel

»Das darf doch nicht wahr sein«, brüllte Louis aus dem Salon ihrer Suite. Margaretha, die gerade im Badezimmer damit beschäftigt gewesen war, ihre Morgentoilette zu erledigen, eilte erschrocken herbei. Sie fand ihren Liebsten mit zornesrotem Gesicht im Raum stehen, ein Telegramm in der Hand.

»Aber was ist denn geschehen?«

»Ach, man kann nicht einmal ein paar Tage nach Paris fahren, ohne dass sie einem die Existenz aufs Spiel setzen«, schnaubte er.

»Möchtest du mir davon erzählen?«, fragte sie zaghaft, doch Louis reagierte gar nicht auf sie, schimpfte nur weiter vor sich hin. Er schien sich selbst immer mehr hochzuschaukeln. Plötzlich stieß er einen lauten Schrei aus, griff nach einem Glas in Kristallschliff, das auf der Bar bereitstand, und schleuderte es mit Wucht gegen die Wand. Margaretha keuchte entsetzt auf. Sie kannte diesen überbordenden Zorn. Und sie wusste, wo er enden konnte. John war anfangs schließlich ausgesprochen charmant und großzügig gewesen – selbst wenn er mit seiner eher einsilbigen Art in keiner Weise mit Louis mithalten konnte –, und auch mit ihm hatte sie im Bett wahre Leidenschaft erlebt. Dann, als er sich ihrer sicher sein konnte, hatte er sich nach und nach zu dem wütenden, aggressiven Mann entwickelt, vor dem sie solche Angst hatte. Was, wenn sie dieses Schicksal ebenfalls mit Louis erwartete, der da stand und immer weiter schimpfte, bis sie schließlich ins Badezimmer floh. Floh, vor ihm und ihren Erinnerungen. Doch die Flucht vor der Vergangenheit gelang ihr nicht. Die dunklen, düsteren Bilder holten sie ein. Da war John, der wutentbrannt nach Hause stürmte, weil er in der Stadt gehört hatte, dass sie mit einem anderen Mann geflirtet habe. John, wie er sie mit Fragen bombardiert und ihre Antworten nicht hatte hören wollen. Wie er sich in seinen Zorn hineingesteigert hatte, bis er ihr das erste Mal ins Gesicht schlug. Fassungslos hatte sie ihren Mann angestarrt. Doch statt erschrocken über seine Tat zu sein, hatte er nur erneut ausgeholt und vollkommen besinnungslos auf sie eingeschlagen. In der Erinnerung hielt sie schützend die Arme über ihren Kopf, es war ihr, als spürte sie erneut jeden Schlag, die Erniedrigung, die Verzweiflung und die Hoffnungslosigkeit.

Schluchzend ließ sie sich auf den Boden sinken und kauerte sich zusammen wie ein Kind.

Es dauerte eine Weile, bis das Klopfen in ihr Bewusstsein drang. Sie hob lauschend den Kopf und hörte nun auch Louis' Stimme.

»Margaretha, Schatz, mach doch bitte die Tür auf.«

Zitternd erhob sie sich, wischte sich die Tränen vom Gesicht und drehte den Schlüssel herum.

Zögernd öffnete Louis die Tür und erschrak offenbar, als er sie derart aufgelöst vor sich stehen sah. Hilflos sah er sie an. »Ich habe dich erschreckt mit meinem Zorn, nicht wahr?«

Sie schluckte. »Ja.«

»Das tut mir unendlich leid«, sagte er. »Wenn ich etwas nicht wollte, dann das. Es ist nur… einer meiner Mitarbeiter hat einen schlimmen Fehler gemacht, der dazu führen könnte, dass mein gesamtes Unternehmen in Gefahr ist.«

Natürlich, dachte Margaretha. Es gab immer einen Grund, immer eine Ausrede.

»Ich muss dich morgen noch mal allein lassen und mich um diese Sache kümmern.« Er nahm ihre Hand. »Es tut mir so leid. Das alles.«

»Schon gut«, sagte Margaretha und schob sich an ihm vorbei. Wenn sie ehrlich war, war sie froh, den Tag morgen allein verbringen zu können.

»Ich bin müde«, sagte sie. »Ich möchte mich ein wenig hinlegen.«

Hilflos sah er ihr nach, und sie war dankbar, dass er ihr nicht folgte.

*

Irgendwann war er zu ihr gekommen, hatte sie zaghaft in die Arme genommen, doch sie hatte sich schlafend gestellt, ebenso wie am nächsten Morgen, als er sich für den Tag fertig machte. Erst als er das Zimmer verlassen hatte, sprang sie auf, kleidete sich an und ging nach nebenan in den Salon, an dem er am Abend zuvor das Glas gegen die Wand geschleudert hatte. Keine Spur war mehr davon zu sehen, die Scherben waren ordentlich aufgekehrt worden. Auf dem Tisch fand sie einen Briefumschlag, auf dem ihr Name stand. Bevor sie ihn öffnete, wusste sie, was darin stand. Er würde sich noch einmal entschuldigen und ihr versichern, das werde nie wieder geschehen. John hatte das auch immer getan. Anfangs zumindest. Doch seine Wut war jedes Mal zurückgekehrt, sie war nicht zu bezähmen.

Nachdenklich überflog sie die Zeilen, die enthielten, was sie erwartet hatte. Tat sie ihm unrecht? Schließlich hatte seine Wut sich nicht gegen sie gerichtet. Und sie war sicherlich in dieser Hinsicht besonders empfindlich, traumatisiert von ihren Erlebnissen mit John. Aber war es nicht unwichtig, gegen wen oder was sich eine Wut richtete? Irgendwann würde Louis sich über sie ärgern. Das ließ sich gar nicht vermeiden. Würde er dann das Glas nach ihr statt nach der Wand werfen? Würde er sie schlagen? Vergewaltigen? War sie wahnsinnig, wenn sie das glaubte? Oder nur realistisch?

Nach dem Frühstück unternahm Margaretha einen langen Spaziergang an der Seine, und sie merkte, wie gut es ihr tat, ihre Gedanken fließen zu lassen. Sie schritt weit aus, und das brachte ihr Klarheit. Sie würde ihm noch eine Chance geben. Aber sie würde auf der Hut sein. Und sich nie so weit von ihm abhängig machen, dass sie nicht jederzeit gehen konnte. Das bedeutete auch, dass sie sich Gedanken darüber machen musste, wie es in Paris ohne ihn weitergehen könnte. Weiter ging sie und immer weiter, bis sie schließlich vor einem lang gestreckten Gebäude angekommen war. »Reitschule«, stand dort in großen Lettern zu lesen. Margaretha lächelte. Eine Reitschule, dachte sie. Reitschulen brauchten Reitlehrer. Sie liebte Pferde, und nicht nur ein Mann hatte ihr versichert, dass sie in der Lage sei, zu reiten wie eine junge Göttin. Ja, vielleicht wäre das eine Möglichkeit. Vielleicht läge hier ihre Zukunft.

*

Sie hatten sich ausgesprochen, doch die Leichtigkeit, der Zauber der ersten Tage kehrte nicht zurück. Immerhin genossen sie beide die körperliche Nähe, vielleicht, so hoffte sie, würden sie dieserart ihre innere Distanz überwinden können. Und auch ansonsten gab Louis sich alle erdenkliche Mühe, seine Liebste zu überraschen. Für den heutigen Sonntag hatte er einen Ausflug zum Eiffelturm geplant, und als sie auf die Aufzüge zugingen, da war Margaretha tatsächlich für einen Moment glücklich und beinahe in der Lage, ihre innere Distanziertheit zu vergessen. Bewundernd legte sie den Kopf in den Nacken und sah hinauf. Endlich wurde ihr Traum wahr!

Im Aufzug zog Louis sie in seine Arme, und sie ließ es geschehen. »Glücklich?«, fragte er dicht an ihrem Ohr.

»Ja«, sagte sie, während sie nach oben entschwebten.

»Dann wirst du gleich noch viel glücklicher sein«, prophezeite er ihr. »Wir werden nämlich auf dem Eiffelturm zu Abend essen. Ich habe einen Tisch reservieren lassen.«

»Oh, Louis!« Sie küsste ihn strahlend. »Das ist einfach wunderbar.«

»Dann hast du mir meinen Wutausbruch also verziehen?«

Sie zögerte nur einen Moment. Sie konnte ihm ja schlecht ihre Vorgeschichte und all ihre Überlegungen offenbaren. Sie hatte ihm verziehen, aber auch beschlossen, eine gewisse Grenze mit ihm niemals zu überschreiten. Aber das musste er ja nicht wissen.

Insofern gab sie ihm noch einen Kuss und sagte: »Ja. Ja, das habe ich.«

Der Aufzug hielt auf der ersten Plattform, und sie stiegen aus.

»Was für ein Ausblick«, staunte Margaretha und schmiegte sich in seine Arme. Beinah überrascht stellte sie fest, dass es sich gut anfühlte und sie sich sogar geborgen fühlte.

»Ich kann mich auch nie sattsehen«, versicherte er, während sie auf das Grand Palais blickten. »Weißt du, dass Gustave Eiffel bei der Eröffnung in Begleitung des Ministerpräsidenten am 31. März 1889 um Punkt 13:30 Uhr mit dem Aufstieg auf den Eiffelturm begann?«

Margaretha schüttelte den Kopf, »Ich weiß nur, dass es wohl

genau 1792 Stufen bis zur Spitze sein sollen und dass Eiffel diese Zahl bewusst gewählt hatte.«

»Ja«, bestätigte Louis, »als Hommage an die Geburt der Republik im Jahr 1792.«

»Wollen wir von hier aus auch die Stufen nehmen?«, fragte Margaretha, »und so auf den Spuren Gustave Eiffels wandeln?«

Louis ließ sie los und sah sie überrascht an. »Bist du dir sicher, dass du dir damit nicht zu viel zumutest, meine Liebe?«, fragte er besorgt.

»Völlig sicher.«

»Gut«, stimmte er zu. »Dann sollten wir aber den Aufstieg über den Nordturm wählen, genau wie einst Gustave Eiffel.«

»Dann los.« Margaretha stieg vor ihm durch das schmale Treppenhaus und nach einer kurzen Pause auf der zweiten Plattform weiter hinauf. Die Aussicht von oben war atemberaubend. Noch etwas außer Atem, genoss Margaretha den grandiosen Ausblick, erspähte den Louvre, folgte mit den Augen der Seine an diesem schönen und sonnigen Tag.

Auf einmal bemerkte sie, dass Louis neben ihr verschwunden war. Verwundert sah sie sich um und entdeckte ihn schließlich auf dem Boden. Derart in die Aussicht versunken, hatte sie gar nicht gemerkt, dass er neben ihr, respektive vor ihr, auf die Knie gesunken war.

O nein, dachte sie entsetzt. Bitte nicht. Ich will mich nicht an dich binden. Es fing doch gerade an, wieder gut zu werden.

Doch Louis hörte ihr stummes Flehen nicht, natürlich nicht.

»Margaretha«, sagte er feierlich. »Margaretha, die letzten drei Wochen waren die schönsten in meinem Leben, und ich möchte keinen einzigen Augenblick davon missen. Und deshalb frage ich dich hier und jetzt, erweist du mir die Ehre, meine Frau zu werden?«

# 5. Kapitel

Wieder stand Margaretha vor dem Reitstall und sah zu dem Schriftzug hinauf. Diesmal allerdings hatte sie vier riesige Koffer bei sich, in denen sich alles befand, was sie in den letzten Wochen gekauft hatte. Nachdem sie den Antrag von Louis Castagnole abgelehnt hatte, war er aus allen Wolken gefallen, und die Wut, mit der er auf ihre Ablehnung reagiert hatte, hatte ihr gezeigt, dass ihre Entscheidung mehr als richtig gewesen war. Mit eisiger Miene hatte er ihr schließlich zu verstehen gegeben, sie solle ihre Koffer packen und das Hotelzimmer bis zum kommenden Morgen verlassen. Er werde nicht weiter für sie aufkommen. Louis hatte die Nacht woanders verbracht, und Margaretha sich am nächsten Morgen auf seine Kosten eine Droschke rufen lassen, die sie zum Reitstall von Ernest Molier bringen sollte.

Sie fasste sich ein Herz und läutete. Sie wusste: Würde es ihr nicht gelingen, Ernest Molier davon zu überzeugen, sie einzustellen, würde sie auf der Straße stehen, denn auch wenn sie inzwischen um vier Koffer Gepäck reicher war, hatte sie doch immer noch keinen Centime in der Tasche.

Ein Diener öffnete und musterte sie erstaunt.

»Sie wünschen?«

»Ich möchte gerne Monsieur Molier sprechen, bitte. Kündigen Sie Lady MacLeod an.«

Ihr Gegenüber schien zwar über ihren unerwarteten Besuch verwundert zu sein, doch angesichts ihrer eleganten Erscheinung, ihres Titels und ihres selbstsicheren Auftretens wagte er es nicht, ihr die Tür zu weisen.

»Bitte treten Sie ein«, sagte er. »Ein Diener wird sich um Ihr Gepäck kümmern.«

»Vielen Dank.« Margaretha lächelte ihm freundlich zu.

»Einen Moment bitte, ich werde Monsieur über Ihre Ankunft informieren«, ließ der Diener sie wissen.

Margaretha nickte huldvoll und ließ sich auf der Chaiselongue nieder, die in der Empfangshalle für wartende Besucher bereitstand.

Minuten später war der Diener zurück.

»Wenn Sie mir bitte folgen würden«, sagte er, »Monsieur Molier wird Sie nun empfangen.«

Mata erhob sich und ging hinter dem Diener durch das gigantische Treppenhaus in den ersten Stock. Dort klopfte der Mann an eine mächtige Tür aus Mahagoni, um sie gleich darauf zu öffnen und Mata eintreten zu lassen. »Bitte.«

Schon als sie das Arbeitszimmer von Ernest Molier betrat, bemerkte sie an seinem Blick, dass ihm offensichtlich gefiel, was er sah. Der Reitstallbesitzer erhob sich, kam halb um seinen Schreibtisch herum und begrüßte sie mit einem Handkuss. »Werte Lady MacLeod, was verschafft mir die Ehre Ihres Besuchs?«, fragte er, nachdem er sie mit einer Handbewegung gebeten hatte, Platz zu nehmen.

»Nun«, sagte Margaretha geradeheraus, »ich würde mich gerne bei Ihnen als Reitlehrerin bewerben. Ich bin eine hervorragende Reiterin, und ich vermisse das Reiten sehr.« Sie legte eine Hand auf ihre Brust und schenkte ihm einen innigen Blick.

»Und es ist ja bekannt, dass Ihre Reitschule als die exquisiteste gilt.«

Molier runzelte die Stirn. »Dem ist in der Tat so, werte Lady MacLeod«, sagte er. »Doch, wenn Sie erlauben, wirken Sie nicht wie eine Dame, die einer Arbeit nachgehen müsste.«

Sie stieß ein Seufzen aus. »Nun, das haben Sie gut erkannt, aber ich wurde vom Unglück verfolgt. Bitte, ich möchte nicht zu sehr ins Detail gehen, es ist gar zu schmerzhaft.«

»Aber selbstverständlich, werte Lady MacLeod, bitte entschuldigen Sie meine Zudringlichkeit.«

»Sie waren nicht zudringlich«, versicherte Margaretha und stieß dann hervor: »Im Gegenteil, Sie haben etwas an sich, das tiefes Vertrauen in mir weckt. Einen Teil werde ich Ihnen erzählen, damit Sie meine Geschichte verstehen.« Sie senkte die Stimme ein wenig, und Molier beugte sich voller Spannung unwillkürlich etwas vor.

»Eigentlich bin ich eine indische Tempeltänzerin«, sagte sie leise. »Und keine Reitlehrerin.«

»Oh!« Molier musterte sie, wenn das überhaupt möglich war, noch interessierter. »Das, werte Lady MacLeod, erklärt auch Ihr exotisches Aussehen. Vielleicht habe ich dann eine viel bessere Idee, die Ihren wahren Begabungen entspricht. Dürfte ich Sie bitten, sich zu erheben?«

»Aber sicher.« Sie stand, etwas verwundert, auf, und er betrachtete sie von oben bis unten.

»Lady MacLeod«, sagte er dann, nachdem sie sich wieder gesetzt hatte. »Sie können bei mir sehr gern als Reitlehrerin arbeiten. Aber Sie verdienen Besseres. Größeres. In meiner Reitschule finden auch Veranstaltungen statt. Was halten Sie davon, in meinem Zirkus als Tänzerin zu arbeiten?«

Margaretha schluckte. Nun war sie in ihre eigene Falle getappt!

Sie konnte doch gar nicht tanzen! Das Einzige, was sie an Bühnenerfahrung vorweisen konnte, war die Theateraufführung auf Java im Clubhaus von Malang, bei der sie im Stück *Die Kreuzfahrer* die Königin gespielt hatte. Diese Erfahrung war in doppeltem Sinne schlimm gewesen. Die Zeitung hatte geschrieben, es sei »schwierig für die Zuschauer, von dieser eleganten Amateurschauspielerin nicht entzückt zu sein«. Nicht zuletzt dieser Artikel hatte John dazu veranlasst, die Hand gegen sie zu erheben. Ihr eifersüchtiger Ehemann war der Ansicht gewesen, sie habe sich zur Schau gestellt und sich in den begehrlichen Blicken der Männer, vor denen sie spielte, gesonnt. Womit er nicht einmal unrecht hatte. Welche Frau wäre nicht empfänglich für die Komplimente anderer, wenn der eigene Ehemann sie immer nur niedermachte und sogar gewalttätig wurde?

Getanzt jedoch hatte sie nie. Schon gar nicht als indische Tempeltänzerin. Sie hatte sich lediglich in deren Leben hineingeträumt, um ihrer eigenen tristen Wirklichkeit zu entfliehen. Andererseits: So schwer konnte das doch nicht sein. Gar zu oft hatte sie den Tänzerinnen zugesehen, wie sie ihre schlangenhaften Körper wanden, verziert mit Jasminblüten und allerlei Schmuck. Im Grunde war das schon der ganze Zauber gewesen – die äußere Hülle und einige Bewegungen. Bewegen konnte sie sich, und die Männer vergaßen bei ihrem Anblick ohnehin alles andere. Wenn sie dann noch ein bisschen mehr zeigte als üblich …

»Ist Ihnen nicht wohl, Werteste?«, brachte sich Monsieur Molier wieder in Erinnerung.

Wie erwachend sah Margaretha ihn an. »Ach«, sagte sie, »bitte verzeihen Sie mir. Es ist nur … die Erwähnung des Tanzens weckt tragische Erinnerungen an meine Vergangenheit.«

Sie legte den Handrücken an ihre Stirn, als drohe ihr das

Bewusstsein zu schwinden. Erschrocken sprang Monsieur Molier auf und ging neben ihr in die Hocke.

»Ich wollte Sie nicht … es tut mir leid«, setzte er an.

Margaretha schenkte ihm ein tapferes Lächeln. »Es ist schon gut. Ihre Anfrage ehrt mich sehr.«

*

Sie hatte kurze Bedenkzeit erbeten und in der Zwischenzeit ihr Zimmer bezogen, das Molier ihr zur Verfügung gestellt hatte. Wenige Stunden später stand sie erneut in seinem Arbeitszimmer.

»Haben Sie eine Entscheidung getroffen, Lady MacLeod?« Er erhob sich halb.

Statt ihm zu antworten, ließ sie ihren weiten Mantel fallen, und was Ernest Molier jetzt zu sehen bekam, verschlug ihm den Atem, den er scharf ausstieß, als er sich wieder auf seinen Sessel sinken ließ.

Bereits als sie das Arbeitszimmer von Molier verlassen hatte, hatte sie gewusst, dass sie sein Angebot annehmen würde. Die Bitte um Bedenkzeit hatte zum Spiel gehört. Und sie hatte die Zeit gebraucht, um sich von Margaretha zu verabschieden. Denn sein Angebot nahm nicht Margaretha MacLeod an und auch nicht Margaretha Gertrudia Zelle, sondern Mata Hari, die Tempeltänzerin, von der sie einst ihrer Freundin Ybeltje geschrieben hatte.

Und ebenjene Mata Hari sendete Ernest Molier nun einen glühenden Blick, als sie Schleier um Schleier fallen ließ.

*

Fieberhaft hatten sie in den folgenden Tagen geprobt, es war anstrengend gewesen, aber auch ungemein bereichernd, und die anderen Artisten und Darsteller hatten sie freundlich und willig in ihrem Kreis aufgenommen. Nun war es so weit, und Mata wartete voller Anspannung auf den Gongschlag, der den Beginn ihres Auftritts markieren würde. Sie stand bereits auf der dunklen Bühne, Weihrauchschwaden waberten durch die Luft, in einer Feuerschale loderten Flammen. Als der Gong ein zweites Mal ertönte, richtete sich ein sanfter Scheinwerferspot auf die in goldene Schleier gehüllte Mata. Zitherklänge setzten ein, und ein zweiter Scheinwerfer beleuchtete eine Statue des Gottes Shiva. Für die Zuschauer sollte es so aussehen, als lege Mata im Bann dieses indischen Gottes Schleier um Schleier ab, während ihr Körper sich dem Tanz hingab. Als der letzte Schleier gefallen war, trug Mata nur noch einen schmalen Leibgürtel, der mit Edelsteinen besetzt war, sowie zwei Silberschalen über ihren Brüsten. Für einen kurzen Moment zuckte der Schein der Flammen über ihren fast nackten Körper, im nächsten Augenblick wurde es dunkel, und Mata verließ im Schutz der Dunkelheit die Bühne.

Von draußen brandeten Beifall und Jubel herein. Mata stand schwer atmend da, und ein unglaubliches Glücksgefühl durchflutete ihren Körper. Sie war angekommen.

# 6. Kapitel

»Sie waren brillant, meine liebe Lady MacLeod, einfach brillant.« Beschwingt war Ernest Molier hinter die Bühne gekommen, um ihr zu gratulieren. »Es muss ein Engel gewesen sein, der Sie jüngst in mein Büro brachte.«

Mata strahlte, noch ganz im Bann der gelungenen Aufführung und der Wirkung, die sie auf die Zuschauer gehabt hatte.

»Und nun stellen Sie sich vor«, fuhr er fort, »ich habe hervorragende Neuigkeiten für Sie.«

»Ja?« Sie sah ihn erwartungsvoll an.

»Die berühmte Madame Kiréevsky hat der Vorstellung ebenfalls beigewohnt und war hingerissen. Sie ist Salonière und Sängerin, organisiert außerdem Wohltätigkeitsveranstaltungen. Sie möchte, dass Sie bei ihr auftreten.«

»Das ist ja wunderbar«, freute sich Mata. Das Bewusstsein, dass eine berühmte Salonière von ihrer Darbietung so begeistert gewesen war, dass sie sie gleich zu ihrem Salon einlud, war berauschend. Und sie hatte gedacht, sie könne nicht tanzen!

»Ich möchte aber auf keinen Fall, dass Sie sich zu viel zumuten«, sagte Monsieur Molier besorgt. »Sie sagten mir ja, dass der Tanz durchaus auch Wunden, die Ihnen in der Vergangenheit zugefügt wurden, wieder aufreißt.«

Mata sah für einen Moment zu Boden, um den Blick dann

wieder zu heben, Ernest Molier entschlossen ins Gesicht zu sehen und zu verkünden: »Es ist wichtig, sich den Geistern der Vergangenheit zu stellen. Und das geht am besten, wenn ich wieder tanze. Zumal: Wenn ich nicht tanze, wird dieser drängende Impuls, meinen Körper den Bewegungen hinzugeben, den die Götter ihm geschenkt haben, in mir eingesperrt, und dann werde ich noch mehr leiden.«

Molier wirkte von ihren Ausführungen ebenso überfordert wie fasziniert. Und Mata redete einfach weiter. »Sagen Sie Madame also ruhig zu. Ich werde mit meinem Auftritt bei ihr die Geister der Vergangenheit bannen.«

Molier nickte, immer noch überfordert. Dann sagte er: »Wenn Sie erlauben, würde ich Sie morgen früh zu ihr begleiten.«

»Es wäre mir eine Freude«, stimmte Mata zu.

Das Haus der Madame Kiréevsky erwies sich als ausgesprochen pompös. Ein Diener empfing sie und brachte sie in den Salon, und kaum hatte er die Tür geöffnet, um die Gäste hineinzulassen, kam Madame Kiréevsky ihnen schon entgegengeweht. Mata starrte sie fasziniert an. »Wehen« war in der Tat der richtige Ausdruck für diese Erscheinung. Madame Kiréevsky hatte ihr Haar, das sich in hellbraunen Ringellocken um ihr Gesicht schmiegte, zu einer Hochsteckfrisur frisieren lassen, war in ein bodenlanges Kleid gehüllt, das über und über mit Perlen bestickt war, und trug mehr Schmuck, als Mata je in ihrem Leben an einem einzigen Menschen gesehen hatte. Jeden ihrer kräftigen Finger zierte ein Ring, an ihren Ohren funkelten riesige, tropfenförmige Diamanten, und um ihre Handgelenke lagen dicke goldene Reifen, an deren Echtheit es keinen Zweifel gab.

Mata staunte.

»Meine Liebe!«, rief Madame. »Wie schön, dass Sie meiner Einladung folgen konnten.« Ernest Molier vollkommen ignorierend, küsste Madame Mata dreimal auf die Wange.

»Margaretha MacLeod«, stellte Mata sich vor und hätte beinahe geknickst.

»Oh, Sie sind Schottin?«, fragte Madame Kiréevsky, während sie ihre Besucher zu einem zierlichen Barocktisch führte und sie bat, Platz zu nehmen, und hob interessiert ihre perfekt geschwungenen Augenbrauen. »Ihrem Aussehen nach und auch dem gestrigen Tanz zufolge, der mich übrigens zutiefst berührt hat, hätte ich vermutet, dass Sie aus dem Orient stammen.«

Mata seufzte theatralisch. »Nun, in der Tat komme ich aus dem Orient. Ich habe dort einen schottischen Baron kennengelernt und ihn geheiratet. Und dann …«

Sie brach ab, richtete den Blick gen Boden, wohl wissend, dass sie Madame Kiréevsky und auch Ernest Molier, der diese Geschichte noch nicht kannte, inzwischen vollkommen in ihren Bann gezogen hatte.

»Und dann?«, fragte Madame Kiréevsky.

»Nun …«, zierte sich Mata. »Es ist eine etwas … traurige Geschichte.«

»Sie hat traumatische Erfahrungen gemacht«, raunte Molier und sandte Madame einen halb sensationslüsternen, halb warnenden Blick: Er schien sich als ihr Beschützer zu fühlen, es aber auch sehr zu genießen, dass er es war, der diese geheimnisumwitterte Dame entdeckt hatte.

»Sie müssen sie natürlich nicht erzählen«, sagte Madame Kiréevsky, der anzumerken war, dass sie ihre Neugierde nur schwer im Zaum halten konnte. »Bitte verzeihen Sie meine

Impertinenz. Aber wenn ich Ihnen etwas Tee und Gebäck anbieten dürfte?«

»Sehr gerne«, nahm Mata an, und wie von Zauberhand standen wenig später Tee und Gebäck auf dem Tisch.

»Sie sind also zum ersten Mal in Paris?«, stellte Madame Kiréevsky fest.

»Ja«, sagte Mata, die beschlossen hatte, ihre erste Reise, die von so wenig Erfolg gekrönt gewesen war, schlichtweg zu ignorieren. »Und Ihnen danke ich für die Möglichkeit, bei Ihnen auftreten zu dürfen.« Um die Neugierde auf ihre geheimnisvolle Geschichte noch etwas zu verstärken, fuhr sie fort: »Wie ich Monsieur Molier schon sagte, kostet es mich einige Überwindung, aber ich weiß, dass es richtig ist.«

»Wenn Sie darüber reden möchten«, bot Madame Kiréevsky mit gedämpfter Stimme an, »dann können Sie sich gern an mich wenden.«

»Danke«, erwiderte Mata leise. »Ich werde mit Sicherheit darauf zurückkommen.«

»Meine Liebe«, sagte Monsieur Molier indes besorgt. »Sind Sie wirklich ganz sicher, dass Sie sich nicht zu viel zumuten mit einem weiteren Auftritt?«

Mata lächelte tapfer. »Da bin ich mir ganz sicher«, sagte sie. Dann sah sie Madame an. »Nur, wie ich Monsieur schon sagte, habe ich meine Kostüme nicht mit aus dem Orient gebracht. Ich besitze nur das eine, das mir Monsieur Moliere für den Auftritt zur Verfügung gestellt hat.«

»Das dürfte überhaupt kein Problem sein«, rief Madame Kiréevsky. »Es wird mir eine außerordentliche Ehre sein, Sie auszustatten.«

Sie warf Monsieur Molier einen fragenden Blick zu. »Können Sie sie den Rest des Tages entbehren? Dann würden wir uns gleich um ein passendes Kostüm kümmern und den Ablauf besprechen.«

»Sicher«, sagte Monsieur Molier, und an Mata gewandt: »Ich lasse Sie heute Abend wieder abholen.«

*

»Das war großartig, meine Liebe! Sie sind eine Göttin!«, raunte Madame Kiréevsky Mata zu, als diese das Arbeitszimmer der Salonière betrat, das sich direkt neben dem Salon befand, in dem Mata soeben aufgetreten war, und ihr als Garderobe diente.

»Danke«, erwiderte Mata lächelnd. Sie war erschöpft und gleichermaßen wie berauscht von ihrem Tanz, dem sie sich mit ihrem ganzen Körper und mit allen Sinnen hingegeben hatte.

»Ich hoffe, es war für Sie nicht allzu anstrengend?« Madame musterte sie besorgt.

Mata schüttelte den Kopf. »Nein«, sagte sie wahrheitsgemäß. »Es war befreiend.«

»Fühlen Sie sich in der Lage, noch einmal hinauszugehen?«, fragte Madame Kiréevsky. »Die Gäste würden gern mit Ihnen ins Gespräch kommen.«

»Aber sicher«, entgegnete Mata. »Ich ziehe mich nur noch rasch um.«

Madame ließ sie in Gesellschaft ihrer Zofe zurück, die Mata half, ihr leichtes Bühnenkostüm abzulegen und sich in eine bodenlange Abendrobe zu kleiden, die über und über mit grün schillernden Perlen bestickt war.

Mata lächelte ihrem Spiegelbild zu. Ihre Wangen waren von der körperlichen Anstrengung gerötet, aus ihren hochgesteckten dunklen Haaren hatten sich einzelne Strähnen gelöst und umspielten ihr Gesicht, ihre dunklen Augen blitzten. Ja, sie war eine orientalische Schönheit! Als sie in ihre eigenen Augen blickte, sah sie daran unzählige Geschichten. Märchenhafte Geschichten aus *Tausendundeiner Nacht.* Sie wusste, dass die Menschen dort draußen diese Geschichten hören wollten. Nun, sie sollten sie bekommen.

Hocherhobenen Hauptes betrat sie den Salon und war sofort von ihren Zuschauern umringt.

»Wo kommen Sie her, Verehrteste?«, fragte eine Dame, die Mata schon ganz am Anfang aufgefallen war. Sie hatte in der ersten Reihe gesessen und ihr fasziniert zugesehen.

Mata lächelte geheimnisvoll. »Ich stamme aus dem Süden Indiens, von der Küste von Malabar, aus der heiligen Stadt Jaffnapatam.«

»Nicht aus Java?«, fragte in diesem Moment ein schmaler, brünetter Herr mit zeitgemäßem Schnauzbart und Seitenscheitel. »Madame erwähnte …«

»Oh, in Java war ich auch«, unterbrach ihn Mata, machte eine unbestimmte Bewegung und ließ ihren Blick in die Ferne schweifen.

Inzwischen hatten sich all ihre vormaligen Zuschauer um sie gruppiert und warteten voller Spannung darauf, dass die geheimnisvolle Frau mit ihren Erzählungen fortfuhr. Mata tat ihnen den Gefallen: »Meine Familie gehört der obersten Kaste der Brahmanen an. Ich bin in der unterirdischen Halle des Gottes Shiva aufgewachsen und von Kindesbeinen an in den rituellen Tempeltänzen unterrichtet worden.« Aus den Augenwinkeln beobachtete sie die Mienen ihrer Zuhörer. Trug sie zu dick auf? Sie wusste, der Grat zwischen Faszination und Ablehnung war schmal, sie durfte nicht riskieren, als Lügnerin und als Verrückte abgestempelt zu werden. Dennoch mussten ihre Geschichten mehr bieten als nur ein bisschen Glanz und Glamour.

Doch ihre Sorge war unbegründet, ihre Zuhörer hingen an ihren Lippen, und Mata erzählte unbeirrt weiter: »Diese Tänze habe ich zu Ehren der Götter Tag für Tag getanzt. In den üppigsten Gärten bin ich spazieren gegangen, ich war mit Girlanden aus Jasmin bekränzt.«

»Kein Wunder, dass Sie so mystisch und geheimnisvoll sind«, ließ sich die Dame, die sie als Erste angesprochen hatte, vernehmen. »Aber warum haben Sie diesen magischen Ort verlassen, um ins kalte Paris zu kommen?«

»Oh«, sagte Mata und schlug die Augen nieder, »glauben Sie mir, gewiss wäre ich dort mein Leben lang geblieben. Aber es sollte mir nicht beschieden sein.«

»Was ist geschehen?«

»Nun, ich wurde entführt!«, hauchte Mata.

»Entführt!« Das Wort waberte durch den Raum.

»Er war ein bildschöner, junger, britischer Offizier«, sagte Mata mit gesenkter Stimme, die die Intimität zwischen ihr und ihren Zuhörern verstärken sollte. Sie hatten dadurch das Gefühl, dass sie ihnen ihre intimsten Geheimnisse anvertraue.

»Er war unsterblich in mich verliebt«, fuhr sie fort. »Natürlich hat er mich dann auch geheiratet, und unsere Liebe wurde mit einem Sohn belohnt, meinem geliebten Sohn.«

Nun stiegen Tränen in ihre Augen. Und die musste sie nicht einmal spielen, die waren echt.

Mit einem Mal war sie wieder in Java, im Militärkrankenhaus. Wie er dalag, so klein, so zart und so hilflos. Alles, wirklich alles, hätte sie gegeben, um sein Leben zu retten, doch sie war erfolglos. Der Kleine starb, schloss an jenem heißen Juniabend für immer seine Augen. Er hatte nur zweieinhalb Jahre alt werden dürfen.

Träne um Träne rann über Matas Gesicht. Sie waren befreiend, diese Tränen, ebenso befreiend wie ihr Tanz. »Unser Sohn hieß Norman«, erzählte sie weiter. »Eine fanatische Dienerin hat ihn vergiftet.« Sie schlug die Hände vor das Gesicht.

Ihre Zuhörer warfen sich betroffene Blicke zu, die Damen schluchzten auf. Spitzenbesetzte Taschentücher wurden vor zitternde Münder gepresst, Hände, an denen Juwelen funkelten, ergriffen vor die Brust geschlagen.

»Und dann, was geschah dann?«

Mata wusste nicht, wer diese Frage gestellt hatte, doch sie holte sie zurück in die Gegenwart. Sie erwachte aus ihrem Traum, ihrem Albtraum, ihrer Reise in die Vergangenheit. Nun war sie wieder hier, in der Gegenwart, im funkelnden Paris der Belle Époque. Die Welt lag ihr zu Füßen, und sie konnte sie gestalten, wie es ihr gefiel. Sie glaubten ihr alles, und ihre Fantasie wurde zur Wirklichkeit.

»Ich«, sagte sie und richtete sich zur vollen Größe auf, »ich habe die Dienerin mit eigenen Händen erdrosselt.«

Die Menge stöhnte entsetzt und lüstern zugleich auf.

# 7. Kapitel

Stundenlang hingen die Salonbesucher an Matas Lippen. Und Mata war selbst ihre aufmerksamste Zuhörerin und stellte fest, dass sich, während sie erzählte, Wahrheit und Fantasie vermischten und sie am Ende gar nicht mehr wusste, was sie erfunden hatte und was nicht.

Diese Ausflüge in Fantasiewelten hatten eine eigenartige Wirkung auf sie. Sie beflügelten sie gleichermaßen, wie sie sie erschöpften. Sie waren wie ein Sog, dem sie sich nicht entziehen konnte, aber sie laugten sie auch aus.

Und so war sie sehr still, als sie nach vielen Stunden umringt von ihren Bewunderern neben Ernest Molier in der Kutsche saß und sich nach Hause fahren ließ. Sie waren sich in den letzten Wochen nähergekommen, Vertrauen hatte sich zwischen ihnen entwickelt, und Mata hatte ihm auch die eine oder andere Begebenheit aus ihrer Vergangenheit anvertraut.

»Bist du sehr erschöpft?«, fragte er nun.

»Ja.«

»Hm.«

Mata hatte ein gutes Gespür für die Stimmungen ihres Gegenüber und merkte deshalb sofort, dass ihn etwas umtrieb. Und sie ahnte, dass es etwas mit ihr zu tun hatte.

»Was ist?«

»Es ist nur …«, begann er und wirkte fast verlegen, als er fortfuhr: »Es ist nur, dass ich das Gefühl habe, dich gar nicht zu kennen. Dabei hatte ich den Eindruck, dass wir uns in den letzten Wochen viel ausgetauscht haben und ich auch verstanden habe, was dir widerfahren ist.«

Sie lachte leise auf. »Das haben wir. Aber ich glaube, wir sind noch weit davon entfernt, einander wirklich zu kennen. So schnell geht das nicht. Bei niemandem.«

Doch er schüttelte den Kopf. »Darum geht es nicht, und ich glaube, das weißt du. Margaretha, du bist so wenig greifbar. Immer dann, wenn ich das Gefühl habe, einen kleinen Teil von dir begriffen zu haben – im Sinne von: zu greifen bekommen –, entwendest du dich mir mit einer eleganten Bewegung und bist mir schon wieder entglitten.«

Mata erschrak. Sie hatte nicht bedacht, dass sie die Menschen, die ihr nahestanden, und dazu zählte Ernest inzwischen durchaus, mit den Geschichten, mit denen sie ihre Zuhörer in ihren Bann zog, verwirren, verunsichern, ja verängstigen konnte. Aber wollte sie das denn überhaupt, Menschen, die ihr nahestanden? Jeden, wirklich jeden, dem sie einmal ihre Liebe und ihr Herz geschenkt hatte, hatte sie verloren. Und hatte sie nicht bei Louis kürzlich wieder feststellen müssen, wie unklug es war, sich auf einen Menschen einzulassen? Und das, obwohl sie ihm nun wirklich nicht viel von sich selbst offenbart hatte?

Während sie neben Ernest durch die Straßen von Paris fuhr, zogen an ihr in einem langen Reigen die Gesichter all derer vorbei, die sie so innig geliebt und dann verloren hatte. John. Non. Norman. Ihren Vater. Auch ihre Mutter lächelte ihr vor ihrem inneren Auge zu, und beinah automatisch bewegte Mata die Finger, spielte auf ihren Oberschenkeln die Noten, die sie einst am Tag der Einsargung ihrer Mutter gespielt hatte. Tief hatten sich die Trauermärsche von Chopin und Beethoven in ihre Seele eingebrannt, für immer verbunden mit ihrer Mutter.

Der Schmerz drohte sie zu vernichten. Sie schnappte nach Luft, und ihr wurde ein wenig schwindelig.

»Margaretha?«, fragte Ernest leise an ihrer Seite. »Ist alles in Ordnung? Ich wollte dich nicht bedrängen.«

Sie schüttelte den Kopf. Und dann sagte sie die Wahrheit. »Nein. Ich kann verstehen, dass dich all das verwirren mag. Es ist nur so, dass ich wirklich schlimme Dinge erlebt habe. Diese schlimmen Dinge haben mich geprägt, aber ich kann sie nicht erzählen. Deshalb erzähle ich Dinge, die im Kern schon wahr sind, aber nie ganz. Das könnte ich nicht ertragen.«

Sie hielt inne und sah ihn bang von der Seite an. So sehr hatte sie sich ihm geöffnet, viel mehr, als das eigentlich ihre Absicht gewesen war. Was würde er mit diesem Wissen anfangen? Eigentlich hatte sie das doch gar nicht gewollt – sich ihm anvertrauen. Denn jede Nähe barg Gefahr. Sie wollte ja nie wieder jemanden so nahe an sich heranlassen. Um nie wieder einen solchen Schmerz erleben zu müssen. Aber es tat so gut, ihn bei sich zu haben.

Nun sah er sie liebevoll an. »Ich verstehe dich. Und ich verspreche dir: Ich werde dir nie wehtun.«

Dennoch werde ich dich verlieren, dachte sie. So, wie ich alle verloren habe. Das ist mein Schicksal.

Aber sie sprach ihre Gedanken nicht aus.

*

»Man wird deinen Namen bald in ganz Paris kennen«, sagte Ernest Molier wenige Tage später. Es war Sonntagmorgen, Ernest hatte heute frei, und sie hatten lange geschlafen, zumal Mata am Vorabend gleich drei Vorstellungen hintereinander gegeben hatte. Nun saßen sie bei einem späten Frühstück beisammen.

Mata lächelte huldvoll, als sie Ernest ansah, der die Zeitung *Le Courrier français* vor sich ausgebreitet hatte und daraus vorlas: »Lady MacLeod, deren Namen man bald in ganz Paris kennen wird, hat aus Indien, wo sie mit einem hohen Offizier verheiratet war, auf recht eigenwilligen Legenden basierende Tempeltänze mitgebracht.«

Er sah auf und lächelte.

»Nun bist du also Inderin, meine Schöne.«

Er küsste sie erneut, und sie bedachte ihn mit einem tiefen Lächeln. Seit ihrer Aussprache auf dem Kutschbock vor ein paar Wochen war er nicht mehr weiter in sie gedrungen, hatte akzeptiert, dass die Geschichten über sie variierten, sowohl die, die man sich über sie, als auch jene, die sie selbst erzählte. Inzwischen bereitete ihm das keine allzu großen Probleme mehr – und wenn, dann zeigte er es nicht. Vielmehr war es Teil eines Spiels zwischen ihnen geworden, das Mata sehr genoss, denn es verlieh dieser ganzen eigentlich so schweren Angelegenheit eine gewisse Leichtigkeit, die ihr half, mit all dem Schmerz umzugehen. »In der Zeitung *The King* schrieb ein Journalist über eine Frau aus dem Fernen Osten, die mit Parfüm und Juwelen beladen nach Europa kam, um einen Hauch des Reichtums orientalischer Farben und orientalischen Lebens in die saturierte Gesellschaft europäischer Städte zu bringen«, zitierte Mata, während sie hungrig von dem Croissant abbiss, das ein Bediensteter zum Frühstück serviert hatte.

»Ich könnte schwören, dass du nicht mit Parfüm und Juwelen beladen warst, als du hier angekommen bist«, sagte Ernest. »Aber vier Koffer hattest du dabei.«

Mata lächelte. »Inzwischen bräuchte ich mindestens zehn.«

# 8. Kapitel

Wenige Wochen nach ihrem Auftritt bei Madame Kiréevsky war Margaretha McLeod der begehrteste Star in zahlreichen Nachtclubs und Salons. Doch als die Sängerin anfragte, ob sie einen weiteren Salon bei ihr bestreiten wolle, sagte Mata sofort zu. Schließlich hatte sie Madame Kiréevsky ungemein viel zu verdanken, und sie mochte die mondäne und lebhafte Wohltäterin sehr. Auch wenn diese ganz anders war als ihre zarte, stets ein wenig zurückhaltende Mutter, so dachte Mata doch oft bei sich, dass das Gefühl, das Madame Kiréevsky ihr gab, zuletzt ihre Mutter in ihr hervorgerufen hatte.

Auch ihre zweite Vorstellung im Hause der Sängerin war ein voller Erfolg, und als Mata sich anschließend unter ihre Zuschauer begab, um noch ein wenig zu parlieren, eilte Madame Kiréevsky sogleich auf sie zu.

»Ich möchte Ihnen jemanden vorstellen, meine Teuerste.«

Madame Kiréevsky hatte sich ihren Weg durch die Menschenmenge, die Margaretha, wie auch bei ihrem ersten Auftritt, umringte, gebahnt und trat nun einen Schritt zur Seite, um ihr den vollen Blick auf den Mann zu gewähren, der ihr gefolgt war.

Er war groß, schlank, vermutlich um die siebzig Jahre alt,

sein etwas zu langes Haar war nach hinten gekämmt, sein Bart machte seine Gesichtszüge weich.

Ein Lächeln glitt über ihr Gesicht, während sie ihn mit ihren dunklen Augen fixierte.

»Lady MacLeod, das ist Monsieur Guimet. Er ist ausgewiesener Experte für orientalische Belange und besitzt eine umfassende Sammlung.«

Mata erschrak. Vor einem Experten für Orientalistik würden ihre Geschichten niemals standhalten – und vermutlich hatte Monsieur Guimet auch längst durchschaut, dass es sich bei ihrem Tanz mitnichten um einen Tempeltanz handelte.

Sie sandte ihm ein nervöses Lächeln, doch Guimet begrüßte sie mit einem formvollendeten Handkuss und sagte: »Meine Bewunderung, Verehrteste.«

Sie konnte in seinem Blick keine Skepsis lesen, sondern nur ungebrochene Begeisterung, ebenjenes Glühen und Leuchten, mit dem sie schon so viele angesehen hatten.

Ich mache die Menschen glücklich, dachte Margaretha. Ich mache sie glücklich, indem ich sie in fremde Welten entführe.

»Monsieur hat 1889 das Musée national des Arts asiatiques eröffnet«, fuhr Madame fort. »Es befinden sich dort Objekte aus ganz Asien.«

»Es wäre mir eine große Ehre, wenn ich Sie einmal einladen dürfte, mein Museum zu besichtigen«, sagte Guimet und lächelte sie beinah zaghaft an.

»Von Herzen gern«, versicherte Mata. Und sie meinte es auch so.

Das Musée national des Arts asiatiques im 16. Arrondissement erwies sich als mächtiger Sandsteinbau mit vorgesetztem Rundturm, in dem sich auch der Eingang befand. Mata konnte eine gewisse Nervosität nicht verhindern, als sie auf den beeindruckenden Gebäudekomplex zusteuerte. Ihre Anspannung verstärkte sich noch, als Guimet, der sie bereits in der Eingangshalle erwartete und der hier, inmitten des von ihm geschaffenen Reichs, noch beeindruckender wirkte als gestern im Salon der Madame Kiréevsky, ihr einen zierlichen Mann mit Nickelbrille vorstellte. »Das ist mein Direktor, Monsieur de Milloué, ein erstklassiger Orientalist.«

Mata schluckte. War sie gestern schon besorgt gewesen, dass ihre Geschichte auffliegen würde, war sie es nun noch mehr. Doch erneut musste sie feststellen, dass auch dieser Mann sie wie verzaubert ansah.

»Wenn Sie mir die Freude bereiten, würde ich Sie gerne durch mein bescheidenes Reich führen«, sagte Guimet.

Als sie den Rundgang beendet hatten, entschuldigte sich der Direktor, und Guimet bat Mata in sein Privatbüro, das von einem mächtigen Mahagonischreibtisch eingenommen wurde. Vor einem großen Fenster standen schwere Ledersessel, auf denen Guimet seinen Besuch Platz zu nehmen bat.

»Meine Teuerste«, sagte er und sah ihr tief in die Augen. »Meine Teuerste, was hielten Sie davon, wenn Sie in meinem Museum Sondervorstellungen für meine Freunde geben würden? Darunter sind der spanische und der japanische Botschafter und auch mehrere einflussreiche Journalisten.«

Mata spürte, wie ihr Herz schneller zu schlagen begann. Das wäre eine einmalige Chance. Zwar hatte sie auch im Salon von Madame Kiréevsky schon Mitglieder der besseren Gesellschaft kennenlernen dürfen, aber das war nichts im Vergleich zu den Menschen, mit denen Guimet sich umgab. Und wenn die Journalisten berichteten, dass sie vor dem spanischen und dem japanischen Botschafter auftrat, würde das ihre Bekanntheit noch steigern.

»Ein Problem sehe ich allerdings«, unterbrach Guimet ihre Träumereien.

»Ja?« Alarmiert sah sie ihn an.

Guimet beugte sich vor, während er ihr aus der asiatischen Teekanne höchstpersönlich nachschenkte.

Mata lehnte sich ihm entgegen und sah ihm tief in die Augen. Sie wusste um die Wirkung ihres Blickes, und sie spürte genau, dass Guimet ihr, ungeachtet des großen Altersunterschieds, verfallen war – oder zumindest auf dem besten Weg dahin. Auch dieses Mal verfehlte ihr Blick seine Wirkung nicht.

»Ein Problem, Monsieur Guimet? Aber das können wir doch sicherlich lösen?«

Wie zufällig legte sie ihre Hand auf die seine, während sich ihr Blick noch etwas mehr intensivierte. Flüchtig dachte sie an Ernest, dem sicherlich nicht gefallen würde, was sie hier tat. Ein schlechtes Gewissen brauchte sie dennoch nicht zu haben. Das hier hatte mit Ernest nichts zu tun, und obendrein stand der Reitstallbesitzer selbst in dem Ruf, dem weiblichen Geschlecht durchaus zugetan zu sein.

»Das will ich meinen«, sagte Guimet nun, der angesichts der überwältigenden Nähe Matas unruhig wurde.

»Es ist auch wahrlich kein großes Problem. Es ist… Ihr Name?«

»Mein Name?«, fragte Mata erstaunt.

Er nickte. »Lady MacLeod passt nicht zu einer orientalischen Tänzerin.«

Versonnen sah sie ihn an. Versonnen und zugleich fasziniert. Ihr Name.

In ihrer Kindheit im niederländischen Leeuwarden waren

Mädchen, die Margaretha hießen, gerne in der Kurzform Greet genannt worden. So hatte sie nie heißen wollen. Das war ihr zu unelegant gewesen. Und sie bekam immer, was sie wollte. Ohnehin lagen ihr die Spielkameradinnen zu Füßen. Sie wussten, dass sie etwas Besonderes war. Margaretha Gertrudia Zelle, Tochter eines reichen Mannes, der sein Töchterlein in Samt und Seide kleidete und sie in einer von weißen Ziegen gezogenen Kutsche durch die Heimat fahren ließ. Irgendwann hatte sie eingesehen, dass der Name Margaretha dann doch etwas zu mühsam war, und man einigte sich auf M'Greet. So wurde sie fortan von ihren Klassenkameradinnen gerufen. Also: Wer, wenn nicht sie, wusste, wie wichtig, wie bedeutsam Namen waren? Dass dieser Mann das auch so sah, faszinierte und elektrisierte sie gleichermaßen. John, ihr brutaler Ehemann, hatte ihren Namen nicht akzeptiert. Griet hatte er sie genannt. Aber dort, im fernen Java, da war sie geflohen. Vor ihm, vor den Namen, vor der so trostlosen Welt, in die er sie durch seine Anwesenheit drängte. Vor seinen Angriffen, seinen Schlägen, seiner Ignoranz war sie in die Traumwelt geflüchtet, die Java nun mal war. Die Trostlosigkeit des Militärstützpunktes hatte sie eingetauscht gegen die überbordende Natur, gegen die reich geschmückten Frauen, die so verführerisch tanzten und die ihr so ähnlich sahen. Der Sinnlichkeit hatte sie sich hingegeben – und schließlich hatte sie auch ihren Namen abgelegt. Die Frau, die frei war von diesem Mann, seiner Ignoranz und seiner Brutalität, hieß Mata Hari. Und nun schien es, als sei Mata Hari nach Paris gereist und Griet auf Java geblieben. Griet wollte sie nie wieder sein.

Während sie in ihren Gedanken tief in der Vergangenheit weilte, hatte Guimet sie fasziniert beobachtet, das Spiel von Licht und Schatten auf ihrem Gesicht verfolgt, ihre Mimik und wie ihre Augen sich veränderten. Wie aus einem tiefen Traum erwachend sah sie ihn an, ihr Blick von einer enormen Intensität.

Sie lächelte. »Aber ich bin doch schon Mata Hari«, sagte sie. »Das ist mein Name.«

Mit angehaltenem Atem wartete sie auf seine Reaktion. Als Orientexperte würde Monsieur Guimet vermutlich wissen, dass der Begriff »Mata Hari« nicht dem Indischen, sondern dem Malaiischen entstammte. Auch ihm gegenüber hatte sie erklärt, indischer Herkunft zu sein.

»Mata bedeutet Auge des Tages und symbolisiert damit die Sonne«, ergänzte sie.

Doch Guimet verzog keine Miene. »Mata Hari«, wiederholte er und nickte bedächtig, um dann hinzuzufügen: »Ein wunderbarer Name. Orientalisch und geheimnisvoll.«

Ja, dachte Mata. Orientalisch und geheimnisvoll. Genau das wollte sie sein.

# 9. Kapitel

Der Blick des Mannes war Mata unheimlich. Er war intensiv, beinah sogar schon wahnhaft und traf sie aus dunklen Augen. Die etwas wirren Haare des jungen Mannes und das ernste Gesicht verstärkten die leicht bedrohliche Wirkung, die er auf sie hatte. Aber das war nicht alles. Am unangenehmsten fand sie seine Art. Pablo Picasso war unfreundlich und gleichzeitig ungemein aufdringlich. Und sie wusste, dass sie ihm am liebsten nie begegnet wäre. Fast bereute sie schon, Ernests Einladung gefolgt zu sein. Doch ihr Liebster, den sie in der letzten Zeit viel zu sehr vernachlässigt und demgegenüber sie deshalb ein ausgesprochen schlechtes Gewissen hatte, hatte sie regelrecht angefleht, sie zum Bateau-Lavoir zu begleiten. Durch Zufall hatte er einen Mann kennengelernt, der dort lebte. Einen jungen Künstler, von dem er sich viel verspreche. Neben Pferden war das Sammeln von Kunst Ernests zweite große Leidenschaft, und er war geradezu besessen von dem Gedanken, ein junges Talent zu entdecken.

Das Bateau-Lavoir war ein Haus auf dem Montmartre, in dem lauter Künstler lebten. Als Ernest ihr davon erzählt hatte, hatte sie es sich als kreativen und auch inspirierenden Ort vorgestellt. Doch das Gebäude, das sie nun in der Rue Ravignan Nr. 13 betraten, empfand sie einfach nur als abstoßend. Es war mehr als heruntergekommen, und dann war da auch noch dieser unsympathische Mann, den ihr Ernest vorstellte, als handle es sich um den König persönlich, und der offenbar auch so behandelt werden wollte.

»Ah, die berühmte Mata Hari«, sagte Pablo Picasso zur Begrüßung. »Die Legende.« Es klang spöttisch, fast beleidigend. »Ich werde Sie malen.«

»Ich möchte aber nicht von Ihnen gemalt werden«, beschied sie ihm kühl.

In diesem Moment kam ein großer schwarzer Hund schwanzwedelnd heran. Picasso beugte sich hinab, um ihn zu streicheln. Ein Lächeln spielte um seine Mundwinkel, und auf einmal fand Mata ihn gar nicht mehr so unsympathisch. »Das ist Frika«, stellte er vor.

Mata lächelte.

»Frika lebt mit mir hier«, erklärte Picasso, um sich dann an Ernest zu wenden. »So, sehen Sie sich um.«

»Danke«, entgegnete der und wirkte ungewohnt schüchtern. »Ist mir eine Ehre.«

Picasso knurrte etwas Unbestimmtes, und Mata war von Mitgefühl für ihren Liebsten ergriffen. Er hatte sich so auf den Besuch bei diesem Künstler gefreut und hatte es wahrlich nicht verdient, nun so behandelt zu werden! Außerdem brauchte Picasso gewiss einen Förderer, und sie fand sein Verhalten alles andere als klug.

In diesem Moment wurde die Tür aufgerissen, und eine dunkelhaarige Frau rauschte herein. Als sie Mata erblickte, runzelte sie missbilligend die Stirn. Mata kannte derartige Reaktionen schon: Nicht immer waren ihr die Menschen, denen sie begegnete, wohlgesonnen. Das galt vor allem für junge Damen, die in ihrem Alter waren und in ihr eine Konkurrenz sahen. Und das war bei der Mittzwanzigerin ganz offenbar der Fall. Sogleich eilte sie auf den jungen Künstler zu, küsste ihn mitten auf den Mund und warf Mata dann einen provozierenden Blick zu.

Beruhige dich, hätte diese beinahe gesagt. Ich will dir deinen Freund ganz bestimmt nicht wegnehmen. Im Gegenteil, ich finde ihn sogar sehr unangenehm. Doch sie schluckte ihre Worte hinunter.

Da sich der ungehobelte Picasso nicht anschickte, sie einander vorzustellen, ergriff die Schönheit schließlich selbst die Initiative. »Ich bin Fernande Olivier«, sagte sie. »Pablos Freundin.«

Mata entschloss sich, die Verhältnisse sofort klarzustellen. »Und ich bin Mata Hari«, erklärte sie. »Ernests Freundin.«

Fernande schien nun etwas milder gestimmt, vielleicht war ihr ihr Auftritt sogar etwas peinlich, denn sie sagte versöhnlicher: »Ich habe schon von Ihnen gelesen. Ich habe selbst einige Erfahrung in diesem Bereich, ich habe einmal als Model gearbeitet.«

Mata musterte die andere interessiert. In der Tat war Fernande mit ihren dunklen Haaren, den dunklen Augen und dem ebenmäßigen Gesicht eine Schönheit.

Aus dem Augenwinkel stellte sie erfreut fest, dass sich Ernest und Picasso inzwischen angeregt unterhielten.

»Wo haben Sie sich kennengelernt?«, fragte sie und musste ihr Interesse nicht einmal heucheln.

»Hier.«

»Hier?«, wiederholte Mata.

»Ja, Pablo ist letztes Jahr im April hier eingezogen. Er ist durch seinen Freund Paco Durrio auf unser Haus aufmerksam geworden.«

»Wer ist das?«, fragte Mata.

»Ein spanischer Bildhauer«, antwortete Fernande mit einer

abwinkenden Geste, die deutlich machte, dass dieser offenbar nicht der Rede wert sei.

Sie lächelte spöttisch. »Ich bin eine geschiedene Frau, müssen Sie wissen.«

Mata sah die andere verwundert an. Warum erzählte Fernande ihr das, fragte sie sich. Im nächsten Moment dachte sie, dass sie sich offensichtlich nicht nur äußerlich ähnlich waren. Auch sie, Mata, war, wenn nicht geschieden, so doch zumindest von ihrem Ehemann getrennt, auch sie verdiente nicht zuletzt mit ihrer Schönheit Geld und widmete sich der Kunst. Sie ging davon aus, dass Fernande das ebenfalls tat.

*

Am Tag nach dem Besuch bei dem unfreundlichen Pablo Picasso, am 13. März 1905, fand Matas Auftritt in der zweiten Etage des Museums von Monsieur Guimet statt. Als sie am Veranstaltungsort eintraf, war sie regelrecht sprachlos. Guimet und seine Mitarbeiter hatten die Bibliothek in einen indischen Tempel verwandelt! Die acht Säulen des Rundbaus waren über und über mit Blumen geschmückt, die Ranken reichten bis zum Balkon des darüberliegenden Stockwerks. Vor jeder einzelnen Säule hatte Guimet elegante Statuen aufstellen lassen, die dem Betrachter ihre nackten Brüste verführerisch entgegenreckten. Mata musterte sie neidisch. Zwar waren diese Damen nur aus Stein, dennoch hatte sie für einen Moment das Gefühl, als könnten sie ihrem Auftritt allen Glanz nehmen. Denn ihre eigenen Brüste waren ausgesprochen klein und, wie Mata fand, auch hässlich, was sie durch die Wahl ihrer Garderobe allerdings geschickt zu verbergen wusste. Auch wenn sie viel von ihrem Körper offenbarte: Ganz nackt zeigte sie sich eben nie, was die Zuschauer noch mehr in Ekstase versetzte. Ein kleines

Geheimnis blieb, und das, so dachten die Zuschauer sicher, musste herrlich sein, ebenso wie alles andere an dieser Frau herrlich war. Was hätten sie wohl gesagt angesichts der Tatsache, dass das, was sie verbarg, nicht viel herrlicher, sondern viel hässlicher war als der Rest?

Guimet hatte Kerzen aufgestellt, die ihr flackerndes Licht auf die Statuen warfen und den Eindruck erweckten, als würden sie leben. Auch hier wieder, dachte Mata, war der Übergang zwischen Schein und Sein fließend. Ihr Blick fiel auf eine weitere Statue, die etwas im Hintergrund aufgebaut war: ein Nataraj, der seinen Fuß auf einen kleinen Zwerg gestellt hatte und ihn gnadenlos zerquetschte. Mata schauderte. Die Geste erinnerte sie an John und seine Brutalität, wie sie so vieles an ihn erinnerte. John. Würde er denn niemals aus ihrem Leben verschwinden?

Eine Stunde später hatte sie den Zwerg vergessen. John vergessen. Alles um sich herum vergessen, denn wenn sie tanzte, war ihr das auch dieses Mal wieder Befreiung. Vielleicht berührte ihr Tanz, der jedwedes Können und jedwede Professionalität vermissen ließ, die Menschen auch deshalb so. Weil sie spürten, dass alles in diesem Tanz lag. So viel Leid und so viel Schmerz. Ein ganzes Leben.

Zu den Klängen eines Orchesters, das vom Balkon über ihr spielte, tanzte Mata inmitten von vier Mädchen, die ebenfalls von Guimet eingeladen worden waren und die in schwarze Gewänder gehüllt waren. Sie selbst trug einen weißen Büstenhalter, der über und über mit Juwelen besetzt war. Die in orientalischen Mustern aufgestickten Edelsteine funkelten bei jeder Bewegung, ebenso wie das Diadem, das sich in mehreren Diamantschnüren bis zu dem Nackenknoten schlang, zu dem sie ihr Haar frisiert hatte. Diamantbänder trug sie auch um die Hüfte, sie hielten einen sehr knappen Sarong, der halb durchsichtig war. Ansonsten war sie nackt. Und sie fühlte sich wohl in dieser ihrer Nacktheit. Sie fühlte sich schön.

»Sie waren bezaubernd«, sagte Monsieur Guimet, als er nach der Aufführung in ihre Garderobe kam. »Die Herren Botschafter sind ganz hingerissen von Ihnen. Und ich bin es auch.«

Er trat näher an sie heran, ganz dicht. Sie konnte seinen Atem auf ihrer Haut spüren. Sie sah das Verlangen in seinen Augen, und auf einmal war das Verlangen, das Feuer, auch in ihr. Es erfasste sie unvermittelt und heftig. Die Macht, die sie mit ihrem Körper über diesen reichen und bedeutenden Mann ausübte, erregte sie.

Guimet presste sich enger an sie, sie spürte seine Lippen auf den ihren, seine Hände auf ihren Brüsten. »Mata«, stöhnte er, »Mata Hari.«

»Margaretha!«, drang da eine andere Stimme in ihr Bewusstsein. Eine vertraute Stimme war das und eine, die nicht in diesen Moment gehörte.

Erschrocken fuhr sie herum und sah Ernests entsetzten Blick. Sein Gesicht war gezeichnet von tiefer Enttäuschung.

*

»Ernest, so warte doch!« Immer noch in ihrem Bühnenkostüm, hastete Mata ihrem Liebsten hinterher. Zum Glück war sie inzwischen so oft im Musée national des Arts asiatiques gewesen, dass sie wusste, wie sie ins Treppenhaus gelangen konnte, ohne den Besuchern der Veranstaltungen, die begierig darauf warteten, dass sie sich zu ihnen gesellen würde, zu begegnen.

Er hörte ihren Ruf, wandte sich aber nicht um. Mata rannte,

so schnell sie konnte, und erreichte ihn, als er die Tür öffnen wollte.

»Warte.« Heftig atmend schob sie sich zwischen ihn und die Tür. Unwillig sah er sie an, und hinter dieser Unwilligkeit lag das, was er nun vor ihr zu verbergen versuchte: Schmerz. Und dann sagte sie genau das Falsche: »Ernest, es tut mir leid. Das hat nichts mit uns beiden zu tun. Das … das gehört einfach dazu.« Sie verschwieg ihm, dass auch sie durchaus von Verlangen gepackt worden war, als Guimet sie in den Armen gehalten hatte.

»Habe ich richtig gehört? Das gehört dazu?«, fragte er tonlos. »Hat es auch bei mir dazugehört? Weil ich dir den ersten Auftritt verschafft habe? Schließlich hast du vor mir auch bereitwillig gleich die Hüllen fallen lassen.«

Erst jetzt begriff Mata ihren Fehler. »Ich …«, setzte sie an.

»Wenn das so ist, meine Liebe«, sagte er kalt, »wenn das so ist, dann bist du nichts anderes als eine Prostituierte. Und mit einer Prostituierten will ich meine Zeit nicht vergeuden. Womöglich kommst du irgendwann noch auf die Idee, mich für deine Zuneigung bezahlen zu lassen. Nein danke. Ich lasse dir dein Gepäck ins Hôtel Le Meurice bringen.«

Mit einer groben Bewegung stieß er die zutiefst gekränkte Mata zur Seite und stürmte zur Tür hinaus.

Entsetzt blieb sie zurück und starrte auf die schwere Holztür, die mit einem lauten Knall ins Schloss gefallen war.

Prostituierte hatte er sie genannt. Einfach gegangen war er. Doch das war nicht das Schlimmste. Das Schlimmste war der Hass in seinem Gesicht. Es war der gleiche Ausdruck, mit dem John sie betrachtet hatte, bevor er ihr Gewalt angetan hatte. Wieder und wieder. Der Ausdruck, mit dem Louis sie in die innere Immigration getrieben hatte. Und nun hatte ihr schon der zweite Mann in Paris buchstäblich die Koffer vor die Tür gestellt.

Mata begann zu zittern. Erneut hatte das Leben sie gelehrt, dass es besser war, keine Gefühle zuzulassen, sich an niemanden zu binden, niemanden zu lieben: Die, die man liebte, gewannen Macht über einen. Sie hatten die Macht, zu verletzen, machten sie schutzlos und klein, um dann irgendwann zu gehen.

Mata atmete tief durch.

Reiß dich zusammen, befahl sie sich. Geh zu den anderen, und nutze deine Gelegenheit. Du hast die Macht über die Menschen. Nicht umgekehrt.

# 10. Kapitel

Mata Hari. Dass wir uns so schnell wiedersehen.«

Mata war im Théâtre du Trocadéro aufgetreten, die Vorstellung war anstrengend und zermürbend gewesen. Zum ersten Mal, seit sie tanzte, hatte sie nicht das Gefühl, das mit ganzer Seele zu tun, sondern ihr war, als spule sie die Bewegungen wie von selbst und mit einem gewissen Automatismus seelenlos ab.

Die Zuschauer schienen ihren inneren Zwist allerdings nicht zu bemerken und rasten vor Begeisterung, als sie sich zum Abschied vor ihnen verbeugte. Und wie immer war sie auch dieses Mal sogleich umringt, als sie den Zuschauersaal betrat. Und da war er, einer der Menschen, denen sie nun wirklich nicht begegnen wollte. Pablo Picasso.

»Monsieur Picasso«, sagte sie kühl. »Was für ein Zufall.«

»Kein Zufall.« Er schob sich näher an sie heran. »Ich wollte die legendäre Mata Hari doch unbedingt tanzen sehen – da ich mich schon damit rühmen kann, dass sie einmal bei mir zu Hause war.«

Erst jetzt bemerkte Mata, dass Picasso nicht allein war: Er befand sich in der Begleitung eines groß gewachsenen Mannes um die zwanzig, der Mata viel sympathischer war als Picasso.

Er nickte ihr höflich zu und stellte sich ihr dann als Amedeo Modigliani vor.

»Es freut mich sehr, Monsieur Modigliani«, sagte Mata. »Sind Sie ebenfalls Künstler so wie Monsieur Picasso?«

Der Mann, seinem Aussehen nach war er Italiener, lächelte höflich, aber zurückhaltend. Mata konnte sich des Gefühls nicht erwehren, dass ihm Picassos Art etwas peinlich war, und er versuchte, dessen grobschlächtiges Verhalten wiedergutzumachen.

Er nickte. »Ich bin gerade erst nach Paris gezogen«, sagte er.

Mata lächelte. »Und warum haben Sie sich ausgerechnet für die Stadt des Lichts entschieden?«

»Genau deshalb. Wegen des Lichts. Aber auch, weil mich die Künstlerszene hier interessiert. Hier ist es so… lebendig, und es gibt neue Kunststile. Paris ist das Zentrum der avantgardistischen Malerei.«

»Und das Zentrum der schönen Frauen«, mischte sich Picasso wieder ins Gespräch. Ihm war deutlich anzusehen, wie sehr er sich darüber ärgerte, dass die Tänzerin seinem Freund mehr Beachtung schenkte als ihm.

Er sandte Mata einen vielsagenden Blick, und obwohl diese derlei Blicke gewohnt war, ärgerte sie sich über die Aufdringlichkeit ihres Gegenübers.

»Eine solche schöne Frau haben Sie ja, beschied sie ihm kühl. »Ihre Freundin hat mir erzählt, dass sie Model sei. Was ich verstehen kann. Sie ist wirklich außerordentlich hübsch anzusehen.«

Wenn das überhaupt möglich war, so verfinsterte sich Pablos Miene noch mehr.

Er beugte sich vor und raunte ihr zu: »Nicht halb so schön wie Sie, Mata Hari. Ich muss Sie malen. Ich muss es einfach.«

Doch Mata schüttelte den Kopf. »Nein danke.«

»Ich lege Ihnen die Welt zu Füßen«, versprach Picasso. »Und was das Malen angeht – das ist keine Frage des Wollens, sondern des Müssens.«

Mata ließ sich nicht überzeugen. »Wenn Sie so unbedingt müssen, dann empfehle ich Ihnen, einen der Zeitungsartikel zu nehmen, in dem ich abgebildet bin. Den können Sie doch als Vorlage verwenden.«

Picasso starrte sie an, als habe sie ihn zutiefst beleidigt. Doch während Modigliani, dem die ganze Szene ungemein peinlich zu sein schien, Mata entschuldigend ansah, wagte Picasso einen weiteren Versuch. »Kommen Sie mit mir nach Malaga«, warb er, während er nach ihrer Hand griff. »Ich zeige Ihnen Spanien, meine Heimat.«

Doch Mata ließ sich nicht erweichen. »Nein«, sagte sie entschieden. »Und jetzt entschuldigen Sie mich bitte.«

Brüsk entzog sie ihm ihre Hand und bedachte den sympathischen Monsieur Modigliani mit einem freundlichen Lächeln. Mit ihm hätte sie sich in der Tat zu gern noch etwas länger unterhalten, und ihm war deutlich anzusehen, dass es ihm ebenso ging.

Doch nichts war nun wichtiger, als so schnell wie möglich diesem Picasso zu entkommen.

»Es hat mich sehr gefreut«, sagte sie daher.

»Mich auch«, entgegnete er leise.

Picasso schenkte Mata noch einen finsteren Blick, dann drehte er ihr den Rücken zu und verschwand in der Menge.

Mit einem letzten bedauernden Lächeln folgte Amedeo Modigliani seinem Freund.

*

»Ich möchte Ihnen jemanden vorstellen, meine Liebe«, sagte Madame Kiréevsky, als Mata wieder einmal in ihrem Salon aufgetreten war.

Mata lächelte. »Ich freue mich«, sagte sie ehrlich. Der letzte

Mensch, den Madame ihr vorgestellt hatte, war Guimet gewesen. Und der Auftritt in dessen Museum hatte ihrer Karriere, wenn er auch zur Trennung von Ernest geführt hatte, ohne Frage neuen Glanz gegeben.

Guimet hatte in gewisser Weise Ernests Platz eingenommen und war seitdem stets an ihrer Seite. Er tat alles, um ihr das zu schenken, was ein Mann einer Frau geben konnte. Ohne Liebe. Aber die wollte sie ja auch gar nicht. Guimet überschüttete sie mit Bewunderung und Geschenken, sie gab ihm dafür ihren Körper und genoss die Erregung, die sie in ihm hervorrief. Die Macht, die sie über ihn hatte. Die Begegnungen fanden in so teuren wie diskreten Hotels statt, denn Guimet war verheiratet, und seine Gemahlin sollte selbstredend nichts von seinem neuen Glück erfahren.

»Lady MacLeod?«, drang Madame Kiréevskys Stimme in ihre Gedanken. Die Sängerin sprach sie immer noch mit ihrem alten Namen an, und Mata störte sich daran nicht, im Gegenteil. In ihrem alten Namen schwang die Geschichte ihrer Anfänge hier in Paris mit. Und Madame Kiréevsky war Teil dieser Geschichte.

Jetzt lächelte Mata der Älteren zu. »Wen möchten Sie mir denn vorstellen?«

»Ihre Zukunft, Verehrteste«, sagte Madame ernst.

»Meine Zukunft?«

»Ja, Monsieur Clunet bat mich, dies zu tun.«

»Édouard Clunet?«, fragte Mata.

»Ebenjener.«

Mata wunderte sich zwar, warum der rund dreißig Jahre ältere Wirtschaftsanwalt, den sie seit ihrem Kennenlernen vor einigen Monaten sehr bewunderte, das nicht selbst tat, da sie inzwischen eine tiefe Freundschaft verband, sagte jedoch nichts. Doch Madame schien ihre Gedanken zu erahnen. »Die Gelegenheit ist einfach günstig, weil er heute zu Gast ist«, erklärte sie. »Es handelt sich um meinen alten Bekannten Gabriel Astruc.«

Sie ließ sich auf dem Sessel nieder, der neben Matas Schminktisch stand. Offenbar wollte sie ihr zuvor noch einige Informationen zukommen lassen. »Haben Sie schon mal von Satie gehört?«

»Dem Komponisten? Natürlich.«

»Nun, die beiden sind eng befreundet«, ließ Madame Kiréevsky sie wissen.

Etwas ratlos sah Mata die andere an. Was hatte sie mit Satie zu tun?

»Um Satie geht es eigentlich gar nicht«, sagte Madame Kiréevsky da auch schon. »Ich finde nur beide so faszinierend. Viel wichtiger ist, dass Astruc die halbe Welt kennt. Er bringt Enrico Caruso nach Paris und außerdem Nellie Melba.«

Mata war beeindruckt. »Das sind große Namen.«

»In der Tat«, bestätigte Madame. »Und er wird auch den Ihren zu einem großen Namen machen, meine Liebe. Astruc möchte Sie unter Vertrag nehmen. Und das bedeutet: Bald ist Mata Hari weltbekannt.«

Gabriel Astruc erwies sich als eleganter Herr um die vierzig. Er hatte schütteres Haar, ein Umstand, den er offensichtlich mit einem umso stattlicheren Bart wettzumachen versuchte.

»Meine Verehrung, Gnädigste«, sagte er und reichte Mata ein hohes Glas, in dem eine goldgelbe Flüssigkeit verlockend perlte: Champagner.

»Danke.« Sie nahm das Glas entgegen, prostete ihm zu, trank einen Schluck und genoss das Gefühl, wie das edle Getränk durch ihre Kehle perlte.

»Ihr Tanz hat mich zutiefst berührt«, sagte Astruc. »Sie haben Weltniveau. Ich nehme an, Madame hat Sie über meine Person informiert?«

Mata nickte.

»Nun«, fuhr Astruc bedächtig fort und drehte sein Glas in den Händen, »ich glaube, dass wir Sie weltberühmt machen können.«

Er führte sein Glas ebenfalls zum Mund, nahm einen kräftigen Schluck und sagte dann: »Ich würde Sie gern unter Vertrag nehmen. Das hier …«, er machte eine weit ausholende Bewegung, die das ganze Zimmer umfasste. »Das hier ist zwar schön, aber für Sie viel zu klein. Sie müssen in riesigen Hallen tanzen.«

Mata spürte, dass sich ihr Puls beschleunigte. In riesigen Hallen! Das war mehr, als sie je zu träumen gewagt hatte!

»Ich … es ist mir eine Ehre«, stammelte sie. »Was … muss ich tun?«

»Tanzen«, sagte Astruc und lächelte fein. »Einfach nur tanzen. Alles andere erledige ich.«

*

Astruc führte sie, wie verabredet, am nächsten Tag zum Mittagessen ins Café de la Paix. Nachdem sie den Hauptgang – Coq au Vin – beendet hatten, legte Astruc Messer und Gabel zur Seite und sah Mata eindringlich an. »Wie ich schon sagte«, begann er, das Thema auf das Geschäftliche zu lenken, »Sie sind eine Legende, und wenn Sie noch keine sind, dann mache ich Sie zu einer. Was Sie auf der Bühne darbieten, ist zauberhaft. Es zieht die Menschen in den Bann. Bisher kamen zu wenige in den Genuss, Sie zu sehen. Ich werde Ihnen Auftritte in ganz Paris verschaffen. Im Folies Bergère, im Théâtre de l'Odéon und im L'Olympia.«

»Das klingt … einfach wundervoll.«

»Darüber hinaus arbeite ich mit Ihnen daran, dass die Legende auch außerhalb der Bühne funktioniert. Die richtigen Hotels, Einladungen zu Diners und Teegesellschaften. Wenn ich es richtig beobachtet habe, wissen Sie sich in diesen Kreisen auch sicher zu bewegen?«

»Das dürfte kein Problem sein«, sagte Mata. »Ich habe meinen Mann, von dem ich getrennt bin, auf Java häufig auf Gesellschaften begleitet.«

»Und den Rest bringe ich Ihnen bei.« Dann beugte er sich über den Tisch in ihre Richtung. »Weil Sie Ihren Mann erwähnt haben …«

»Ja?« Beunruhigt sah sie ihn an.

»Nun«, fuhr Astruc fort. »Es gehört zu der Legende dazu, dass Sie die unterschiedlichsten Geschichten erzählen. Das macht Sie umso geheimnisvoller. Aber wenn ich Ihr Agent sein soll, dann muss ich die Wahrheit kennen. Das heißt: Mir gegenüber darf es keine Geschichten geben. Haben Sie das verstanden?«

Es klang streng, beinahe unfreundlich, und Mata zuckte innerlich zusammen, fasste sich aber schnell wieder. Nun war keine Zeit für Empfindlichkeiten. Das hier war ihre Chance! Und ihr war auch klar, dass Astruc eine gewisse Strenge und Entschlossenheit an den Tag legen musste, um sein Geschäft, respektive seine Künstler, voranzubringen.

»Natürlich«, sagte sie leise. »Ich verstehe. Aber das mit meinem Mann war gar nicht gelogen. Es war die Wahrheit. Wir haben auf Java auf einem Militärstützpunkt gelebt.«

»Gut.« Astruc lehnte sich zufrieden zurück. »Dann wäre das ja geklärt.«

# 11. Kapitel

Der gestrige Abend im Salon von Madame Kiréevsky war gleich in mehrfacher Hinsicht erfolgreich gewesen: Nicht nur Gabriel Astruc hatte die Sängerin ihr vorgestellt, sondern auch den Baron Henri de Rothschild, der sie ebenfalls gebeten hatte, in seinem Haus aufzutreten.

Das Anwesen von Henri de Rothschild war beeindruckender und prachtvoller als alles, was Mata bisher gesehen hatte. Das Haus des Mediziners, der der berühmten Bankiersfamilie entstammte, lag in der Rue du Faubourg Saint-Honoré im 8. Arrondissement und erhob sich groß und prächtig inmitten einer riesigen Parkanlage. Mata wollten die Augen übergehen, als der Chauffeur, den Rothschild geschickt hatte, um sie abzuholen, in den langen, pappelgesäumten Kiesweg einbog, der in einem Rondell vor dem reich mit Stuckornamenten verzierten Haus endete. In der Mitte des Rondells plätscherte ein Springbrunnen, die Bögen über der mächtigen Eingangstür – eigentlich musste man eher von einem Tor sprechen – wurden von gigantischen Säulen getragen.

Als der Chauffeur das Rondell einmal umrundet hatte, öffnete sich die Tür, und der Baron trat heraus. Strahlend blickte er Mata entgegen, und sie fühlte ein angenehmes Kribbeln in der Magengegend. Auch wenn sie Guimets Zuneigung genoss und vor allem all den Luxus, den er ihr zuteilwerden ließ, nur allzu gerne annahm, so war Rothschild doch viel attraktiver. Und das nicht nur, weil er rund fünfundzwanzig Jahre jünger war als der Museumsdirektor. Henri de Rothschild war groß, hatte etwas zu langes schwarzes Haar, das ihm immer in die Stirn fiel, und funkelnde, blaue Augen.

»Verehrteste«, sagte er und küsste ihr die Hand. »Ich freue mich sehr, dass Sie es möglich machen konnten.«

»Die Freude ist ganz meinerseits!« Mata warf ihm einen betörenden Blick zu.

»Wir haben glücklicherweise noch etwas Zeit, bis heute Abend die Veranstaltung beginnt«, freute sich Rothschild. »Ich habe eine kleine Erfrischung für Sie vorbereitet.«

Er führte sie durch eine imposante Eingangshalle in den Salon, der mit seinen bodentiefen Fenstern einen atemberaubenden Blick auf den parkähnlichen Garten bot.

Hausangestellte waren im Begriff, eine Bühne aufzubauen.

»Hier werden Sie heute Abend auftreten«, verkündete Rothschild und sah sie eindringlich an. »Ich kann es kaum erwarten.«

»Ich auch nicht.« Sie spürte unter diesem seinem Blick wieder dieses angenehme Prickeln.

»Bitte«, sagte er, legte eine Hand auf ihren Rücken und schob sie durch eine weitere Tür ins Nebenzimmer.

»Hier entlang.«

Das Nebenzimmer des Salons erwies sich als Speisesaal, und Henri de Rothschild hatte hier fürstlich eindecken lassen. Auf einer silbernen Etagere waren zahlreiche Petit Fours angerichtet, es gab Eclairs und Macarons in den zartesten Pastelltönen. Daneben ein Blätterteigtörtchen, gefüllt mit roter Marmelade. »Das sind Puits d'Amour«, sagte Henri de Rothschild, als er ihren Blick bemerkte, und fügte vielsagend hinzu: »Liebesbrunnen.«

Er zog ihren Stuhl zurück, damit sie sich setzen konnte, und streifte dabei wie zufällig ihre Schulter. Mata schauderte wohlig und fragte sich zum wiederholten Male, wo sich Madame de Rothschild wohl aufhalten mochte. Von Madame Kiréevsky wusste sie, dass der Mediziner verheiratet war und drei Kinder hatte. Aber weder von der Gattin noch von den Rothschild-Sprösslingen war etwas zu sehen.

Sie wagte nicht, ihn danach zu fragen.

»Eigentlich müsste ich Sie zum Nachmittagstee natürlich in den Salon bitten«, sagte Rothschild entschuldigend. »Aber dort wird ja alles für Ihren großen Auftritt vorbereitet.«

Mata nickte.

»Was darf ich Ihnen anbieten?«, fragte Henri und deutete auf die Etagere. »Einen Liebesbrunnen?«

»Sehr gern. Er sieht wirklich köstlich aus.«

In der Erwartung, dass wie aus dem Nichts ein Diener erscheinen und ihr die Köstlichkeit servieren würde, lehnte sie sich halb zurück, doch zu ihrer Überraschung beugte sich Rothschild selbst nach vorne, griff nach der silbernen Zange und legte ihr das Blätterteiggebäck auf den Teller, wobei er erneut ihre Hand berührte.

Mata sah sich irritiert um, und er deutete ihren Blick richtig.

»Ich habe die Dienerschaft angewiesen, uns allein zu lassen. Dann können wir die Details … besser besprechen.«

Sie merkte, dass sie nervös wurde. Dieser Mann hatte eine erstaunliche Wirkung auf sie. Was sie beunruhigte, denn er sollte keine Macht über sie erlangen. *Umgekehrt* war es richtig. Wissen war Macht, dachte sie und beschloss, ihn auszufragen. Allerdings nicht nach seiner Familie, das wagte sie nicht, sondern nach seinem Beruf.

»Haben Sie viel Arbeit mit der Pariser Bank Ihrer Familie?«, stieß sie hervor. »Oder gehen Sie als Mediziner ganz eigene Wege?«

Er lächelte wissend, schien ihre Beweggründe zu durchschauen, was sie erneut verunsicherte.

»In der Tat habe ich mit der Rothschild-Bank nicht viel zu tun. Aber der Medizin widme ich mich auch nicht – zumindest nicht so sehr, wie ich das gerne würde.«

»Was tun Sie dann?«, fragte Mata, die das Puits d'Amour bisher noch nicht angerührt hatte.

»Ich bin Direktor der Nordbahn, das ist das größte rothschildsche Eisenbahnunternehmen«, erklärte er.

»Das klingt… interessant«, sagte Mata und bemerkte selbst, wie lahm das klang.

Er zuckte die Achseln. »Ist es aber nicht. Viel interessanter ist für mich der Motorsport. 1901 habe ich das Coupe Rothschild für das Autorennen von Nizza ins Leben gerufen.«

»Schnelle Autos sind faszinierend«, stimmte sie ihm zu.

»Nicht so faszinierend wie die schönen Künste.« Auf einmal klang seine Stimme rau.

Mata schluckte.

Er lächelte, sich seiner Wirkung auf sie voll bewusst. Dann lenkte er seinen Blick zu dem Kuchenteller mit dem Puits d'Amour, der immer noch unberührt vor ihr stand.

»Sie haben ja noch gar nichts probiert.«

Sie erwiderte sein Lächeln. »Es ist auch ziemlich gefährlich für meine Linie.«

»Ich bitte Sie.« Rothschild ließ seinen Blick nun ungehemmt über ihren Körper gleiten, und die Luft zwischen ihnen schien zu brennen, als er flüsterte: »Sie sind perfekt.«

»Na, dann…« Mata ließ ihn nicht aus den Augen, während

sie mit der Kuchengabel ein Stück des Puits d'Amour abteilte und genüsslich in ihren Mund schob.

Etwas von der roten Marmelade blieb an ihren Lippen kleben. Sie leckte, ihm immer noch in die Augen sehend, mit der Zunge darüber und stellte zufrieden fest, wie sehr ihn diese Geste erregte. Sie lächelte. Es war ein harter Kampf gewesen. Aber am Ende hatte sie die Macht über Baron de Rothschild erlangt.

# 12. Kapitel

Ihre Hände strichen sorgsam über den kostbaren Ledereinband. Sie hatte das Buch eigens bei einem alten Buchbinder nahe der Galeries Lafayette in Auftrag gegeben. Verheißungsvoll lag es in ihren Händen, in dem dunklen Leder prangte in Goldschrift ihr Name: Mata Hari. Behutsam strich sie mit ihren schlanken Fingern darüber. Dieses Buch war ihre Zukunft. Es sollte ein Buch der Erinnerungen werden, eine Dokumentation aller Huldigungen, die ihr nun zuteilwurden und die sie nicht mehr bekommen hatte, seit ihr wunderbares, ihr leuchtendes, ihr schönes Leben in Leeuwarden plötzlich endete, der Vater verarmte, ihre Familie verließ und die Mutter starb.

Ein Lächeln glitt über ihr Gesicht, als sie die vielen Zeitungsartikel betrachtete, die vor ihr auf dem Tisch lagen und in denen die Journalisten sich überschlugen vor Begeisterung über die Vollkommenheit ihrer Tänze. Wieder fühlte sie dieses unbeschreibliche Gefühl der Macht in sich aufsteigen. Sie glaubten ihr einfach alles, alle Geschichten, egal, wie oft sie sie auch variierte. War der Grund für die verschiedenen Versionen anfangs noch gewesen, dass sie nach einer Möglichkeit suchte, dem eigenen Schmerz zu entfliehen, so spielte sie nun bewusst damit. Streute hier ein Gerücht und dort ein anderes – mit dem

Ergebnis, dass sie immer geheimnisvoller wurde und die Menschen sich darüber den Kopf zerbrachen, wer sie wirklich war, und darin wetteiferten, wer sie denn nun am besten kannte, die wahre, die echte Mata Hari.

Sie nahm eine Ausgabe der *La Vie Parisenne* in die Hand, in der stand: »Lady MacLeod, alias Mata Hari, die indische Tänzerin. Wollüstig und tragisch tritt sie in völliger Nacktheit in den bekanntesten Salons unserer Stadt auf. Sie trägt das Kostüm einer Bajadere. Es ist so sparsam wie möglich. Ganz am Schluss ihrer Tänze spart sie sogar noch diesen knappen Rest ihres Kostüms ein.«

Während sie die blitzende Schere zur Hand nahm und die glatten Metallklingen durch das dünne Zeitungspapier fuhren, dachte sie, dass auch die Journalisten es mit der Wahrheit nicht so ganz genau nahmen. Denn nie, niemals, ließ sie den Büstenhalter fallen, niemand durfte sie nackt sehen. Nicht einmal die Männer, mit denen sie schlief. Was nicht immer einfach war, besonders Henri de Rothschild, ihr so charmanter wie willensstarker Liebhaber, ließ nichts unversucht.

Sie hatte sich ihm schon vor ihrem abendlichen Auftritt in seinem Salon hingegeben. Nachdem sie sich die Marmelade von den Lippen geleckt und sie das Verlangen in seinen Augen gesehen hatte, hatte sie ihrer Lust freie Bahn gelassen. Henri und sie hatten es kaum bis in eines der sicherlich zahlreichen Schlafzimmer im Schloss des Barons geschafft, und die Stunde, die sie anschließend verlebten, war intensiv und berauschend gewesen. Sie wusste, dass sie im Anschluss daran anders tanzte, als sie es ohne den vorangehenden Liebesakt getan hätte. Ein Körper, der zuvor von einem Mann verwöhnt worden war, bewegte sich erotischer, und als sie seine leuchtenden Blicke bemerkte, die er ihr von der ersten Reihe aus zuwarf, war ihre Erregung wieder entzündet, und sie brachte sie in ihrem Tanz zum Ausdruck, ebenso wie einst ihren Schmerz.

Seitdem hatten sie sich beinah täglich gesehen, und Mata wusste inzwischen, dass es um Henris Ehe nicht zum Besten stand und seine Gattin sich mit seinen Kindern die meiste Zeit über bei ihren Eltern oder auf dem Sommersitz in Deauville aufhielt. Dieser Umstand allerdings beunruhigte sie eher, als dass er sie erfreute. Sie wollte sich ja ganz bewusst nicht mehr mit einem ungebundenen Mann einlassen. Bei einem verheirateten Mann war die Grenze von vornherein klar. Und diese Grenze brauchte sie.

Sie fand immer mehr Gefallen daran, den Männern, die ihr ihre Bewunderung schenkten, auch körperlich zu begegnen, wenn es nicht gerade solche Rüpel waren wie dieser Picasso, an den sie immer nur mit Schaudern dachte.

Ihre Hände griffen nach einer der vielen Karten, die, mit den Zeitungsausschnitten, auf dem Tisch lagen und darauf warteten, eingeklebt zu werden.

Sie zog das Papier aus dem Umschlag und las:

*An Schiwa*
*Wenn sie vor Deinem Altar ihre Schleier abgeworfen hat*
*und ihren anmutigen, nackten Körper vor Dir verneigt,*
*Schiwa, großer Gott, brennt nicht in Deinem Innern*
*der übermächtige Wunsch, den ihre Schönheit weckt?*
*Eilst Du nicht, deinen Mund auf ihre blühenden Lippen*
*zu pressen?*
*Drängt es Dich nicht, ihren wollüstigen Körper an Dich*
*zu ziehen?*
*Um in Liebe zu schwelgen?*

Sie kannte den Mann nicht, der das Gedicht verfasst hatte. Doch den Absender des nächsten Briefes kannte sie sehr wohl. Puccini hatte ihr geschrieben! Vorvergangene Woche waren sie einander begegnet, und der Endvierziger mit dem leicht gewellten Haar und dem Schnauzbart gefiel ihr ausnehmend gut. Er war wohl das, was man stattlich nannte, immer elegant gekleidet, draußen sah man ihn stets mit Melone, Spazierstock und schwarzem Mantel, in seinem Mundwinkel hing meistens eine Zigarette, was ihm ausgesprochen gut stand. Mata wusste, dass er bereits erfolgreich mehrere Opern aufgeführt hatte, *La Bohème* zum Beispiel im Jahr 1896. Madame Kiréevsky hatte sie außerdem darüber informiert, dass der Komponist vor drei Jahren einen schweren Autounfall gehabt hatte und im vergangenen Jahr mit seiner Lebensgefährtin Elvira Bonturi, mit der er bereits ein Kind hatte, vor den Traualtar getreten war.

Mata blätterte weiter und zog nun einen Artikel heraus, den Frances Keyzer geschrieben hatte. Von ihrem Freund Clunet wusste sie, dass es sich bei der Journalistin um eine englische Korrespondentin handelte. »Die Tür öffnete sich. Eine dunkle Gestalt glitt herein. Sie hielt die Arme über der Brust gefaltet und verharrte inmitten eines Blumenmeers. Sekundenlang hielt sie unbeweglich die Augen auf die Schiwa-Statue am anderen Ende des Raumes gerichtet. Ihre Olivenhaut schimmerte unter fremdartig gefassten, blitzenden Diamanten. Ein Goldhelm thronte auf ihrem schwarzen Haar. Sie war in mehrere Schleier feinster Farben gehüllt. Die Schleier sind Symbole für Keuschheit, Schönheit, Jugend, Liebe, Wollust und Leidenschaft.«

Zufrieden lächelnd setzte Mata die Schere an, um das Lobeslied auszuschneiden und anschließend in ihr Album zu kleben.

# 13. Kapitel

Cécile Sorel gehörte zu den Menschen, die Mata Hari irritierten. Ohnehin stellte sie fest, dass sie Frauen gegenüber manchmal eine gewisse Unsicherheit an den Tag legte. Das lag, wie sie vermutete, daran, dass die Rollen hier nicht klar definiert waren. Es sei denn, es handelte sich bei der anderen um eine deutlich ältere, eher mütterliche Frau wie Madame Kiréevsky. Ehefrauen ihrer Bewunderer aber verunsicherten sie – denn Mata ging davon aus, dass diese ihr eigentlich ablehnend gegenüberstehen müssten, und wunderte sich dann und wann, wenn sie feststellte, dass diese sie ebenso verehrten wie ihre Männer. Ganz besonders irritierend fand sie aber junge schöne Frauen. Wie Cécile Sorel, der das umgekehrt ganz und gar nicht so zu gehen schien. Cécile war mit ihren Anfang dreißig zwar etwas älter als sie, aber von ausgesprochener Schönheit und Eleganz. Und eine Legende – ebenso wie Mata es im Begriff zu werden war! Nachdem Cécile 1899 ihre Karriere im berühmten Odéon begonnen hatte, war sie zwei Jahre später, 1901, zu der Comédie-Française gekommen, wo sie als »Grande Coquette« von sich reden machte.

Darüber hinaus richtete sie Salons aus, und zu einem von diesen hatte sie Mata eingeladen.

»Meine Liebe, ich freue mich sehr, dass Sie mir die Ehre

erweisen, bei mir aufzutreten«, erklärte sie, als sie, umwogt von einer Duftwolke, auf ihre Künstlerkollegin zueilte und sie zur Begrüßung dreimal auf die Wange küsste.

Mata lächelte. »Die Freude ist ganz meinerseits«, sagte sie. Denn auch wenn oder gerade weil die andere sie verunsicherte: Die Comédie-Française faszinierte sie, und sie hoffte, mehr darüber zu erfahren.

Cécile Sorel tat ihr gern den Gefallen. Der Besuch bei ihr lief ebenso ab wie bei den meisten ihrer Auftritte: Der Gastgeber oder die Gastgeberin zeigte ihr den Auftrittsort und die Garderobe und bot anschließend eine Erfrischung an, und was mit Henri in einem wilden Liebesakt geendet hatte, endete mit Cécile Sorel in einem angeregten Gespräch über die Comédie-Française. Die Schauspielerin freute sich aufrichtig über Matas Interesse und entführte sie nur zu gern in die Geschichte des berühmten Theaters, das am 21. Oktober 1680 durch ein *Lettre de cachet* von König Ludwig XIV. gegründet worden war. »Durch den Brief schlossen sich die beiden Pariser Schauspieltruppen des Théâtre de l'hôtel de Bourgogne und des Théâtre Guénégaud zusammen«, erzählte Cécile der fasziniert lauschenden Mata. So gern sie selbst Geschichten von sich gab, so sehr interessierte sie sich auch für die tatsächliche Geschichte eines Ortes oder einer Institution, so wie sie es auch genossen hatte, bei ihrer Ankunft in Paris mit Louis auf den Spuren der Weltausstellung zu wandeln. Louis. Wie weit weg er schon wieder war. Wie zu einer anderen Welt gehörend.

»Noch im selben Jahr gab es die erste Aufführung, an der siebenundzwanzig Schauspieler beider Ensembles teilnahmen«, fuhr Céline fort.

»Was haben sie gespielt?«, erkundigte sich Mata, die spürte, dass ihre Faszination für dieses Theater immer größer wurde.

Geschichte beflügelte ihre Fantasie, so wie ja auch ihre eigene Geschichte ihre Fantasie anregte und sie zur Kunstfigur werden ließ.

»Die Tragödie *Phèdre* von Jean Racine und eine Komödie von Jean de La Chapelle«, antwortete Cécile wie aus der Pistole geschossen.

»Oje«, erwiderte Mata ehrlich. »Vermutlich bin ich furchtbar ungebildet, von Jean de La Chapelle habe ich noch nie gehört. *Phèdre* ist mir natürlich ein Begriff.«

»Deswegen sind Sie keineswegs ungebildet, machen Sie sich keine Sorgen«, winkte Cécile lachend ab. »Kein Mensch kennt heute noch diesen Namen. Ich weiß ihn auch nur, weil ich mich als Ensemblemitglied natürlich mit den Anfängen des Theaters beschäftigt habe. Viel spannender ist, was während der Französischen Revolution passierte.«

Mata sah die andere gespannt an, als diese eine Kunstpause machte. Cécile verstand es wirklich, einer Geschichte den nötigen Spannungsbogen zu verleihen, dachte Mata, die darin ja ebenfalls Meisterin war, bewundernd.

»Und was war das?«, fragte sie, als Cécile nicht von selbst weitersprach.

Die andere hatte offenbar nur auf diese Interessensbekundung gewartet. »Am 3. September 1793 wurde das Theater geschlossen und die Schauspieler verhaftet.«

»Nein«, staunte Mata. »Warum denn das?«

»Während der Französischen Revolution wurde der sogenannte Wohlfahrtsausschuss gegründet«, sagte Cécile. »Und diesem Wohlfahrtsausschuss waren die Eintrittspreise des Theaters viel zu hoch, deshalb wurde es geschlossen.«

»Was war mit den Darstellern?«, fragte Mata. »Was hat man denen vorgeworfen?«

Cécile kannte auch hierauf die Antwort: »Die wurden verhaftet, da man ihnen ebenfalls Wucher unterstellt hatte.«

»Und wann durften sie wieder spielen?«

»Erst knapp sechs Jahre später, am 30. Mai 1799, unter der neuen Regierung.«

Cécile lachte. »Langweilig wurde es aber auch dann nicht. Als am 25. Februar 1830 Victor Hugos Stück *Hernani* aufgeführt wurde, kam es im Theater zur sogenannten *Schlacht um Hernani.*«

»Die Zuschauer haben sich geprügelt?«, fragte Mata fasziniert.

»So weit würde ich jetzt nicht gehen«, sagte Cécile, und es war offensichtlich, dass sie das Plauderstündchen mit der Gleichgesinnten sehr genoss. »Aber es kam zu einer lautstarken Auseinandersetzung.«

»Was ist geschehen?«

»Nun«, machte Cecile, während sie sich einen zartrosa Macaron zwischen die Lippen schob und ihn genüsslich verspeiste. »Sagen wir es mal so: Durch das Publikum ging ein tiefer Riss. Da waren zum einen die Anhänger der französischen Klassik und zum anderen die der Romantik. Die beiden Gruppen gerieten während der Vorführung in Streit, und statt dem Geschehen auf der Bühne zu folgen, gingen sie aufeinander los.«

»Und dann?«, fragte Mata, die sich zwar ebenfalls einen Macaron, einen grünen, genommen, aber vor lauter Spannung vergessen hatte zu essen, gespannt.

Cécile warf in einer dramatischen Geste die Hände gen Himmel. »Die Anhänger des neueren, des romantischen Theaters siegten.«

»Und was bedeutete das?«

»In der Klassik gilt die Regel der drei Einheiten: Ort, Zeit und Handlung. Die Romantik hingegen bediente sich nicht nur eines ganz ungewohnten Wortschatzes, sondern mischte auch noch Lyrik mit Trivialem und Phrasen.«

»Und dem Publikum gefiel das Moderne besser?«, schlussfolgerte Mata.

In diesem Moment klopfte es an der Tür.

»Ja bitte?«

Ein Diener schob sich herein. »Verzeihen Sie, Madame, es wird nun Zeit für Mata Hari, sich auf ihren Auftritt vorzubereiten.«

»Natürlich«, sagte Cécile und wandte sich dann wieder ihrer Besucherin zu. »Es war mir eine Freude, mit Ihnen zu plaudern. Und nun blicke ich Ihrer Darbietung mit Spannung entgegen.«

Drei Tage nach ihrem Auftritt bei Cécile Sorel erhielt Mata ein Schreiben von ihrer freundlichen Gastgeberin.

*Mademoiselle, Ihre meisterhaften Tänze haben meine Gäste tief beeindruckt. Monsieur Menier hat den Wunsch, Sie am Freitag in seinem eigenen Hause noch einmal bewundern zu dürfen. Können Sie das möglich machen? Sie werden dort in einem Rahmen auftreten, der Ihrer großen Kunst würdig ist: eine große, geschlossene Veranda, angefüllt mit den seltensten Pflanzen und Blumen. Bitte schreiben Sie Monsieur Menier direkt oder, falls Sie dies vorziehen, auch an mich.*
*Ich bin, mit achtungsvollsten Grüßen,*
*Ihre C. Sorel*

Mata schob den Brief wieder in den Umschlag. Auch er würde in ihrem ledergebundenen Album mit den goldenen Initialen seinen Platz finden. Wie schnell es sich wohl füllen und wie viele Alben es am Ende sein würden? Bände voller Huldigungen und vor allem: Briefe und Schreiben der Crème de la Crème.

Gaston Menier war ihr nicht nur bei ihrem Auftritt ausgesprochen angenehm aufgefallen, sie hatte auch zuvor schon von dem französischen Schokoladenkönig gehört.

Sie antwortete ihm direkt, versicherte ihm, dass sie ihrer Begegnung ausgesprochen freudig entgegenblicke, und war in der Tat sogar etwas aufgeregt, als sie am darauffolgenden Freitag seine heiligen Hallen betrat.

# 14. Kapitel

Gaston Menier hatte sie, wie die meisten ihrer Auftraggeber das taten, mit einem modernen Automobil abholen lassen, und auch dieses Mal war Mata beeindruckt ob der überborden- den Pracht der Architektur.

»Wunderschön«, sagte sie und betrachtete die Backsteinfas- sade mit den Kalksteinquadern.

»Gaston hat dieses Stadtpalais 1878 von einem Monsieur Georges Michel Koechlin erworben«, erklärte Cécile, die sie begleitete. »Diese Bauweise ist typisch für die französische Renaissance zur Zeit Heinrichs IV.«

Mata war dankbar dafür, dass Cécile sie in die Geheimnisse der Pariser Gesellschaft einweihte und damit fast schon die Rolle der Madame Kiréevsky einnahm. Allerdings weniger als mütterliche, denn als ebenbürtige Freundin.

»Monsieur Menier hat das Haus aber sehr umbauen lassen«, fuhr Cécile fort, als sie auf den von herrlichen Gebäuden umge- benen Hof fuhren, die alle Teil der Stadtvilla waren.

Der Wagen hielt, und ein Diener eilte herbei, um die beiden Frauen ins Innere zu bitten.

»Monsieur erwartet Sie bereits«, teilte er mit.

Sie folgten dem Mann in den Salon, wo sie von Gaston Menier begrüßt wurden.

»Darf ich Sie zur Stärkung in die Welt der Schokolade entführen?«, fragte er und deutete auf die Sitzgruppe, in deren Mitte auf verschiedenen Platten und Etageren die reinsten Kunstwerke aus Schokolade auf sie warteten.

»Das sieht ja wundervoll aus!«, rief Mata.

»Das sieht nicht nur wundervoll aus – es schmeckt auch wundervoll«, versicherte Cécile, die, ebenso wie Mata, von Menier mit Wangenküsschen begrüßt worden war und mit dem Schokoladenmogul ausgesprochen vertraut wirkte.

»Du hast ja sogar die Nugatpralinen servieren lassen«, freute sich Cécile und nahm auf dem Biedermeiersofa Platz.

»Ich weiß doch, was dir schmeckt«, lächelte er, und wieder konnte Mata sich des Eindrucks nicht erwehren, dass die beiden sich sehr nahestanden. Absurderweise reagierte sie mit leiser Eifersucht. Da war es wieder. Ihr Verhältnis zu Frauen konnte nie ganz unbeschwert sein. Zum ersten Mal stellte Mata jedoch fest, dass das nicht daran lag, wie andere Frauen auf sie reagierten – sondern an ihr selbst! Sie musste sich eingestehen, dass sie stets etwas gekränkt war, wenn ein Mann eine Frau – und sei es seine eigene – aufmerksamer behandelte als sie. Sie ärgerte sich selbst über diese Erkenntnis.

Um sich von ihren Gedanken abzulenken, griff sie ebenfalls zu und schob sich eine zartrosa Kugel in den Mund. Im nächsten Moment hatte sie das Gefühl, dass der Geschmack auf ihrer Zunge regelrecht explodierte. »Das ist ja köstlich«, sagte sie und schloss genießerisch die Augen.

»Freut mich, wenn es Ihnen schmeckt«, sagte Menier.

»Mademoiselle interessiert sich sehr für die Geschichte hinter den Dingen«, erklärte Cécile, und Mata fiel nun schon zum zweiten Mal auf, dass die andere sie beharrlich Mademoiselle nannte. Ein Kompliment an ihre Jugend?

Cécile, die genau wusste, dass Mata noch verheiratet war, verstand sich auf derartige Zwischentöne.

»Das stimmt. Würden Sie mir etwas über die Geschichte der Schokoladenfabrik erzählen?«, fragte Mata begehrlich.

»Es wird mir ein Vergnügen sein«, versprach ihr Gastgeber. »Und mehr als das: Wenn Sie möchten, gebe ich Ihnen gerne auch einmal eine Führung durch unser Werk.«

»Das wäre wunderbar!«, rief Mata.

»Aber vorher müssen Sie diese hier probieren«, sagte Menier und schob ihr eine zartbraune Praline entgegen, die mit einem kandierten Veilchen verziert war. »Das ist mein Lieblingsstück.«

»Es ist mir ein Vergnügen.« Mata nahm die Praline und steckte sie sich auf laszive Art in den Mund, wobei sie den Blick nicht von Menier wendete. Und da war es, das vertraute Glimmen in seinen Augen, das sie schon in so vielen Männern entzündet hatte. Na also, dachte sie zufrieden. Geht doch.

Aus den Augenwinkeln warf sie einen Blick auf Cécile, doch die schien die kleine Tändelei entweder nicht bemerkt zu haben, oder es interessierte sie nicht. Vielleicht, dachte Mata, täuschte sie sich hinsichtlich der beiden ja doch.

»Wie lange gibt es die Schokoladenfabrik denn schon?«, nahm Mata den Faden wieder auf und verspeiste genüsslich den Rest ihrer Veilchenpraline.

»Eigentlich begann alles mit einer Apotheke«, sagte Menier.

»Mit einer Apotheke?«, wunderte sich Mata. »Da ist mir die Schokolade aber die liebere Variante.«

»Mir auch!«, stimmte Cécile ihr zu und nahm sich das nächste Stück. Mata wunderte sich, dass die andere hinsichtlich ihrer Figur gar keine Bedenken zu haben schien. Zu gern hätte sie ebenfalls zugegriffen, aber das konnte, das *durfte* sie sich nicht erlauben. Schließlich präsentierte sie sich ihrem Publikum ja stets fast nackt – jedes Kilo zu viel würde sofort von unzähligen Augen gemustert werden.

»Unser Ahnherr, Jean-Antoine Brutus Menier, produzierte die Schokolade tatsächlich als Medizin!«, ließ Gaston Menier sie wissen.

»Schokolade als Medizin, das glaube ich sofort«, mampfte Cécile. »Sie macht glücklich und gesund.«

»Dich ganz sicher, deine Liebe zur Schokolade ist ja legendär.«

»Ich könnte mich auch an den Gedanken gewöhnen, Schokolade zu essen, statt Medizin einzunehmen«, ließ sich Mata vernehmen und fragte dann: »Und wie kam er von der Medizin auf die Schokolade?«

»Er hatte eine pharmazeutische Fabrik im Marais«, erwiderte Gaston. »Mit der zog er 1825 nach Noisiel an der Marne. Dort stellte er neben Arznei auch Schokolade her.«

»Und was kann durch Schokolade geheilt werden?«, fragte Mata ehrlich interessiert.

»Das ist jetzt eher unappetitlich«, wand sich Gaston.

»Nur keine falsche Scheu, mein Lieber«, sagte Cécile. »Wir können einiges vertragen.«

»Nun«, er lächelte. »Das Fett konnte man für die Zäpfchen gut verwenden, und die Schokolade selbst, die sollte die bittere Medizin versüßen.«

»Warum ist denn Ihr Urahn von Paris weggezogen?«, fragte Mata. »Jeder will doch in die Stadt des Lichts.«

»Nicht jeder«, korrigierte Gaston. »Für meinen Urahn war es in einer Landgemeinde viel praktischer, denn er hatte mehr Platz. Und das war noch nicht alles: Es gab dort auch eine Mühle, die er brauchte, um seine Arzneien als Pulver zu verkaufen. Im Marais hatte er zwar auch eine Mühle, aber die war noch von Tieren betrieben und viel kleiner. Da konnten längst nicht solche Mengen produziert werden. Auf dem Land hatte er diese Möglichkeit und konnte wachsen.«

Mata nickte. Das war ausgesprochen einleuchtend. Dann fragte sie: »Aber Arzneimittel stellen Sie doch inzwischen nicht mehr her? Zumindest habe ich nie von einer Arzneimittelfabrik Menier gehört.«

»Richtig«, bestätigte Gaston. »Die Schokolade war so gefragt und begehrt, dass wir uns darauf spezialisiert haben. Unter Jean-Antoine Brutus war sie allerdings noch ein Luxusartikel.«

»Und Pralinen, so wie heute, gab es damals auch noch nicht«, mischte sich Cécile wieder ins Gespräch.

»Doch, es gab sie schon«, widersprach Gaston, während er die Diener anwies, Tee nachzuschenken. »Aber noch nicht bei uns. Die Praline hat wahrscheinlich der deutsche Koch des französischen Grafen César de Choiseul schon Ende des 17. Jahrhunderts erfunden. Vielleicht war es aber auch Frédéric Neuhaus in den Galeries Royales in Brüssel. Dessen Vorfahr, Jean Neuhaus, hatte nämlich ebenfalls eine Apotheke. Er verkaufte dort Stangen, die bei Bauchschmerzen helfen sollten. Irgendwann kam sein Sohn Frederic dann auf die Idee, die Medizin mit Schokolade zu überziehen. Die Praline war spätestens jetzt geboren.«

»Ich sage es ja, Pralinen sind gesund«, konstatierte Cécile und griff nach der letzten, die sich noch auf dem Teller befand. Wie von Zauberhand stand kurz darauf eine Etagere voller neuer Köstlichkeiten vor ihnen.

»Nein«, sagte Cécile entschlossen. »Nein, jetzt ist Schluss. Und wenn sie noch so gesund sind.«

Mata und Gaston lachten.

»In unseren Pralinen befindet sich heute keine Medizin mehr«, bedauerte er. »Leider fällt dieser Aspekt ganz weg.«

»Ein Grund mehr, sie ab sofort zu ignorieren«, sagte Cécile tapfer. Dann wandte sie sich an Mata und erklärte: »Ganz köstlich sind auch diese Schokoladenscheiben, die Menier herstellt und die man aufs Brot legen kann. Pain au chocolat. Einfach himmlisch.«

Mata musste erneut lachen. Sie fand die Naschsucht der anderen charmant. Umso verlegener war sie, als sie an ihre Eifersucht von vorhin dachte.

»Bitter und süß liegen eben manchmal nah beieinander«, frotzelte Gaston.

Ja, dachte Mata. Da hatte er recht. Wie süß war diese Schokolade, wie süß war dieser Moment und wie süß das Leben, das sie führte. Doch ebenso, wie die Schokoladenhülle der Arznei-Praline den Umstand, dass der Inhalt eigentlich furchtbar bitter war, nicht ganz verbergen konnte, so wenig konnte das süße Leben den Schmerz um den Verlust vollständig lindern, den sie erlitten hatte.

Schon die ganze Zeit über, seit sie die Pralinen erblickt hatte, musste sie mit aller Macht den Gedanken an Non, ihre kleine Tochter, niederkämpfen. Sie wusste, wie sehr dem Mädchen die Pralinen gefallen hätten. Non war ein Schleckermäulchen und deshalb der Liebling ihrer Köchin auf Java gewesen, die der Kleinen mit großer Freude immer neue zuckrige Köstlichkeiten gezaubert hatte. Wie schön wäre es doch, wenn Non jetzt hier wäre, bei ihr!

»Mein Urahn hat noch keine Pralinen hergestellt«, riss Gaston sie aus ihren trüben Gedanken. »Er hat die Schokolade zu Brotlaiben geformt und sie dann als Pulver verkauft. Aber 1836 hatte er eine zündende Idee: Er erfand die Schokolade in Tafelform. Nun konnte man sie besser transportieren, kleine Stücke abbrechen und genießen.«

»Ihre Familie hat die Tafelschokolade erfunden?«, staunte Mata.

Gaston nickte, und der Stolz war ihm durchaus anzusehen. »Ja. Bis dahin war Schokolade sehr teuer gewesen, ein Luxusprodukt, das sich nur wenige leisten konnten. Aber nun konnten meine Vorfahren handlichere Portionen herstellen und die Produktion verstärken, sodass sich auch ärmere Bevölkerungsschichten die Schokolade leisten konnten. Sie war preisgünstiger geworden.«

»Und Gastons Familie wurde damit reich«, sagte Cécile unverblümt.

»So ist es. Allein im Jahr 1879 haben wir so viel Kakao importiert wie ganz England. 1900 hatten wir die Hälfte des Weltmarkts in unserer Hand.«

»Wirklich beeindruckend«, sagte Mata. Der Name Menier war ihr zwar durchaus ein Begriff gewesen, wie mächtig die Firma aber tatsächlich war, hatte sie nicht gewusst.

»Es wurde noch besser«, fuhr Gaston fort, der die Aufmerksamkeit seiner schönen Besucherin offenbar genoss. »Heute sind wir die größte Schokoladenfabrik der Welt und verfügen über eigene Kakaoplantagen in Nicaragua.«

»Um Nachschub müssen wir uns also keine Sorgen machen«, stellte Mata fest.

»Nein«, bestätigte Gaston lächelnd. »Das müssen Sie nicht. Aber so langsam müssen wir uns um die Gäste Sorgen machen, die wir heute Abend erwarten. Wir sollten Ihren Auftritt vorbereiten. Sonst kommen die ganz umsonst.«

# 15. Kapitel

Gaston Menier hatte Wort gehalten: Nach Matas Auftritt in seinem gigantischen Ballsaal, in dem auch Opern und Operetten aufgeführt wurden, hatte er sein Angebot, ihr die Fabrik seiner Familie zu zeigen, erneuert, und sie hatte begeistert zugesagt. Am kommenden Wochenende fuhren sie gemeinsam zum Familienbetrieb an die Marne.

»Die Mühle ist ja riesig!«, rief Mata, als sie den Wagen geparkt hatten und sich dem Betriebsgelände näherten. »Ich habe sie mir viel kleiner vorgestellt. Mehr … wie eine Windmühle.« Stattdessen blickte sie nun auf ein großes Gebäude, das mitten auf der Marne stand und somit den Fluss überspannte.

»Es ist ja eine Wassermühle«, erklärte Gaston lachend. »Da braucht es keinen Wind. Es handelt sich um eine sogenannte hydraulische Kakaomühle. Unser Architekt Jules Saulnier hat sie 1872 gebaut. Es ist das erste Bauwerk, dessen Träger durchgehend aus Metall sind.«

»Sie ist wunderschön«, befand Mata und betrachtete das reich verzierte Gebäude. »Ich wusste gar nicht, dass etwas dermaßen Technisches so schön sein kann.«

»*Sie* sind wunderschön«, sagte Gaston, und seine Stimme war plötzlich belegt. Vor dem Ufer der Marne drehte er sie zu sich um und sah ihr in die Augen. Matas Puls beschleunigte sich. Gleich würde er sie küssen. Dieser bedeutende Mann, der Erbe der Menier-Schokoladenfabrik, würde sie in den Armen halten!

Doch Gaston tat ihr nicht den Gefallen, sah sie nur weiter unverwandt an und sagte: »Warten Sie nur ab, bis ich Sie durch die Fabrikhallen führe. Spätestens dann werden Sie bemerken, wie gut sich Funktionalität und Ästhetik miteinander verbinden lassen.« Er wandte sich wieder von ihr ab und setzte seinen Weg fort.

Sie war enttäuscht, dass er sie nicht geküsst hatte, und zugleich erleichtert, seinem eindringlichen Blick entkommen zu sein. Gleich darauf war sie aber wieder abgelenkt – durch die schiere Schönheit, die der Mühleneingang aufwies. Ziegelsteine in verschiedenen Farben sorgten für einen abwechslungsreichen Gesamteindruck, außerdem waren mehrere Terrakottateller mit den verschiedensten Motiven zwischen dem Rautenmuster der Fassade eingelassen. Sie zeigten zum Beispiel Kakaobohnen und Kakaoblüten. Hoch über dem Eingang prangte in einem Medaillon das kunstvolle Relief *M* für Menier, darüber befand sich in einem kleinen Giebel eine Uhr.

Gaston deutete hinauf. »Das ist ein Glockenturm. Die Glocke, die darin hängt, ruft die Leute regelmäßig zur Arbeit. Aber eigentlich will ich Ihnen die Kühlanlage zeigen. Auf die sind wir besonders stolz.«

»Kühlanlage«, wiederholte Mata lahm.

»Ich weiß, das klingt langweilig. Aber warten Sie ab, bis Sie sie sehen. Kommen Sie.«

Als sie das neugotische Gebäude betraten, erklärte Gaston: »Die Kühlhalle ist sehr wichtig für die gesamte Produktion. Wenn unsere Schokoladentafeln gegossen sind, werden sie hier gekühlt und härten aus. Anschließend können wir sie aus ihren

Formen lösen. Wenn das geschehen ist, werden sie verpackt. Diese Arbeit erledigen vor allem Frauen hier aus dem Dorf. Wenn es Ihnen recht ist, zeige ich Ihnen die Anlagen nachher.«

»Sehr gern.«

Mata sah sich um und betrachtete die Mitarbeiter, die konzentriert an ihren Plätzen standen und ihrer Arbeit nachgingen. Sie erntete den einen oder anderen begehrlichen Blick, doch keiner der Männer schien sie zu erkennen. Mata war enttäuscht. Über die Stadtgrenzen von Paris war ihr Ruf also noch nicht hinausgeeilt. Und das, obwohl sie doch in allen Zeitungen stand! Vermutlich waren diese Menschen zu sehr mit ihrem Alltag beschäftigt, um sich für eine Tänzerin aus dem Orient zu interessieren.

»Und was wird dort gebaut?«, fragte sie schließlich und deutete auf eine riesige Baustelle im Herzen des Areals.

»Das soll unsere Kathedrale werden«, sagte Gaston mit einem Augenzwinkern.

»Eine Kirche?«, fragte sie verwundert.

»Wir nennen sie nur so, weil sie eine sakrale Architektur bekommen soll«, schränkte Gaston ein. »Unter der Leitung von Stephen Sauvestre, das ist ein Mitarbeiter Gustave Eiffels, entsteht hier unsere neue Fabrikhalle.«

»Beeindruckend.« Ihr wurde beinah ein wenig schwindelig, als sie hier so deutlich vor Augen geführt bekam, was eine Familie zu leisten imstande war – wenn einer auf das Erbe des anderen aufbaute und es niemanden gab, der all das gleich wieder zerstörte. Oder wenn es keinen Spekulanten gab, wie ihr Vater einer gewesen war. Wer weiß; was geworden wäre, wenn Adam Zelle sein Vermögen damals nicht aufs Spiel gesetzt hätte? Vielleicht wäre sie dann heute nicht Mata Hari sondern immer noch M'Greet und glückliche Ladenbesitzerin im niederländischen Leeuwarden. John hätte sie dann vermutlich nie kennengelernt, und sie wäre mit einem Mann aus der Stadt verheiratet, mit dem sie drei Kinder hätte.

Schon seltsam, wie das Schicksal manchmal spielte und von was es beeinflusst wurde, dachte Mata.

»In der neuen Fabrikhalle sollen dann Kakao und Zucker miteinander vermischt werden«, berichtete Gaston weiter. »Sie werden direkt mit der Eisenbahn in die Hallen geliefert, sehen Sie, hier.« Er deutete auf die Schienen, die quer über das Grundstück verliefen.

»Und wie die Mühle ist auch diese Halle etwas ganz Besonderes. Nicht nur wegen ihrer sakralen Anmutung, sondern auch weil es sich bei ihr um den ersten Stahlbetonbau in ganz Frankreich handelt.«

»Darauf sind Sie stolz, oder?«, fragte Mata ihren Gastgeber.

Wieder sah er ihr in die Augen, und wieder erhöhte sich Matas Puls angesichts der Intensität seines Blicks, den er nicht von ihr wandte, als er sagte: »Ja, darauf bin ich stolz. Aber nicht so sehr wie darauf, was meine Familie für die Arbeiter tut.«

Mata sah ihn fragend an.

Gaston deutete auf die andere Flussseite, an der sich eine größere Siedlung erstreckte. »Sie wohnen dort. Mein Vater Émile-Justin Menier hat die Cité Menier für sie gebaut und ihnen damit ein Dach über dem Kopf gegeben. Er hätte sich vermutlich auch nicht träumen lassen, wie groß unser Unternehmen einmal werden würde. Als er die Siedlung errichtete, hatten wir gerade einmal dreiundzwanzig Arbeiter, vierzehn Jahre später waren es bereits dreihundertfünfundzwanzig. Das war dann auch der Zeitpunkt, als wir voll auf Schokolade umstellten und immer weiter wuchsen. Mein Vater tat viel für die Arbeiter und wurde 1871, mitten im Krieg mit Deutschland, dann auch zum

Bürgermeister gewählt. Nach und nach kaufte er alle Grundstücke der Gemeinde.«

»Ihnen gehört die ganze Stadt?«

»Das kann man so sagen, ja.«

»Unglaublich«, staunte Mata. »Können wir einmal hinübergehen?«

»Sicher.« Er schien sich über ihr Interesse zu freuen. Kurz darauf hatten sie die ordentlich und mit ihren zweigeschossigen Backsteinhäusern, die jeweils über einen kleinen Obst- und Gemüsegarten verfügten, durchaus schmuck wirkende Siedlung erreicht. Kinder spielten auf der Straße, Frauen hängten Wäsche auf und grüßten Gaston ehrerbietig und freundlich. Es war offensichtlich, wie beliebt der Patron bei der Belegschaft war. Auch vorhin in der Fabrik hatte Mata die vielen bewundernden Blicke bemerkt, mit denen die Mitarbeiter ihn bedachten.

Gaston grüßte nach rechts und nach links und zauberte aus seinen Taschen unzählige Tafeln kleiner Schokolade, die er an die begeisterten Kinder verteilte.

»Die Arbeitersiedlung war und ist ein Herzensprojekt von mir und meinem Vater. Er hat mich auch nach England geschickt mit dem Ziel, mir die dortigen Arbeitersiedlungen anzusehen und die Ideen hier einzubringen. Ich war zum Beispiel in der Siedlung Saltaire, sehr beeindruckend! Dort leben die Arbeiter von Sir Titus Salt«, sagte er und fuhr dann fort: »Das ist nicht mehr die ursprüngliche Siedlung. Die alte Siedlung gibt es nicht mehr; wo sie einst war, stehen jetzt Fabrikhallen. Diese hier ist viel größer.«

»Rue Claire Menier«, las Mata. »Wie schön, dass Sie an sie erinnern«, sagte sie und sah vor ihrem inneren Auge ihren eigenen Namen auf einem Straßenschild prangen. »Ich glaube, ich war noch nie in einer Straße, die nach einer Frau benannt ist.«

»Claire war meine Mutter«, erklärte er und fügte dann hinzu: »Es gibt auch eine Rue Henri Menier und eine Rue Albert Menier.« Inzwischen waren sie auf einem großen Platz angelangt, der von mehreren öffentlichen Gebäuden umstanden war. »Das ist der Place Emile Menier«, sagte er und deutete auf ein großes Backsteingebäude. »Hier befindet sich eine Schule für Jungen und Mädchen. Die Bildung der Arbeiterkinder ist mir und meiner Familie sehr wichtig. Und zwar schon lange: Wir haben unsere Schule eingerichtet, fünf Jahre bevor 1881 die *école primaire* in Frankreich für alle Kinder verpflichtend wurde. Die Kinder unserer Mitarbeiter mussten von Anbeginn die Schule besuchen – und natürlich ist die Bildung kostenlos.«

»Da haben Sie ja eine richtige Stadt gebaut«, staunte Mata.

»Und es gibt sogar eine Kirche. Und dann noch eine Post, eine Bäckerei, einen Tabakladen, eine Wäscherei und eine Feuerwehr.« Er zeigte auf die jeweiligen Gebäude. »Die Kirche liegt allerdings etwas abseits, ebenso wie das Altersheim. Uns ist es wichtig, dass unsere Mitarbeiter uns als Familie empfinden. Und in einer Familie sorgt man füreinander. Vom Anfang bis zum Ende.«

Mata schluckte und musste plötzlich gegen die aufsteigenden Tränen ankämpfen. In einer Familie sorgt man füreinander. Vom Anfang bis zum Ende. Zweimal hatte sie eine Familie gehabt. Einmal ihre Ursprungsfamilie und einmal die mit John, ihrem Mann. Beide Familien hatte sie verloren. Bei beiden war dieser Traum von der Sorge vom Anfang bis zum Ende nicht wahr geworden.

In diesem Moment kam ein kleines Mädchen auf sie zugelaufen, und Mata zuckte zusammen. Ihr war, als hätten sich ihre verschiedenen Welten ineinander verschoben! Das Mädchen war doch Non, ihre Tochter! Es hatte dunkle Zöpfe und ein zartes Gesicht. Doch natürlich handelte es sich bei der Kleinen nicht um Non. Sie sah ihr nur ungemein ähnlich.

Mit einem Lächeln gab Gaston dem Mädchen eine Tafel, dann wandte er sich wieder an Mata: »Unsere Schokoladentafeln sind sehr beliebt, nicht nur bei Kindern, sondern auch bei Erwachsenen.«

Mata sah ihn fragend an. Sie spürte, dass er auf etwas hinauswollte.

»Sie auf diesen Tafeln würden sich ebenfalls hervorragend machen«, sagte er dann unvermittelt. »Das würde den Genuss perfekt machen. Verführung pur.«

Und dann zog er sie in einen Hauseingang, um sie endlich, endlich zu küssen.

# 16. Kapitel

Louis Castagnole, Ernest Molier, Émile Guimet. Henri de Rothschild. Und nun Gaston Menier. Seit ihrer Ankunft in Paris hatte sie nicht nur die Bretter erobert, die die Welt bedeuten, sondern auch die Herzen der Männer. Die letzteren drei waren immer noch Teil ihres Lebens. Musste sie sich für einen entscheiden? Sie glaubte es nicht, sie konnte es nicht, und sie ging auch nicht davon aus, dass die Herren, die sie mit ihrer Gunst bedachte, das von ihr erwarteten. Zumal diese ja alle verheiratet waren.

Manchmal hatte Mata das Gefühl, eine Zuschauerin ihres eigenen Lebens zu sein. In der ersten Reihe vor der Bühne zu sitzen und gespannt zu überlegen, was denn wohl als Nächstes geschehen mochte. Das Schauspiel war faszinierend: Da kam eine mittellose Frau nach Paris und tanzte kurz darauf vor den allerhöchsten Kreisen. War man dort einmal angekommen, stellte Mata fest, öffnete sich eine Tür nach der anderen. Sie kannten sich alle untereinander, die Reichen und Einflussreichen, natürlich kannten sie sich. Und sie reichten sie, die geheimnisvolle Blume aus dem Orient, herum wie eine Trophäe. Sie hatte nichts dagegen. Im Gegenteil. Aber sie staunte. Und wieder einmal dachte sie über das Leben nach. Und über das Schicksal. Dass eine unbedachte Äußerung ihrerseits ihr zu einer derartigen

Karriere, zu einem derartigen Leben verhelfen würde! Alles war möglich, das begriff sie nun. Und wenn alles möglich war, dann wäre es auch möglich, ihre Tochter Non zu sich zu holen. Geld hatte sie jetzt genug. Sie erhielt zehntausend Franc pro Auftritt, darüber hinaus zeigte sich ein jeder ihrer wohlhabenden Liebhaber ausgesprochen spendabel. Es reichte aus, wenn Mata einen Wunsch auch nur beiläufig erwähnte, und schon wurde er ihr erfüllt. Und wenn nicht, dann musste sie nur Astruc informieren. Mit dem hatte sie zwar keine Affäre, aber er sorgte dafür, dass sie alles bekam, was sie nur wollte. Einkaufstouren durch Paris gehörten zu ihren bevorzugten Beschäftigungen. Nur zu gern schlenderte sie durch die Galeries Lafayette, kaufte Schmuck bei Chaumet, probierte Hüte bei Coco Chanel oder genoss im Café de Flore mit Vorliebe Kaviar und Champagner. All das war aber nur halb so schön ohne ihre Tochter. Sie musste stabile Verhältnisse schaffen. Astruc sagte ihr schon lange, sie solle ihr Hotelzimmer verlassen und in eine eigene Wohnung ziehen. Für die dort anfallenden Arbeiten könne sie ja jemanden einstellen.

Doch Mata hatte bisher stets gezögert. Selbst in diesem Bereich fiel es ihr schwer, jemanden in ihr Leben zu lassen. So schön die Vorstellung war, dass es jemanden gab, der sie umsorgte, für sie kochte, ihr Zuhause zu einer Heimat machte und auf sie wartete, wenn sie abends nach Hause kam, so unwohl war ihr andererseits bei dem Gedanken daran. Was, wenn sie sich an diese Frau gewöhnte? Was, wenn auch sie eines Tages wieder gehen würde? Das war aber nicht der einzige Grund, warum sie bisher jeden Vorschlag, den Astruc ihr in dieser Hinsicht gemacht hatte, abgelehnt hatte. Nein, die Damen waren ihr auch einfach nicht sympathisch. Die eine wirkte wie eine strenge Gouvernante, und Mata schauderte bei dem Gedanken, dass dieser Blick sie nun tagein, tagaus verfolgen sollte. Die andere war zwar höflich und korrekt, aber sie fand keinen Zugang zu ihr, die dritte war impertinent, und so ging es weiter. Bis Anna kam. Und Mata an sich selbst und ihre eigene Ankunft hier in Paris erinnerte.

Astruc, mit seinen hervorragenden Verbindungen, war zugetragen worden, dass eine Frau mittleren Alters, aus Amsterdam stammend, kürzlich in Paris eingetroffen sei – wohl auf der Flucht vor einem gewalttätigen Ehemann – und dringend Arbeit suche. Paris, diese riesige Metropole, dachte Mata, war eben in gewissen Kreisen doch ein Dorf, und jeder war über alles genau informiert.

Anna Lintjens jedenfalls interessierte sie. Vielleicht, dachte Mata, war Anna ihr auch von irgendeiner höheren Macht geschickt worden, um für sie zu arbeiten. Wer wusste das schon? Wer wusste schon, wie das Schicksal, diese seltsame Macht, funktionierte? Konnte man das Schicksal beeinflussen? Wenn sie eine Entscheidung traf – tat sie das dann aus freiem Willen? Oder folgte sie damit dem Plan, den das Schicksal bereits bei ihrer Geburt für sie festgelegt hatte? War alles vorherbestimmt? Und wenn alles vorherbestimmt war, warum musste man sich dann eigentlich anstrengen im Leben? Wenn ohnehin alles kam, wie es kommen musste?

Ein Klopfen an der Tür unterbrach sie in ihren Gedanken.

»Herein?«, rief sie und erblickte im nächsten Moment den uniformierten Pagen. »Monsieur Astruc für Sie, mit Begleitung, Lady MacLeod«, sagte der Page ehrerbietig.

Anna Lintjens erwies sich als kleine, etwas untersetzte Mittvierzigerin mit roten Wangen, strahlend blauen Augen und zwei blonden Zöpfen, die sie in einem Kranz um den Kopf gelegt hatte. Sie war Mata sofort sympathisch.

»Guten Tag, *gracieuze*«, sagte sie, und die vertraute Bezeichnung traf Mata mitten ins Herz.

»Guten Tag, *Mevrouw* Lintjens«, sagte sie mit einem Lächeln und bat sie dann auf Niederländisch: »Nehmen Sie doch Platz.«

Wie gut es tat, ihre Muttersprache zu sprechen, dachte Mata. Das war Heimat!

Anna setzte sich auf das geblümte Barocksofa, Astruc auf den dazu passenden Sessel.

»Aus Rücksicht auf Monsieur Astruc würde ich gern ins Französische wechseln«, sagte Mata freundlich. »Er kann leider kein Niederländisch. Beherrschen Sie die französische Sprache?«

»Ja«, sagte Anna und lächelte.

»Sie sind engagiert«, teilte Mata der erstaunten Holländerin mit.

Astruc wirkte ebenso verblüfft. »Sie kennen Madame Lintjens ja noch gar nicht«, wandte er ein. »Ich rate dazu, zunächst einmal ein ausführliches Gespräch zu führen.«

»Das brauche ich nicht«, sagte Mata und sah Anna in die Augen. »Ich weiß, wann etwas passt und wann nicht. Ich täusche mich selten.«

Anna erwiderte ihr Lächeln. Die beiden Frauen verspürten, ungeachtet der Tatsache, dass sie sich noch nie zuvor im Leben begegnet waren, eine tiefe gegenseitige Vertrautheit. Mata war klar, dass diese durch die Tatsache, dass sie Landsmänninnen in der Fremde waren, noch verstärkt wurde. Sie wusste aber auch, dass es weit mehr war als das.

»Ich bin mir sicher«, bekräftigte Mata. »Vorausgesetzt, dass *vrouw* Lintjens überhaupt will.«

»Und wie ich will«, bejahte Anna, und ihre rosigen Wangen röteten sich noch ein klein wenig mehr.

»Nun«, murmelte Astruc, »die Papiere habe ich geprüft, da ist alles in Ordnung. Insofern steht einer Anstellung eigentlich nichts mehr im Wege.«

»Fein.« Mata lächelte glücklich. »Können Sie sofort anfangen?«

»Sicher«, sagte Anna Lintjens. »Ich habe nichts zu tun.«

»Unter diesen Umständen«, erklärte Mata ihrem Agenten, »bin ich auch bereit, in eine Wohnung zu ziehen. Sie hatten mir ja mehrere vorgeschlagen.«

»Ja«, entgegnete Astruc sichtlich erfreut. »Ich werde das sofort in die Wege leiten.«

»Fein«, wiederholte Mata. »Und bis dahin ist Anna Lintjens mein Gast. In dieser Suite«, sie machte eine weit ausholende Bewegung, »ist ja Platz genug.«

# 17. Kapitel

Gaston Menier machte Ernst. Am Tag nachdem Anna bei ihr eingezogen war, ließ er sie von seinem Chauffeur vor dem Hôtel Le Meurice abholen und in die Rue des Mathurins bringen, wo sich das Studio des firmeneigenen Fotografen befand. Zu Matas Überraschung waren sie jedoch allein, von dem Fotografen war weit und breit nichts zu sehen.

»Was …?«, fragte sie und sah sich ratlos um. »Wo ist der Fotograf?«

»Das übernehme ich selbst«, sagte er rau und zog sie in seine Arme. »Ich kann sehr gut fotografieren, und keiner vermag die Leidenschaft, die du verströmst, besser einzufangen als ich. Aber zuerst …«, er wanderte mit seinen Lippen über ihre Haut und streichelte mit seinen Händen ihre Brüste, »zuerst will ich dich lieben.«

Mata stöhnte auf, und wieder geschah, was sie schon in den Armen so vieler Männer erlebt hatte. Ihr Körper stand in Flammen, sie glühte vor Leidenschaft, und als sie sich ihm hingab, auf den roten Samtkissen, die unter einer Art Diwan auf dem Boden lagen, war das genau das, was sie in diesem Moment tun wollte.

Als es vorbei war, lagen sie eng umschlungen eine Weile schweigend da. Mata lauschte seinem Herzschlag und den Klängen der

Stadt des Lichts, die von draußen hereindrangen. Autos hupten, Menschen lachten, ein Kind weinte. Und sie lagen hier auf diesen roten Samtkissen, als seien sie aus der Zeit gefallen, als schwebten sie über allem. Wie so oft fragte Mata sich, wo denn die Grenzen zwischen der Liebe und dem Geschlechtsakt lagen. Sie konnte es nicht benennen, sie wusste nur eines: Es hatte etwas mit Macht zu tun, ihrem ständigen, immerwährenden Thema.

»Lass uns Fotos machen«, flüsterte Gaston an ihrem Ohr. »Tanz für mich, Mata. Und wenn du dann erst auf unseren Schokoladen zu finden bist, wirst du sehen: Dein Ruhm wird unermesslich werden. Und den Genuss unserer Klienten wird es steigern.«

Laszív erhob sie sich von ihrer Liebesstätte. Wie aus dem Nichts begann leise Musik zu spielen. Suchend sah sie sich um. Gaston lächelte und deutete auf das Grammofon, das in der Ecke stand und das er mit einer Handbewegung in Aktion gebracht hatte.

Und dann tanzte sie. Selbstvergessen und leidenschaftlich, so wie sie sich ihrem Fotografen noch Minuten zuvor hingegeben hatte. Das Klicken der Kamera mischte sich mit der Musik, bildete einen Takt, einen Rhythmus, wurde Teil ihres Tanzes.

Als die Musik schließlich endete, erwachte sie wie aus einem Traum. Gaston sah sie bewundernd, fast schon erstaunt an. »Das war großartig, Mata«, sagte er und zog sie erneut in seine Arme. »So habe ich dich noch nie tanzen sehen. Und jeder deiner Tänze war eine Offenbarung. Aber dieser hier …«

»Wahrscheinlich lag es daran, dass du mich zuvor geliebt hast«, flüsterte sie.

»Wir können es gerne einrichten, dass ich das vor jedem Tanz tue.«

Sie lächelte. Geheimnisvoll, aber zurückhaltend. Das nächste Mal würde sie wieder im Salon von Henri de Rothschild auftreten. Und der würde ihre Gunst vor und nach dem Auftritt mit Sicherheit für sich beanspruchen. Sie würde sie ihm nur allzu gern gewähren.

*

»Wo nur der Page mit den Zeitungen bleibt?«, wandte sich Mata beim Frühstück an Anna Lintjens. »Können Sie einmal nachsehen?«

»Natürlich.« Die Gesellschafterin wollte sich gerade erheben, als es an der Tür klopfte und auf Matas »Herein« der Page das Zimmer betrat. Auf einem silbernen Tablett lag ein ganzer Stapel von Zeitungen.

»Legen Sie sie neben meinen Teller«, wies Mata den semmelblonden Jungen, er mochte höchstens fünfzehn Jahre alt sein, an.

»Sehr wohl.« Mit hochrotem Kopf und etwas ungeschickten Fingern platzierte der Page die Zeitungen neben dem berühmten Gast. Mata bemerkte seine Unsicherheit und lächelte ihm zu. »Danke, das hast du sehr gut gemacht.«

Der Junge errötete noch mehr, und Mata gab Anna ein Zeichen, ihn mit einem großzügigen Trinkgeld zu bedenken. Obgleich Anna erst seit Kurzem bei ihr war, verstanden die beiden Frauen sich blind und waren so eingespielt und vertraut miteinander, als würden sie schon ewig ihr Leben teilen.

Als der Page die Suite verlassen hatte, griff Mata nach der obersten der Zeitungen, dem *L'Écho de Paris*. Sie erwartete einen Bericht über ihren Auftritt am Vorabend bei der französischen Sopranistin Emma Calvé, die als Carmen an der New Yorker Metropolitan-Oper Berühmtheit erlangt hatte. Es waren mehrere Journalisten zugegen gewesen, und gleich nach dem Frühstück würde sie alle Artikel fein säuberlich ausschneiden und in das ledergebundene Album kleben, das immer auf dem kleinen Sekretär bereitlag. Erwartungsvoll schlug sie die Zeitung auf, begann zu lesen und schluckte. Der Artikel war gnadenlos. Der erste, der ihr nicht huldigte und in den Himmel schrieb, im Gegenteil: »Ihre Tänze zeichnen sich weder durch tänzerische Vollkommenheit noch durch sonstige Besonderheiten aus«, las sie. Und weiter: »Man darf jedoch nicht glauben, dass ihr Tanz unanständig ist oder dass der Anblick dieser schönen Inderin unsaubere Gelüste weckt – trotzdem sie von Kopf bis Fuß nackt ist, mit großen Augen und mit einem Lächeln um den Mund, der in ihrem Gesicht steht wie ein Schnitt im Fleisch eines reifen Apfels.«

»Was ist?«, fragte Anna besorgt. »Ist Ihnen nicht wohl? Kann ich etwas für Sie tun?«

Wortlos schob Mata ihr die Zeitung hin. Mit gerunzelter Stirn begann Anna zu lesen.

»Nehmen Sie das nicht zu ernst«, sagte sie dann. »Es konnte nicht immer so weitergehen mit all der Loberei. Irgendwo sind immer Neider. Und außerdem: Negative Presse entfacht das Interesse umso mehr.«

»Aber doch nicht so was«, sagte Mata und pikste mit ihrem Finger auf die Zeitung. »Wer will denn schon eine Tänzerin sehen, die nichts kann?«

»Sie können eine Menge«, widersprach Anna. »Und die anderen Zeitungen schreiben ja auch davon.«

Nein, dachte Mata bei sich. Das Problem war ja, dass die Zeitung vollkommen recht hatte. Sie konnte nichts, rein gar nichts. Und sie wusste es. Sie hatte bisher einfach nur gut getäuscht. Was, wenn ihr das fortan nicht mehr gelingen würde? Was, wenn die Leute genauer hinsähen und feststellten, dass dieser Journalist recht hatte? Dann würden sie sie mit Schimpf und Schande davonjagen, und ihre schöne, ihre schillernde Welt läge in Trümmern und damit auch ihr Traum, Non zu sich zu holen und sie an ihrer wunderbaren Welt teilhaben zu lassen.

»Hören Sie sich lieber das an«, sagte Anna in ihre Gedanken hinein. Von Mata unbemerkt hatte sich ihre Gesellschafterin inzwischen die anderen Zeitungen vorgenommen. »Eine Autorin namens Colette war wohl ebenfalls bei Emma Calvé. Sie schreibt im Pariser *Figaro:* ›Ich habe sie bei Emma Calvé tanzen sehen. Es war eigentlich kein Tanz. Sie ließ vielmehr mit graziösen Bewegungen ihre Hüllen fallen. Sie begann ihre Vorführung nahezu nackt, mit niedergeschlagenen Augen, und verschwand in ihre Schleier gehüllt.‹«

Anna blickte auf. »Na, sehen Sie. Colette ist viel wichtiger als dieser Journalist von dieser unbedeutenden Zeitung.«

Mata lächelte, ließ sich aber nicht trösten. »Aber Colette ergeht sich auch nicht gerade in Begeisterungsstürmen.«

»Sie nennt Sie immerhin graziös«, ließ Anna sich nicht beirren.

Dann legte sie die Zeitung weg und griff nach dem Brötchenkorb und einem Messer. »Sie haben noch gar nichts gegessen vor lauter Aufregung. Ich mache Ihnen jetzt ein Marmeladenbrötchen. Und dann kleben Sie Ihre Artikel ein.«

Mata seufzte. »Ach, Anna«, sagte sie beinahe zärtlich. »Was habe ich nur ohne Sie gemacht!«

# 18. Kapitel

Wie konnte es im Mai so eisig sein! Mata war wie erstarrt vor Kälte, als sie am Nachmittag des 5. Mai auf einem Schimmel die prunkvolle Villa umrundete und in den angrenzenden Park ritt, in dem die Zuschauer schon sehnsüchtig auf sie warteten. Einen Tag nach ihrem Auftritt bei Emma Calvé war Astruc ganz aufgeregt in ihrer Hotelsuite erschienen und hatte ihr mitgeteilt, dass die in Paris im Exil lebende amerikanische Autorin Miss Natalie Clifford Barney sie bei Emma Calvé ebenfalls gesehen und sie umgehend für einen Auftritt in ihren Gärten gebucht habe. »Das eröffnet Ihnen nochmals ganz neue Kreise«, hatte er erklärt. »Natalie Clifford Barney ist ungemein reich, ihr vor vier Jahren verstorbener Vater war der Eisenbahnbesitzer Albert Clifford Barney.« Er hatte sie abwartend angesehen und, als sie darauf nicht mit der von ihm offenbar erwarteten Begeisterung reagiert hatte, seufzend die Schultern gezuckt. »Viel wichtiger für Sie ist vermutlich auch die Tatsache, dass zu ihren Gästen literarische Größen wie Gertrude Stein zählen. Eigentlich jeder, der in der Literaturszene Bedeutung hat, ist mit ihr bekannt. Sie können bei ihr die berühmtesten französischen Dichter kennenlernen, und da sie oft auch amerikanische Gäste hat, findet in ihrem Hause ein lebhafter Austausch zwischen der französischen und der amerikanischen Literaturszene statt.«

Mata hatte genickt. Und nun saß sie also hier. An einem eiskalten Mainachmittag, nackt bis auf ihren obligatorischen Brustschmuck und auf einem ungesattelten weißen Pferd, dessen Zaumzeug aus feinstem Leder gearbeitet und mit Silber und Türkisen verziert war.

Das Orchester, das sich auf der Terrasse des Hauses positioniert hatte, setzte ein, Mata lenkte das Tier vor das großartige Haus. Und dann begann sie zu tanzen, ohne sich vom Rücken des Pferdes zu lösen. Sie verschmolz mit dem Tier, sie wurden eins. Sie sprang vom Rücken des Pferdes hinab, dann wieder hinauf, bog ihren Körper über dessen starken Rücken, stellte sich auf die Füße und glitt wieder hinunter, um dann schließlich, nach einem fulminanten Finale, davonzugaloppieren.

»Sie waren atemberaubend«, sagte Natalie Barney, als sie nach dem Auftritt in das erlesene Schlafzimmer mit angrenzendem Badezimmer kam, das sie der Tänzerin zur Verfügung gestellt hatte und wo Anna, wie inzwischen nach jedem Auftritt, schon auf sie wartete. Beinah unverwandt sah Natalie Mata an. »Was mich besonders fasziniert, ist die Farbe Ihrer Haut.«

»Die Farbe meiner Haut?«, fragte Mata überrascht und ein wenig benommen. Wie immer, wenn ein Auftritt besonders intensiv gewesen war, war sie danach wie in Trance.

»Sie ist purpurn«, rief die neunundzwanzigjährige, ausgesprochen mondän wirkende Frau begeistert. »Purpurn und nicht braun, wie ich das eigentlich dachte.«

»Wirklich?«, fragte Mata und betrachtete sich aufmerksam in dem goldumrandeten Barockspiegel.

»Vielleicht lag es daran, dass meine Haut wegen der vielen Bewegung so gerötet war.«

»Möglicherweise«, sagte Natalie Clifford Barney und musterte Mata mit liebevollem Blick. Dann streckte sie die Hand aus und strich ihr in unglaublicher Zärtlichkeit über die Wange.

»Ihre Haut fühlt sich an wie Seide«, sagte sie mit leiser Stimme.

Mata zuckte zurück. Sie war verwirrt, suchte Annas Blick, fand aber in den Augen ihrer vertrauten Gesellschafterin keine Antwort. Doch für Mata gab es keinen Zweifel. Natalie Clifford Barney hatte sie angesehen, wie das sonst nur Männer taten.

»Gestatten Sie, dass ich mich Ihnen vorstelle«, sagte eine brünette Schönheit, die zwar etwas melancholisch, aber dennoch ausgesprochen tatkräftig und selbstbewusst wirkte, als Mata im Abendkleid in den Park gegangen war, um sich unter die illustre Gästeschar zu mischen. »Ich bin Colette.«

»Oh«, machte Mata überrascht. »Die Schriftstellerin.«

»Sie kennen mich?«, fragte Colette, und es klang geschmeichelt.

»Natürlich«, sagte Mata. »Und Sie haben ja auch schon über mich geschrieben. Ich danke Ihnen für die wohlwollenden Worte.«

»Sie kamen aus Überzeugung«, versicherte Colette. »Sie sind zauberhaft.«

»Miss Barney scheint das auch zu finden«, platzte es aus Mata heraus.

Colette lachte hell auf. »O ja, das kann ich mir vorstellen.«

»Weshalb denn das?«, fragte Mata ehrlich erstaunt.

»Wissen Sie das denn nicht?«, stellte Colette eine Gegenfrage. »Nun, ich kläre Sie gern auf. Die gute Natalie pflegt stürmische erotische Beziehungen zu verschiedenen Damen.«

»Oh«, machte Mata überfordert. Darüber hatte Astruc sie

nicht informiert. Aber das gehörte schließlich nicht zu seinen Aufgaben.

Colette beobachtete sie lächelnd. »Dieser Umstand scheint Sie zu verwirren?«

»Nein … ich … ich wusste nur nicht …«, stammelte Mata und beschloss dann, dass es Zeit war, von ihrer Person abzulenken. »Erzählen Sie mir doch von sich«, bat sie die andere. »Ich muss gestehen, dass ich viel zu wenig über Sie weiß.«

»Da gibt es nicht allzu viel zu erzählen. Mein Nachname ist zugleich mein Künstlername, eigentlich heiße ich Sidonie-Gabrielle Claudine.« Sie lachte leise auf. »Colette passt besser zu mir.«

»Das finde ich auch«, stimmte Mata ihr lächelnd zu.

»Ich habe mich lange von einem Mann ausnutzen lassen«, fuhr Colette fort. »*Meinem* Mann, um genau zu sein.«

Mata sah sie fragend an.

»Ich war erst sechzehn, als ich Henry kennenlernte«, fuhr die andere fort. »Er war vierzehn Jahre älter als ich und hatte einen kleinen, aber doch bekannten Namen unter den Literaten. 1893 heirateten wir, er merkte schnell, dass ich schreiben konnte, und ließ mich für ihn Zeile um Zeile verfassen. All das hat er dann unter seinem Namen veröffentlicht.«

Mata nickte. Von Madame Kiréevsky wusste sie, dass dann und wann Frauen, die publizieren wollten, einen Männernamen wählten, weil sie sonst keinen Verlag fanden. Dass ein Mann eine Frau für sich schreiben ließ und ihre Worte dann als die seinen ausgab, hatte sie allerdings auch noch nie gehört.

»Sagen Ihnen die Claudine-Romane etwas?«

»Natürlich.« Obwohl sie eher wenig las: Die Geschichten um die junge Claudine hatte selbst sie verschlungen.

»Das bin ich«, sagte Colette. »Also, ich habe sie geschrieben.«

Mata war verblüfft. »Das … also, das war mir nicht … klar. Sie sind wunderbar.«

»Danke.« Colette lächelte, winkte einen vorbeieilenden Kellner herbei, der mit zahlreichen Kollegen durch die weitläufigen Gartenanlagen schwebte, und nahm zwei Champagnerflöten von dessen Tablett.

»Es freut mich sehr, dass wir uns kennengelernt haben«, sagte sie, während sie eines der Gläser an Mata weitergab.

»Ja«, entgegnete diese und prostete der Schriftstellerin zu. »Das geht mir ganz genauso.«

»Henry hat nicht nur meine Worte gestohlen«, fuhr die andere fort, nachdem sie einen Schluck Champagner genommen hatte. »Er hat mich auch betrogen. Wieder und wieder.«

»Das … tut mir sehr leid«, sagte Mata und musste an John denken. Ihr Leben schien dem Schicksal der Colette durchaus zu ähneln.

»Das muss es nicht.« Colette lächelte. »Ich bin glücklicher ohne ihn.«

»Das kann ich gut verstehen. Ich bin auch glücklicher ohne meinen Mann.«

»Oh.« Sofort bemerkte Mata, dass Colette die Rolle wechselte. Das hier war nun kein privates, persönliches Gespräch mehr zwischen zwei Frauen in ähnlichem Alter und ähnlicher Lebenssituation. Jetzt war Colette Journalistin auf der Jagd nach einer guten Geschichte und sie, Mata, ihr Opfer. Und wieder ging es um Macht. Sie würde die Oberhand behalten, darin war sie Meisterin.

»Erzählen Sie mir von Ihrem Mann?«, fragte Colette.

»Später vielleicht«, wich Mata aus. »Zunächst einmal interessiert mich, wie die Geschichte mit Ihrem Mann ausging. Haben Sie gewonnen?«

Colette zuckte die Achseln. »Nun, ich weiß nicht. Leider ist es ihm gelungen, sich die Rechte an Claudine zu sichern. Aber wissen Sie, da, wo Claudine herkommt, da ist noch viel mehr.« Sie tippte sich an den Kopf. »Er hingegen hat nichts mehr – denn er hat mich nicht mehr.«

Mata nickte. »Und wo leben Sie jetzt – nach der Scheidung?«

Die Antwort überraschte sie. »Hier«, sagte Colette.

»Hier?«, fragte Mata verwundert. »Sind Sie bei Miss Barney zu Gast?«

»So könnte man es auch nennen.« Colette lachte auf. »Wir hatten eine kurze Affäre. Nun, das ist vorbei, aber wir sind nach wie vor gute Freundinnen.«

»Sie sind auch …«, stammelte Mata. »Aber … Ihr Mann …«

»Oh, ich liebe Männer und Frauen«, erklärte Colette ruhig. »Und ich bin überzeugt, Sie tun das auch.«

Sie sah Mata tief in die Augen, und zu deren großer Überraschung wünschte die Tänzerin sich für einen Moment, die andere würde sie küssen. Was für ein herrlicher, reizvoller Kitzel!

# 19. Kapitel

*Liebling! Tag und Nacht weilen meine Gedanken bei Dir. Allein, ich weiß, Du bist beschäftigt, viel zu beschäftigt, um einem alten Mann wie mir zu viel Zeit zu gewähren. Und ich weiß auch, es gibt Jüngere, die sich um Deine Gunst bemühen, dennoch glaube ich zu wissen, dass ich hoch in der Deinen stehe, und erwarte Dich zur Mittagszeit im Museum. In Liebe, Émile Guimet*

Mata lächelte, als sie das schwere Papier mit der goldfarbenen Prägung des Musée national des Arts asiatiques wieder in seinen Umschlag schob. Ja, der Verfasser dieser Zeilen hatte recht. In allem, was er schrieb. Er war alt. Und er stand hoch in ihrer Gunst, sie fühlte sich zu ihm hingezogen. Und er hatte auch recht in seiner Vermutung, dass es andere gab, die sich um ihre Gunst bemühten. Henri de Rothschild hatte zwar länger nichts mehr von sich hören lassen, weshalb Mata vermutete, dass seine Frau und seine Kinder derzeit in der Stadt weilten. Aber mit Gaston Menier hatte sie manch leidenschaftliche Stunde verbracht, und er hatte sein Versprechen, die Fotos, die er von ihr gemacht hatte, auf seine Schokoladenverpackungen zu drucken, in die Tat umgesetzt. Bei Menier gab es nun eine Mata-Hari-

Kollektion. Bittersüß. Sie lächelte bei dem Gedanken daran, wie sie die erste Packung gemeinsam verspeist hatten. Er hatte sie mit der Schokolade gefüttert, Stück für Stück, und dann jeweils die Hälfte von ihren Lippen gebissen. Gaston war wirklich ein Meister der Verführung!

Die Erinnerung daran ließ die Sehnsucht in ihr aufsteigen, und sie musste sich eingestehen: Am liebsten hätte sie Gaston getroffen und nicht Émile. Doch andererseits rührte sie der Gedanke an ihn und seine Treue – und dass sie einen solch alten Mann noch derart verzaubern konnte, verlieh ihr erneut ein Gefühl von Macht.

»Ich gehe zu Monsieur Guimet, Mittagessen«, rief sie Anna daher zu. »Bitte lassen Sie mir ein Bad ein, und legen Sie mir ein passendes Kleid heraus.«

»In Ordnung.«

Mata lächelte. Ihre Gesellschafterin wusste genau, was das Treffen mit Guimet bedeutete und dass es sich um alles andere als um ein normales Mittagessen handelte. Und deshalb würde sie auch die passende Kleidung aussuchen.

»Aber denken Sie daran, dass Sie heute Nachmittag mit Monsieur Astruc verabredet sind wegen der Wohnungsbesichtigung.«

»Ich weiß«, sagte Mata. »Ich werde pünktlich sein.«

*

Es hatte gutgetan, Émile zu sehen. Er hatte sie so liebevoll begrüßt, dass ihr ganz warm ums Herz geworden war. Es war schön, lauter Liebe, Begehren und Bewunderung um sich zu haben. Mata hatte das Gefühl, dass sie langsam heilte. Heilte von all den Wunden der Vergangenheit. Guimet hatte sich aufrichtig für sie gefreut, als sie ihm von der Wohnungsbesichtigung erzählt hatte. Es sei richtig, nun den Schritt in eine eigene Wohnung zu wagen, hatte er sie ermutigt, und ihr angeboten, ihr behilflich zu sein, sollten die Räumlichkeiten, die sie nun besichtigen würde, nicht ihrem Geschmack entsprechen. Schließlich verfüge er über die besten Verbindungen. Guimets Chauffeur hatte Mata eigens zu der Wohnung in der Rue de Rivoli gebracht, vor deren Tür Astruc und Anna schon mit einem Herrn, den Mata nicht kannte, auf sie warteten.

Astruc, der den Wagen des Monsieur Guimet freilich kannte, verzog keine Miene. Er äußerte sich grundsätzlich nicht zu Matas Affären. Das war ein ungeschriebenes Gesetz zwischen ihnen beiden.

Sie entstieg dem Wagen und wurde von Astruc mit einem Handkuss begrüßt. »Darf ich bekannt machen? Das ist Monsieur Philippe Roux, der Makler«, stellte Matas Agent den blonden, zierlichen Mann vor, der in seinem Nadelstreifenanzug ausgesprochen elegant wirkte.

Bevor dieser eine angedeutete Verbeugung machte, konnte Mata in seinen Augen die schon so vertraute Bewunderung erkennen.

Sie lächelte ihn an, dann legte sie den Kopf in den Nacken und blickte an dem mehrstöckigen Gebäude hinauf. Es war ganz neu, die Maler und Stuckateure waren noch damit beschäftigt, die Fassade zu verzieren oder zu streichen.

»Bitte, kommen Sie doch herein.«

Der Makler kramte aus seinem dicken Schlüsselbund den passenden heraus, stieg zwei Stufen hinauf und schloss die Eingangstür auf, die sich in einem halbrunden Vorbau befand. Von dort aus gelangten sie in eine weitläufige Eingangshalle mit wunderschönen Mosaikfliesen. In der Mitte stand ein Springbrunnen, rechts davon befand sich eine mächtige Mahagonitheke, hinter der ein wichtig aussehender Mann stand, der sie sogleich ehrerbietig grüßte.

»Das ist der Portier«, erklärte der Makler das Offensichtliche. »Er ist immer zugegen und empfängt auch Besucher.«

Mata nickte. Bisher machte der Neubau, den Astruc für sie ausgesucht hatte, einen hervorragenden Eindruck.

»Dort ist unser Paternoster.«

Der Makler führte sie auf die dem Empfangsbereich gegenüberliegende Seite des Raumes. Mata war bereits mehrfach mit einem Paternoster gefahren, aber Anna zögerte.

»Sie müssen einfach hineingehen, schauen Sie, so.« Mata machte es ihrer Gesellschafterin vor und entschwand nach oben. Die anderen hatten keine Gelegenheit, es ihr so schnell gleichzutun.

»Erster Stock«, rief der Makler ihr noch nach.

»In Ordnung«, rief Mata zurück.

Im ersten Stock stieg sie aus und wartete neben dem Paternoster, doch die anderen hatten das Treppenhaus genommen. Anna Lintjens hatte sich offenbar nicht getraut, und die Herren hatten sie aus Höflichkeit begleitet.

»Also, wenn wir hier einziehen, Mademoiselle Mata«, erklärte die Haushälterin, dann werde ich mit diesem Gerät nie fahren.«

Sie deutete auf den Paternoster, der hinter Matas Rücken in schöner Regelmäßigkeit fuhr.

»Weil ich ihm nicht traue und weil das Treppenhaus so wunderschön ist, dass man sich die ganze Zeit dort aufhalten möchte.«

Mata musterte ihre Gesellschafterin mit dem Anflug von Erstaunen. So viel redete Anna sonst nie, schon gar nicht am Stück und vor Fremden! Die Aussicht, in dieses Haus zu ziehen, schien die Ältere regelrecht zu beflügeln! Mata lächelte. An ihr sollte es nicht liegen. Bisher gefiel ihr ausnehmend gut, was sie sah.

»Wenn ich dann bitten dürfte.«

Der Makler schloss eine gewaltige, weiß lackierte Wohnungstür auf und ließ die Damen und Astruc vorangehen.

»Das ist ja wundervoll«, rief Mata, kaum, dass sie die Wohnung betreten hatte. »Ganz, ganz wundervoll.« Sie stand in einer großzügigen Diele, in der Eichenparkett im Fischgrätmuster verlegt war. Die Decken waren hoch und stuckverziert, die Türen, die von der Diele aus abgingen, reichten bis zur Decke und waren allesamt doppelflügelig.

»Wenn ich Ihnen dann alles zeigen dürfte«, sagte Philippe Roux und trat ebenfalls ein.

»Mit Vergnügen. Ich kann es kaum erwarten.«

»Geradeaus befindet sich der Salon.«

Der Makler öffnete die mittlere Flügeltür. »Man kann ja sogar den Eiffelturm sehen!«, rief Mata entzückt.

»Das können Sie«, bestätigte Philippe Roux und öffnete die bodentiefen Fenster. »Sogar von der Terrasse aus.«

Mata trat hinaus und breitete die Arme aus. Paris lag ihr zu Füßen!

Lächelnd wandte sie sich zu den anderen um. »Wir nehmen die Wohnung«, sagte sie. Dann sah sie ihre Gesellschafterin liebevoll an. »Willkommen im neuen Zuhause.«

# 20. Kapitel

Wir wären doch unter uns«, sagte Natalie schmeichelnd.

Mata schlug die Augen nieder. »Das schon«, sagte sie. »Aber dennoch…« Zeitlebens hatte sie sich für ihre Brüste geschämt. Vor allem, seit John, als sie sie ihm widerwillig das erste Mal gezeigt hatte, angeekelt den Blick abgewandt und gesagt hatte, diesen Anblick solle sie ihm künftig ersparen, und sie aufgefordert hatte, nie mehr vollständig unbekleidet in seine Nähe zu kommen. Hart, so hart hatte dieser Moment sie getroffen.

»Was ist, meine Liebe?«, fragte Natalie, und ihr Blick war so voller Güte und Verständnis, dass Mata Mut fasste.

Wir sind doch ganz unter uns, hatte Natalie gesagt. Unter Gleichgesinnten. Unter Gleichgesinnten jedoch, für die sie ebenfalls Erotik verströmte. Diese Frauen, vor denen sie auftreten sollte, waren Lesbierinnen. Was, wenn sie sie ebenfalls durch ihre Brüste abstoßen würde? Aber wäre das so schlimm? Denn Mata hatte für sich selbst festgestellt, dass sie die Begegnung mit Frauen, die Frauen liebten, zwar in gewisser Weise aufregend fand, dass deren Berührungen und Blicke es aber nicht vermochten, ihren Körper in Flammen zu setzen, so wie das bei der Begegnung mit Männern der Fall war. Insofern würde es sie vielleicht auch nicht so sehr treffen, wenn die Frauen ihre Brüste abstoßend fänden.

»Ich…«, sagte sie auf Natalies fragenden Blick hin, dann

stieß sie hervor: »Ich schäme mich für meine Brüste. Ich will sie nicht zeigen.«

Natalie lachte auf, aber es war ein verständnisvolles Lachen. »Oh, meine Liebe. Das tun wir doch alle. Ich kenne kaum eine Frau, die mit ihren Brüsten zufrieden ist.«

»Wirklich?«, fragte Mata und sah sie hoffnungsvoll an.

»Wirklich«, bestätigte Natalie. »Das gilt vor allem für Frauen, die Kinder haben und ihnen die Brust gegeben haben. Dadurch haben sie häufig ihre Form verloren. Aber auch andere Frauen, die ich kenne und die keine Kinder haben, sind mit ihren Brüsten nicht zufrieden. Den meisten sind sie entweder zu groß oder zu klein.«

»Meine sind zu klein«, gestand Mata. »Und sie haben dunkel verfärbte Warzen, die, nun ja…«

»Darf ich sie sehen?«, fragte Natalie behutsam. »Ich will Sie in keiner Weise zu etwas drängen, das Sie nicht möchten, Mata. Und ich will Sie auch nicht unsittlich berühren. Ich glaube nur, dass es Ihnen helfen könnte.«

Sie zögerte.

»Wem haben Sie Ihre Brüste bisher gezeigt?«, fragte Natalie.

»Nur meinem geschiedenen Mann«, murmelte Mata wahrheitsgemäß. »Er hat mich gebeten, das nie wieder zu tun und sie fortan zu bedecken.«

»Was für ein Rüpel«, schimpfte Natalie.

»Ja«, bestätigte sie. »Das ist er wirklich. Ein ungebildeter Rüpel.«

Sie atmete tief durch und blickte Natalie in die Augen. Dann hob sie die Hand an ihre Knopfleiste und öffnete den ersten der zahlreichen Knöpfe. Weitere folgten.

Im Gesicht der anderen erkannte sie etwas, das sie selbst nicht empfand: Erregung.

Dennoch oder vielleicht gerade deswegen fühlte es sich richtig an.

Sie hatte die Knopfleiste vollkommen geöffnet, ließ ihr Kleid von den Schultern gleiten und hakte ihren Büstenhalter auf. Ihr Herz klopfte schneller, in ihrem Magen klumpte sich etwas zusammen. Und dann wagte sie es. Ließ auch ihren Büstenhalter heruntergleiten, und so saß sie da, vor Natalie Barney, der Millionenerbin. Nackt, bloß und schutzlos.

Natalie schaute sie an, und ihr Blick war zärtlich.

»Darf ich?«, fragte sie und hob ihre Hände.

Mata nickte zögernd.

»Sie sind nicht hässlich«, sagte Natalie und strich behutsam über ihre Brüste. »Sie sind besonders, so wie auch Sie besonders sind, Mata.«

Während Natalie ihre Hände spielerisch über Matas Brüste gleiten ließ, tobten in der Tänzerin die widersprüchlichsten Gefühle. Die Berührung erregte sie, was aber nicht unbedingt auf den Umstand zurückzuführen war, dass es eine Frau war, die da ihre Brüste streichelte, im Gegenteil: Der Gedanke daran, ein Mann könne das tun, steigerte ihre Erregung noch mehr. Nein, es war erregend und zugleich befreiend, dass da jemand war, der ein so vernachlässigtes, verhasstes und verlachtes Körperteil liebkoste, das doch zugleich der Inbegriff der Weiblichkeit war. Und während Natalie ihre Brüste mit Händen und Blicken streichelte, als handle es sich um ein seltenes Kunstwerk, spürte Mata, dass etwas in ihr heilte. Aufseufzend lehnte sie sich zurück und gab sich ganz dem verführerischen Spiel von Natalie Barney hin. Sie spürte Hände, Finger, irgendwann Lippen und eine Zunge. Es war egal, wem sie gehörten. Ob einem Mann oder einer Frau. Da waren nur noch sie und dieses unbeschreibliche Gefühl.

Wie nach einem langen, tiefen Traum öffnete Mata die Augen und sah in Natalies lächelndes Gesicht.

»Das war …«, sagte sie. »Das war sehr …«

»Pst.« Natalie legte den Finger auf ihre Lippen. »Du musst nicht versuchen, es in Worte zu fassen. Und du musst es auch nicht einordnen.«

Mata nickte, doch dann drangen schon wieder Worte aus ihrem Mund.

»Ich bin nicht …«, begann sie. »Also, ich mag lieber Männer.«

»Ich weiß. Es ging hier auch nicht um Mann oder Frau. Es ging nur darum, einen Körperteil, den du immer verleugnet oder missachtet hast, anzunehmen, zu lieben. Deine Brüste gehören zu dir, Mata. Es ist dein gutes Recht, sie niemandem zu zeigen. Aber du sollst wissen, dass sie wunderschön sind. Dass sie es wert sind, mit Liebe und Zärtlichkeit betrachtet und behandelt zu werden. Und ich verspreche dir, wenn du bei deinem nächsten Auftritt bei mir nackt tanzt, wenn du deine Brüste nicht bedeckst, da werden nur wohlwollende Blicke auf ihnen ruhen. Und die haben sie verdient.«

»Nur Frauen?«, vergewisserte Mata sich.

»Ja.«

Mata zögerte. »Unter einer Bedingung«, sagte sie dann.

»Jede.«

»Ich trete dieses Mal nicht draußen im Freien auf. Das ist mir zu … ungeschützt. Wir machen es drinnen. Hier oder in deinem Salon.«

»Also gut.«

*

Die Münder waren weit aufgerissen. Das Lachen, das aus ihnen drang, klang höhnisch. Kalte Blicke trafen und verspotteten sie.

Spucketröpfchen flogen und landeten auf ihrer nackten Brust. In der ersten Reihe sprang eine Dame auf und sah sie empört an. Dann wandte sie sich mit hochrotem Kopf an Natalie Barney. Es war Colette. »Natalie«, rief sie. »Wie *kannst* du nur? Wie kannst du es wagen, uns etwas Derartiges zuzumuten!«
Auch Natalie hatte sich inzwischen erhoben. Sie war leichenblass. »Es tut mir leid«, flüsterte sie. »Ich habe es nur gut gemeint. Sie tat mir leid.«

»Dein Mitleid in Ehren«, rief Colette. »Aber so etwas kannst du uns nicht antun. Wir alle haben so wundervolle Brüste.«

Und wie Mata einige Tage zuvor knöpfte sie ihr Kleid auf, streifte ihren Büstenhalter herunter und präsentierte den Damen ihren perfekt geformten Busen. »Wunderschön«, hauchte eine Frau in der ersten Reihe und wandte dann wieder ihren Blick auf Mata. »Aber diese dort … abscheulich.«

Mata erwachte aus ihrer Schockstarre. Panisch sah sie sich nach etwas um, mit dem sie ihre Blöße bedecken konnte, doch ihre Hände griffen ins Leere.

»Bemüh dich nicht, Schätzchen«, sagte Colette spöttisch. »Wir alle haben deine Schande gesehen. Ich muss jetzt gehen, um zu schreiben. Morgen steht es in allen Zeitungen. Das wird mein ganz großer Durchbruch. Endlich habe ich auch ohne meinen Mann einen Namen.«

»Sie können es nicht beweisen!«, rief Mata verzweifelt.

»Kann ich nicht? Oh, Schätzchen, du glaubst nicht, was ich alles kann.«

Colette riss eine Kamera aus ihrer Tasche und drückte ab. »Ich kann auch fotografieren. Nun haben wir den Beweis, den du wolltest.«

»Nein!«, schrie Mata verzweifelt. »Nein, bitte nicht.«

»Es ist alles gut.« Auf einmal spürte sie Arme um sich. Fürsorgliche Arme. Anna war da. Würde sie sie nun auch nackt sehen? Aber Anna würde sie deswegen nicht verstoßen. Oder doch?

Panisch tasteten ihre Hände nach ihren Brüsten, um sie zu bedecken. Sie fühlte … Stoff. Spitze. Ein Nachthemd.

»Es war nur ein Traum«, flüsterte Anna.

Keuchend riss Mata die Augen auf und sah sich um. Tatsächlich. Sie war zu Hause. In ihrem neuen Zuhause in der Rue de Rivoli. Sie trug ihr spitzenbedecktes Lieblingsnachthemd und war von einer ebenfalls spitzenbesetzten weißen Bettdecke umhüllt.

»Es war nur ein Traum«, sagte Anna wieder. »Ich hole Ihnen ein Glas Wasser.«

Mata schüttelte den Kopf, immer noch ganz benommen.

»Nein, Anna«, sagte sie. »Nein, Wasser wird nicht reichen. Jetzt brauche ich einen Schnaps.«

# 21. Kapitel

Natalie Barney war erwartungsgemäß alles andere als begeistert gewesen über die Tatsache, dass Mata Hari nun doch nicht nackt auftreten wollte. Sie habe den anderen Damen die Sensation bereits angekündigt, und diese harrten der Vorstellung schon mit großer Spannung. Doch Mata war standhaft geblieben. Zwar erzählte sie Natalie nichts von ihrem Traum, aber sie erinnerte die andere an deren Aussage, dass sie selbst entscheide, wem sie wie viel von sich zeige. Und so musste Natalie schließlich nachgeben. Mata erklärte sich jedoch bereit, wirklich nur ihren Brustschmuck zu tragen und das schmale Tuch, das sie sonst um die Hüften schlang, wegzulassen. Damit würden die Damen mehr zu sehen bekommen als die Zuschauer ihrer anderen Veranstaltungen.

Sie war froh, sich durchgesetzt zu haben, doch sie musste sich auch eingestehen, dass sie die Bühne mit einer gewissen Nervosität betrat. Der Traum saß ihr noch im Nacken, und auch wenn sie ihre Brüste nun bedeckt hatte, so zeigte sie zum einen doch mehr als bisher, und zum anderen trat sie dem kleinen Kreis derer, die sie heute zu sehen bekamen, mit einem gewissen Misstrauen entgegen. Dieses Publikum war nicht ihr Freund. Lag es an ihr, dass sie es so empfand? Während sie tanzte, ließ sie ihre Blicke über die Frauen gleiten, die auf Sesseln und Sofas saßen, jede ein Getränk in der Hand. Ihre Mienen waren wohlwollend. Keine Abwehr darin, nichts, was an ihren Traum erinnerte. Und dann fiel ihr Blick auf die Frau, die am weitesten entfernt saß und die Hand einer anderen Dame hielt. Mata stutzte. Mit dieser Frau stimmte etwas nicht. Sie versuchte, sich nichts anmerken zu lassen, tanzte weiter und warf der Dame währenddessen immer wieder unauffällige Blicke zu. Noch hatten die anderen nicht bemerkt, dass sie misstrauisch geworden war. Noch hatte sie die Macht inne, nicht das Publikum. Die Gesichtszüge der Frau waren ausgesprochen markant, ihr Körperbau muskulös und groß. Die blonden Haare passten nicht zu den buschigen, dunklen Brauen über den blauen Augen.

Matas Herz schlug schneller. Es gab keinen Zweifel: Diese Frau war ein Mann!

Ohne ein weiteres Wort unterbrach sie ihren Tanz und eilte zur Tür. Empörte und enttäuschte Rufe folgten ihr. Natalie, die ganz vorne gesessen hatte, erreichte die Tür noch vor ihr und schob sich zwischen Mata und den Ausgang.

»Mata«, zischte sie, und von der Zärtlichkeit, mit der die andere sie noch zwei Tage zuvor liebkost hatte, war nichts mehr zu spüren. »Gehen Sie sofort zurück auf die Bühne. Sie können die Vorstellung nicht einfach so abbrechen.« Sie fasste sie beim Oberarm.

Ach, dachte Mata. Sind wir wieder per Sie? Nicht mit mir.

»Ich habe dir zugesagt, vor dir und deinen *Freundinnen*«, sie betonte das Wort, »aufzutreten. Ich habe mir die Anwesenheit eines Mannes ausdrücklich verbeten.«

»Aber da ist kein …?«

»Ach nein?« Mittlerweile war Matas Unsicherheit in Wut umgeschlagen. Sie hatte Natalie Barney vertraut, sich ihr anvertraut, wie schon lange keinem Menschen mehr zuvor, Anna einmal ausgenommen. Und nun wurde sie derart hinters Licht geführt!

Sie schüttelte Natalies Hand ab, griff nach der Tischdecke, die auf einem Tischchen in greifbarer Nähe lag, band sie sich um die Hüften und marschierte geradewegs auf die Frau, die sie als Mann identifiziert hatte, zu. An dessen Reaktion war deutlich zu erkennen, wie unwohl er sich in seiner Haut fühlte, ebenso wie seine neben ihm sitzende Partnerin.

Matas Hand fuhr nach vorne, sie griff in die blonde Mähne ihres Gegenübers und riss sie ihm vom Kopf. Eine schwarze Kurzhaarfrisur kam zum Vorschein.

»Steht Ihnen besser«, sagte sie kalt. »Wer sind Sie? Sind Sie von der Presse?«

»Ich …« Der Mann geriet ins Schwitzen, während die zierliche Blondine an seiner Seite in Tränen ausbrach. »Das ist alles meine Schuld«, schluchzte sie mit unüberhörbarem amerikanischem Akzent.

»Wer sind Sie?«, fragte Mata.

»Mein Name ist Dorothy Rockhill«, sagte die Frau und bemühte sich nach Kräften, ihrer Stimme eine gewisse Festigkeit zu verleihen. »Und das ist mein Mann Arthur Larkin. Er ist Geiger und kommt aus England. Wir haben gerade erst geheiratet, und ich wollte nicht ohne ihn …«

»Das Ganze ist mir sehr unangenehm«, sagte der Geiger. »Ich hätte der Sache nicht zustimmen sollen. Bitte, fahren Sie fort. Ich verlasse das Haus sofort.«

Seine Frau hängte sich an seinen Arm. »Dann gehe ich mit dir!«, rief sie dramatisch. »Ich will nicht ohne dich sein.«

Mata sah von einem zum anderen.

»Sparen Sie sich die Mühe«, sagte sie. »Ich werde es sein, die das Haus verlässt.«

Dann sandte sie der betroffen wirkenden Natalie einen kalten Blick. »Und ich werde es nie wieder betreten. Ich verkehre nicht mit Menschen, die nicht zu ihrem Wort stehen.«

*

»Die Zeitungen vergleichen Sie mit Isadora Duncan«, sagte Anna, als sie sich beim Frühstück der üblichen Lektüre widmeten.

»Hm«, machte Mata nachdenklich, während sie die Mahlzeit einnahm, die sie sich, seit Anna an ihrer Seite war, angewöhnt hatte. Ein frisches Croissant mit Erdbeermarmelade, dazu einen Café au Lait, ein Saft aus frischen Orangen und etwas Erdbeeren. »Ich würde sie wirklich gerne einmal kennenlernen.«

Sie blickte auf den riesigen Rosenstrauß, der auf der Anrichte stand und einen zarten Duft verströmte, der aber von dem danebenstehenden Lilienstrauß vollkommen überdeckt wurde.

Mata lächelte beim Anblick der Blumensträuße. Die Rosen waren von Henri de Rothschild, die Lilien von Gaston Menier. Émile Guimet, der sonst immer dafür sorgte, dass ein passender Blumengruß in Matas Appartement stand, hielt sich im Moment zurück. In der Diele standen drei weitere Sträuße von Verehrern, ebenso im Salon.

»Madame Duncan ist Amerikanerin«, ließ Anna, von der Lektüre aufblickend, ihre Arbeitgeberin wissen und schreckte sie aus ihrer Blumenbetrachtung hoch.

Mata verzog das Gesicht. Von Amerikanerinnen hatte sie im Moment erst mal genug. Schließlich war Natalie Barney ebenfalls Amerikanerin, ebenso wie diese Dorothy – und die beiden hatten sie sehr getäuscht. Andererseits musste sie sich eingestehen, dass sie selbst ja eine Meisterin darin war, Menschen zu täuschen, um das zu erreichen, was sie wollte. Genau das hatte ihr Colette, die ihr nachgeeilt war, als sie Miss Barneys Villa verlassen hatte, auf den Kopf zugesagt, und auch wenn Mata harsch abgewehrt hatte, musste sie sich doch eingestehen, dass sie damit nicht ganz unrecht hatte. Außerdem waren sicherlich nicht alle Amerikaner gleich.

»Wenn Sie sie kennenlernen möchten, müssen Sie wohl nach Berlin reisen«, ließ Anna ihre Arbeitgeberin wissen. »Dort hat sie im vergangenen Jahr eine Tanzschule eröffnet.«

»Berlin wäre wirklich mal eine Reise wert.«

Versonnen sah sie aus dem bodentiefen Fenster, das den hervorragenden Blick auf den Eiffelturm gewährte. »Etwas anderes sehen. Reisen. Ich muss Astruc fragen, ob er nicht etwas für mich arrangieren kann.«

»Die Zeitungen sind sich darüber einig, dass Sie die Bessere sind«, sagte Anna und zitierte: »Miss Duncan war eine Vestalin, Lady MacLeod ist eine Venus.«

»Na also.« Mata biss zufrieden von ihrem Croissant ab. »Das hört sich doch gut an.«

»*La Vie Parisienne* schreibt noch ausführlicher dazu«, teilte Anna ihr mit und schob ihrer Arbeitgeberin die Zeitung zu. Mata las: »Miss Duncan verkörperte Griechenland. Zu der Musik von Beethoven, Schumann, Gluck und Mozart erweckte sie heidnische Tänze des klassischen Altertums zu neuem Leben. Die Pariser Salons rissen sich um Miss Duncan. Dann – wie es manchmal so ist – verschwand sie. Zusammen mit ihrer Mutter und ihrem langhaarigen Bruder, der sie auf der Geige begleitete, zog sie aus, um Berlin zu erobern.«

»Und was verkörpere ich?«, fragte Mata.

Anna sah sie entschuldigend an. »Das steht hier nicht«, sagte sie. »Ich denke, Sie verkörpern Ihre eigene Fantasie.«

# 22. Kapitel

Der Journalist war hochgewachsen und muskulös. Er hatte etwas zu lange blonde Haare, die ihm immer wieder in die Stirn fielen, und wache, blaue Augen, deren eindringlicher Blick Mata etwas nervös machte. Und sie war ohnehin schon nervös, denn der Journalist, der sich als Marc van der Poel vorstellte, schrieb für den *Nieuwe Rotterdamschen Courant.* Die Zeitung war eine der wichtigsten in Holland. Mit seinem ausführlichen Bericht würde ihre Geschichte in die alte Heimat dringen und dort sicherlich auch von John gelesen werden.

Anna hatte den Gast empfangen und ihn in den Salon geführt, wo Mata ihn bereits erwartete.

»*Goede Dag*«, sagte sie auf Holländisch.

»*Goede Dag, Mevrouw* McLeod«, erwiderte der Journalist.

»Nehmen Sie doch Platz«, bat Mata, die sich, als er ins Zimmer kam, ebenfalls erhoben hatte, und ließ sich auf das mit rosafarbenem Samt bezogene Barocksofa sinken. Er setzte sich auf den dazugehörigen Sessel, zog einen Notizblock und einen Stift aus der Tasche, schlug die Beine übereinander und schenkte ihr erneut einen eindringlichen Blick aus seinen irritierend blauen Augen.

Anna servierte Tee, Gebäck und Wasser und zog sich dann zurück, ohne jedoch die Tür zu schließen. Darum hatte Mata sie vorab gebeten, und sie wusste, dass Anna ihrem Gespräch draußen vor der Tür lauschen würde.

»Und Sie sind wirklich Holländerin? Das ist kaum zu glauben. Sie sehen so südländisch aus.«

»Doch«, versicherte Mata. »Ich bin wirklich Holländerin. Ich bin *vrouw* McLeod. Aber ich bin in Indien geboren worden. Das erklärt mein Aussehen.«

Sie sah ihn eindringlich an. »Ich kenne den Ganges und die Stadt Benares, und in meinen Adern fließt Hindublut.« Sie sagte es so beiläufig, als sei all das nichts Besonderes, und merkte, dass der Journalist ihr offenbar Glauben schenkte. Er machte sich Notizen auf seinem dicken Block.

»Aber selbst wenn Sie in Indien geboren sind, erklärt das noch nicht, weshalb Sie sich so gut auskennen mit dem Land und seinen Tänzen«, sagte er. »Und auch mit den Bräuchen. Ich habe mir sagen lassen, dass selbst Monsieur Guimet Sie außerordentlich für Ihr fundiertes Wissen schätzt und Sie ihn auch manchmal bei Vorträgen unterstützen.«

Mata senkte den Blick. Guimet schätzte inzwischen vor allem ihre Fähigkeit, ihm Lust zu bereiten, aber das sprach sie natürlich nicht aus.

»*Mevrouw* MacLeod?«, hakte der Journalist nach.

»Ja«, stieß Mata schließlich hervor. »Ihnen kann ich es ja sagen. Ich studiere tatsächlich Orientalistik. Ich kenne mich hervorragend darin aus. Es beherrscht meine Gedanken, die orientalische Musik fließt durch meine Adern, ich träume sogar davon.«

»Aber wenn Sie den Orient so lieben«, setzte der Journalist zu seiner nächsten Frage an, »warum haben Sie ihn dann verlassen, um nach Paris zu kommen? Und wie gelang es Ihnen, gleich derart erfolgreich zu sein?«

Mata lächelte geheimnisvoll und verschwieg, dass es für sie erst im zweiten Anlauf in der Stadt des Lichts erfolgreich gewesen war. Sie seufzte: »Das ist eine lange Geschichte. Und nicht mal eine sehr angenehme.«

»Oh.« Seine ohnehin schon vorhandene Neugierde war durch ihre Bemerkung noch größer geworden.

»Würden Sie sie mir erzählen?«

Und Mata erzählte die erfundene Geschichte. Wie sie ausgeraubt worden war. Dann den wahren Teil. Ihre Begegnung mit Madame Kiréevsky, die sie schließlich Guimet vorgestellt hatte.

Der Journalist nickte zufrieden. Es schien ihm zu gefallen, dass sie einen Teil der Geschichte erwähnte, den er bereits kannte. Vermutlich war er der Ansicht, so seine Wissenslücke geschlossen und die geheimnisvolle Mata Hari ein Stück weit durchschaut zu haben.

»Mir war schon, als ich die Pferde ritt, klar – und Monsieur Molier hat es auch in mir gesehen –, dass ich imstande bin, Größeres zu leisten, als zu reiten. Wissen Sie«, sie beugte sich vor, um einen Schluck Tee zu nehmen und die Tasse dann graziös wieder abzustellen, wohl wissend, dass er jede ihrer Bewegungen genauestens beobachtete, »die Künste Ostindiens tanzen in einem fort in meinem Körper und sind in ihm lebendig.«

Van der Poel nickte, und Mata stellte fest, dass er wie verzaubert wirkte und ganz in ihrem Bann war.

»Und wie … wie gefällt Ihnen Paris?«, fragte der Journalist. »Sie sind ja von Holland das europäische Leben gewohnt.«

»O ja, das bin ich«, gab Mata ihm lebhaft recht. »Und wissen Sie, natürlich kann man hier den Zauber des Orients nicht finden. Oder anders gesagt: Er ist nicht von selbst in dieser Stadt. Aber es ist meine Aufgabe, ihn hierherzubringen, in diese Stadt des Lichts, und die Menschen mit meinem Tanz glücklich zu machen. Ich betrachte das als meine Berufung. Meine Passion.«

Während sie sprach, bemerkte Mata, dass sie vollkommen in den Bann ihrer eigenen Worte gezogen wurde. Sie hatte keine Kontrolle mehr über sie, sie quollen regelrecht aus ihr heraus, Wahrheiten und Unwahrheiten, Vertuschtes und Übertriebenes. Er lauschte ihr fasziniert, als sie von schillernden Galas und Empfängen schwärmte, die zu ihren Ehren gegeben wurden. Von der vornehmen Gesellschaft, deren Mittelpunkt sie war. Von Verehrern, die ihr Berge von Blumen schickten, Aufmerksamkeiten und Schokolade und natürlich auch Schmuck, viel Schmuck.

Dann lenkte sie das Gespräch wieder zurück auf ihre Tempeltänze: »In Batavia lernte ich öfter reiche Prinzen kennen, die meinen Mann und mich zu sich einluden. Diese Männer, die im Allgemeinen sehr religiös sind, haben berühmte Tänzerinnen um sich, die sie kaum jemals jemandem zeigen. Diese kennen die geheimsten Brahmanentänze, die vor dem Altar zelebriert werden. Ich hatte lange Zeit Gelegenheit, mit diesen Tänzerinnen zu üben.«

Der Niederländer nickte beeindruckt. »Wie man hört, haben Sie auch viele Anfragen für Theaterengagements. Wie stehen Sie dazu?«

»Ach ja«, bestätigte Mata und deutete auf einen Stapel Papiere, die auf dem Sekretär lagen. »Jede Menge Anfragen habe ich.« Dann machte sie eine abfällige Handbewegung. »Ich glaube aber nicht, dass das etwas für mich ist. Ich habe mich dem Tanz verschrieben.«

Und dann klingelte plötzlich das Glöckchen, und Mata sprang jäh auf. »Oh«, rief sie. »Entschuldigen Sie mich. Das ist das Mittagessen.« Sie hatte mit Anna ausgemacht, dass diese mit dem Glöckchen läuten sollte, wenn das Gespräch ihr zu entgleiten drohte und die Fantasie mit ihr durchging.

»Na … natürlich«, stammelte der Journalist, offenbar überrascht von der abrupten Unterbrechung.

»Ich muss Sie dann bitten zu gehen«, sagte Mata und reichte ihm die Hand zum Abschied.

Van der Poel sprang hastig auf. »Oh …«, stammelte er. »Das … ja, natürlich.«

Er ergriff Matas Hand und beugte sich darüber, um sie zu küssen.

»Schreiben Sie etwas Schönes über mich«, sagte sie und drohte ihm scherzhaft mit dem Finger. »Aber nur die Wahrheit.«

»Selbstredend«, rief der Journalist ihr nach, während sie sich schon umgedreht hatte, um in Richtung des Speisezimmers davonzueilen.

»Anna wird Sie hinausbegleiten«, sagte Mata über die Schulter. »Es war mir eine Freude, Sie kennenzulernen.«

»Ganz meinerseits«, rief er noch, und schon war sie verschwunden.

Zwei Tage später las sie, was der Mann über sie geschrieben hatte. Sie lächelte. Es gefiel ihr, und seine Zeilen waren voller Verehrung: »Plötzlich ist sie nicht mehr die einfache junge Frau. Von einer Minute zur anderen wird ein fremdartiges, energiegeladenes, stolzes Wesen aus ihr. Ein Geschöpf, das zu stolz ist, um besiegt zu werden, zu stolz, um hässlich, gering oder hilflos zu sein, zu stolz, um ohne Talent zu leben. Sie lacht über sich selbst. Sie spricht über Tausend Dinge, über Menschen, die sie im Mittelpunkt der vornehmen Gesellschaft kennenlernte, in dieser unwirklich glitzernden Menge, die sich Pariser Leben nennt.«

Sie war gerade dabei, den für sie so schmeichelhaften Artikel auszuschneiden und in ihr ledergebundenes Buch zu kleben, das in der Zwischenzeit schon zur Hälfte gefüllt war, als Anna Astruc ankündigte.

»Gabriel?«, fragte Mata erstaunt. »Ich habe ihn gar nicht erwartet.«

Beunruhigt stand sie auf. Gabriel Astruc teilte sonst sein Kommen in der Regel immer zuvor mit. Sie hatte noch nie erlebt, dass er einfach so vor der Tür gestanden hatte. Das bedeutete sicherlich entweder besonders gute oder besonders schlechte Nachrichten.

»Astruc«, sagte sie und begrüßte ihn mit den üblichen drei Wangenküssen. »Was führt Sie zu mir?«

Sie bat ihn, auf dem Sessel Platz zu nehmen, auf dem wenige Tage zuvor noch der niederländische Journalist gesessen hatte.

Astruc reichte ihr eine zusammengerollte Zeitung, die er in der Hand hielt. »Noch etwas für Ihr Album«, sagte er. »Das ist allerdings nicht ganz so erfreulich, wie wir das gewohnt sind.«

Mata erschrak. Dann hatte sie ihr Gefühl nicht getrogen!

»Was ist?« Sie griff nach der Zeitung und sah, dass es sich um eine brasilianische Tageszeitung handelte.

»Aber das ist doch großartig«, rief sie. »Inzwischen kann man wirklich sagen, ich bin weltbekannt, Gabriel«, freute sie sich.

Astruc verzog keine Miene. »Weltbekannt sind Sie nun wirklich«, bestätigte er. »Zumal sowohl der Journalist, Francois de Nion, als auch die Tageszeitung *La Prensa* ausgesprochen bedeutend sind. Allerdings lebte der Mann auch viele Jahre in Indien.«

Er sah Mata eindringlich an. »Und er ist ein ausgewiesener Orientalist.«

Mata schluckte, und sie spürte ihr Herz hart gegen ihre Brust schlagen. War sie nun gekommen, die Stunde der Wahrheit, vor der sie sich immer so gefürchtet hatte? Hatte man sie entlarvt? Denn auch wenn sie Astruc die absolute Wahrheit versprochen hatte, so hatte sie sich nicht daran gehalten. Er hatte zwar eine etwas abgeschwächtere, aber doch abenteuerliche und ausgeschmückte Version ihrer Geschichte serviert bekommen. Sie wollte auch ihm gegenüber nichts von ihrem Zauber verlieren, denn wie sollte er sie noch gut vertreten und ihr schillernde Arrangements verschaffen, wenn er wüsste, dass sie die Tochter eines verarmten Ladenbesitzers war und später eine enttäuschte Ehefrau, die von ihrem Mann geschlagen wurde?

»Was … schreibt er denn?«, fragte sie nun vorsichtig, unfähig, die Zeitung aufzuschlagen.

»Er schreibt, dass die orientalischen Tänzerinnen niemals weitgehend nackt tanzen, so wie Sie es tun und behaupten. Sie sind stets in weiße Schleier gehüllt und berühmt für ihre Keuschheit.« Streng blickte er sie an. »Das ist das Gegenteil von dem, was Sie sind, Mata. Oder von dem, was Sie vorgeben zu sein.«

Sie zwang sich, seinen Blick zu erwidern, standhaft, beinahe trotzig.

»Geben Sie mir die Zeitung wieder«, bat Astruc.

Mata reichte sie ihm. Stumm.

Umständlich schlug er das Blatt auf und las einen Teil der Worte vor, die der Journalist geschrieben hatte. »Ist Paris Opfer einer Betrügerin geworden? Leben wir immer noch in den Zeiten Ludwigs XVI., der einen majestätischen und enthusiastischen Empfang für einen ausländischen Botschafter arrangierte, der sich später als einfacher Ladeninhaber aus Marseille entpuppte?«

»Das sind doch nur … üble Behauptungen«, wand sich Mata.

»Nein«, widersprach er. »Nein, das sind keineswegs nur üble Behauptungen. Wenn Sie Pech haben, greifen das andere Zeitungen auf, und dann kann alles so schnell wieder vorbei sein, wie es angefangen hat.«

Sie schwieg. Wartete darauf, dass er ihr Vorwürfe machte, weil sie sich, wie sie beide genau wussten, nicht an ihr Versprechen gehalten und ihm die Wahrheit über sich und ihre Person gesagt hatte.

Doch Astruc tat nichts dergleichen, sondern sagte nur: »Wir müssen jetzt gut überlegen.«

# 23. Kapitel

Das Olympia-Theater befand sich im 9. Arrondissement, auf dem Boulevard des Capucines 28, ganz in der Nähe des Place du Vendôme. Die Menschen strömten in Scharen ins Theater. Endlich, endlich hatten sie die Gelegenheit, die viel besprochene und allerseits bewunderte Mata Hari, dieses exotische Wesen, das ganz Paris verzauberte, einmal aus der Nähe zu sehen.

Mata stand in den Soffitten hinter der Bühne und blickte hinaus, als Direktor Paul Ruez die Highlights seines Programms ankündigte. Zwar blendete das Scheinwerferlicht ganz enorm in ihren Augen, aber sie konnte doch erahnen, wie voll der Saal war. Und so viel Fantasie brauchte es auch gar nicht: Astruc hatte sie im Vorfeld informiert, dass die Vorstellung ausverkauft war, und sie hatte das Theater bei den Proben mehrfach außerhalb der Vorstellungen gesehen und wusste um die enorme Dimension des Zuschauerraums. Wenn er voll besetzt war, passten hier mindestens zweitausend Menschen hinein. Der missgünstige Artikel, der Astruc so verärgert hatte, hatte ihr nicht geschadet, eher schien er das Interesse an ihrer Person nur noch verstärkt zu haben. Und nun stand sie wirklich hier, im berühmten Olympia-Theater. Auf dem Gipfel ihrer Karriere!

»Eine besondere Ehre ist es mir, Ihnen heute Abend die

legendäre Mata Hari präsentieren zu dürfen«, rief Paul Ruez ins Publikum. Die Menge jubelte, applaudierte und tobte, und Mata lächelte in sich hinein. Bevor sie überhaupt einen Fuß auf die Bühne gesetzt hatte, war sie bereits der Liebling des Publikums. »Außerdem ist es mir eine Freude, Ihnen heute Abend den berühmten Mimen Fred Karno vorstellen zu dürfen. Sie werden überrascht sein, was man mit seinem Gesicht alles anstellen kann.«

Lachen wogte durch den Raum, wieder applaudierte die Menge, wenn auch nicht ganz so begeistert wie bei Matas Ankündigung.

Sie wurde auf den Mann aufmerksam, der ihr gegenüber in den Soffitten stand und sie mit weit ausholenden Gesten auf sich aufmerksam zu machen versuchte. Sie musste lachen. Der Mime trug einen schwarzen Frack und eine Melone, sein Gesicht war schneeweiß geschminkt, und er machte ihr deutlich, wie unglücklich er darüber war, dass das Publikum bei der Erwähnung seines Namens nicht ganz so sehr gejubelt hatte wie bei dem Matas. Doch dann deutete der Mann an, dass er natürlich angesichts Matas Schönheit vollstes Verständnis für die Zuschauer habe.

Sie sah von ihrem Platz aus zu, wie Akrobaten und Jongleure die Bühne betraten, und dann war sie endlich dran. Sie wusste sofort, dass dieser Abend magisch werden würde. Vor so vielen Menschen zu tanzen, die ihr alle wohlgesonnen waren, war, als schwimme sie auf einer Woge der Bewunderung, die sie zu neuen und immer neuen Leistungen animierte. Ihre Gliedmaßen bewegten sich von allein, die Musik drang tief in sie ein und zwang ihr ihre Form, ihre Schönheit auf. Mata war vollkommen hingegeben, und während sie tanzte, waren all ihre Sinne geschärft. Ihre Nase roch den süßen Duft von Jasminblüten, ihre Haut reagierte auf den Luftzug, der sich durch ihren Tanz bildete, ihre Ohren waren die Pforte, durch die die Musik in ihren Körper dringen und von ihm Besitz ergreifen konnte, und ihre Augen sahen das Publikum und sahen zugleich durch es hindurch. Mata sah lauter Farben und Formen, sie sah die bunten Tücher, in die sich die Frauen auf Java kleideten, sie sah dunkle, biegsame Körper vor weißen Jasminblüten, und ihrer war der schönste von allen. Sie brachte das Paradies zu den Menschen. Ihr Tanz war Poesie. *Sie* war Poesie. Und sie wusste es.

*

Als die Vorstellung zu Ende war, schwankte Mata erschöpft in ihre Garderobe. Sie hatte sich vollkommen verausgabt. Seufzend sank sie auf den bequemen Polsterstuhl vor dem Schminktisch. Hier hatte die Maskenbildnerin sie vor zwei Stunden geschminkt. Mata war es, als sei das in einem anderen Leben gewesen. Als sei sie durch ihren Tanz gestorben und wiedergeboren worden.

»Sie waren wunderbar«, klang in diesem Moment eine dunkle Männerstimme von der Tür her.

»Danke, Astruc«, erwiderte sie, ohne sich umzuwenden.

»Hier möchte Ihnen noch jemand gratulieren.«

»Maître Clunet«, freute sich Mata, als sie ihren treuen Freund, den Rechtsanwalt, erblickte.

»Sie waren fabelhaft, meine Liebe. Eine Offenbarung«, schmeichelte Clunet, beugte sich tief über ihre Hand und zauberte dann einen Strauß betörend duftender Lilien hervor.

»Danke«, sagte sie. »Ich freue mich aufrichtig, dass Sie gekommen sind.«

»Das hätte ich mir doch niemals entgehen lassen«, versicherte Clunet. »Machen Sie mir die Freude und lassen sich von mir noch zum Essen ausführen?«

Mata zögerte. Eigentlich hatte sie Henri zugesagt, den Abend mit ihm zu verbringen – aber andererseits hatte der sie während der Anwesenheit seiner Gattin auch oft genug versetzt. Es täte ihm gut, dieses Gefühl auch einmal umgekehrt zu erleben. Außerdem hatte sie ihren treuen Freund schon lange nicht mehr gesehen, sodass sie der Einladung besser Folge leisten sollte.

Clunet entführte sie ins Café de Flore. Es war offenkundig, dass die Kellner ihre illustren Gäste sofort erkannten. Kaum hatten sie das Lokal betreten, eilte der akkurat gekleidete Oberkellner auf sie zu, begrüßte ihn mit einer Verbeugung, sie mit einem Handkuss, sagte »meine Verehrung« und führte sie zu ihrem Tisch, dem besten im Raum, der sich in einer halbrunden Fensternische befand.

»Ich freue mich sehr für Sie, dass Sie in diesem Theater auftreten durften«, sagte Clunet, als sie Platz genommen und ihre Servietten auf den Knien ausgebreitet hatten. »Sie haben es auch verdient. Es ist das beste Theater von Paris, und da muss die beste Künstlerin von Paris natürlich auftreten.«

»Vielen Dank«, sagte Mata lächelnd. »Es war auch eine sehr bewegende Vorstellung.« Dann lehnte sie sich mit einem erleichterten Seufzen zurück. In Clunets Gegenwart fühlte sie sich stets ausgesprochen wohl. Sie musste nicht kokettieren, nicht flirten, nicht einmal Geschichten erfinden. Sie konnte einfach sein.

»Seit wann gibt es das Olympia denn schon?«, fragte sie.

»Eröffnet wurde es im Jahr 1893«, begann Clunet, der sich über ihr Interesse zu freuen schien.

Der Kellner kam, schenkte etwas Rotwein in das Glas des Rechtsanwalts, das dieser mit kleinen, schnellen Bewegungen seines Handgelenks zum Kreisen brachte, daran roch, kostete, die Lippen schürzte, es für gut befand und dem Kellner ein Zeichen gab einzuschenken.

»Die Begründer des Moulin Rouge haben es eröffnet«, erklärte er. »Und ursprünglich befand sich an dieser Stelle eine Achterbahn.«

»Eine Achterbahn?«, rief Mata überrascht. »Wie …«

Clunet schmunzelte. »Nun«, sagte er und nahm noch einen Schluck Wein, »eigentlich begann es mit einer Pferdebahn. 1880 kaufte Joseph Oller, einer der Gründer der Olympiahalle, das Gelände, machte daraus eine Pferdebahn und wurde reich. Er investierte das Geld in eine Holzachterbahn, die er eigens aus England importieren ließ. Er baute sie auf diesem Grundstück auf. Der Park hieß *Montagnes Russes* und war sehr bekannt und beliebt.«

»Und warum gibt es die Achterbahn nicht mehr?«, fragte Mata und fügte scherzhaft hinzu: »Ich hätte auch in einer Achterbahn getanzt.«

»Und ich hätte es Ihnen zugetraut!« Clunet lächelte ihr gut gelaunt zu. »Die Feuerschutzverordnungen waren schuld, dass die Holzachterbahn abgebaut werden musste. Im Jahr 1892 war der Polizeipräfekt der Ansicht, es sei zu gefährlich.« Er zuckte bedauernd die Achseln. »Oller und Zidler haben natürlich getobt, aber es blieb ihnen nichts anderes übrig, als sich zu beugen und die Achterbahn abzureißen.«

»Und als sie überlegten, was sie stattdessen mit dem Grundstück machen können, kamen sie auf die Idee, hier das Olympia-Theater zu errichten?«, vermutete Mata.

»Ganz genau«, sagte er. »Es sollte ein Ort sein, an dem die Pariser Luxus und Glamour erleben können.«

»Das ist ihnen gelungen«, murmelte Mata und dachte an die

funkelnde Kronleuchterpracht an der Decke und an die gigantischen Wandmalereien.

»Am 12. April 1893 war dann die Einweihung, zu der nur einige wenige Angehörige der Pariser Aristokratie geladen waren. Es war von Anfang an ein gigantischer Erfolg.«

»Haben Sie schon viele Vorstellungen im Olympia-Theater erlebt?«, fragte Mata.

»O ja.« Er prostete ihr erneut zu, um sich dann vom bereitstehenden Kellner nachschenken zu lassen und ihr zu versichern: »Aber keine Vorstellung war so bezaubernd wie die am heutigen Abend.«

»Sie sind sehr charmant«, bedankte sich Mata und lenkte das Gespräch dann wieder auf das Theater. »Ich habe den Direktor kennengelernt. Das ist aber keiner der beiden Gründer?«

Der Anwalt seufzte. »Das stimmt«, sagte er. »Paul Ruez ist ganz neu, er hat erst in diesem Jahr übernommen. Das Olympia hat schwere Zeiten hinter sich.«

»Warum?«, fragte Mata.

»Besitzerwechsel, zwischendurch hatten die berühmten Zauberer, die Isola-Brüder, übernommen, und …«

»Haben Sie schon gewählt?«, fragte in diesem Moment ein Kellner, der sich ihrem Tisch genähert hatte.

»Ach, das tut uns leid«, sagte Mata und schenkte dem Mann einen ihrer intensiven Blicke, der, wie immer, auch dieses Mal seine Wirkung nicht verfehlte. Er lief feuerrot an und begann zu schwitzen. »Monsieur hat mich so interessant unterhalten … Können Sie etwas empfehlen?«

Noch ein Augenaufschlag, und um den armen Kellner war es geschehen.

»Sicher, Lady McLeod, äh, ich meine natürlich Mademoiselle Hari«, stammelte der Mann.

Mata legte eine Hand auf die seine. »Mata. Für Sie einfach Mata.«

»I… i… in Ordnung.«

»Haben Sie denn nun eine Empfehlung?«, fragte Mata, die aus den Augenwinkeln bemerkte, dass ihr Begleiter ihr Spiel mit einem Schmunzeln verfolgte.

»Ich, äh… ja, natürlich, also, da wären…«

»Ich übernehme das«, mischte sich in diesem Moment Clunet, der offenbar Mitleid mit dem stotternden Kellner hatte, ins Gespräch. »Ich empfehle Ihnen als Vorspeise eine leichte Fischsuppe, anschließend ein Rinderfilet mit Pommes frites und Sauce béarnaise und als Nachspeise eine Mousse au Chocolat.«

»Da… da… danke, genau das wollte ich soeben auch empfehlen«, behauptete der schwitzende Kellner.

»Das klingt wunderbar«, stimmte Mata zu.

# 24. Kapitel

»Aber Sie können doch nicht einfach…«, hörte Mata Anna verzweifelt im Flur rufen.

»Und ob ich kann«, ertönte eine männliche Stimme. Mata wusste, dass sie sie schon einmal gehört hatte, konnte sie aber nicht zuordnen. Im nächsten Moment wurde die Tür aufgerissen, und ein ausgesprochen erbost wirkender Mann mit hochrotem Gesicht stand vor ihr.

Er kam Mata bekannt vor, und er war ihr ausgesprochen unsympathisch: Der Mann war klein, untersetzt, hatte einen kugelrunden Kopf von ungesunder Gesichtsfarbe, auf seinem Haupt sprossen höchstens drei Haare, und seine wässrig blauen Glupschaugen starrten sie an.

»Madame Hari«, schnaubte er. »Ich habe in den letzten Wochen täglich Ihren Besuch erwartet.«

»Ich… kann Ihnen nicht folgen?«, fragte Mata verwirrt.

»Ach, tun Sie doch nicht so«, schäumte der Mann. »Ich habe Ihnen vertraut. Ich habe Ihnen geglaubt, und ich habe *an Sie* geglaubt. Ich wusste, dass Sie erfolgreich sein werden. Deswegen habe ich Ihnen Kredit gewährt. Auch weil es für mich eine gute Werbung war, wenn Sie meine Juwelen auf der Bühne tragen.«

Er starrte auf ihr schmales Handgelenk, an dem ein dickes Brillantarmband von unschätzbarem Wert funkelte.

»Sie haben mir damals versprochen, den Schmuck zu bezahlen, wenn Sie Erfolg haben. Oder ihn zurückzubringen. Solange war er nur geliehen.«

Die Juwelen! Jetzt fiel es ihr wie Schuppen von den Augen. Sie hatte in der letzten Zeit so viele Menschen gesehen und so viele Begegnungen gehabt, dass sie das Gesicht des Juweliers nicht mehr hatte einordnen können.

»Ich weiß, was Sie mit Ihren Auftritten im Olympia verdienen«, tobte der Mann weiter. »Sie können diese Juwelen …«, er deutete mit seinen dicken Wurstfingern auf die Ringe an ihren Fingern, »… Sie können diese Juwelen von dem, was Sie für Ihre Auftritte bekommen, spielend bezahlen. Deshalb fordere ich Sie auf, Ihre offenen Rechnungen in Höhe von zwölftausend Goldfranc umgehend zu begleichen.«

Mata sah ihm trotzig ins Gesicht. Was bildete der Mann sich ein, derart mit ihr zu sprechen! Hätte er sie freundlicher angesprochen, wäre sie möglicherweise bereit gewesen, ihre Schulden bei ihm, die sie, wie sie sich eingestand, ja tatsächlich hatte, zu bezahlen. Aber so ließ sie nicht mit sich umgehen! Die Zeiten, in denen sie sich von einem wütenden, tobenden Mann hatte einschüchtern lassen, waren vorbei. Kühl sah sie ihr Gegenüber an. »Ich möchte Sie bitten zu gehen«, sagte sie. »Anna hat bereits den Concierge informiert. Und Sie wollen bestimmt nicht als der Mann in die Geschichte eingehen, der seine Kundinnen zu Hause aufsucht und bedroht.«

»Ich …« Das Gesicht des Juweliers wurde noch röter. »Das lasse ich mir nicht bieten, Sie … Sie … Sie …«

»Hinaus«, sagte Mata schneidend, und der Mann fügte sich, ärgerlich vor sich hin murmelnd, in sein Schicksal. Allerdings nicht für lange: Der Juwelier zog vor Gericht. Bevor es in dieser

Sache zu einem Prozess kam, hatte Mata allerdings noch einmal Besuch unangenehmer Art – und auch dieser sollte zu einem Gerichtsverfahren führen.

*

»Ich will nicht zustimmen. Verstehen Sie, Anna? Ich will es einfach nicht«, rief Mata aufgebracht und wedelte mit dem Brief, der mit der Morgenpost gekommen war, vor dem Gesicht ihrer Gesellschafterin herum.

»Das habe ich verstanden.«

Schon seit einer Stunde ließ Anna die Schimpftiraden ihrer Arbeitgeberin geduldig über sich ergehen. Sie ließ Mata zetern, während sie die Berge von Post sortierte, die außer dem Schreiben, das Mata so erregte, gekommen war.

»Ich habe nur nicht verstanden, warum Sie das nicht wollen«, sagte Anna.

»Wie bitte?« Mata, die inzwischen auf einen Stuhl an dem großen, mit Intarsien reich verzierten und auf Hochglanz polierten Esstisch Platz genommen hatte, hob den Kopf und nahm ihre Angestellte ins Visier. »Was genau verstehen Sie nicht?«

»Warum Sie sich nicht scheiden lassen wollen. Ihr Mann hat Sie schrecklich behandelt. Er zahlt Ihnen ohnehin kein Geld. Sie sind eine Frau, die frei sein will. Dann wären Sie frei.«

Mata senkte den Blick. »Ich habe das Gefühl, wenn ich mich von ihm scheiden lasse, dann verliere ich den letzten Bezug zu Non«, presste sie heraus.

Anna nickte und setzte ihre Arbeit fort. »Das kann ich verstehen. Aber diese Scheidung wird nichts ändern. Sie haben doch ohnehin keinen Kontakt zu Non. Ihre Briefe lässt er zurückgehen.«

Mata sah auf. »Wissen Sie, Anna«, sagte sie langsam. »Sie

haben vollkommen recht. John hat mich schlecht behandelt, nein, mehr als schlecht. Er hat mich misshandelt und gequält. Nun will er etwas, dem ich zustimmen müsste. Ganz unabhängig von Non: Ich werde es ihm nicht geben.«

Still lächelte Mata in sich hinein. Nun war sie es, die die Macht hatte.

*

»Anna geht schon«, murmelte Mata zwei Wochen später. Träge lag sie inmitten ihrer weißen Spitzenkissen im Bett und genoss die Nähe des Mannes, der sie fest in seinen Armen hielt. Sie lächelte versonnen. Der russische Großfürst hatte schon seit Wochen um ihre Gunst gebuhlt, und heute hatte sie sich ihm hingegeben. Er war wie im Rausch gewesen, und sie hatte ebenfalls eine große Befriedigung dabei empfunden, ihm derartige Lust zu bescheren. Sie ergriff bei ihren Liebhabern gern die Initiative, auch um sie durch ihre Berührungen davon abzulenken, sich allzu sehr auf ihren – Matas – Körper und ihre Brüste zu konzentrieren. Es bereitete ihr große Freude zu sehen, welche Macht ihre Hände, ihr Mund und ihre Zunge über die Männer hatten.

Mata hörte Stimmen im Flur. Anna und einen Mann. Kurz darauf klopfte es an der Tür.

»Moment.« Sie warf Wladimir einen entschuldigenden Blick zu. »Am besten gehst du jetzt«, sagte sie, während sie sich erhob und ihren spitzenbesetzten Satinmorgenmantel anzog.

Wladimir seufzte. »Nur ungern, meine Liebste, nur ungern.« Er versuchte, sie wieder an sich zu ziehen, doch Mata entwand sich ihm mit einem Lachen, ging zur Tür und öffnete sie einen Spaltbreit.

»Bitte entschuldigen Sie die Störung«, sagte Anna draußen

ohne jede Verlegenheit. Sie war es gewohnt, dass Mata Männer mit nach Hause brachte. »Aber der Herr lässt sich nicht abwimmeln.«

Mata wandte sich zum Bett um und sah zu ihrer Erleichterung, dass der Großfürst inzwischen im Begriff war, sich anzukleiden.

Sie sah Anna wieder an. »Hat er gesagt, wer er ist?«

Sie nickte. »Es handelt sich um einen Herrn Heijmans.«

»Ein Holländer?«

Wieder nickte die Gesellschafterin, um dann leise hinzuzufügen: »Er ist der Anwalt Ihres Mannes.«

Mata schluckte. Sie wollte auf keinen Fall, dass der Großfürst und der Anwalt sich begegneten. Dann würde John sicherlich sofort davon erfahren und hätte möglicherweise etwas gegen sie in der Hand.

»Passen Sie auf«, sagte Mata. »Sagen Sie ihm, ich treffe ihn in einer halben Stunde im Café de Flore zum Mittagessen.«

»In Ordnung.«

Mata wandte sich wieder zu Wladimir um, der inzwischen vollständig angekleidet war.

»Sehen wir uns wieder?«, fragte er, als er sie zum Abschied küsste.

Sie lächelte geheimnisvoll. »Das kann man nie ausschließen.«

*

Eine halbe Stunde später betrat Mata das Café de Flore. Sie hatte sich extra sorgsam zurechtgemacht, trug einen dunklen, bodenlangen Rock, eine weiße, spitzenbesetzte Rüschenbluse, die am Hals mit einer Schleife zusammengehalten wurde, und tropfenförmige Diamantohrringe. Die Haare hatte sie im Nacken zu einem Knoten geschlungen. Sie wusste, dass sie in dieser für sie äußerst zurückhaltenden Kleidung vertrauenswürdig und fast schon brav wirkte. Dennoch fühlte sie sich wohl – und auch schön. Manchmal, dachte sie, hatte es durchaus etwas für sich, seine Reize zu verstecken.

Fiete Heijmans erwies sich als groß, schlank und ausgesprochen gut aussehend. Er war jung, etwa ihr Alter, und erhob sich, als sie das Restaurant betrat.

»*Mevrouw* McLeod«, begrüßte er sie höflich und küsste ihre Hand. »Bitte entschuldigen Sie, dass ich Sie so überfalle. Danke, dass Sie es dennoch so schnell möglich machen konnten.«

Mata lächelte und bedachte ihn mit dem für sie so charakteristischen Blick unter halb gesenkten Lidern. Sie würde diesen Mann für sich gewinnen – aber sie wusste, dass sie zurückhaltend sein musste, sonst würde sie sich selbst nur schaden. Heijmans durfte nicht den Eindruck gewinnen, dass sie mit ihm anbandeln wollte. Der Anwalt musste ihr ganz von selbst verfallen. Daher gab sie sich ungewöhnlich kühl und ließ ihn wissen: »In der Tat haben Sie heute großes Glück. Ich habe so viele Verpflichtungen, Auftritte und Proben, dass man bei mir normalerweise lange auf einen Termin warten muss.«

»Da habe ich wirklich Glück«, bestätigte Heijmans lächelnd.

# 25. Kapitel

Der Kellner näherte sich dem Tisch und begrüßte sie mit Namen. Nachdem sie bestellt hatten, sah Mata ihren Besucher geschäftsmäßig an. »Was kann ich für Sie tun, *Meneer* Heijmans?« Dann schickte sie ein Lächeln hinterher. »Ich darf hinzufügen, wie gut es tut, wieder einmal Holländisch zu sprechen.«

»Das kann ich mir vorstellen.«

Dann sagte er: »*Mevrouw* MacLeod, ich bin der Anwalt Ihres Gatten. Wie Sie wissen, möchte er sich scheiden lassen.«

»Ja, das weiß ich«, sagte sie, während der Kellner die Getränke brachte. »Aber ich möchte dem, wie ich bereits geschrieben hatte, nicht zustimmen.«

»*Mevrouw* MacLeod.« Er beugte sich vor und sah sie bittend an. »John möchte wieder heiraten. Und dazu muss er sich scheiden lassen. Das kann er aber nur mit Ihrer Einwilligung. Wollen Sie seinem Glück wirklich im Wege stehen?«

Ja, dachte Mata. Ja, das will ich. Wie er auch meinem Glück im Wege steht und meine Tochter nicht zu mir lässt. Aber sie sprach es natürlich nicht aus. Es galt, überlegt und vorsichtig vorzugehen.

Der Kellner brachte die Quiches, und nachdem sie sich gegenseitig einen guten Appetit gewünscht hatten, speisten sie eine Weile schweigend. Dann ergriff Fiete Heijmans wieder das Wort. »Es geht ihm ja nicht um sich selbst. Es geht ihm um Ihre Tochter Non. Seine neue Frau mag Non sehr und würde sich um sie kümmern. Das Mädchen braucht eine Mutter.«

Mata spürte einen heftigen Stich der Eifersucht. Non brauchte keine Mutter. Zumindest keine neue. Sie hatte bereits eine. Aber man ließ sie nicht zu ihr. In ihrem Kopf überschlugen sich die Gedanken. Dieser Mann war der Schlüssel zu ihrer Tochter. Wenn es ihr gelänge, ihn zu überzeugen … doch sie wusste nicht, wie. Und solange sie das nicht wusste, wäre es wohl das Beste, sein Ansinnen einfach zu ignorieren.

»Schmeckt Ihnen das Essen?«, fragte sie.

»Vorzüglich, wirklich.«

»Sind Sie ein Freund der guten Küche?«, wollte Mata wissen.

Fiete nickte, und sie erkannte erfreut, dass ihr Plan, den Rechtsanwalt abzulenken, funktionierte.

»Besonders liebe ich Poffertjes«, gestand er ein wenig verlegen.

»O ja«, rief Mata und musste ihre Begeisterung nicht einmal heucheln. »Poffertjes habe ich schon als Kind geliebt – und ich liebe sie immer noch.«

»Wussten Sie, dass die Poffertjes eigentlich gar nicht aus den Niederlanden kommen?«, fragte Heijmans mit leuchtenden Augen. Mata hatte den Eindruck, dass auch er nicht die geringste Lust hatte, über das unangenehme Thema Scheidung zu sprechen, und dankbar für die Ablenkung war.

»Sie scherzen«, rief sie. »Natürlich kommen Poffertjes aus Holland.«

Er lächelte triumphierend. »Nein. Und nun raten Sie mal, woher sie wirklich kommen.«

»Ich … weiß es nicht«, sagte Mata ratlos. »Aus Dänemark?«

»Nein«, rief Fiete. »Ich verrate es Ihnen. Sie stammen ursprünglich aus dem Land, in dem wir uns gerade befinden!«

»Aus Frankreich?«, staunte Mata. »Das ist ja …«

»… unglaublich, ich weiß«, vollendete der Rechtsanwalt den Satz. »Angeblich sind sie 1795 in der Nähe von Bordeaux von Mönchen erfunden worden.«

»Von Mönchen?«, fragte Mata. »Das leckere Gebäck würde ich nun nicht unbedingt mit der Kirche in Verbindung bringen.«

»Nun, Mönche stellten so einiges her, was gut schmeckt«, grinste Heijmans. »Sie haben schließlich auch Bier gebraut. Und die Poffertjes sind entstanden, als sie bei der Herstellung ihrer Hostien auf Buchweizenmehl umstiegen.«

»Dann war das also mehr oder weniger Zufall«, amüsierte sich Mata.

»Mehr oder weniger, ja.«

»Jetzt habe ich schreckliche Lust auf Poffertjes«, seufzte Mata. »Ich weiß tatsächlich nicht, wo man die in Paris bekommt. Aber Anna, meine Gesellschafterin, kann sie bestimmt für uns backen.«

»Für uns?«

»Hiermit«, sagte Mata feierlich, »lade ich Sie für den morgigen Tag zu uns zum Mittagessen ein. Und nun sind Sie dran mit dem Raten: Was werden wir Ihnen servieren?«

*

Fiete Heijmans war zum Poffertjesessen gekommen. Anna Lintjens war ebenfalls begeistert gewesen von der Idee und hatte die winzigen Pfannkuchen hervorragend hinbekommen. In den folgenden Tagen kam Fiete täglich und versuchte immer wieder, das Gespräch auf die Scheidung zu lenken. Und Mata wich ihm immer wieder aus. »Wissen Sie, Herr Heijmans«, sagte sie, als sie nebeneinander an der Seine spazieren gingen und er wieder auf das Thema zu sprechen kommen wollte. »Ich habe so selten die Gelegenheit, mit jemand anderem als Anna Holländisch zu reden – bitte machen Sie mir diese wertvollen Momente nicht dadurch kaputt, dass Sie immer wieder von diesem schrecklichen Thema anfangen.« Sie sah ihn bittend an, und er seufzte, blieb schließlich stehen und sah sie eindringlich an. »Mata«, sagte er. »Ich genieße die Begegnungen mit Ihnen auch sehr. Aber ich bin der Anwalt Ihres Mannes, der sich von Ihnen scheiden lassen will. Ich amüsiere mich auf seine Kosten. Das geht so nicht länger weiter. Ich muss zurück und ihm ein Ergebnis mitteilen.«

»In Ordnung.« Sie atmete tief durch und sah ihm gerade in die Augen. »Dann reden wir offen. Mein Mann hat mich nicht gut behandelt, das können Sie als sein Anwalt gerne wissen. Ich willige in die Scheidung ein, aber dann möchte ich auch etwas von ihm.«

»Und was?«, fragte Fiete, der nun völlig anders wirkte als in den Tagen zuvor. Er hatte sich hinter seine professionelle Fassade zurückgezogen.

»Ich möchte, dass meine Tochter bei mir lebt«, stieß sie hervor. »Non. Es geht mir finanziell gut, ich habe eine schöne Wohnung und eine Haushälterin, die sich gerne auch um Non kümmern wird. Sie braucht keine neue Mutter. Sie hat mich.«

Fiete Heijmans sah sie stirnrunzelnd an. »Es tut mir leid, Ihnen das sagen zu müssen, *vrouw* MacLeod, aber dem wird Ihr Mann niemals zustimmen.«

»Aber warum denn nicht?«, rief Mata. »Ich habe doch ein ebensolches Recht auf meine Tochter wie er.«

»Wir glauben nicht, dass Sie den richtigen Beruf haben, um Ihrer Tochter ein gutes Vorbild sein zu können.«

»Wie bitte?«, rief Mata empört.

»*Mevrouw* MacLeod«, sagte er in versöhnlichem Ton. »Sie müssen das verstehen.«

»Nein«, sagte Mata und stemmte empört die Hände in die Hüften. »Mein Mann war mir gegenüber gewalttätig. Wer sagt, dass er es Non gegenüber nicht auch ist? Ich bin eine berühmte Künstlerin und verdiene viel Geld. Daran ist nichts Anstößiges.«

Beinah traurig sah er sie an. »Ich kann Ihnen das leider nicht ersparen«, sagte er dann. »Aber mein Mandant befindet sich im Besitz dieser Aufnahmen und würde auch nicht zögern, sie vor Gericht zu verwenden, wenn das nötig werden sollte.«

Er zog ein Foto hervor, das Mata in anstößiger Pose vollkommen nackt zeigte.

Sie wurde blass. »Das … das ist ein privates Foto«, stieß sie hervor. »Mein … mein neuer Lebenspartner hat es aufgenommen.«

Während sie das sagte, überschlugen sich die Gedanken in ihrem Kopf. Woher hatte John dieses Foto? Es war ohne Frage eine Aufnahme aus der Serie mit Gaston. Nachdem sie die Fotos für die Schokoladenverpackungen gemacht hatten, hatte sie ihm gestattet, noch einige für den Privatgebrauch anzufertigen. Wie dumm sie doch gewesen war! Damit hatte sie sich vollkommen in seine Hand begeben und sich erpressbar gemacht. Dabei wusste sie doch, dass man niemandem trauen durfte! Wut loderte in ihr auf, aber auch Enttäuschung. Ob es ihr jemals gelingen würde, in diesen Dingen völlige Gleichgültigkeit zu erlangen?

»Dieses Bild ist nur für den Privatgebrauch bestimmt«, fügte sie hinzu.

»Das spielt keine Rolle«, sagte Fiete, und es klang hart. »Es ist in unsere Hände gelangt und damit gewissermaßen in der Öffentlichkeit gelandet. Und selbst wenn dem nicht so wäre: Ein Richter würde bestimmt der Ansicht sein, dass eine Frau, die sich in einer derartigen Pose fotografieren lässt, als Vorbild für ein junges Mädchen nicht unbedingt geeignet ist.«

»Aber John hat doch auch eine neue Partnerin«, begehrte Mata auf. »Wobei es ja leider so ist, dass die Herren sich dieses Recht eher herausnehmen dürfen als die Damen.«

»Diese neue Partnerin hat er sich aber nur gesucht, damit jemand für Non da ist«, erklärte Heijmans.

Mata schluckte. Dieser Mann ließ sich wirklich nicht so leicht überzeugen. Sie hatte eigentlich gedacht, zu Heijmans eine Beziehung aufgebaut zu haben. Aber sie hatte sich getäuscht. *Er* hatte sie getäuscht.

»Ich kann Ihnen nur eines raten«, sagte Heijmans. »Und das sage ich nicht, weil ich der Anwalt Ihres Mannes bin und genau dieses Ziel erreichen möchte. Stimmen Sie der Scheidung zu. Nur so können Sie einen Skandal verhindern, der auch Non schaden würde. Dann würde auch sie dieses Bild sehen. Wenn Ihnen wirklich etwas an Ihrer Tochter liegt, dann lassen Sie sie los.«

Mata wusste, dass der Anwalt recht hatte. Aber es tat so unendlich weh. Um Non zu schützen, gab sie auf – zumindest für den Moment. Und einen Tag nachdem sie mit dem Juwelier vor Gericht saß und man sich auf einen Vergleich einigte – Mata durfte den Schmuck behalten, musste dem Juwelier aber monatlich zweitausend Francs bezahlen –, stimmte sie dem Ansinnen ihres Gatten zu. Am 26. April 1906 wurden die Eheleute MacLeod in Amsterdam geschieden.

# Teil 2

1906-1907

## 26. Kapitel

»Ist das die Mitte?«, fragte Mata und drehte sich einmal um die eigene Achse.

»Ungefähr«, sagte ihr Begleiter lächelnd. »Ungefähr ziemlich genau.«

Mata strahlte. »Madrid ist hinreißend. Aber ich glaube, das hier ist mein Lieblingsplatz.« Sie stand mit ausgebreiteten Armen mitten auf der Plaza Mayor, die an drei Seiten von einem lang gestreckten Gebäude umfasst war, in dessen Arkaden sich die herrlichsten Auslagen befanden.

»Hier würde ich gerne einmal tanzen«, sagte Mata träumerisch.

»Und ganz Madrid würde Ihnen sicher mit dem größten Vergnügen dabei zusehen«, erwiderte der Mann. »Sie werden ja ohnehin schon sehr gefeiert.«

»Ja.« Sie lächelte. Zwar hatte sie im vergangenen April einen herben Schlag erleben müssen, als ihre Ehe geschieden worden war, aber hinsichtlich ihrer Karriere hätte es nicht besser laufen können. Astruc hatte ihr ihr erstes Auslandsengagement verschafft, und Mata durfte im Mailänder Central-Kursaal auftreten und wurde von der Presse gefeiert. Die Journalisten taten allerdings ihr Bedauern darüber kund, dass Mata nicht vollständig nackt tanzte.

»Ich freue mich sehr, dass wir uns kennengelernt haben«, sagte sie zu dem Mann, der sie begleitete: Jules Cambon war französischer Botschafter und verfügte damit über einige Macht, was Mata ausgesprochen gut gefiel. Da störte es auch nicht, dass er mit seinen einundsechzig Jahren deutlich älter war als sie. Im Gegenteil. Er erinnerte Mata auf angenehme Weise an Émile Guimet. Zwischen ihm und ihr hatten sogar noch mehr Jahre gelegen, und sie hatte sich bei ihm ähnlich sicher und geborgen gefühlt wie jetzt bei Cambon. Sosehr sie ihr Leben in Glanz und Gloria auch genoss: Sie war immer wieder froh, dass es Menschen in ihrem Leben gab, die sie auffangen würden, wenn einmal etwas Schlimmes geschähe. Jules Cambon war einer davon. Ebenso wie Émilie Guimet und vor allem natürlich ihr immer treuer Anwalt Clunet.

Nachdenklich sah sie ihren Begleiter an. »Darf ich Sie um Ihren Rat bitten, Jules?«, fragte sie, während sie sich bei dem Älteren unterhakte. Sie schlenderten über den nächtlichen Platz, und er sah sie geschmeichelt an. »Es wird mir eine Ehre sein«, versicherte er.

»Nun«, gestand Mata, »ich bin ein wenig… verwirrt. Ich habe heute einen Brief von Gabriel Astruc erhalten, meinem Agenten.«

»Und enthielt der Brief gute Nachrichten?«, erkundigte sich Cambon.

»Wie man es nimmt«, sagte Mata zögernd. »Wobei: Eigentlich sind es große Nachrichten, die mich aber… ein wenig ängstigen.«

Sie blieb stehen und sah ihn ernst an. »Astruc hat einen Vertrag mit dem Direktor der Oper von Monte Carlo, Raoul Gunsbourg, unterschrieben. Ich soll in Jules Massenets Oper *Le roi de Lahore* auftreten.«

»Aber das ist doch wunderbar, oder?«, fragte Jules Cambon.

»Massenet ist sehr bedeutend, und die Oper von Monte Carlo ist es auch. Das ist eine große Ehre.« Eindringlich sah er sie an. »Hören Sie, Mata, die Oper von Monte Carlo ist gleichauf mit der Pariser Oper und eines der wichtigsten lyrischen Theater unserer Zeit, an dem viele bedeutende Werke uraufgeführt werden. Diese Gelegenheit müssen Sie ergreifen.«

»Das schon«, sagte Mata zögernd. »Zumal Prinz Albert I. von Monaco die Schirmherrschaft übernimmt. Es ist nur ... bisher bin ich stets meinen eigenen Impulsen und den Traditionen der indischen Tempeltänze gefolgt. Ich habe noch nie nach einer ... fremden Choreografie getanzt.«

»Aber die indischen Tempeltänze sind doch auch etwas, das Sie erlernen mussten, nicht wahr?«, versuchte der Botschafter ihr Mut zuzusprechen.

Mata schüttelte den Kopf. »Nein«, sagte sie. »Die liegen mir im Blut, das mache ich von selbst und konnte es schon immer. Diese Art, mich zu bewegen, haben die Götter tief in mir verankert.«

In Jules Cambons Blick lag etwas, das sie bei besonders analytisch veranlagten Männern schon des Öfteren bemerkt hatte: eine gehörige Portion Skepsis, aber auch sehr viel Faszination für das, was sie erzählte.

»Lassen Sie sich doch mal die Partitur schicken«, sagte er pragmatisch. »Dann wissen Sie, was auf Sie zukommt.«

Mata hakte ihn erneut unter. »Das ist eine wunderbare Idee, Monsieur Cambon«, sagte sie. »Wollen wir nun etwas essen gehen? Ich habe schrecklichen Hunger.«

*

Mata hatte zugesagt. Natürlich hatte sie zugesagt. Und als sie Anfang Februar mit ihrer treuen Anna Lintjens anreiste, wurde ihr ein rauschender Empfang beschert. Vor allem der Komponist konnte sich vor Begeisterung darüber, dass Mata in seinem Stück auftreten würde, kaum halten. Er wartete auch nicht, bis Mata zur Oper kam, sondern suchte sie eine halbe Stunde nach ihrer Ankunft im Hotel de Paris, dem 1863 eröffneten ersten Platz am Hause, in dem sie mit Anna die Präsidentensuite bewohnte, auf.

»Meine liebe Mata Hari«, rief er und eilte ihr mit ausgestreckten Händen entgegen, um sie sogleich dreimal auf die Wangen zu küssen. »Sie ahnen ja gar nicht, welch außerordentliche Ehre es für mich ist, dass Sie, die Göttin des Tanzes, sich bereit erklärt haben, in meiner Oper aufzutreten.«

»Die Ehre ist ganz meinerseits«, versicherte Mata und musste sich ein Schmunzeln verkneifen. Derart überschwänglich war sie nicht einmal von ihren innigsten Verehrern jemals begrüßt worden. Andererseits war der Komponist sowohl für seine extreme Überschwänglichkeit als auch für seine überbordende Zuneigung gegenüber dem weiblichen Geschlecht bekannt.

»Sie sind sicherlich hungrig von der Reise. Dieses Hotel hat ein wunderbares Restaurant. Darf ich Sie dorthin ausführen?«

»Sehr gern«, erwiderte Mata. »Aber haben wir denn dafür Zeit? Man sagte mir, ich solle direkt zur Oper kommen.«

Massenet blickte etwas verlegen drein. »Nun«, murmelte er. »Eigentlich werden wir tatsächlich dort in Kürze erwartet. Aber ich will unserem Stargast natürlich nicht die Möglichkeit nehmen, sich nach der großen Reise zu stärken.«

Mata lächelte. »Dann«, schlug sie vor, »lassen Sie uns das gemeinsame Essen doch auf heute Abend verlegen und gleich zur Oper fahren. Ich bin schon furchtbar gespannt und würde vermutlich ohnehin keinen Appetit haben.«

»Wunderbar«, rief der Komponist. »Ganz wunderbar, werte Mata Hari. Genau so machen wir es.«

*

»Das ist ja wunderschön«, hauchte Mata, als sie eine Stunde später an Massenets Seite auf die Oper von Monte Carlo zusteuerte. Massenet wirkte stolz. »Ja, dieses Gebäude ist an Schönheit nicht zu überbieten. Neben Ihnen verblasst es jedoch.«

Mata musste erneut ein Lachen unterdrücken. Dieser Komponist war in seiner unbändigen Begeisterung für ihre Person zu drollig.

»Mata«, flüsterte Massenet und nahm sie beim Arm, als sie gerade die Oper betraten. »Ich bin in Liebe zu Ihnen entbrannt.«

Sie sandte ihm einen intensiven Blick und berührte wie zufällig seine Hand. Auf diesem Terrain war sie sicher. »Sie sind ein ganz besonderer Mann. Und es ist mir eine Ehre, in Ihrem Stück auftreten zu dürfen.«

»Mata!« Er machte Anstalten, sie zu küssen.

»Gemach, gemach, werter Monsieur Massenet«, wich sie aus. »Erzählen Sie mir lieber ein wenig von der Oper. Wann wurde sie gebaut? Wer kann solch großartige Gebäude erschaffen?«

»Fürst Charles III.«, sagte Massenet wie aus der Pistole geschossen und schien ihr ihre Ablehnung zu ihrer Erleichterung nicht übel zu nehmen. »Sie ist noch nicht sehr alt und wurde 1878 als Erweiterungsbau des Kasinos errichtet. Sie haben das Gebäude in acht Monaten und sechzehn Tagen hochgezogen.«

»So schnell?«, staunte Mata und ließ ihren Blick über die elegante Fassade schweifen.

»Es haben aber auch zweitausend Mann Tag und Nacht daran gearbeitet«, sagte Massenet und klang so stolz, als sei das allein sein Verdienst. »All das unter Architekt Charles Garnier.« Er deutete hinauf. »Die Kuppel ist aus Kupfer, Gustave Eiffel hat ein Stahlgerüst entworfen, das sie stützt.«

Mata nickte. »Ich höre, die Oper steht unter der Schirmherrschaft des Prinzen?«

»Ja. Er hat übrigens im Westtrakt einen eigenen Eingang.«

»Es ist wirklich eine große Ehre, hier auftreten zu dürfen.«

»Warten Sie nur, bis Sie das Innere dieses Gebäudes sehen«, sagte Massenet. »Sie werden überwältigt sein.«

*

Der Komponist hatte recht behalten. Mata war überwältigt. Vom Gebäude, aber auch von der Musik, deren Partitur sie zwar gelesen, die sie aber zuvor noch nie gehört hatte. Und auch die Probenarbeit zog sie in ihren Bann. Nie zuvor hatte sie gemeinsam mit anderen so intensiv geprobt. Nie zuvor war etwas so anstrengend gewesen. Und nie zuvor hatte ihr Tanz sie derart erfüllt. Es war großartig, beflügelte sie, und diese Freude übertrug sich auf ihren Tanz, verlieh ihm Tiefe und Ausdruck. Das bestätigte ihr Massenet am Ende des langen ersten Probentags. »Sie waren ganz wunderbar«, rief er, als er sie in ihrer Garderobe aufsuchte. »Ich bin so glücklich, dass Sie in meiner Oper auftreten.«

»Ich auch«, sagte Mata und meinte es ehrlich.

»Und ich auch«, klang eine Stimme von der Tür her. Mata wandte sich um. »Mademoiselle Zambelli«, rief sie.

Die zierliche, brünette Dreißigjährige war im dritten Akt ihre Partnerin auf der Bühne.

»Es ist wunderbar mit Ihnen«, beteuerte die berühmte Tänzerin, kam mit ausgestreckten Armen auf Mata zu und nahm deren Hände in die ihren. »Einfach wunderbar.«

Zu ihrer Überraschung musste Mata feststellen, dass sie die Empfindungen der anderen teilte. Es machte ihr nichts aus, nicht die Einzige zu sein, der die Menschen zujubelten. Es machte ihr nichts aus, ihren Ruhm mit anderen Frauen zu teilen. Im Gegenteil. Sie hatte das Gefühl, dass sie gemeinsam wirklich

Großartiges schaffen konnten. Dass eine jede ihre Stärke in dieses von Massenet geschaffene Gesamtkunstwerk legen konnte. Es gefiel ihr, Teil eines großen Ganzen zu sein. Vielleicht, dachte sie, wurde einem Ruhm auch immer unwichtiger, je mehr man davon hatte. Natürlich genoss sie die Aufmerksamkeit und die Bewunderung, die man ihr entgegenbrachte. Aber sie hatte so viel davon, dass sie sie teilen konnte. Wobei: Machte es sie selbst nicht auch immer größer, wenn sie in derartigen Häusern mit derart berühmten Künstlern auftreten durfte? Hatte sie damit nicht einen wichtigen Karriereschritt gemacht? Nun war sie nicht mehr die Nackttänzerin, die sich mit Lügen und Geschichten über Wasser halten musste, nein, nun war sie eine international gefeierte Tänzerin, die in den großen Opern dieser Welt auftrat. Nun ja, zumindest in einer. Und weitere würden folgen. Da war sie sich ganz sicher.

# 27. Kapitel

Die Premiere von »Le roi de Lahore« fand am 17. Februar 1906 statt und war ein voller Erfolg. Massenet saß neben dem monegassischen Prinz in der Loge, während Mata auf der Bühne mit Mademoiselle Carlotta Zambelli brillierte. Und sie brillierte wirklich. Ebenso wie die Amerikanerin Geraldine Farrar, die die Sita spielte und die als unglaublichste Stimme ihrer Zeit gefeiert wurde.

Nach der Vorführung ging Mata, wie sie es sich bereits in Paris angewöhnt hatte, in einem bodenlangen Abendkleid aus grün schimmerndem Samt mit gerafften Ärmeln zu ihrem Publikum in den Zuschauersaal.

»Sie waren brillant«, sagte eine Stimme hinter ihr, kaum dass sie den Raum betreten hatte.

Mata drehte sich um und sah sich einem großen, schlanken, fast hager wirkenden Mann mit dunkelblondem, in der Mitte gescheiteltem Haar und Schnurrbart gegenüber. Er mochte Anfang zwanzig sein, trug eine graue Nadelstreifenhose, Frack, Weste, weißes Hemd und Krawatte und hielt zwei Champagnergläser in der Hand, von denen er ihr eines reichte. »Gestatten Sie, dass ich mich vorstelle?«, fragte er. »Mein Name ist Alfred Kiepert. Und Sie«, er sah ihr tief in die Augen, »Sie sind eine Göttin.«

Mata prostete ihm zu. »Zu viel des Lobs. Allerdings bin ich die Tänzerin der Götter. In Indien habe ich in Shivas unterirdischem Tempel nur für ihn getanzt.«

Kiepert nickte. »Diese und viele andere Geschichten sind mir zu Ohren gekommen und haben mich neugierig gemacht«, sagte er. »Und nun, nachdem ich Sie heute sehen durfte, muss ich sagen: All diese Geschichten waren noch stark untertrieben.«

Er nahm einen Schluck und lächelte sie an.

Mata bemerkte, dass ihr Herz heftig gegen ihre Brust klopfte. Dieser Mann berührte etwas in ihr, brachte eine Saite zum Klingen, die schon lange nicht mehr oder vielleicht noch nie ertönt war. Das machte ihr unendliche Angst. Denn es bedeutete Machtverlust und die Gefahr, verletzt zu werden und zu verlieren. Wieder einmal.

Sie musste fort von hier, so schnell es nur irgendwie ging.

»Ich muss gehen«, stieß sie hervor und drückte dem überraschten Kiepert ihr halb volles Glas in die Hand. Dann wandte sie ihm den Rücken zu und rauschte davon, verschwand in der Menge.

Wie dumm sie doch gewesen war! Mata sehnte sich nach Einsamkeit, nach der Abgeschiedenheit ihrer Garderobe – doch die Menge wollte sie einfach nicht durchlassen. Das, was sie sonst so liebte, die Komplimente, die bewundernden Blicke, das ging ihr nun nur gehörig auf die Nerven. Konnten all diese Menschen sie nicht einfach in Ruhe lassen? Sie wollte doch nur allein sein und sich verkriechen! Wie konnte sie ihn einfach so stehen lassen, unhöflich und uncharmant? Sie hatte sich nicht noch einmal nach ihm umgedreht, aber da sie entgegen ihrer Ankündigung nicht gegangen war, weil sie es nicht konnte, hatten sich ihre Blicke noch zweimal gekreuzt. Beide Male hatte sie schnell weggesehen. Aber sie war sich seiner Anwesenheit bewusst. Schmerzlich bewusst. Und fragte sich wieder und wieder, was er wohl von ihr denken musste!

*

Am nächsten Morgen war ihr Hotelzimmer ein einziges Blumenmeer. Der Prinz tat ihr in einem Schreiben seine Verehrung und seine Bewunderung kund – lud sie zu ihrem Bedauern aber nicht zu einem Besuch ein –, und der Komponist Puccini, der der Premiere beigewohnt hatte, schickte ein riesiges Bouquet und eine Karte, auf der er der »charmanten *artiste*« die größte Bewunderung aussprach.

Hastig öffnete Mata einen Umschlag nach dem anderen. Halb Monte Carlo hatte ihr Blumen und Glückwünsche geschickt. Einen Strauß oder eine Karte von Alfred Kiepert suchte sie jedoch vergeblich. Kein Wunder, nachdem sie ihn so unhöflich hatte stehen lassen. Wie hatte sie nur so dumm sein können! Ob sie ihn besuchen sollte? Aber sie wusste ja nichts über ihn außer seinem Namen. Vielleicht konnte Massenet …

In diesem Moment klopfte es an der Tür, und Mata hob hoffnungsvoll den Blick. Ob er es war? Gleich darauf schalt sie sich eine Närrin. Bestimmt würde er ihr nicht hinterherrennen, außerdem kannte er ihre Adresse ebenso wenig wie sie die seine.

Die Tür öffnete sich, und Anna kündigte Massenet an. Mata lächelte. Wenn sie auch enttäuscht war, dass es nicht Alfred Kiepert war, so freute sie sich doch ehrlich über den Besuch des herzlichen Komponisten.

Massenet hatte den Arm voller Blumen und reagierte auf die floralen Grüße anderer Herren keineswegs eifersüchtig, sondern kommentierte zufrieden, er sehe, dass Mata Hari auch in Monte Carlo die Aufmerksamkeit bekomme, die ihr zustehe.

Dann sah er sie bittend an. »Schenken Sie mir einige Minuten Ihrer Zeit, Verehrteste?«

»Aber gern, Monsieur«, antwortete Mata. »Ich freue mich sehr, dass Sie mich besuchen.«

Nachdem Anna ihm den gigantischen Blumenstrauß abgenommen hatte, bat sie ihn, neben ihr auf dem Sofa Platz zu nehmen.

»Mata!«, rief er theatralisch und griff nach ihren Händen. »Es war eine Offenbarung, Sie tanzen zu sehen. Ich war ganz verzaubert von Ihnen. Alle waren es.«

»Das können Sie gern noch öfter haben«, entgegnete Mata. »Würden Sie mir einen großen Wunsch erfüllen?«

»Jeden«, versicherte Massenet.

»Schreiben Sie ein Ballett, nur für mich. Dann könnten wir noch sehr viel Zeit miteinander verbringen.«

Massenet sah sie eindringlich an. »Das, meine Liebe«, sagte er, »ist eine wunderbare Offerte. Ich werde es ernsthaft …«

In diesem Moment klopfte es erneut.

Anna öffnete, Mata und Massenet, die mit dem Rücken zur Tür auf dem Sofa saßen, wandten sich um.

Im nächsten Moment begann ihr Herz zu rasen. Da war er. Groß, attraktiv und einfach umwerfend. Alfred Kiepert. Und er hatte ein riesiges Rosenbouquet in der Hand.

»Oh«, sagte er, als er die Tänzerin und den Komponisten auf dem Sofa erblickte. »Ich störe offenbar.«

»Aber nein«, rief Mata, sprang auf und eilte ihm entgegen. Sie wollte ihren Fauxpas vom Vorabend unbedingt wiedergutmachen und Alfred Kiepert zeigen, wie sehr er ihr willkommen war. »Wir haben eine Arbeitsbesprechung. Stellen Sie sich vor«, sagte sie, als sie bei ihm angekommen war. »Monsieur Massenet will ein Ballett nur für mich komponieren.«

»Das… äh«, machte Massenet, der sich ebenfalls erhoben hatte, überfordert. Mata warf ihm einen entschuldigenden Blick zu. Es war unmöglich von ihr, darüber gegenüber Dritten zu sprechen, zumal er noch nicht einmal wirklich zugesagt, geschweige denn Gelegenheit gehabt hatte, darüber nachzudenken.

»Ich will dann auch nicht länger stören«, sagte der Komponist, offenbar froh um die Gelegenheit, der ihm so unangenehmen Situation entfliehen zu dürfen. »Wir sehen uns dann heute Abend, meine Liebe.«

»Ja, bis heute Abend«, verabschiedete sich Mata betont herzlich. »Ich freue mich darauf.«

Massenet lächelte selig und entschwand.

Auch Anna hatte sich zurückgezogen, wie Mata bei einem Blick über die Schulter feststellte. Da waren nur noch sie beide. Alfred Kiepert und sie selbst.

»Ich wollte«, begannen sie gleichzeitig, um dann, ebenfalls gleichzeitig, hinterherzuschicken: »Sie zuerst.«

Schweigend sahen sie sich einen Moment an, beide darauf wartend, dass der andere das Wort ergreifen würde. Und dann sprachen sie wieder beide auf einmal. Um dann wieder zu schweigen.

»Das wird so nichts«, sagte Mata, deren Herz bis zum Zerspringen klopfte. Es war aber unschwer zu übersehen, dass es Kiepert genauso ging. Und dadurch hatte sie wieder Sicherheit gewonnen, denn nun befand sie sich auf einem Terrain, das ihr vertraut war. Sie nahm ihm das Blumenbouquet, das er immer noch in Händen hielt, ab, legte es auf das Sofa, auf dem sie Minuten zuvor noch neben Massenet gesessen hatte, und wandte während all dem keine Sekunde den Blick ab. Schließlich ging sie wieder auf ihn zu, legte die Arme um seinen Hals und küsste ihn. Er erwiderte ihre Zärtlichkeit, und Mata dachte, dass sie noch nie so geküsst worden war, nicht von all den vielen Männern, die sie in den Armen gehalten hatten. Ihre Münder verschmolzen, ihre Körper reagierten aufeinander in rasender Lust. Sie knöpfte sein Hemd auf, dann seine Hose, er schob ihr Kleid nach oben. Sie taumelten zum Sofa und liebten sich auf dem riesigen Rosenbouquet, das Mata kurz zuvor dort abgelegt hatte.

»Das hätte ich mir nicht träumen lassen, als ich die Blumen vorhin kaufte«, murmelte Alfred und spielte mit ihrem Haar.

»Ich habe mir genau das vorgestellt, als ich sie hier ablegte«, gestand Mata. »Du hast mich auf roten Rosen geliebt. Und die Dornen haben erstaunlicherweise gar keine Probleme bereitet.«

Mit einem Mal hatte sie keine Angst mehr vor der Liebe, zumindest nicht vor der Liebe mit ihm. Sie war sich sicher: Er würde sie niemals verletzen. Er war der Mann, auf den sie immer gewartet hatte. Für ihn hatten sich alle Umwege und aller Schmerz gelohnt. Das Gefühl, das er in ihr auslöste, war enorm.

»Mata«, flüsterte er. »Du hast mich verzaubert.«

»Du mich auch«, erwiderte sie leise.

»Ich wusste schon lange von dir«, gestand er. »Und ich war schon angesichts der Fotografien und Bilder verliebt in diese wunderschöne Frau. Als ich hörte, dass du in Monte Carlo auftreten wirst, bin ich gekommen, um dich einmal leibhaftig zu sehen. Und da war es völlig um mich geschehen.«

»Du bist nur meinetwegen nach Monte Carlo gekommen?«, vergewisserte sich Mata.

»Ja. So ist es.«

»Das … das ist einfach wunderbar.«

»Ich möchte nie mehr von dir getrennt sein, Mata. Vielleicht ist es viel zu früh, dir das zu sagen, aber es ist einfach die Wahrheit: Ich liebe dich. Ich liebe dich von ganzem Herzen.«

Mata hatte Tränen in den Augen, als sie die magischen Worte sprach: »Ich liebe dich auch.«

*

Irgendwann hatte sie sich aus seiner zärtlichen Umarmung gelöst, und sie hatten sich wieder angekleidet. Schließlich, hatte Mata lächelnd argumentiert, müsse man der armen Anna, die sich diskret in ihr Zimmer zurückgezogen hatte, die Möglichkeit geben, dieses auch wieder zu verlassen. Außerdem verspüre sie langsam leisen Hunger. Alfred hatte sie sogleich zum Essen eingeladen, und nun spazierten sie Hand in Hand durch die Stadt, ließen sich treiben, fanden schließlich ein Restaurant, das einladend aussah, und bestellten irgendetwas zu essen und zu trinken. Es war egal, was sie zu sich nahmen. Sie schmeckten und rochen ohnehin nichts – außer einander. Beide wussten, dass ihnen etwas Großes widerfahren war, etwas, das ihr ganzes Leben verändern würde. Sie waren der Liebe begegnet.

Sie ließen die Augen nicht voneinander, unermüdlich sahen sie sich an, hielten sich bei den Händen, staunten, genossen.

»Ich möchte hier für immer so sitzen«, seufzte Mata schließlich. »Oder im Bett in deinen Armen liegen. Hauptsache, ich bin bei dir. Jede Sekunde ohne dich wird fortan eine vergeudete Sekunde sein.«

»Dennoch musst du langsam zum Theater, um dich für die Abendvorstellung fertig zu machen«, sagte er.

»Ja, leider. Wirst du da sein?«

»Selbstverständlich.«

»Dann werde ich nur für dich tanzen.«

Er beugte sich über den Tisch und küsste sie. »Komm mit mir nach Berlin«, sagte er dann.

Überrascht erwiderte sie seinen Blick. »Nach Berlin?«

»Ich habe dort Verpflichtungen. Die kann ich nicht… aufgeben. Aber ich kann auch dich nicht aufgeben, Mata. Nun, da wir uns begegnet sind, ist mir klar: Ein Leben ohne dich macht keinen Sinn.«

Mata nickte langsam. »Ja, wir können nicht ohneeinander sein. Das geht nicht. Das ist mir auch klar. Aber der Tanz ist mein Leben, Liebling.«

Um Verständnis heischend sah sie ihn an.

»Hast du denn in der nächsten Zeit Verträge zu erfüllen?«

Sie schüttelte den Kopf, schluckte. »Nein.« In der Tat hatte Astruc bisher keine neuen Engagements für sie organisieren können, was ihr auch einigen Kummer bereitete. Das jedoch musste ihr Liebster nicht wissen. Er könnte sonst denken, dass ihr Stern im Sinken begriffen sei.

»Aber das wird sich schnell ändern. Ich habe Astruc um eine Pause gebeten.«

»Tanzen kannst du auch in Berlin«, argumentierte er. »Ich kenne den Besitzer des Wintergartens recht gut und könnte dir dort mit Sicherheit einen Auftritt besorgen.« Er unterbrach sich. »Was rede ich denn da? Es ist andersherum. Ich bin mir sicher, dass der Besitzer des Wintergartens begeistert wäre, wenn du ihm die Ehre geben würdest.«

Mata lächelte unbestimmt. »Wenn ich nach Berlin komme, dann nicht um des Tanzes, sondern um der Liebe willen.«

»Ist das ein Ja?«

»Das ist ein ›ich überlege es mir‹«, sagte sie und gab ihm einen Kuss.

# 28. Kapitel

»Wir müssen noch mal nach Madrid zurück«, sagte Mata stirnrunzelnd, als sie ihre Morgenpost geöffnet hatte.

»Herzlich gern«, erwiderte Anna. »Mir hat es in Madrid ausgesprochen gut gefallen, und jetzt in der warmen Jahreszeit ist es dort sicherlich noch zauberhafter.«

Fragend sah sie auf das Papier, das Mata in den Händen hielt.

»Astruc?« Anna kannte die Handschrift von Matas Agenten inzwischen mehr als gut und hatte gleich, als sie die Briefe sortierte, gesehen, dass es sich um Post von ihm handelte.

»Ja. Das spanische Königshaus hat geschrieben. Am 31. Mai wird König Alfonso XIII. die englische Prinzessin Victoria Eugénie von Battenberg heiraten, und ich soll auf der Hochzeit tanzen.«

»Vor dem spanischen König«, strahlte Anna und fügte dann stolz hinzu: »Irgendwann werden Sie noch vor dem Kaiser tanzen.«

Mata lächelte. »Der Kaiser ist in Berlin«, ergriff sie die Gelegenheit beim Schopf.

»Ja«, sagte Anna verwundert. »Das weiß ich.«

»Würde es Ihnen auch gefallen, für eine Weile in Berlin zu sein?«

»Wegen Herrn Kiepert?«, kombinierte Anna.

Mata nickte. »Er hat mich gefragt, ob ich mit ihm nach Berlin gehen will. Es ist… Ich habe mich verliebt, Anna.«

Die Ältere lächelte gütig. »Das ist nicht zu übersehen. Und ich glaube, er ist ein guter Mann.«

»Dann würden Sie mir zuraten?«

»Ich würde Ihnen raten, auf Ihr Herz zu hören«, entgegnete Anna. »Nur Sie wissen, was das Richtige ist.«

»Ich glaube, das Richtige ist, mit ihm zu gehen.«

»Und in Paris haben Sie derzeit auch keine Verpflichtungen«, fuhr Anna fort.

»Wenn sich das ändern sollte, kann ich ja immer noch zurückgehen. Nach Paris oder irgendwo sonst hin auf der Welt. Alfred wird sich meiner Karriere sicherlich nicht in den Weg stellen.«

»Und in der Zwischenzeit würde er für Sie sorgen? Würden Sie bei ihm wohnen?«

Mata war zwar selbstbezogen, aber dennoch in der Lage, Unausgesprochenes zu hören. Sie beugte sich über den Tisch und legte ihre Hand auf die der Älteren. »*Wir,* Anna. *Wir* würden bei ihm wohnen. Ich würde doch nicht ohne Sie gehen.«

Anna lächelte, und die Erleichterung war ihr deutlich anzusehen.

»Und um den anderen Teil Ihrer Frage zu beantworten: Ich gehe davon aus, dass wir bei ihm wohnen werden. Er hat das zwar nicht gesagt, aber er würde mich doch nicht fragen, ob ich zu ihm nach Berlin komme, wenn er dann nicht für mich sorgen würde. Und er kann es sich auch leisten, seine Familie ist sehr reich, und sie haben ein großes Anwesen vor den Toren Berlins. Gut Marienfelde«, referierte Mata eifrig, was ihr Liebster ihr am Vorabend verraten hatte.

»Also spricht vermutlich wirklich nichts dagegen, es zu versuchen«, sagte Anna. »Ich freue mich für Sie.«

Mata strahlte.

»Dann werde ich ihm unsere Entscheidung mitteilen. Und ihn außerdem bitten, uns nach Madrid zu begleiten.«

*

Zwei Tage später kamen Mata und Anna wieder in Madrid an und bezogen erneut im Grand Hotel Quartier. Diesmal schlief Mata allerdings nicht allein in dem großen Doppelbett, sondern teilte es sich mit Alfred. Sie hatten sich gerade geliebt, als von draußen Schreie und Rufe zu hören waren. Mata eilte zum Fenster, um erschrocken hinauszusehen. »Was geht da vor sich?«, wollte Alfred wissen.

»Ich kann nichts erkennen«, murmelte Mata. »Die Straße ist dunkel und leer.«

»Vermutlich kommt der Lärm von der Hauptstraße, die vor dem Haus verläuft«, sagte Alfred und machte Anstalten, sich aus dem Bett zu erheben. Er zog seinen Morgenmantel an und reichte Mata den ihren.

Als sie in den Salon traten, stand Anna bereits am Fenster und sah hinaus.

»Was ist da draußen los?«, fragte Mata.

»Die Leute schlagen aufeinander ein«, sagte Anna besorgt.

»Und weshalb?« Anna war immer bestens informiert, da sie die täglichen Nachrichten stets in der Zeitung verfolgte. Doch es war nicht die Gesellschafterin, die das Wort ergriff, sondern Alfred.

»In Spanien gibt es derzeit eine Staatskrise«, erläuterte er. »Sie sind verärgert, weil die USA Spanien Kuba und die Philippinen weggenommen haben. Die Separatisten ringen um die Macht und haben in Katalonien und dem Baskenland auch tatsächlich nach und nach die Oberhand«, fuhr Alfred fort, während sie dabei zusahen, wie die Menge voller Wut den Namen des Königs brüllte, der am nächsten Tag zum Traualtar schreiten und auf dessen Hochzeit Mata tanzen sollte. »Wenn ich es richtig verstehe, protestieren sie für die Unabhängigkeit Kataloniens«, sagte nun Anna.

Mata nickte. »Na, hoffentlich wird es morgen nicht auch Unruhen geben – bei der Hochzeit des Königs.«

»Um ehrlich zu sein, halte ich es für besser, wenn du den Feierlichkeiten fernbleibst«, sagte Alfred und sah sie ernst an.

»Ich kann nicht«, erwiderte sie. »Auf der Hochzeit des spanischen Königs zu tanzen, ist eine große Ehre. Wenn ich mein Wort breche, wird sich das herumsprechen, und ich werde es schwerer haben, Engagements zu bekommen.«

»Liebling.« Kiepert nahm sie in die Arme und sah ihr eindringlich in die Augen. »Du bist jetzt meine Frau. Und damit bin ich für dich verantwortlich. Du wolltest es doch ohnehin etwas ruhiger angehen lassen mit deiner Karriere, wenn du mit mir nach Berlin kommst.«

Mata hielt den Atem an. »Meine Frau«, hatte er gesagt. Wie wunderbar das klang. Es klang nach Geborgenheit, nach Aufgehoben sein und nach sehr viel Liebe. Sie war gern verheiratet gewesen, und sie musste sich nun eingestehen, dass sie sich nicht zuletzt deshalb gegen eine Scheidung mit John gesträubt hatte. Sie mochte diesen Status und hatte das Gefühl, dass er ihr mehr Würde und mehr Bedeutsamkeit verlieh. Nackt zu tanzen und Ruhm zu haben war zwar aufregend, aber auch anrüchig, und tief in ihrem Herzen wollte Mata doch nur das: anerkannt sein. Andererseits hatte sie sich nach den Erfahrungen mit John geschworen, nie wieder vor den Traualtar zu treten.

Mit Alfred ist es anders, flüsterte eine romantische Stimme in ihr. Doch war es das wirklich? War all das nicht nur der übliche Zauber des Anfangs? Sie sehnte sich danach. Und sie hatte entsetzliche Angst davor.

»Wir sind doch noch gar nicht verheiratet«, flüsterte sie, in der Erwartung, dass er nun etwas sagen würde wie, dass sich das bald ändern würde. Doch er schwieg, ja, sie meinte, in seinem Blick sogar so etwas wie Unbehagen zu erkennen. Er entließ sie aus seinen Armen, und mit einem Mal fühlte Mata sich schrecklich einsam und allein.

»Alfred«, stieß sie hervor, doch er sah sie nur zurückhaltend an.

»Ich bitte dich sehr, den Auftritt morgen abzusagen«, sagte er.

Mata schluckte. »In Ordnung«, murmelte sie dann. »Lass uns wieder zu Bett gehen.«

*

Möglicherweise hatte Alfreds Insistieren ihr das Leben gerettet. Mata hätte bereits auf dem Hochzeitszug durch die Stadt direkt vor dem Wagen der Brautleute tanzen sollen. Als selbiger die Calle Mayor passierte, warf Mateo Morral, ein katalanischer Anarchist, einen Strauß roter Nelken aus seinem Hotelfenster nach der Kutsche, in dem er eine Bombe verborgen hatte. Der Strauß verfehlte die Brautleute zwar, sodass König Alphonso und seine Braut Prinzessin Victoria Eugénie von Battenberg mit dem Leben davonkamen. Dreiundzwanzig Menschen, die sich vor der Kutsche befanden, mussten jedoch sterben, und mehr als hundert wurden schwer verletzt. Der Attentäter beging auf der Flucht Selbstmord.

Als Mata davon erfuhr, weinte sie bitterlich in Alfreds Armen. »Danke«, sagte sie dann unter Tränen. »Ohne dich wäre ich vermutlich tot.«

Er zog sie enger an sich. »Ich habe dir doch versprochen, dass ich dich beschützen werde.«

Dann küsste er ihre Lippen, die ganz salzig waren von ihren Tränen. »Es tut mir auch leid, dass ich gestern so bestimmt war in meiner Bitte, deinen Auftritt abzusagen. Ich war nur wirklich in Sorge um dich.«

»Zu Recht, wie sich jetzt zeigte«, sagte Mata und schmiegte sich enger an ihn. Es tat so gut, einen Beschützer zu haben.

# 29. Kapitel

Hier wären wir.«

Alfred lenkte seinen Wagen, einen Mercedes Phaeton, in der Schöneberger Nachodstraße 39 an den Straßenrand und deutete zu einem mehrstöckigen Haus mit Giebeln und Ecktürmchen hinüber. »Hier ist es«, sagte er. »Die Wohnung im ersten Stock. Sie ist groß und hell, und wir können sie nach deinem Geschmack einrichten. Kauf alles, was dir gefällt.«

Mata sah sich erstaunt um. »Hier?«, fragte sie verwundert. »Aber ich denke, du wohnst auf einem Gut?«

Alfred zögerte. »Ich dachte, es gefällt dir vielleicht, eine Wohnung ganz für dich allein zu haben. Für dich und Anna.«

Entsetzt blickte sie ihn an. »Eine Wohnung für mich allein?«, fragte sie. »Ist das dein Ernst? Warum, glaubst du, bin ich nach Berlin gekommen? Um mit dir zusammen zu sein!«

»Das weiß ich doch«, wand sich Alfred. »Es ist nur … hier hast du mehr Freiheiten.«

Hoffnung keimte in Mata auf. »Dann ist das also nur eine Stadtwohnung, und ansonsten leben wir zusammen auf dem Gut?«

Alfred sog scharf die Luft ein. »Nein.«

»Nein? Und warum nicht?«

Er warf einen Blick über die Schulter. Auf der Rückbank saß Anna und sah unangenehm berührt aus dem Fenster.

»Lass uns erst einmal aussteigen und die Wohnung ansehen. Dann erkläre ich dir alles«, bat er sie.

Unwillig erwiderte sie seinen Blick, gab dann aber mit Rücksicht auf Anna nach.

»Also gut.«

Das Haus war ausgesprochen hübsch und erinnerte Mata ein wenig an ihr Pariser Domizil. Aber es war alles andere als das Zuhause, in welches zu kommen sie erwartet hatte. Die Zimmer waren leer und unpersönlich, wenn sie mit ihren hohen Stuckdecken und den Holzdielen auch sicherlich das Potenzial hatten, ein Zuhause zu werden.

»Es ist ja ganz leer«, sagte Mata.

»Ja«, entgegnete er. »Es gehört meiner Familie. Wir haben es gerade saniert und wollten in Kürze einen Mieter suchen. Aber das erübrigt sich ja nun.«

»Ach wirklich?«, zischte sie. Er blickte zu Boden.

»Anna ist rücksichtsvollerweise draußen geblieben. Jetzt können wir uns unterhalten«, schleuderte sie ihm entgegen. »Also. Warum darf ich nicht auf dein Gut?«

Er sah ihr in die Augen. »Weil dort meine Frau lebt.«

Mata schwankte. Ihr war, als stürzten die Wände auf sie zu. Der Schmerz war größer als je zuvor. Sie hatte sich doch geschworen, nicht mehr zu lieben. Das hatte sie nun davon.

»Deine Frau?«, keuchte sie.

»Ich möchte es dir erklären.«

»Da gibt es nichts zu erklären. Du bist verheiratet und hast es mir bisher verschwiegen«, schrie sie ihn an. »Wie konntest du nur! Ich wäre nie mit dir nach Berlin gekommen! Ich habe mein Leben für dich aufgegeben. Und du, du hast mich belogen und…«

»Stopp!«, rief er und hob abwehrend eine Hand. »Ich dachte nicht, dass es dir etwas ausmacht.«

Fassungslos sah sie ihn an. »Du dachtest nicht, dass es mir etwas ausmacht?«, wiederholte sie blechern.

»Genau.«

»Wie ... wie kommst du darauf?«

»Nun«, erwiderte er kalt. »Du stehst in dem Ruf, nicht davor zurückzuscheuen, mit verheirateten Männern ins Bett zu gehen.«

Klatsch! Bevor sie wusste, was sie tat, hatte Mata ihrem Liebsten eine schallende Ohrfeige verpasst.

Entsetzt starrten sie sich an, und in Matas Kopf rasten die Gedanken.

Sie hatte ihn geschlagen! Ihm Gewalt angetan wie John einst ihr. Wie hatte sie sich nur so gehen lassen können! Andererseits: Was erlaubte er sich, sie derart zu beleidigen und zu erniedrigen!

»Es tut mir leid!«, stieß sie hervor. Dann stürzte sie zur Tür und ins Treppenhaus, wo Anna stand und ihr besorgt entgegenblickte.

»Wir gehen!«, rief sie und rauschte die Treppe hinab.

»Aber ...«, setzte Anna an, beschloss dann jedoch, ihrer Arbeitgeberin zu folgen. Unten vor der Tür holte sie sie ein.

»Was ist denn passiert?«

»Er ist verheiratet«, stieß Mata hervor. »Und ich habe ihn geohrfeigt.«

»Oh«, war alles, was Anna dazu einfiel. Dann fügte sie hinzu: »Und was machen wir jetzt?«

Mata warf einen letzten Blick zum Haus zurück. Eigentlich hatte sie damit gerechnet, dass er ihr nachkommen und sie aufhalten würde. Doch von Alfred war nichts zu sehen.

»Wir gehen ins Hotel Central«, erklärte sie und winkte

einer Droschke. »Hier könnten wir ohnehin nicht übernachten, es stehen ja keine Möbel darin. Und den an das Hotel grenzenden legendären Wintergarten wollte ich schon immer mal sehen.«

*

Das Hotel Central war mit dem Hotel Kaiserhof eines der beiden großen Luxushäuser in Berlin und war in den Jahren 1880/1881 errichtet worden. Mit seiner fast hundert Meter langen Straßenfront wirkt es macht- und prachtvoll. Die südöstliche Ecke an der Kreuzung Friedrich- und Dorotheenstraße wurde von einem reizenden Türmchen mit Kuppeldach geziert.

Der Hoteldirektor erkannte sie sofort und eilte ihnen entgegen, kaum dass sie das Foyer betreten hatten. »Meine Verehrung, gnädige Frau«, rief er und versank in einem Handkuss, der höchste Ehrerbietung erkennen ließ.

»Wir sind entzückt, Sie bei uns begrüßen zu dürfen. Seien Sie versichert, dass wir Ihnen selbstverständlich unsere beste Suite zur Verfügung stellen.«

Mata lächelte, als sei das selbstverständlich.

»Ein sehr schönes Hotel haben Sie hier«, sagte sie und schenkte ihm jenen durchdringenden Blick aus ihren dunklen Augen, von dem sie wusste, dass er die Männer um den Verstand brachte. Er war ihr sofort erlegen.

»Wir haben uns gefragt, warum es Central-Hotel heißt«, fuhr Mata fort.

»Nun, Verehrteste«, setzte der Hoteldirektor sogleich zu einer Erklärung an, »das ist ganz einfach damit zu begründen, dass sich der Bahnhof Friedrichstraße, der als Zentralbahnhof unserer Stadt gilt, in unmittelbarer Nähe befindet.«

Mata vertiefte ihr strahlendes Lächeln. »Ich habe es mir schon gedacht.«

»Natürlich«, beeilte sich der Hoteldirektor hinzuzufügen. »Eine intelligente Frau wie Sie … Ich freue mich sehr über Ihr Interesse an unserem Hotel. Es wurde übrigens von den Architekten von der Hude und Hennicke erbaut, die auch den Kaiserhof errichtet haben, der aber selbstverständlich mit unserem Hause nicht mithalten kann.«

Er warf sich ein wenig in die Brust. Die stets gut informierte Mata wusste natürlich von dem erbitterten Wettstreit der beiden Luxushäuser.

»Natürlich nicht«, sagte sie. »Da Sie doch den Wintergarten haben.«

»Und damit einhergehend viele Berühmtheiten, die bei uns gastieren«, entgegnete der Mann geschmeichelt.

»Und nun soll ja auch dieses neue Hotel am Pariser Platz eröffnen, das Hotel Adlon, habe ich mir sagen lassen. Der Kaiser persönlich hat sich wohl für den Bau starkgemacht«, konnte Mata sich nicht verkneifen, den armen Hoteldirektor ein wenig zu piesacken.

Die Miene des Mannes verfinsterte sich, und Mata hörte in ihrem Rücken ein Räuspern. Ein klares Zeichen ihrer treuen Anna, dass sie zu weit ging.

»Jedenfalls kann ich es kaum erwarten, den Wintergarten zu sehen«, sagte Mata Hari rasch, und das Gesicht des Hoteldirektors hellte sich sogleich wieder auf.

»Es wird mir eine Freude sein, Sie herumzuführen«, versicherte er. »Vielleicht können wir Sie ja sogar eines Tages für einen Auftritt bei uns gewinnen? Das wäre großartig. Ich bin aber sicher, dass Sie sich vor der Besichtigung ein wenig erfrischen möchten.«

»O ja«, sagte Mata Hari dankbar. »Der Weg hierher war doch recht anstrengend.«

»Dann erlaube ich mir, Sie in unsere beste Suite zu führen. Wir halten sie immer für ganz besondere Gäste frei.«

Der Hoteldirektor verneigte sich erneut und ging den beiden Damen voran zu einem der drei Aufzüge, die es in dem Hotel gab. Beinahe lautlos glitt der Aufzug nach oben.

# 30. Kapitel

Konnte man sich jemals an all diesen Luxus gewöhnen? Auch wenn sie nun schon seit zwei Jahren im Überschwang lebte und er für sie in gewissem Sinne selbstverständlich geworden war, hörte Mata nicht auf, sich über die kleinen Dinge zu freuen.

»Ist es nicht wundervoll hier, Anna?«, rief sie aufgeregt wie ein kleines Kind und durchquerte die riesige Suite mit eiligen Schritten, berührte die kostbaren Tapeten, naschte von den Pralinen, die überall bereitstanden, und sog den Duft der herrlichen Blumenbouquets ein, die ihr das Hotel hatte schicken lassen.

Anna Lintjens folgte ihr lächelnd. »O ja«, sagte sie. »Es ist wirklich wundervoll.« Dann sah sie ihre Arbeitgeberin prüfend an. »Ist mit Ihnen alles in Ordnung? Schließlich haben Sie für Herrn Kiepert alles aufgegeben, und nun ...«

»Mir geht es gut, Anna«, unterbrach Mata ihre Gesellschafterin. »Ich möchte jetzt ein Bad nehmen. Und anschließend gehen wir hinunter. Ich brenne darauf, den Wintergarten in Augenschein zu nehmen.«

»Ich lasse Ihnen sogleich ein Bad ein«, sagte Anna.

»Ach, Anna, was wäre ich nur ohne Sie«, seufzte Mata, als sie wenig später in der riesigen Badewanne lag. Anna hatte das

Bad genau so zubereitet, wie sie es liebte. Jede Menge Schaum – natürlich nach Jasmin und Rosen duftend –, Kerzen, und am Rand der Badewanne stand ein Glas Champagner bereit.

»Himmlisch.« Sie ließ sich in den warmen Schaum sinken und nahm einen Schluck des perlenden Getränks.

»Ich bin nebenan, wenn Sie mich brauchen«, sagte Anna.

»Gut«, erwiderte Mata aus der Badewanne. »Bitte legen Sie mir das weiße Rüschenkleid und den passenden Hut heraus.«

Sie betrachtete ihre schlanken Hände, die aus dem Schaum ragten, und machte schlangenhafte, tänzerische Bewegungen. Fasziniert beobachtete sie den Kontrast ihrer dunklen Haut und des weißen Schaums, das Funkeln der Diamanten an ihren Händen, die sie auch für das Bad nicht abgelegt hatte. *Vielleicht können wir Sie auch einmal für einen Auftritt im Wintergarten gewinnen,* hatte der Hoteldirektor gesagt. Eine reizende Vorstellung. Zwar war sie nicht nach Berlin gekommen, um zu tanzen, sondern war der Liebe gefolgt, von dieser jedoch wieder einmal enttäuscht worden. Der Tanz aber enttäuschte sie nie. Er war die Konstante in ihrem Leben, und es war schön zu wissen, dass sie jederzeit und auf einen Fingerschnipp hin auf den Bühnen der Welt gefragt war. Der Tanz war ihre Leidenschaft und ihre Sicherheit. Und damit war ihr der Tanz das, was sie sich eigentlich immer von der Liebe erträumt hatte.

Sosehr sie es auch versucht hatte, seit sie nach ihrem Streit mit Alfred so wütend davongerauscht war, nun, in der Einsamkeit der Badewanne, gelang es ihr nicht mehr, sich von ihren Gefühlen abzulenken. In den letzten Stunden war sie wie unter einer Glocke gewesen, die den Schmerz von ihr abgehalten hatte. Nun traf er sie mit voller Wucht. Ihr Bauch brannte, ihre Kehle war zugeschnürt, panisch schnappte sie nach Luft.

Es dauerte eine ganze Weile, bis Mata sich wieder so weit gefangen hatte, dass sie in der Lage war, aus ihrer Badewanne herauszusteigen. Taumelnd ging sie zum Waschbecken – und zuckte zurück. Die Frau, die ihr da aus dem Spiegel entgegensah, war ihr fremd. Blass, zerbrechlich, ja fast schon zerfallen.

Reiß dich zusammen, befahl sie ihrem Spiegelbild. Lass dich nicht zerstören. Du bist stark, die Männer liegen dir zu Füßen, der Hoteldirektor hat dich sofort erkannt und dir seine beste Suite gegeben, ja dir sogar einen Auftritt im Wintergarten angeboten. Du brauchst nur mit dem Finger zu schnipsen, und die Welt ist dein. Wenn Alfred dich nicht will, dann hat er eben Pech gehabt.

Sie atmete tief durch, lächelte ihrem Spiegelbild zu und nahm dann ihre Schminke zur Hand, um die Spuren ihrer Trauer einfach zu übertünchen.

*

Beim Wintergarten handelte es sich um einen lang gestreckten Raum, der mit fünfundsiebzig Metern Länge und dreiundzwanzig Metern Breite eine riesige Fläche einnahm. Gasleuchten flackerten an den Wänden, ein Springbrunnen plätscherte. Mata blickte durch die Blätter einer mächtigen Palme in den Sternenhimmel. Gut, es handelte sich um eine Topfpalme, und die Sterne waren nicht echt, sondern wurden von unzähligen Glühbirnen imitiert, die an der Decke angebracht waren. Dennoch durchflutete sie in diesem Moment ein gigantisches Gefühl der Freiheit. Zwar wütete in ihrem Magen immer noch unendlicher Schmerz, aber dem vermochte ihre blühende Fantasie etwas entgegenzusetzen. Ja, hier würde sie tanzen. Tanzen, wie sie noch nie getanzt hatte, von allen bejubelt und geliebt. Und unten im Publikum würde Alfred sitzen und flehend zu ihr hinaufblicken. Doch sie würde ihn mit Missachtung strafen.

Strahlend nickte sie dem Hoteldirektor zu.

*

Als sie zurück in ihr Zimmer kam, wartete vor der Tür ein zerknirscht dreinblickender Alfred Kiepert, einen riesigen Rosenstrauß in den Armen. Ihr Herz begann sofort zu rasen, der Schweiß brach ihr aus, und das Gefühl im Magen wurde so stark, dass ihr beinah die Knie nachgaben.

»Frau Lintjens hat mich nicht hineingelassen«, sagte er. »Deshalb hatte ich keine andere Wahl, als hier auf dich zu warten.«

»Doch, du hast eine andere Wahl«, sagte Mata kalt. »Du kannst einfach wieder gehen. Woher weißt du überhaupt, dass ich hier bin?«

»Das hast du ja laut und deutlich zu deiner Gesellschafterin im Treppenhaus gesagt«, murmelte Alfred und sah sie flehend an. »Bitte, Mata. Lass es mich dir wenigstens erklären.«

»Da gibt es nichts zu erklären«, blieb Mata hart. »Die Sache ist eindeutig. Du hast mich nach Berlin gelockt, und ich habe dafür meine Karriere aufgegeben. Nur um dann zu erfahren, dass du bereits verheiratet bist. Als was siehst du mich, Alfred? Als eine Mätresse, die auf dich wartet, wenn du deiner Frau überdrüssig bist? Dazu bin ich mir zu schade.«

»Meine Worte tun mir leid, Mata«, sagte er. »Wenn du mir doch nur die Gelegenheit geben würdest, alles zu erklären.«

»Also schön. Aber nur fünf Minuten.«

Sie öffnete die Tür zu ihrer Suite und trat vor Alfred ein.

»Anna, nehmen Sie Herrn Kiepert die Blumen ab«, wies sie ihre Gesellschafterin, die sofort herbeieilte, an.

»Selbstverständlich«, sagte Anna. »Ich hoffe, es war in Ordnung, dass …«

»Sie haben vollkommen richtig gehandelt, als Sie Herrn Kiepert nicht hineingelassen haben«, versicherte Mata. »Ich schenke ihm auch nur fünf Minuten meiner Zeit.«

Sie führte Alfred zu der Sitzgruppe, die mitten im Raum stand, nahm auf einem der Stühle Platz und sah ihn streng an. »Nun?«

»Also, ich …«, sagte er. Ja, ich bin verheiratet, Mata. Aber das ändert nichts daran, dass ich dich liebe.« Sie hielt den Atem an. Da waren sie wieder, die drei magischen Worte, die endloses Glück bedeuteten, Glück, Sicherheit und Geborgenheit.

»Und ich möchte das für dich tun, was ein Mann für die Frau tut, die er liebt«, fuhr Kiepert fort. »Ich möchte für dich sorgen. Ich weiß ja, alle Männer der ganzen Welt begehren dich. Dass du ausgerechnet mir die Gunst erweist, an deiner Seite sein zu dürfen, macht mich zum glücklichsten Mann der Welt. Du bist ein Juwel, Mata, und ein Juwel verdient nur das Beste.«

Seine Worte hatten ihr den Wind aus den Segeln genommen, hilflos sah sie ihn an. »Aber warum hast du mir nichts davon gesagt, Alfred? Du hast mir etwas vorgemacht. Du hättest es mir mitteilen müssen, vor allem, weil du wusstest, dass ich meine Karriere für dich aufgegeben habe. Astruc musste mehrere Engagements absagen und war darüber alles andere als glücklich.« Das war nicht die Wahrheit, aber das musste er nicht wissen. Schließlich hatte er sie in weitaus größerem Maße belogen.

»Ich wollte es dir sagen, aber ich habe den richtigen Moment verpasst«, sagte er. »Ich wusste nicht, wie. Und dann kam eines zum anderen.«

Mata nickte. Das kam ihr bekannt vor. Sie war ja selbst eine

Meisterin darin, Geschichten zu erfinden oder Halbwahrheiten zu erzählen. Nun war das Gleiche umgekehrt geschehen, und irgendwie passte das zu Alfred und der Beziehung, die sie hatten. Mit einem Mal schien es Mata so, als müsse genau das so passieren, wie es passiert war, und als habe Alfreds Ehe und seine Lüge mit ihr selbst zu tun, als handle es sich um eine Art Spiegel. Sie entschied sich zur absoluten Ehrlichkeit. »Du hast recht, dass ich viele Männer hatte, auch gleichzeitig«, sagte sie. »Insofern lagst du mit deinen Worten nicht ganz falsch. Dennoch kann ich dich nicht teilen, Alfred.« Sie war nun ganz ruhig, als sie ihm in die Augen sah und sagte: »Und das liegt daran, dass auch ich dich liebe. Das war bei den anderen nicht so.«

Alfreds Augen leuchteten auf, und er griff, mutig geworden, über dem Tisch nach ihren Händen. »Das geht mir auch so, mein Schatz«, sagte er. »Unsere Liebe ist etwas ganz Besonderes. Das wusste ich gleich, als ich dich zum ersten Mal gesehen habe. Aber da war ich nun mal schon verheiratet. Wenn ich dich rechtzeitig getroffen hätte, wäre ich natürlich nie in den Ehestand getreten – es sei denn, mit dir.« Er lächelte sie verliebt an.

Sie nickte. »Weißt du«, sagte sie dann, »dies ist die Stunde der Wahrheit, und ich glaube, es ist wichtig, dass wir beide nun ganz offen und ehrlich zueinander sind. Solche Momente wirst du nicht oft mit mir erleben, denn du weißt, dass ich Geschichten liebe und in ihnen lebe.«

Er sah sie wie gebannt an, während seine Daumen über ihren Handrücken strichen, ein Gefühl, dass in Mata unendliche Erregung hervorrief. Seine Berührung brannte wie Feuer auf ihrer Hand, kroch durch ihren Arm und manifestierte sich in einem süßen, sehnsuchtsvollen Ziehen in ihrem Bauch.

»Ich mag der Welt wie ein bunter Paradiesvogel erscheinen«, sagte sie, »aber tief in mir schlummert auch die Sehnsucht nach einem ganz einfachen, konventionellen Leben an der Seite eines Mannes, einen Ehering an dem Finger.«

»Ich werde das regeln«, erklärte er liebevoll. »Ich werde mich von meiner Frau scheiden lassen, das verspreche ich dir. Dann wirst du meinen Ring am Finger tragen und mit mir auf Gut Marienfelde leben.« Flehend sah er sie an. »Aber das wird Zeit brauchen, das kann ich nicht von heute auf morgen klären.«

»Das weiß ich.«

»Würdest du dann doch wieder in die Wohnung ziehen, die ich dir zur Verfügung gestellt habe?«, fragte er bittend.

»Ja«, sagte sie. »Das werde ich. Aber nur unter einer Bedingung.«

Fragend sah er sie an.

»Du zeigst mir Berlin. Jetzt sofort. Schließlich muss ich meine neue Heimat kennenlernen.«

# 31. Kapitel

Zehn Minuten später war Mata ausgehbereit. Zu ihrem Kleid aus Rüschen und Spitzen trug sie einen passenden Hut, eine gigantische Kreation aus Stoff, Tüll, Federn und Blumen.

»Du siehst hinreißend aus«, sagte Alfred und zog sie in seine Arme, um sie zu küssen.

»Danke«, erwiderte Mata. »Wir sind bald zurück, Anna«, rief sie in Richtung des Zimmers ihrer Gesellschafterin. »Wir machen eine Stadtrundfahrt.«

Vor dem Hotel ließ sie sich von ihm die Wagentür aufhalten. Im Stillen dachte sie, dass sie das Kompliment eigentlich zurückgeben müsste: Kiepert machte wirklich eine gute Figur, und wie er da hinter dem Lenkrad seines Wagens saß, umgab ihn die Aura eines sehr reichen und sehr gebildeten Mannes.

»Wohin fahren wir?«, fragte sie, als sie neben ihm auf dem eleganten Ledersitz Platz genommen hatte.

»Zum Kurfürstendamm«, erklärte er, während er den Wagen in den Stadtverkehr einfädelte. »Die Deutschen sind sehr stolz auf ihren Kurfürstendamm.«

»Und was ist das?« Mata deutete hinaus in die parkähnliche Umgebung, die draußen vor dem Fenster vorbeizog.

»Der Tiergarten«, erklärte Alfred. »Ist seit 1884 ein eigener

Stadtteil. Vor dreißig Jahren ist hier das Hansaviertel entstanden.« Er griff mit der freien Hand nach der ihren und streichelte sie.

Mata nickte, als der Wagen in den Boulevard unter der jungen Platanenallee einbog. Das Auto erregte große Aufmerksamkeit, und Mata sonnte sich in den Blicken der Passanten. Ansonsten waren nur wenige Automobile unterwegs, sie mischten sich mit Droschken, Radfahrern und Fußgängern.

»Reichskanzler Otto von Bismarck hat sich noch selbst für einen Kabinettsbeschluss ausgesprochen, in dem die Dimensionen für den Kurfürstendamm festgesetzt wurden.«

»Ach, wirklich?«, fragte Mata. »Wie breit ist er denn?«

»Dreiundfünfzig Meter«, sagte Alfred so stolz, als sei das sein Verdienst.

Mata lächelte. »Ich will ja euren wunderbaren Kurfürstendamm nicht schlechtmachen«, versicherte sie. »Aber die Champs-Élysées in Paris sind mehr als doppelt so breit.«

Alfred strich ihr flüchtig über die Wange. »Mit Paris ist natürlich nichts zu vergleichen. Ebenso wie deine Schönheit unvergleichlich ist.«

Sie nahm das Kompliment wortlos entgegen, nickte lediglich huldvoll. »Aber diese Prachtbauten hier sind beeindruckend«, gestand sie ein und zeigte auf die Gründerzeitvillen, die rechts und links des Kurfürstendamms gerade gebaut worden waren oder sich noch im Bau befanden.

»Ja, das finde ich auch. Allerdings waren die Villen in ihren riesigen Parkanlagen, die hier vor einigen Jahren noch standen, auch nicht zu verachten.«

Inzwischen waren sie an der belebten Kreuzung Joachimstaler Straße angelangt, und Kiepert deutete nach rechts.

»Hast du schon mal was vom Café Größenwahn gehört?«, fragte er.

Mata wandte ihren Blick in die Richtung, in die er zeigte.

»Café Größenwahn?«, wunderte sie sich. »Was für ein seltsamer Name! Und um deine Frage zu beantworten: Nein, ich habe noch nie davon gehört.«

»Es heißt so, weil die, die sich dort treffen, gelegentlich größenwahnsinnig sind«, erklärte er lachend.

»Aha?« Ihre Neugierde war geweckt, doch Alfred winkte ab. »Künstler und so.«

Das klang interessant – und Mata nahm sich vor, das geheimnisvolle Café bald einmal aufzusuchen. Allerdings wollte sie das unbedingt allein tun.

»Wohin fahren wir als Nächstes?«

»Ich würde dir Charlottenburg noch etwas zeigen«, schlug Kiepert vor. »Es ist nicht Berlin, aber wunderschön und schon zweihundert Jahre alt. Bis vor wenigen Jahrzehnten war es hier noch ziemlich ländlich.«

»Woher weißt du das, mein Liebling?«, neckte ihn Mata. »So alt bist du doch noch gar nicht.«

Er lachte auf. »Nein, so alt bin ich noch nicht. Mein Vater hat mir davon berichtet – und von meinem Großvater gibt es Fotoalben voller Kindheitserinnerungen, die alle in Charlottenburg spielen.«

»Das kann man sich heute gar nicht mehr vorstellen«, sagte Mata und sah fasziniert auf die erlesenen Villen hinaus.

»Warte nur, bis du das Schloss siehst. Es ist wunderschön hier – das finden die Berliner übrigens schon seit Langem und kommen gern in die Sommerfrische her. Es ist ein richtiger Lustort.« Er warf ihr einen vielsagenden Blick zu, lenkte das Gespräch aber wieder auf neutraleres Terrain, als er fortfuhr: »Zumal die Gastronomie hier ausgezeichnet ist. Und schon 1865 konnte man vom Brandenburger Tor aus mit der Straßenbahn hierherfahren – die wurde allerdings noch von Pferden gezogen. Es war die erste Pferdestraßenbahn in ganz Deutschland.«

»Was du alles weißt«, sagte Mata bewundernd. Es gefiel ihr, dass ihr Liebster nicht nur attraktiv und wohlhabend war, sondern auch viel wusste. Sie mochte gebildete und belesene Männer.

Kiepert zuckte die Achseln. »Das Wissen ist nicht mal angelesen. Wenn man sein Leben in einer Stadt oder in einer Gegend verbringt, dann erfährt man die Dinge fast schon automatisch.«

»Und weil Charlottenburg immer beliebter wurde, hat es seinen ländlichen Charakter verloren?«, vermutete Mata.

»Ganz genau. Zumal 1882 dann auch noch die Stadtbahn von Grunewald bis Alexanderplatz eröffnet wurde. Dadurch war Charlottenburg viel besser angeschlossen. Und dank des Elektrizitätswerks haben die öffentlichen Gebäude und auch immer mehr Privathaushalte Strom.«

»Und es wird so viel gebaut«, staunte Mata. »Scheint, als würde Charlottenburg noch weiter wachsen. Berlin ist tatsächlich in gewisser Weise faszinierend.«

»Das hier ist Charlottenburg«, korrigierte er sie lächelnd. »Und wenn die Berliner es hier auch ziemlich schön finden – ein bisschen neidisch sind sie dennoch auf den Glanz dieser Nachbarstadt. Vor allem der Kaiser in seinem Stadtschloss rümpft ziemlich die Nase.«

»Wirklich?«, fragte Mata. »Aber er muss doch keinen Neid empfinden. Charlottenburg gehört schließlich ebenfalls zu seinem Reich!«

»Das schon«, stimmte Kiepert ihr zu. »Aber hier fühlt sich nicht nur das gehobene Bürgertum wohl, sondern auch all jene, die sich gern im Café Größenwahn treffen. Literaten, die sich vom Naturalismus zum Expressionismus entwickelten. Roda

Roda, Benno Berneis, Peter Hille und Frank Wedekind zum Beispiel.« Mata nickte. Einige der Namen hatte sie schon einmal gehört, musste allerdings gleich an den unangenehmen Pablo Picasso denken.

»Sie haben hier Wohnungen und Ateliers und kommen in den Cafés zusammen – wie eben zum Beispiel dem Größenwahn.«

Wieder nickte Mata, doch in Gedanken war sie beim deutschen Kaiser. Mochte der von den Künstlern und Literaten halten, was er wollte: Vor ihm aufzutreten, wäre ein nächstes großes Ziel. Denn auch wenn sie sich nun mit Alfred wieder versöhnt hatte – eins war ihr durch den Streit klar geworden: Ihre Karriere wollte sie für ihn nicht aufgeben.

# 32. Kapitel

Das Café des Westens, genannt Größenwahn, übte eine nahezu magische Anziehungskraft auf Mata aus. Gleich am nächsten Morgen machte sie sich auf den Weg. Anna sagte sie nur, sie wolle ein wenig auf dem Kurfürstendamm spazieren gehen, lehnte deren Angebot einer Begleitung ab und marschierte tatendurstig in Richtung Kaiser-Wilhelm-Gedächtniskirche und Zoologischer Garten. Schon von Weitem konnte sie den 113 Meter hohen Hauptturm der Kirche sehen.

Nach etwa zehn Minuten Fußweg war sie an der belebten Kreuzung zum Kurfürstendamm angekommen und betrat kurz entschlossen das Café des Westens, das mit seinen schmiedeeisernen Balkonen und dem enormen Gartentor sehr einladend wirkte.

Drinnen schlug ihr lautstarkes Stimmengewirr entgegen: An drei Tischen saßen verschiedene Männer und Frauen und diskutierten leidenschaftlich.

»Der Kaiser hat wirklich zu meinem Ölbild *Grunewaldsee* gesagt: Es hat mir den ganzen Grunewald versaut«, ließ sich ein schmaler Herr mit Schnauzbart vernehmen, der, wie Mata schätzte, um die vierzig sein mochte. Er hatte ein recht eckiges Gesicht, was durch seinen unvorteilhaften Haarschnitt noch betont wurde.

»Mach dir nichts draus«, tröstete ein sicherlich zwanzig Jahre älterer Mann mit Glatze und Schnurrbart. »Der Kaiser ist ein Kulturbanause.«

Mata war im Eingang stehen geblieben, um sich erst einmal zu orientieren, und musste daran denken, was Alfred zu ihr gesagt hatte: Der Kaiser mochte die Künstler und Literaten nicht. Umgekehrt schien es genauso zu sein.

»Das ist Walter Leistikow«, sagte eine Frauenstimme neben ihr.

Sie wandte den Kopf und sah ins Gesicht einer dunkelhaarigen Frau Ende dreißig, Anfang vierzig.

»Ich bin Elke Lasker-Schüler«, stellte sie sich vor. »Und Sie sind Mata Hari.«

»Ja«, erwiderte die Tänzerin. »Die bin ich. Und ich habe schon gehört, dass der Kaiser ein Kunstbanause sein soll.«

Die andere lachte auf und schmetterte dann in die Runde: »Alle mal herhören. Wir haben hohen Besuch.«

Die Gespräche verstummten, die Blicke richteten sich auf Mata, die lächelnd einen kunstvollen Knicks andeutete.

»Mata Hari«, erkannte ein Glatzkopf mit Vollbart. »Welch Glanz in unserer Hütte.«

»Und selbst sie hat schon gehört, dass der Kaiser ein Kunstbanause ist«, rief Elke Lasker-Schüler dem traurigen Kunstmaler tröstend zu.

Mata erschrak. Astruc hatte gestern telegrafiert, dass sich ihr lang gehegter Wunsch tatsächlich erfüllen und sie vor dem deutschen Kaiser auftreten würde. Was, wenn ihm nun zu Ohren käme, was sie leichtfertig von sich gegeben hatte, und er den Auftritt absagen würde?

Aber nun war es ohnehin zu spät, und der Kaiser würde sicherlich nicht auf die Worte von ihm verachteter Künstler und

Literaten hören – wenn diese denn überhaupt an sein Ohr drangen, was ohnehin äußerst unwahrscheinlich war.

»Sie alle wissen, wer ich bin«, sagte sie und setzte ihr charmantestes Lächeln auf. »Verraten Sie mir nun, wer Sie sind?«

»Tanzen Sie dann für uns?«, begehrte der traurige Maler zu wissen.

»Ich werde es mir dann zumindest überlegen«, versprach Mata.

»Na gut«, sagte Elke Lasker-Schüler an ihrer Seite. »Dann übernehme ich mal die Vorstellungsrunde. Das dort drüben ist Georg Lewin, mein Mann.« Der Angesprochene nickte freundlich. »Und hier haben wir einen Kollegen von Ihnen – Max Reinhardt.« Sie deutete auf einen dunkeläugigen Mann mit schwarzlockigem Haar Anfang dreißig. »Er sieht ebenso exotisch aus wie Sie und könnte Ihr Bruder sein«, fand die Literatin.

Reinhardt schenkte ihr ein tiefsinniges Lächeln, das aber irgendwie auch ein wenig traurig wirkte.

»Ich habe schon von Ihnen gehört«, sagte Mata, der der etwas zurückhaltende und melancholische Theatermann ausgesprochen sympathisch war. Sie lächelte ihm zu. »Ihr Ruf eilt Ihnen voraus.«

»Ach?«, fragte Reinhardt interessiert. »Und wer hat Ihnen von mir erzählt?«

»Im Olympia-Theater in Paris bin ich einem Kabarettisten begegnet, der mir von Ihnen berichtete. Und dass Sie nicht nur ein brillanter Schauspieler seien, sondern auch ein hervorragender Regisseur.«

»Nun ja«, sagte Reinhardt. »Zu viel der Ehre.«

»Oh, là, là! Die legendäre Mata Hari!«, rief in diesem Moment ein hochgewachsener Mann mit Seitenscheitel und Schnurrbart von der Tür her. Offenbar hatte er soeben den Raum betreten. Er deutete eine Verbeugung an. »Gestatten? Christian Morgenstern. Meines Zeichens Dichter. Erweisen Sie uns die außerordentliche Ehre, für uns zu tanzen?«

Und Mata tanzte. Obwohl es im Café des Westens, genannt Café Größenwahn, dicht besetzt, wie es war, kaum Platz gab und obwohl ihre Kleidung nicht wirklich dazu geeignet war. Aber das störte weder sie noch die anwesenden Künstler, die ihre Darbietung mit entzücktem Beifall bedachten und anschließend erklärten, sie wollten der Begegnung – je nach Kunstrichtung – ein malerisches oder dichterisches Denkmal setzen. Anschließend lud etwa jeder der Anwesenden Mata zu einem Getränk ein, und als sie ging, fühlte sie sich beschwingt wie schon lange nicht mehr. Das hier war einfach ihre Welt und diese Menschen so ungemein interessant. So lebendig. Sie wusste, dass sie künftig häufiger im Café Größenwahn verkehren würde, und selbstironisch dachte sie, dass dieser Name auch zu ihr recht gut passte. Schließlich wusste sie, ebenso wie etliche Künstler da drinnen, sehr genau, was sie konnte, und kannte ihren Wert. Der Kaiser würde das auch noch sehen – und sei er noch so ein Kunstbanause – ihren Tanz würde er lieben!

Doch leider ließ Seine Kaiserliche Hoheit Mata warten und warten und warten. Sooft sie auch nachfragte: Astruc musste sie immer wieder vertrösten. Kaiser Wilhelm habe zwar sein Interesse bekundet, aber noch keinen konkreten Termin genannt. Man müsse sich in Geduld üben. Mata seufzte. Geduld war nun wirklich nicht ihre Stärke.

## 33. Kapitel

Nach und nach lebte Mata sich in Berlin ein. Mit großer Begeisterung richtete sie die Wohnung ein, die Alfred ihr zur Verfügung gestellt hatte, sie unternahm ausgedehnte Einkaufstouren mit Anna und verkehrte häufig – und immer allein – im Café Größenwahn. Das war ihr kleines Geheimnis, ihr Stück Freiheit, ihre Welt, zu der Alfred keinen Zutritt hatte. Ohnehin konnte sie nicht verhehlen, dass sie ihm seine Lüge noch nicht verziehen hatte, umso mehr, als Monat um Monat verging, ohne dass er Anstalten machte, sich von seiner Frau zu trennen und ihre Beziehung zu legitimieren. Und Mata ließ keine Gelegenheit aus, ihm das vorzuhalten. Als die Stimmung zwischen den beiden wieder zu kippen drohte, beschloss Alfred im Dezember, seine Liebste nach Wien einzuladen – dort habe sie ihn einige Wochen ganz für sich. Mata sagte begeistert zu, und auch Anna ließ keinen Zweifel daran, wie sehr sie sich auf die Reise freute.

Wien war eine Offenbarung. Glanzvoll. Prächtig. Mächtig.

Das Hotel Bristol, in dem Mata mit Anna und Alfred abstieg und selbstverständlich wieder die beste Suite bewohnte, stand in der Ringstraße in direkter Nachbarschaft zur Wiener Staatsoper.

»Lass uns hinausgehen und die Stadt erkunden«, sagte Mata am Morgen nach ihrer Ankunft unternehmungslustig, doch zu ihrer Enttäuschung schüttelte Alfred den Kopf. »Nein, Liebling. Heute Morgen kann ich nicht.«

»Wie bitte?«, fragte sie pikiert. »Ich dachte, du bist mit mir nach Wien gekommen, um bei mir zu sein. Was könntest du denn für Verpflichtungen haben?«

»Ich habe nicht viele Termine in dieser Zeit«, sagte Alfred gelassen. »Aber einige gibt es durchaus. Ich bin meiner Familie gegenüber in der Pflicht, Mata.«

»Und was musst du für deine Familie so Dringendes erledigen?«, fragte sie unwillig.

Alfred winkte ab. »Es geht um Immobilien, die wir hier in der Stadt besitzen.«

»Ich kann doch mitkommen«, sagte sie und schämte sich im nächsten Moment. Noch nie hatte sie sich einem Mann aufgedrängt! Was hatte Alfred nur an sich, dass sie sich derart verhielt! Es reichte doch schon, dass sie ihn wieder in ihr Leben gelassen hatte, obwohl er immer noch verheiratet war!

Sie räusperte sich leicht und setzte sich dann zurecht. »Wobei«, begann sie, »wenn ich ehrlich bin, ist es mir ganz willkommen, etwas Zeit für mich zu haben. Dann können Anna und ich gemeinsam die Stadt erkunden.«

Kiepert nickte, offenbar erleichtert, dass sie keinen weiteren Ärger machte. »Wenn ihr euch später stärken wollt, empfehle ich euch unbedingt einen Besuch im Hotel Sacher. Es wird von einer Frau geführt, Anna Sacher. Sie ist ein echtes Original. Du musst sie unbedingt kennenlernen. Sie wird dir gefallen.«

Er zwinkerte ihr zu, und sie spürte augenblicklich Eifersucht in sich aufsteigen. Diese Anna Sacher würde sie sich einmal aus der Nähe ansehen!

Als Mata wenig später mit Anna durch die Innenstadt bummelte, war sie von deren Charme wie verzaubert. Im Schatten der prächtigen Habsburg hatte sich eine Vielzahl kreativer und genialer Geister versammelt, die Wien zu einem atemberaubenden Ort machten. Pferde zogen die Pferdebahnwagen auf ihren Schienen, ihre klappernden Hufen mischten sich mit dem Stimmengewirr der Passanten und dem Klingeln der Pferdebahn.

»Wissen Sie«, sagte Mata nachdenklich zu ihrer treuen Gesellschafterin, »ich finde das Spannungsfeld zwischen diesen großartigen Bauwerken«, sie machte eine weit ausholende Bewegung, »und diesem sprudelnden, lebendigen Dasein, das aber zugleich so ruhig und behaglich ist, ungemein faszinierend. Es ist, als biete das Habsburg-Wien eine einzigartige Kulisse für all die Künstler, die es hier gibt. Wien inspiriert mich. Es bringt die künstlerische Seite in mir wieder zum Klingen.«

Anna nickte. »Darüber bin ich froh«, sagte sie leise. »Denn wenn ich ehrlich sein darf, habe ich mir in der letzten Zeit ein wenig Sorgen um Sie gemacht. Mata so ganz ohne Tanz und Glanz ist keine Mata.«

»Das ist ein Reim«, stellte Mata fest und hakte die andere unter. »Sie sind eine Dichterin.«

»Ach was, das war nur Zufall«, winkte Anna lachend ab.

»Lassen Sie uns einkaufen gehen«, sagte Mata. »Ich habe gehört, das Modewarenhaus A. Gerngross, das vor zwei Jahren eröffnet hat, soll das mondänste der Stadt sein.«

»Ja, das hat mir der Concierge auch empfohlen«, bemerkte Anna. »Er war ganz aufgeregt, weil es dort einen rollenden Teppich geben soll.«

Mata musste lachen. »Das ist für uns Pariserinnen natürlich

nichts Neues«, sagte sie fröhlich. »Aber ich weiß noch genau, wie ich 1904 nach Paris kam und zum ersten Mal einen Escalator sah. Damals waren noch alle ganz aus dem Häuschen wegen der Weltausstellung vier Jahre zuvor, bei der er vorgestellt worden war.«

»Also, ich für meinen Teil muss gestehen, dass ich noch nie mit so etwas gefahren bin.« Fragend sah Anna ihre Arbeitgeberin an. »In welchem Kaufhaus in Paris gibt es denn so etwas?«

»Im Grands Magasins du Louvre«, sagte Mata. »War ich mit Ihnen wirklich nie dort?«

Anna schüttelte den Kopf. »Nein.«

»Dann müssen wir das unbedingt nachholen, wenn wir wieder in Paris sind«, rief Mata. »Und wir gehen ins Wertheim in Berlin. Da gibt es auch einen, schon seit 1901. Alfred hat mir erzählt, dass er dieses Jahr erneuert wurde.«

»Madame«, unterbrach Anna ihre Arbeitgeberin lachend. »Ich muss nicht jeden Rollteppich Europas kennenlernen. Einer reicht mir. Und den werde ich ja gleich sehen.«

Kurz darauf betraten sie das fünfstöckige Kaufhaus Gerngross in der Mariahilfer Straße.

»Das ist wirklich ein wunderschöner Bau«, staunte Mata und betrachtete die beiden gigantischen Freitreppen. Im Foyer schwebten fünf luxuriöse Glasaufzüge hinauf und hinunter. Anna bekreuzigte sich bei ihrem Anblick spontan und erklärte entschlossen, dorthinein werde sie ebenso wenig einen Fuß setzen wie in den Paternoster zu Hause in Berlin.

»Wir sind ja auch wegen des rollenden Teppichs hier«, sagte Mata lachend. »Und natürlich wegen all der Herrlichkeiten, die man hier bekommen kann.«

Sie führte ihre Angestellte zum Anfang des rollenden Teppichs.

»Oh, ich weiß nicht, was, wenn ich stolpere?«, fragte Anna beunruhigt.

»Dann fange ich Sie auf«, versprach Mata. »Sie müssen nur einen Fuß auf das Band setzen. Und Sie können sich an dem plüschbezogenen Handlauf ja festhalten. Er fährt mit«, sprach sie der anderen weiterhin Mut zu.

»Also, ich wage es auch nicht, dieses Ding zu betreten«, mischte sich in diesem Moment eine beleibte, ausgesprochen elegant gekleidete Dame mit gigantischem Kopfputz in das Gespräch ein. »Man hat eine solche Hetz, wenn man dieses Teufelswerk«, sie deutete abfällig mit ihrem Regenschirm auf den rollenden Teppich, »besteigen und wieder hinab will. Die Zeitungen berichten auch von all den Unfällen, die sich hier ereignet haben. Manch einer ist schon auf dem Allerwertesten gelandet. Habe die Ehre!«

Sprach's und rauschte in all ihrer gewaltigen Pracht davon.

»Nun ist mir noch mulmiger.«

»Ach, Anna«, sagte Mata. »Lassen Sie sich doch von der dicken Matrone den Spaß nicht verderben. Es geht ganz leicht. Ich mache es Ihnen vor.« Mata machte einen eleganten Schritt auf das leise dahingleitende Band, nahm eine entsprechende Pose ein und glitt dann wie ein Model auf einem fahrenden Laufsteg dahin. Ihre rechte Hand ruhte auf dem plüschbezogenen Halteband, mit der linken winkte sie Anna nonchalant zu.

»Es ist ein Heidenspaß, Anna«, rief sie, als sie wieder bei ihrer Gesellschafterin angekommen war. »Das müssen Sie wirklich einmal ausprobieren.«

Doch Anna schüttelte den Kopf. »Nein danke. Es bereitet viel größere Freude, Ihnen dabei zuzusehen.«

Mata war in einen regelrechten Kaufrausch verfallen. Sie hatte Hüte, Kleider, Taschen und Schmuck gekauft. Und das, obwohl sie doch bereits mit zwölf Schrankkoffern nach Wien angereist war. »Wie ärgerlich, dass Astruc nicht hier ist«, ächzte sie, nachdem sie Anweisung erteilt hatte, alles ins Hotel liefern zu lassen und die finanziellen Angelegenheiten mit Alfred Kiepert zu klären. »Um all das musste ich mich früher nie kümmern. Ich suchte aus, was mir gefiel, nannte Astrucs Namen, und er erledigte den Rest. Jetzt musste ich erst ungemein viele Erklärungen abgeben.«

»Und Sie sind sicher, dass Herr Kiepert damit einverstanden ist, alle Kosten zu übernehmen?«, fragte Anna vorsichtig.

Mata sah sie verwundert an. »Aber natürlich ist er das«, rief sie. »Er ist unfassbar reich, und außerdem hat er mich aufgefordert, meine Karriere für ihn aufzugeben. Es ist selbstverständlich, dass er für mich sorgt.«

»Wenn Sie meinen«, sagte Anna.

»Außerdem ärgere ich mich immer noch über ihn«, fuhr Mata fort. »Dass er mir nicht gesagt hat, dass er verheiratet ist, finde ich nach wie vor sehr schlimm. Und nun wollte er mich zur Versöhnung nach Wien begleiten und hat dann geschäftliche Dinge zu erledigen.« Sie schnaubte. »Aber davon lasse ich mir die gute Laune nicht verderben.« Auf dem Weg nach draußen hakte sie die andere unter. Draußen winkte sie nach einer Droschke und ließ sich und Anna zum Hotel Sacher fahren.

Als sie wenig später über einen separaten Eingang das Café im Erdgeschoss des Hotels betraten, fühlte sich Mata sofort wohl. »Das ist wunderschön«, rief sie und sah sich um. Es gab kleine, halbrunde Lederbänke, vor denen runde Tische standen, an der Decke funkelten gigantische Kronleuchter, Diener standen in Livree bereit, ihre Gäste zu bedienen. Das Beste aber war der herrliche Duft, der ihnen entgegenschlug. Es roch nach Kaffee, Schokolade und etwas Fruchtigem, das Mata nicht zuordnen konnte.

»Bitte, gnä' Frauen, nehmen S' doch Platz!«, schnarrte der Kellner, der sofort diensteifrig herbeieilte. »Wo ist's den Damen denn genehm? Wenn S' gestatten, empfehle ich Ihnen den Platz direkt am Fenster.« Er deutete auf den entsprechenden Tisch.

»Wunderbar«, sagte Mata und bedachte ihn mit dem für sie so typischen Blick unter halb gesenkten Lidern.

Während sie auf ihren Tisch zusteuerten, bemerkte sie einen anderen Gast, der ihr schmachtende Blicke zuwarf. Sie lächelte zufrieden. Es tat gut zu bemerken, welche Wirkung sie nach wie vor auf die Männer hatte. Alfred musste sich schon ein wenig anstrengen!

Sie erwiderte den Blick und nahm dann an dem Fenstertisch Platz.

»Was darf's denn sein?«, fragte der Kellner.

»Nun«, antwortete Mata. »Wir hätten gern jeweils ein Stück von Ihrer legendären Torte. Außerdem je einen Café Melange und ein Glas Champagner.«

Mata liebte Champagner, wusste aber, dass Anna grundsätzlich keinen Alkohol anrührte.

»Sehr wohl.«

Der Herr entfernte sich, und kurz darauf trat eine mondäne, etwas korpulente Dame an ihren Tisch. Sie erinnerte Mata entfernt an die Rolltreppengegnerin aus dem Kaufhaus, bei näherem Hinsehen war sie aber viel eleganter und hatte einen ausgesprochen durchdringenden Blick. In ihrer Gesellschaft befanden sich zwei schwarze Hunde mit gigantischen silbernen Halsbändern. Irritiert bemerkte Mata, dass am Arm der Dame das gleiche Band klimperte.

»Guten Tag«, sagte die Dame. »Mata Hari, ich heiße Sie herzlich in unserem Haus willkommen. Unser Kellner hat Sie erkannt und mich sogleich informiert, so halten wir es immer, wenn uns besonders berühmte Gäste beehren.«

»Sie sind Anna Sacher!«, rief Mata erfreut. »Ich hatte gehofft, Sie kennenzulernen! Bitte nehmen Sie doch Platz.«

Doch die andere schüttelte abwehrend den Kopf. »Ich möchte Sie nicht stören«, sagte sie.

»Aber Sie stören nicht!«, beharrte Mata. »Wirklich nicht.«

Aus dem Augenwinkel sah sie, dass der Kellner sich mit der Bestellung genähert hatte, sich allerdings noch taktvoll im Hintergrund hielt.

»Bitte!«, sie winkte ihn heran. »Ich möchte doch unbedingt alles über diese legendäre Torte wissen. Trinken Sie ein Glas Champagner mit mir, Madame Sacher?«

»Also gut«, sagte sie und wandte sich dann an einen der bereitstehenden Kellner. »Bitte bringen Sie die Hunde hinüber.«

»Sehr wohl.«

Lächelnd sah Anna Sacher die beiden Frauen an. »Probieren Sie.«

Mata nahm die silberne Kuchengabel, sie glitt durch die glänzende Schokoladenschicht auf der Oberseite der Torte, durchteilte den zarten Biskuit und die Aprikosenmarmelade. Mata schob sich den ersten Bissen in den Mund und schloss genießerisch die Augen.

»Es schmeckt einfach himmlisch«, sagte sie.

Anna Sacher lächelte. In der Zwischenzeit hatte der Kellner ein weiteres Champagnerglas gebracht.

»Und sie möchten wirklich keines?«, wandte die Hotelbesitzerin sich an die Gesellschafterin.

»Nein danke. Aber die Torte ist wirklich köstlich.«

»Es handelt sich um ein sehr altes Rezept«, ließ Anna Sacher wissen. »Prinz von Metternich höchstpersönlich hat 1832 den Bäckerlehrling Franz Sacher beauftragt, einen ganz besonderen Kuchen aus Schokolade, Aprikosenmarmelade und Sahne zu backen. Franz war damals erst sechzehn Jahre alt.«

»Ihr Vater?«, fragte Mata.

»Der meines verstorbenen Mannes«, berichtigte Anna Sacher.

»Und ich nehme an, der Prinz war begeistert«, vermutete Mata und nahm noch einen Bissen von der Torte.

»Das war er«, bestätigte die Gastronomin. »Und das Rezept ist bis heute nicht verändert worden.«

»Also, am Anfang war die Torte, und dann kam das Hotel?«, bilanzierte Mata.

»Genau. Franz' Sohn Eduard, mein Mann, hat es 1876 gegründet. Und nach der berühmten Torte benannt. Oder nach unserer Familie. Oder nach beiden.«

»Und dann kamen Sie ins Spiel?«

Anna Sacher nickte.

»Frau Sacher hat das Hotel schnell zum begehrtesten Haus der Stadt gemacht. Hier gehen Prominente ein und aus«, sagte eine Stimme hinter ihnen. Mata blickte auf und sah einen jungen Mann Mitte zwanzig. Er hatte dunkles Haar, einen Seitenscheitel, einen Schnurrbart und seelenvolle, dunkle Augen hinter einer Nickelbrille.

Die Hotelbesitzerin wandte sich um. »Herr Zweig!«, sagte sie strahlend und ergänzte, an Mata gewandt: »Erfreulicherweise ist es auch ein beliebter Ort für Künstler und Schriftsteller geworden. Darf ich vorstellen: Stefan Zweig. Herr Zweig ist Journalist und außerdem ein herausragender Dichter. Seine Novelle *Die Liebe der Erika Ewald* hat mich besonders verzaubert.«

»Zu viel der Ehre«, sagte Stefan Zweig errötend. »Ich wollte auch nicht länger stören, nur nicht gehen, ohne mich zu empfehlen, werteste Frau Sacher.«

»Baba«, sagte Anna Sacher, und die drei Damen lächelten dem jungen Dichter zum Abschied zu.

»1892 ist mein Mann gestorben, und seitdem führe ich das Hotel alleine weiter«, setzte Anna Sacher die von Stefan Zweig begonnene Erzählung fort.

»Und Sie tun es offenbar sehr erfolgreich«, stellte Mata fest.

Die andere lächelte zufrieden. »Das will ich meinen«, sagte sie selbstbewusst.

Sie hob ihr Glas und prostete ihren beiden Besucherinnen zu.

Dann beugte sie sich verschwörerisch zu Mata vor. »Sie erregen übrigens ziemliches Aufsehen bei den Herren. Herrn Klimt fallen beinahe die Augen aus dem Kopf.«

»Ich bin es gewohnt, Aufsehen zu erregen«, erwiderte Mata ebenso selbstbewusst, wie sich kurz zuvor Anna Sacher gegeben hatte, und äugte aus den Augenwinkeln ins Café. »Welcher ist es?«

»Gustav Klimt ist der Herr mit dem Vollbart«, erklärte Frau Sacher und deutete mit dem Kinn auf den Mann, der Mata schon bei deren Eintreffen so eindringlich angesehen hatte. Sie lächelte. »Er ist dem weiblichen Geschlecht … nun ja … sehr zugetan.«

»Sein Name ist mir ein Begriff.«

»Herr Klimt ist ein sehr bedeutender Künstler«, fuhr Anna Sacher fort. Sie lächelte Mata zu. »Soll ich Sie beide bekannt machen?«

Mata zögerte. Die Verlockung war groß. Dieser Gustav Klimt faszinierte sie, und Alfred hätte es nicht anders verdient, schließlich hatte er ihr seine Ehe verschwiegen. Außerdem wäre es ein schönes Gefühl, wieder einmal die Kontrolle über eine Situation und die Macht über einen Mann zu haben. Denn bei Alfred hatte sie beides aufgegeben. Aber wahrscheinlich war er genau deshalb für sie so interessant.

Sie hob den Kopf und sah Klimt direkt ins Gesicht. Auch er blickte ihr geradewegs in die Augen. Dann verzog er sein Gesicht zu einem Lächeln.

# 34. Kapitel

»Ich möchte auftreten. Hier. In Wien. In dieser wunderbaren Stadt«, sagte Mata am Abend mit leuchtenden Augen zu Alfred. »Ich spüre die Musik wieder in meinen Gliedern, ach, Alfred, es ist so wunderbar.«

Er sah sie stirnrunzelnd und etwas abwesend an. »Aber, Mata, das hatten wir doch besprochen. Du kommst mit mir nach Berlin, und ich sorge für dich. Diese Reise nach Wien ist doch nur eine … Zwischenstation.«

»Teil unserer Vereinbarung war aber nicht deine Ehefrau«, konterte Mata verärgert.

»Hör doch mit dem Thema auf«, rief Alfred genervt, und Mata zuckte angesichts seiner Übellaunigkeit zusammen. Mit Zorn bei Männern, selbst wenn dieser sich nur anzubahnen drohte, konnte sie nach wie vor nicht gut umgehen. Doch anders als bei seinen Vorgängern versetzte Alfreds Wut sie nicht in Angst und Schrecken, vielleicht, weil sie ihn höchstens gereizt, nie jedoch wirklich wütend erlebt hatte. Möglicherweise lag es aber daran, dass *sie* in dieser Sache böse auf *ihn* war.

»Was soll ich denn noch machen, außer mich zu entschuldigen!«, sagte er nun.

»Was du noch machen sollst?«, rief Mata empört. »Wie wäre es damit, dich scheiden zu lassen?«

»Das werde ich, Mata. Und das weißt du. Aber das bedarf eben sorgsamer Vorbereitungen. In meinen Kreisen lässt man sich nicht einfach eben mal so scheiden. Du bist doch selbst erst geschieden worden und warst davor lange von deinem Mann getrennt.«

»Aber eben das bist du nicht. Du bist nicht von deiner Frau getrennt.«

»Nun lass uns nicht streiten, Liebste«, bat Alfred. »Lass uns doch lieber die Zeit genießen, die wir haben. Und ich versichere dir, dass ich hart für unsere gemeinsame Zukunft arbeite.« Er zog sie in seine Arme, und sie ließ sich von ihm küssen – und anschließend lieben.

Später lag sie erschöpft und glücklich an seiner Brust und lauschte seinem Atem.

»Wenn du hier auftreten möchtest, werde ich dich nicht davon abhalten«, versicherte er. »Im Gegenteil, ich werde dich sogar darin unterstützen, in Wien an Engagements zu kommen.«

Sie hob den Kopf und sah ihm in die Augen. »Wirklich?«, fragte sie.

»Wirklich. Ich will doch nur, dass du glücklich bist.«

»Sicherlich sind schon einige Komponisten darauf aufmerksam geworden, dass ich in der Stadt bin«, hoffte Mata. »Bestimmt werden sie sich in den nächsten Tagen bei mir melden.«

»Davon gehe ich aus«, sagte Alfred und gab ihr einen Kuss auf die Haare.

Doch Mata sollte sich täuschen. Kein Komponist, kein Theaterdirektor und kein Librettist klopfte bei ihr an. Niemand bat sie, bei ihm aufzutreten, keiner hatte eine Rolle in einer Oper, einem Theaterstück oder einem Libretto für sie.

»Alle sprechen nur von dieser furchtbaren Isadora Duncan oder von Maud Allan«, klagte Mata Anna schließlich ihr Leid. »Dabei sind beide einfach nur furchtbar.«

Die amerikanische Tänzerin Maud Allan logierte im Hotel National, und bei ihren Auftritten trug sie, wie die Presse schrieb, »nichts als Gold«. Isadora Duncan stand ihr in Sachen Nackttanz in nichts nach und war nur mit einem Taschentuch bekleidet, das sie allerdings, wie ihre Propagandamaschine verkündete, lediglich in der Hand hielt. Wien war schockiert, aber auch fasziniert.

»Ich würde Ihnen so gern helfen. Aber ich wüsste nicht, wie«, sagte Anna bedrückt.

Mata runzelte die Stirn. »Aber ich. Ich weiß sehr genau, was ich tun muss, um Aufsehen zu erregen. Aber es ist mir ehrlich gesagt zuwider.«

»Und was?«, fragte Anna. »Was müssen Sie tun?«

»Das Gleiche, was ich damals in Paris getan habe«, erklärte Mata. »Ich werde in der Wiener Sezession auftreten. Nur mit meinem Brustschmuck.«

»Wollen Sie das wirklich?«, fragte Anna. »Und was wird Herr Kiepert dazu sagen?«

»Er hat mir gestern versichert, dass er mich unterstützen will.«

»Sind Sie sich sicher, dass er das damit gemeint hatte?«

Mata zuckte die Achseln. »Natürlich wäre es ihm lieber, wenn ich in einem anständigen Theater auftreten würde. Aber bis das wieder gelingt, werde ich eben zu anderen Mitteln greifen müssen. Immerhin habe ich meine Karriere ja nicht zuletzt für ihn unterbrochen. Und im Übrigen: Solange ich nicht seinen Ring am Finge trage, hat er keinerlei Befugnis, über mich zu entscheiden.«

Anna schien noch nicht überzeugt, fügte sich dem Willen ihrer Arbeitgeberin aber natürlich.

Und Mata hatte auch schon einen Plan. Einen Auftritt in der Wiener Sezession zu bekommen, wäre gar kein Problem, Gustav Klimt wäre mehr als begeistert, mehrfach hatte er sie darum gebeten. Zwar war ihr etwas unwohl bei dem Gedanken, dass Gustav und Alfred aufeinandertreffen würden, aber andererseits: Was machte das schon? Es täte Alfred sicherlich gut zu sehen, dass auch noch andere Männer an ihr Interesse hatten. Wenn er denn überhaupt mitkäme.

*

Alfred kam nicht mit. Zu Matas Erleichterung hatte er just an jenem Abend, an dem sie in der Wiener Sezession tanzen sollte, eine geschäftliche Verabredung, und er fragte auch nicht näher nach, welcher Art ihr Auftritt sein würde.

Gustav Klimt hingegen war erwartungsgemäß hingerissen. Gleiches galt für den Direktor des Apollo-Theaters, Ben Tieber, der Mata gleich im Anschluss an ihren Auftritt ein Engagement anbot. Sie sagte begeistert zu. Das Apollo hatte zwei Jahre zuvor seine Pforten geöffnet – allerdings hatte die Eröffnung unter dem Schatten des Selbstmordes seines damaligen Besitzers Ludwig Herz gestanden, der einen Tag nach der Eröffnung wegen finanzieller Schwierigkeiten den Freitod gewählt hatte. Von diesem traurigen Ereignis war unter der Leitung des lebensfrohen Ben Tieber aber nichts mehr zu spüren. Unter seiner Führung war das Theater zum beliebtesten Varietétheater Wiens avanciert. Diesmal war Alfred anwesend, und Mata tanzte auch nicht nackt, sondern in einem eng anliegenden Trikot.

Am nächsten Tag wurde sie von der Presse gefeiert. Ein regelrechter Sturm der Begeisterung wogte durch Wien, und als

Anna Mata die Zeitungen brachte, las sie strahlend die Schlagzeilen vor: »Isadora Duncan ist tot. Es lebe Mata Hari.« Die Reporter standen Schlange, um die geheimnisvolle Tänzerin zu interviewen, und wie einst schon in Paris dachte sie sich die abenteuerlichsten Geschichten aus, um ihr Publikum in Atem zu halten. Dem ersten Journalisten erzählte sie, sie sei in einem Mädcheninternat in Wiesbaden erzogen worden, dem nächsten, ihre Großmutter, eine javanische Prinzessin, habe sie in ihre Obhut genommen, und dem dritten, sie sei im Alter von sechzehn Jahren in Delhi vor den Traualtar getreten.

»Behältst du denn überhaupt noch den Überblick bei all den Varianten, die du in Umlauf bringst?«, fragte Alfred, als sie eines Abends zum Essen ausgingen und Mata einem Bewunderer wieder eine ganz andere Geschichte erzählt hatte. »Warum erzählst du eigentlich immer andere Geschichten? Dann wird deinem Gegenüber doch klar, dass etwas nicht stimmen kann.«

»Genau das ist es ja«, erklärte Mata. »Immer nur ein bisschen, und in jeder Geschichte steckt ein Kern Wahrheit. Nun ja, zumindest ein kleiner. Und die Menschen können dann rätseln, was stimmt und was nicht. Das macht alles umso geheimnisvoller.«

Sie warf ihm unter halb gesenkten Lidern einen Blick zu. »Und im Geschichtenerzählen bist du ja auch gut.«

»Mata«, sagte er bittend.

»Schon gut.« Sie lächelte ihm versöhnlich zu. Sie war glücklich in jenen Tagen. Glücklich wie schon lange nicht mehr. Sie hatte sich entschieden, wieder Mata Hari zu sein und auf der Bühne zu stehen – es hatte sie kaum Anstrengung gekostet, und sie war wieder da. Wie leicht es doch war, die Kontrolle wiederzuerlangen, dachte sie. Und wie gut es sich anfühlte, die Fäden in der Hand zu halten. Vielleicht musste es ja kein Entweder-

oder sein. Vielleicht konnte sie Alfred lieben, ohne die Kontrolle aufzugeben.

Sie war wieder da. Sie war wieder Mata Hari, die geheimnisvolle Tänzerin aus dem Orient und nicht die abgestellte Mätresse eines reichen Mannes. Sie hob ihr Glas und prostete ihm zu.

*

Vor ihrer Rückkehr nach Berlin sollte Mata auf dem Wiener Weihnachtsmarkt Autogramme geben. In der Presse war angekündigt worden, sie würde leicht bekleidet erscheinen, vielleicht sogar nur einen Mantel tragen und darunter nackt sein, und die jungen Wiener erwarteten atemlos die Ankunft der berühmten Tänzerin. Doch Mata hatte an jenem Morgen keine Lust verspürt, die Sensationsgier zu bedienen. Ihr war zu kalt gewesen und außerdem – sie hatte wieder Oberwasser. Sie war wieder wer. Sie hatte es nicht nötig, auf einem Weihnachtsmarkt zu frieren. Deshalb erschien sie zur Enttäuschung der Wiener in einem knöchellangen Rock und mit einem gigantischen Hut. Die Tatsache, dass sie nicht allzu viel Haut zeigte, mochte das Publikum enttäuscht haben, tat der Faszination aber keinen Abbruch, eher im Gegenteil. Es machte Mata nur noch geheimnisvoller, vielleicht auch deshalb, weil man sich das, was man nicht sicher sah oder wusste, in seiner Fantasie ausmalen konnte.

Am nächsten Morgen, ihrem letzten in Wien, präsentierte ihr Anna erneut freudestrahlend die österreichischen Zeitungen: »Schlank und hochgewachsen«, charakterisierte sie der Journalist des *Wiener Fremdenblatts* und fuhr fort, sie sei »von geschmeidiger Raubtiergrazie, mit blauschwarzem Haar, welches das kleine Gesicht, das fremdartig anmutet«, umrahme.

Und weiter schrieb der Mann: »Stirn und Nase sind klassisch – direkt aus der Antike geholt. Schwarze lange Wimpern beschatten die Augen, und die Augenbrauen ziehen in so fein geschwungenen Bogen, als hätte sie eine Künstlerhand gezogen.« Französisch habe sie mit ihm gesprochen, berichtete der begeisterte Autor, »um dann in einem entzückenden Deutsch-Englisch fortzufahren«. Eine bestrickende Schönheit sei sie mit mädchenhaft zarten, lieblichen Augen, und sie erinnere ihn an »Baudelaires Gedicht *Bizarre Göttin, dunkel wie die Nacht*«, und »selbst, wenn sie geht, scheint sie zu tanzen«.

Mata lächelte, als sie die Zeitung zuschlug. Sie hatte Wien im Sturm erobert!

# 35. Kapitel

Anna, ich habe nichts zum Anziehen«, klagte Mata wenige Tage nach ihrer Rückkehr nach Berlin. Die Wienreise war wunderschön gewesen. Nun wollten sie einige Wochen in Berlin verbringen, wo Alfred noch Geschäftliches erledigen musste und die Scheidung von seiner Frau voranzubringen gedachte, danach planten sie eine größere Reise. Und für diese, fand Mata, brauchte sie neue Kleider.

»Natürlich nicht«, sagte Anna mit dem ihr eigenen leisen, aber liebevollen Spott, den sie ihrer Arbeitgeberin gegenüber manchmal an den Tag zu legen pflegte. »Sie haben *nie* etwas zum Anziehen.«

»Aber eine Lösung des Problems ist in Sicht«, triumphierte Mata. »Ich bin nämlich gestern mit Alfred rein zufällig über den Kurfürstendamm gefahren und an der Tauentzienstraße vorbeigekommen, und da …«

»Und da ist Ihnen in den Sinn gekommen, dass Sie schon seit Ihrer Ankunft unbedingt das neu eröffnete Kaufhaus des Westens besuchen wollten?«, führte Anna den Satz zu Ende.

»Wie gut Sie mich kennen, meine Liebe!« Mata klatschte begeistert in die Hände.

»Es soll noch großartiger sein als das Wertheim und das Warenhaus Tietz. Ich habe in der Zeitung gelesen, in dem Kaufhaus wolle man ›die verwöhnten Ansprüche der oberen Zehntausend, der obersten Eintausend, der allerobersten Fünfhundert‹ befriedigen.« Sie strahlte. »Wollen wir gleich losgehen?«

»Jetzt?«, fragte Anna verwundert.

»Natürlich jetzt. Sie wissen doch, dass ich die Dinge gerne sofort angehe.«

»Aber wir haben doch noch nicht einmal gegessen«, wandte Anna zaghaft ein.

»Ach, das können wir im Café des Westens machen«, fand Mata. »Das befindet sich dort ganz in der Nähe – und das passt doch. Wir gehen im Kaufhaus des Westens einkaufen und frühstücken im Café des Westens. Oder wir besuchen im Kaufhaus die Feinkostabteilung. Die soll großartig sein.«

»Was immer Sie möchten«, sagte Anna.

Als Mata und Anna wenig später gerade das Kaufhaus betreten wollten, öffneten sich auf dem Balkon über dem Eingang, rechts und links der machtvollen Bronzeuhr, zwei Tore.

»Sehen Sie mal, Anna!« Aufgeregt deutete Mata hinauf, und die beiden Frauen beobachteten, wie eine bronzene Hansekogge mit vollen Segeln aus dem einen Tor heraustrat, die Uhr umrundete und im anderen Tor wieder verschwand. »Wie schön!«, rief Mata. »Von solch kleinen Spielereien kann ich einfach nie genug bekommen.«

»Was für eine Ehre, dass Ihnen unsere Spielerei zusagt«, ertönte in diesem Moment eine Stimme hinter ihr. »Aber eine viel größere Ehre ist es, dass Sie uns besuchen.«

Mata wandte sich um und sah sich einem großen, schlanken, dunkelhaarigen Mann Ende dreißig mit Schnurrbart gegenüber, der eine leichte Verbeugung andeutete. »Gestatten Sie, dass ich mich vorstelle? Mein Name ist Adolf Jandorf, ich bin Besitzer des KaDeWe. Es wäre mir eine Ehre, Sie durch unser Haus führen zu dürfen.«

Mata strahlte. »Sehr gern. Was für ein Glück, Sie gleich am Eingang anzutreffen.«

Sie wusste natürlich sehr wohl, dass es sich dabei mitnichten um Zufall handelte, sondern dass Mitarbeiter des KaDeWe eigens dafür abgestellt waren, den Direktor zu informieren, sobald sich eine hochgestellte Persönlichkeit näherte.

»Wenn Sie erlauben …« Jandorf führte die beiden Frauen in die zweigeschossige Eingangshalle. Wie stets, wenn sie sich in Gesellschaft befanden, hielt Anna sich dezent im Hintergrund.

»Wie bemerkenswert«, rief Mata, als sie die beiden Marmorportale erblickte, die offenbar in einen Innenhof führten. »Ich liebe Innenhöfe. Sie haben so etwas Geheimnisvolles, nicht wahr?«

Sie warf dem Kaufhausbesitzer einen ihrer legendären Blicke unter halb gesenkten Lidern zu, doch er ließ nicht erkennen, dass ihn das in irgendeiner Weise beeindruckte. Ein Blick auf seinen Ringfinger zeigte Mata, das er verheiratet war – und offensichtlich liebte er seine Frau so sehr, dass er nicht einmal mit ihr, der begehrtesten Tänzerin der Welt, flirten wollte.

»Dann ist es mir eine Ehre, Ihnen unseren Innenhof zu zeigen«, sagte er mit zurückhaltender, aber ehrlicher Herzlichkeit und geleitete sie hinaus. »Es gibt zwei dieser Höfe – unsere Kunden sollen hier die Möglichkeit haben, Ruhe und Muße zu finden.«

»Es ist herrlich«, bekräftigte Mata. Sie schloss für einen Moment die Augen, legte den Kopf in den Nacken, genoss die Sonne auf ihrer Haut und das Plätschern des Springbrunnens. Momente wie diese waren perfekt. Sie fühlten sich vollkommen an. Gleich würde sie hineingehen in diesen Konsumtempel, um sich auszusuchen, was ihr gefiel, ohne die Waren zu bezahlen – die Rechnungen ließ sie an Alfred schicken – und selbstredend auch ohne ihre Einkäufe selbst nach Hause zu tragen. Sie hatte es geschafft: Sie war wieder die kleine, behütete Prinzessin in ihrer von weißen Ziegen gezogenen Kutsche, der jeder Wunsch von den Augen abgelesen wurde. Nur, dass das kleine Mädchen inzwischen groß geworden war und es nicht mehr der Vater war, der sie verwöhnte, sondern der Mann an ihrer Seite. Da tauchte auf einmal ein zartes Gesicht vor ihr auf. Non. Ihre Tochter. Erschrocken riss sie die Augen wieder auf. Sosehr sie auch versucht hatte, den Gedanken an ihre beiden verlorenen Kinder zu verdrängen, weil er einfach zu schmerzhaft war: Er kam immer dann wieder, wenn sie für einen Moment glaubte, wirklich glücklich zu sein. Als wolle eine höhere Macht sie daran erinnern, dass ihr vollkommenes Glück niemals beschieden sein würde.

Sie blinzelte, versuchte, das beklemmende Bild abzuschütteln, und lächelte Jandorf, der sie fragend ansah, strahlend zu.

»Wirklich ein kluger Schachzug, Ihr Kaufhaus im Neuen Westen anzusiedeln«, sagte sie.

»Sie kennen sich gut aus in Berlin.«

Mata lächelte und nickte geheimnisvoll, wie das ihre Art war.

»Wohin darf ich Sie führen?«, fragte Jandorf.

»Oh, ich möchte alles sehen!«, rief Mata und machte eine weit ausholende Bewegung.

»Nun ja«, erklärte der Kaufhausbesitzer lächelnd. »Dann haben wir viel vor uns. Wir verfügen über einhundertzwanzig kleine Abteilungen und dann natürlich noch den Teesalon im zweiten Stock, in den Sie herzlich eingeladen sind.«

»Wir haben Zeit«, versicherte Mata und fügte dann, während sie langsam von einem Tisch zum anderen schlenderten und die liebevoll dekorierten Auslagen bewunderten, hinzu: »Es ist wirklich wunderbar, was Sie hier geschaffen haben.«

»Ich danke Ihnen«, erwiderte Jandorf. »Wissen Sie, ich finde es wichtig, dass es nicht nur um Konsum geht. Die Menschen machen sich selbst oder anderen eine Freude, wenn sie hier einkaufen gehen. Sie suchen sorgsam Geschenke aus für einen besonders lieben Menschen – und da brauchen sie Beratung. Denn schließlich ist das, was sie aussuchen, vielleicht ein Erinnerungsstück an die Liebe oder soll die Verehrung des Schenkenden zum Ausdruck bringen.«

Nachdenklich sah Mata ihn an. »Ich habe auch jemanden, dem ich etwas schenken möchte«, sagte sie leise. »Jemanden, mit dem ich gern viel mehr Zeit verbracht hätte. Und von dem ich möchte, dass er etwas bei sich trägt, das ihn immer an mich erinnert.«

»Wenn ich Ihnen etwas empfehlen dürfte?«, fragte der freundliche Kaufhausbesitzer.

»Ich bitte darum.«

»Wie wäre es mit einer Uhr? Ob es sich bei dem Beschenkten nun um eine Dame handelt oder um einen Herren – er oder sie trägt die Uhr immer bei sich, und bei jedem Blick darauf denkt er oder sie an Sie.«

»Und weil die Uhr die Zeit anzeigt, ist es zugleich ein Symbol für die Zeit, die wir nicht miteinander verbringen konnten. Das ist eine hervorragende Idee!«, rief Mata und sah den Kaufmann aufgeregt an. »Es ist eine Uhr für ein junges Mädchen. Bitte zeigen Sie mir die schönste und wertvollste, die Sie haben.«

Als sie das Kaufhaus des Westens zwei Stunden später durch eine der riesigen Drehtüren wieder verließen, war Mata selig und zugleich bedrückt. Sie hatte zur Enttäuschung des freundlichen Herrn Jandorf nicht das halbe Kaufhaus leer gekauft, sondern die Zeit damit verbracht, sich von den diensteifrigen Verkäufern, die die besten Umgangsformen aufwiesen, die verschiedenen Uhrenmodelle zeigen zu lassen – und sich schließlich für ein besonders elegantes, aber nicht zu mächtiges Exemplar entschieden, das sich an einer schmalen Mädchenhand gut machen würde.

»Ach, Anna«, seufzte Mata. »Könnte ich sie doch nur zu mir holen. Ich würde sie allzu gerne in diesen Konsumtempel entführen und ihr jeden Herzenswunsch erfüllen.«

»Sie dürfen die Hoffnung nie aufgeben«, sagte Anna leise.

»Ich weiß. Und das werde ich auch nie. Nie, solange ich lebe«, erwiderte Mata leidenschaftlich. Dann warf sie einen Blick auf die goldene Uhr. »Eine bezaubernde Vorstellung, dass sie sie trägt und dann an mich denkt. Wir werden sie ihr schicken.«

## 36. Kapitel

Eine Woche nachdem sie die Uhr an die kleine Non geschickt hatten, hatten sich Mata und Alfred in Begleitung von Anna und Kieperts Diener Martin an Bord des Dampfers Schleswig begeben und waren zunächst nach Athen gereist, wo sie in einem beeindruckenden Hotel von überbordender Pracht Quartier nahmen. Anders als sonst hatte Mata jedoch kaum einen Blick für all die Schönheit. Denn es war außergewöhnlich kalt, und Mata fror, zumal es in Griechenland keine Heizungen gab.

»Ich hätte nicht gedacht, dass ich mich in Griechenland nach Berlin zurücksehnen würde«, sagte sie fröstelnd zu Alfred. »Aber wenn ich an unsere gemütliche Wohnung und den großen Kamin denke …«

»Schön, dass du unsere sagst.« Er küsste sie. »Dabei habe ich dir doch ausdrücklich empfohlen, einen Pelz mitzunehmen. Du hast doch sonst den halben Hausstand in die Koffer gepackt.«

»Ich hatte auch einen eingepackt«, sagte Mata. »Aber dann erschien es mir äußerst paradox, auf eine Reise in den Südosten einen Pelz mitzunehmen. Ein wenig abergläubisch war ich vielleicht auch und fürchtete, dadurch schlechtes Wetter herbeizureden.«

»Dann ist es ja gut, dass wir nun nach Ägypten weiterreisen«, tröstete Alfred seine Liebste. »Dort ist es wärmer, das verspreche ich dir.«

Am nächsten Morgen stiegen sie in Piräus in einen Dampfer, der zur Khedivial-Mail-Steamship-Line gehörte. Vierzig Stunden waren für die Fahrt nach Alexandria veranschlagt, und als das Schiff zunächst an der Küste von Attika entlangfuhr und sie dann, etwas später, die Kykladen passierten, von denen die Lichter einladend herüberschienen, da hatte Mata vergessen, dass sie noch am Tag zuvor über Kälte geklagt hatte. Auf der See ging zwar ein kräftiger Wind, aber in ihrer Kabine war es heimelig warm, und Mata genoss das Leben in vollen Zügen.

In der ersten Nacht schlief sie einfach nur friedlich in Alfreds Armen ein, in der zweiten liebten sie sich leidenschaftlich, und als sie am nächsten Morgen erwachten, war Land in Sicht. Ägyptisches Land, das die Passagiere mit einem hellen, gelben Wüstenstreifen grüßte.

Aufgeregt rüttelte Mata den noch schlafenden Alfred am Arm. »Wir sind da, Liebster. Wir sind endlich da. Wach auf!«

Unwillig brummend rollte sich Alfred auf die andere Seite, doch Mata ließ nicht locker. »Also, ich werde mich jetzt ankleiden und hinaufgehen«, verkündete sie. »Ich gedenke nicht, die Ankunft in Ägypten zu verschlafen. Und da ich mich, wie du weißt, ohne Annas Hilfe nicht ankleiden kann, wirst du dich nun aus deinem Bett bequemen müssen, wenn du nicht möchtest, dass sie dich sieht, wie der Herrgott dich geschaffen hat.«

Alfred öffnete seufzend die Augen und streckte sehnsüchtig die Arme nach ihr aus. »Willst du nicht lieber …?«

»Nein«, lachte sie und entwand sich ihm.

Eine halbe Stunde später stand Mata neben Alfred an Deck des Dampfers und beobachtete, während sie einliefen, das hektische Treiben an Land. Ungeheurer Lärm empfing sie, als sie kurz darauf in Begleitung von Anna und Alfreds Diener Martin von Bord gingen. Autos hupten, Zugpferde wieherten, Kutscher brüllten. Sofort waren sie von einer Traube von Gepäckträgern umringt, die allesamt ihre Dienste anbieten wollten und jeweils versicherten, nur sie allein seien in der Lage, Matas gigantische Schrankkoffer ins Hotel zu bringen. Doch Alfred wehrte sie mit einer herrischen Geste und einigen scharfen Worten ab, und obendrein hatte sich Martin, der längst alles organisiert hatte, schützend vor sie gestellt.

Mata aber nahm von alldem kaum etwas wahr, Ägypten faszinierte sie sofort, zog sie in seinen Bann. Es war eine ähnliche Wirkung, die auch Java auf sie gehabt hatte, mit dem kleinen Unterschied, dass sie nun wirklich auf der sonnigsten aller Sonnenseiten stand. An der Seite eines reichen Mannes ein Land zu bereisen, hatte zur Folge, dass sie nur die Pracht und die Vorzüge sehen musste, die dieses Land zu bieten hatte. Fast bedauerte sie, dass sie in dieser hübschen Kolonialstadt nicht noch mehr Zeit verbringen durften! Doch gleich am nächsten Morgen würde die Reise weitergehen und ein Schnellzug sie nach Kairo bringen – zu den Pyramiden.

Mata hatte sich vor dieser langen Eisenbahnfahrt ein wenig gefürchtet und sich, die sie niemals zweiter Klasse fuhr, im Geiste schon in einem einfachen Waggon gesehen, der der Holzklasse in den heimischen Zügen glich. Deshalb war sie nun angenehm überrascht, als sie feststellte, dass es sich bei dem Zug um ein hochmodernes Gefährt handelte.

Auch Alfred war sichtlich angetan. »Unglaublich, wie schnell dieser Zug ist«, sagte er. »Für die zweihundertacht Kilometer bis nach Kairo brauchen wir nur etwas mehr als einunddreißig Stunden.«

Auf ihrer Reise zu den Pyramiden sah Mata viel hinaus und musste an eine andere Zugfahrt denken, die sie vor drei Jahren zurückgelegt hatte. Damals war sie auf dem Weg nach Paris gewesen, ihre Blicke waren vorbeihuschenden Häusern und Bäumen gefolgt. Nun sah sie Baumwollfelder, auf denen gebückte, braun gebrannte Gestalten, in weiße Kleidung gehüllt, ihre Arbeit verrichteten. Dann wieder Frauen in schwarzen Gewändern, die Lasten auf dem Kopf trugen, Büffel, die in Sümpfen wateten, die ihnen bis zum Bauch reichten, schwer beladene Esel und Kamele und schließlich den Nil, der sich als endloses gelbes Band durch die Landschaft zog. Wie anders diese Bilder waren als jene, die sie auf ihrer Reise nach Paris gesehen hatte! Und wie viel war seither geschehen! Sie wandte den Blick vom Fenster ab und musterte unauffällig Alfreds Profil. Auch wenn sie ihm die Tatsache, dass er ihr seine Ehe verschwiegen hatte, noch immer übel nahm – zumal aus seinen Scheidungsbemühungen immer noch nichts geworden war –, so genoss sie die Zeit an seiner Seite doch sehr und fühlte sich ausgesprochen wohl mit ihm, was, wie sie sich eingestehen musste, nicht zuletzt an dem Komfort lag, den er ihr bot.

Natürlich wohnten sie auch in Kairo im besten Haus am Platze, dem Shepheard Hotel. Und obwohl Mata das Unterwegssein genossen hatte, so war sie doch froh darüber, hier nun für die nächsten zehn Tage bleiben zu können. Am ersten Abend nahmen sie das Dinner in dem charmanten Speisesaal des Hotels ein, und Mata genoss die luxuriöse Atmosphäre. Das Kerzenlicht zauberte ein angenehmes Licht, das in den zahlreichen goldgerahmten Wandspiegeln reflektiert wurde, die Tische waren mit weißen Leinentüchern, auf Hochglanz poliertem Silber und funkelndem Kristall stilvoll und klassisch eingedeckt, Kellner in roter Livree standen bereit, um den Gästen alle kulinarischen Wünsche zu erfüllen.

»Himmlisch«, seufzte Mata, als sie beim zwölften und letzten Gang des Dinners angelangt waren.

»Ich freue mich, dass es dir gefällt, mein Liebling.«

Alfred nahm ihre Hand, küsste sie und sah ihr dabei tief in die Augen.

In diesem Moment öffneten die Diener die Flügeltüren, die nach draußen auf die großzügig angelegte Terrasse führten. Warme, von süßen Blüten, Patschuli und Jasmin geschwängerte Luft strömte herein.

»Lass uns noch etwas hinausgehen«, bat Mata.

Alfred gab dem Kellner ein Handzeichen, der sofort diensteifrig herbeieilte, um Matas Stuhl zurückzuziehen. Untergehakt betraten sie die Terrasse. Rechts und links der Flügeltüren hatten sich die Kellner im Spalier aufgestellt und verneigten sich allesamt ehrerbietig und im exakt gleichen Winkel vor den nach draußen schreitenden Gästen. Einige hatten es sich schon an den Tischen gemütlich gemacht, die Damen waren alle exquisit gekleidet, die Herren rauchten Zigarren und Zigaretten, deren blauer Rauch zum Himmel stieg, das Stimmengewirr vermischte sich mit dem Lärm der Stadt, der zu ihnen heraufdrang, und dem leisen Rascheln der Kleider der Damen, wenn diese sich bewegten. Die Juwelen der Reichen hier oben funkelten mit den sehnsüchtigen Augen derer um die Wette, die sich unten vor der Terrasse versammelt hatten, um einen Blick auf die Schönen und Reichen zu erhaschen und vielleicht auch einen Taler oder zwei. Doch sie wurden schlichtweg ignoriert, und auch Mata und Alfred würdigten sie keines Blickes, einzig der immer wiederkehrende Ruf des vor der Terrasse stationierten Polizisten drang an ihr Ohr. »*Imschi!*«, rief der Mann wieder und wieder und drohte der Menge mit dem Stock.

»Was bedeutet *Imschi?*«, fragte die sprachbegabte Mata, die das arabische Stimmengewirr als klangvoll und faszinierend empfand.

»Ich nehme an, so etwas wie hau ab«, vermutete Alfred achselzuckend.

Mata nahm einen Schluck des perlenden Champagners, für den sie sich anstelle des Mokkas entschieden hatte.

»Es sind ganz schön viele Europäer hier«, stellte sie nach einem Blick in die Runde fest.

»Es ist ja auch Mode, nach Ägypten zu reisen«, entgegnete Alfred lächelnd. »So wie man auch nach Davos oder St. Moritz reist.« Dann sah er sie fragend an. »Wonach steht dir morgen der Sinn? Wir könnten uns einen entspannten Tag gönnen. Tennis, Golf oder Polo, dann zum Fünfuhrtee ins Hotel zurückkehren und den Abend hier auf der Terrasse ausklingen lassen.«

»Nein«, sagte Mata mit leuchtenden Augen, nahm seine Hand und sah ihn bittend an. »Ich möchte die Pyramiden sehen. Ganz schnell«

Er lächelte. »Ganz wie du willst, meine Liebe.«

# 37. Kapitel

Früh am nächsten Morgen machten sich Mata und Alfred auf den Weg. Anna und Kieperts Diener hatten sie freigegeben, Mata vermutete, dass ihre treue Gesellschafterin sich einen entspannten Tag im Hotel gönnen würde. Anna war zwar sehr interessiert daran, fremde Länder kennenzulernen, andrerseits schüchterte die fremde Umgebung sie auch ein, und sie hätte sich vermutlich niemals auf eigene Faust hinausbegeben. Deshalb hatte Mata sie eigentlich auch mitnehmen wollen, aber Anna hatte abgelehnt, und Mata kannte den Grund: Sie wollte ihre traute Zweisamkeit mit Alfred nicht stören.

Kaum hatten Mata und Alfred das Hotel verlassen, als sie schon wieder von einer Traube Einheimischer umringt waren. »Baron!«, riefen sie um die Wette. »Baron! Wollen Sie sehen meine Laden? Habe ich schönste Stoffe für schöne Frau. Very good Preis.« Und: »Baron, ich zeige Ihnen beste Kaffeehaus von ganze Stadt.«

»Wieso denken sie, dass du ein Baron bist?«, fragte Mata, der diese Anrede durchaus gefiel, hatte sie sich doch schon immer von Uniformen und Titeln beeindrucken lassen. Aber Alfred, der die bemühten Männer wie auch schon am Vortag mit einigen scharfen Worten zurückwies, lachte nur hell auf. »Ich fürchte, das gilt nicht mir direkt. Sie nennen jeden Europäer Baron, so wie in England jeder Mann ein Professor ist.«

Mata stimmte in sein Lachen mit ein. Sie gingen geradewegs auf den Nil zu, den sie überqueren mussten, um zur Haltestelle der Pyramidenbahn zu gelangen. Vor der Brücke herrschte ein enormes Gedränge. Bauern auf Fuhrwerken und unzählige Passanten kamen offenbar nicht auf die andere Seite. Beim Näherkommen sahen sie, dass die Brücke sozusagen in zwei Teile geteilt war.

»Was ist denn da los?«, fragte Mata erstaunt.

»Ich nehme an, sie machen auf, um die Schiffe, die Dahabijes, die zu groß sind, um darunter durchzupassen, passieren zu lassen.«

»Richtig, Baron, nur eine Stunde am Mittag, gleich vorbei«, ließ ihn ein eifriger Ägypter, der ihr Gespräch verfolgt hatte, wissen, um ihnen im nächsten Moment die Waren seines Bauchladens zu präsentieren. Alfred winkte dankend ab.

Der Mann hatte recht gehabt: Kurz darauf war die Brücke wieder passierbar, und sie stiegen in die Pyramidenbahn, wo sich erneut ein eifriger Ägypter zu ihnen gesellte, um ihnen zu erklären, dass das Schloss mit dem ehemaligen Harem, das sie bei Gizeh gerade passierten, fünfhundert Zimmer habe. »Hier hat der Khedive Ismail versucht, sich von seiner anstrengenden Regierungsarbeit zu erholen«, sagte der Mann und lachte.

Mata fand ihn irgendwie sympathisch, er schien stolz auf sein Land und nicht auf Geld aus zu sein. Wobei sie all jene, bei denen das der Fall war, durchaus verstand. Die Europäer trugen ihren Reichtum ausgesprochen deutlich zur Schau, während diese Menschen hier häufig in bitterer Armut leben mussten.

Mata gefiel die Avenue, die die Bahn entlangfuhr. Und dann

sah sie sie. Die Pyramiden. Ergriffen tastete sie nach Alfreds Hand. »Es wird noch besser, wenn wir ausgestiegen sind und sie in voller Pracht sehen«, versprach er ihr.

Alfred sollte recht behalten. Vor den Pyramiden zu stehen, das war ein durch und durch überwältigendes Gefühl, und auch die Sphinx, wie sie da auf ihren Pfoten ruhte und ruhig in die Welt hinausblickte, rührte etwas in ihr an.

»Sollen wir sie einmal umrunden?«, fragte Alfred, und Mata, die sonst eher kein Freund langer Spaziergänge war, stimmte begeistert zu. Das wollte sie sich nicht entgehen lassen! Als sie nach eineinhalb Stunden wieder an ihrem Ausgangspunkt ankamen, war sie voller Eindrücke – aber auch zu erschöpft, um noch die Spitze der Pyramide zu erklimmen, und auch Alfred verzichtete darauf.

Stattdessen legte sie den Kopf in den Nacken und blickte nach oben. Ein ungemeiner Frieden breitete sich beim Anblick dieser faszinierenden Bauwerke in ihr aus.

*

Zehn Tage nach ihrer Ankunft bestiegen sie einen der schönen Nildampfer, die Mata in den vergangenen Tagen wieder und wieder auf dem beeindruckenden Fluss hatte bewundern können. Von nun an ging es stromaufwärts.

»Ach, Anna«, seufzte Mata, als sie mit ihrer Gesellschafterin in ihrer Kabine auspackte, während Alfred sich an Deck eine Zigarre genehmigte und dessen Diener Martin dafür sorgte, dass Schrankkoffer um Schrankkoffer nach oben gebracht wurde. »Haben wir nicht ein schönes Leben?«

»In der Tat«, bestätigte Anna und schüttelte eine von Matas Roben aus, die sie soeben etwas verknittert aus dem Schrankkoffer gezogen hatte.

»Und dennoch bin ich traurig, gerade in schönen Momenten wie diesen.«

»Weil Sie sie nicht mit Ihrer Tochter teilen können?«, vermutete Anna.

Mata nickte. »Ich hätte sie so gern bei mir. Was gäbe ich darum, ihr die Welt zeigen zu können! Immer wenn ich etwas besonders Schönes erlebe, habe ich das Gefühl, sie im Stich gelassen zu haben.«

Traurig setzte sie sich auf das breite Doppelbett und blickte durch das Bullauge auf die Uferlandschaft hinaus.

»Sie hatten keine andere Wahl«, erinnerte Anna sie.

»Hatte ich die wirklich nicht? Ebendieser Gedanke quält mich so sehr. Auch was Norman angeht: Ich hätte die Wahl gehabt, mich selbst mehr um ihn zu kümmern, ihn nicht allein zu lassen. Dann wäre er vielleicht noch bei mir.«

Anna setzte sich neben die Jüngere. »Bitte sehen Sie mich an, Mata.«

Die tat wie ihr geheißen.

»Hören Sie mir ganz genau zu. Es ist sehr wichtig, was ich Ihnen jetzt sage. Sie dürfen sich keine Vorwürfe machen für das, was geschehen ist. Und Sie hätten es auch nicht verhindern können. Selbst, wenn Sie die Kinder für eine kürzere Zeit im Dienst ihrer Aja gelassen hätten, hätte sie sie trotzdem vergiften können. Wenn ich es richtig verstanden habe, war das ja eine Rache für das Verhalten Ihres Mannes.«

Mata nickte.

»Also«, sagte Anna zufrieden. »Dann können Sie wirklich überhaupt nichts dafür und hätten Tag und Nacht mit den Kindern verbringen können, ohne es zu verhindern.«

»Sie haben recht«, seufzte Mata. »Danke, meine liebe Anna.«

»Aber gern«, erwiderte die Gesellschafterin und machte sich erneut daran, Matas Kleider auszupacken.

Auf dem Weg nach Luxor, das sie sieben Tage nach ihrer Abreise erreichen sollten, hielten sie an unzähligen kleinen Häfen, besahen Statuen und blickten ansonsten hinaus auf die immer gleiche Landschaft. Schmale, grüne Ackerstreifen, dahinter Wüste, graue Dörfer, beschattet von Ackerpalmen. Auf Mata hatte dieses immer wiederkehrende Muster etwas Beruhigendes, und wenn doch einmal Langeweile aufzukommen drohte, bot das gesellschaftliche Leben an Bord genügend Abwechslung. Und in den Nächten gaben sie und Alfred sich dem Liebesrausch hin. Ja, ihr Leben war perfekt. Wenn da nicht diese unendliche, brennende Sehnsucht nach ihren Kindern gewesen wäre.

Und dann erreichten sie Luxor – und Mata war vollends hingerissen. Sie nahmen in dem palastartigen, direkt am gewaltigen, hier immerhin tausendsechshundert Meter Breite messenden Nil gelegenen Old Winter Palace of Luxor Quartier. Mata saß stundenlang an den Gestaden dieses heiligen Flusses, an dessen anderem Ufer sich die Grabstätten von Theben erhoben. Und wieder breitete sich tiefer Frieden in ihr aus.

Auch die Mahlzeiten nahmen sie mit Blick auf den Fluss ein, und als sie am Morgen nach ihrer Ankunft auf der Terrasse saßen und das üppige Frühstück genossen, musste Mata plötzlich schmunzeln.

»Was ist?«, fragte Alfred an ihrer Seite.

»Nun«, sagte Mata. »Ich musste nur lächeln, weil ich ja eigentlich diese Reise angetreten habe, um neue Tänze zu studieren.«

»Hast du das?«, neckte er sie. »Das wusste ich ja gar nicht.«

»Zumindest werde ich das den Journalisten sagen, wenn ich wieder zur Bühne zurückgehe.«

»Du willst wieder tanzen?«, fragte er, und sie hörte seiner Stimme an, dass ihm dieser Gedanke nicht unbedingt zu behagen schien. »Sorge ich denn nicht gut für dich? All das hier …« Er machte eine weit ausholende Bewegung, doch Mata schüttelte nur den Kopf. »All das hier ist wunderbar, und ich genieße es in vollen Zügen. Unsere ganze Beziehung genieße ich in vollen Zügen.«

»Aber?«

»Aber ich glaube nicht, dass ich nur wegen des Geldes getanzt habe. Ich liebe es, zu tanzen. Es liegt mir im Blut.«

Während sie sprach, beobachtete sie zwei Wasserträger, die, ungemein aufrecht und graziös, ihrer Wege gingen. »Mich fasziniert die Grazie der Bewegung, ihre Ausdruckskraft«, fuhr sie fort. »Und auch wenn ich nicht wirklich irgendwelche Tänze hier in Ägypten, auch nicht in Griechenland, studiert habe, so war diese Reise doch gerade in dieser Hinsicht für mich sehr lehrreich. Weil ich diese Menschen beobachtet habe, wie sie sich bewegen.« Jetzt zeigte sie auf eine junge Ägypterin, die, eine schwere Last auf dem Kopf, beinahe tänzelnd am Ufer entlangging. »Ägypten und auch Griechenland mit all seinen Statuen, die eine unglaubliche Eleganz aufweisen, haben mich inspiriert.«

Sie streckte die Hand nach Alfreds aus und ergriff sie. Und während sie so saßen und auf den träge dahinfließenden Nil blickten, sagte sie: »Ja, mein Liebling. Wenn wir zurück sind, werde ich wieder tanzen.«

# 38. Kapitel

Rom war die letzte Station auf ihrer Reise, anschließend sollte es wieder nach Berlin gehen, und nachdem sie am Nilufer den Entschluss gefasst hatte, erneut ernsthaft mit dem Tanz zu beginnen, konnte Mata ihre Rückkehr kaum noch erwarten. Zumal sie aus Paris Nachrichten bekommen hatte, die sie in Hochspannung versetzten. Astruc arbeitete dort an einer Aufführung der *Salome* von Richard Strauss! Und sie war nicht dort, sondern in Rom!

Nervös stand sie am Fenster ihres Zimmers im Hotel Bristol an der Piazza Barberini und blickte auf den hochbarocken Fontana del Tritone hinab, über den sie sich stets ein wenig ärgerte. »Ich finde diese Figuren so unelegant, vor allem im Vergleich zu dem, was wir in Griechenland gesehen haben«, sagte sie zu Alfred, der sich hinter ihr im Bett rekelte. »Es ist eine Beleidigung für mein Auge.«

»Gegenüber deiner Schönheit ist alles eine Beleidigung für das Auge«, schmeichelte er und streckte die Arme nach ihr aus. »Komm wieder zu mir ins Bett, und lass mich dir beweisen, wie schön du bist.«

Brüsk winkte Mata ab. Seit einigen Tagen ging ihr Liebster ihr gehörig auf die Nerven. Immer mit ihm zusammen zu sein, war ungewohnt, und das süße Nichtstun, dem sie nun schon so lange frönten, konnte sie, trotz aller spannenden Eindrücke, kaum noch ertragen. Sie wollte endlich wieder tanzen!

»Ich finde, du müsstest alle Brunnen der Welt zieren«, sagte Alfred in ihrem Rücken.

»Ich finde vor allem, ich müsste die Salome tanzen«, platzte sie heraus.

»Die Salome?«, fragte er überrascht.

Sie wandte sich zu ihm um und kehrte den barocken Brunnenfiguren damit den Rücken. »Du weißt, dass das immer mein Traum war. Astruc bereitet die Pariser Premiere der *Salome* von Richard Strauss vor. Er hat die Oper basierend auf dem gleichnamigen Drama von Oscar Wilde geschrieben. Sie soll am 10. Mai im Châtelet-Theater stattfinden.«

»Und er hat dich nicht gefragt, ob du die Salome tanzen möchtest?«

Sie schüttelte ärgerlich den Kopf. »Nein, dabei weiß er, was diese Rolle mir bedeutet. Nur ich kann die Salome tanzen.«

»Sicher, meine Schöne«, sagte Alfred und meinte es ernst. »Nur du kannst das.«

Sie drehte sich wieder um und sah erneut hinaus, er erhob sich aus dem Bett und schlang von hinten die Arme um ihre schmale Taille.

»Weißt du, dass Papst Urban VIII. persönlich die Gestaltung des Platzes in Auftrag gegeben hat?«, lenkte er ihre Aufmerksamkeit dann wieder auf das Hier und Jetzt. »Das müsste dir eigentlich gefallen. Du magst doch mächtige Männer.«

»Aber ich mag nichts Plumpes«, beharrte sie.

»Liebste, die Brunnenfigur ist eigentlich nicht plump. Es handelt sich zwar nicht um eine schlanke, grazile Frau, aber dafür um einen übergroßen, muskulösen Triton, der aus einem Tritonshorn eine Fontäne nach oben speit. Und er hatte einen wichtigen Zweck: die Bevölkerung mit Wasser zu versorgen.«

Wider Willen war Mata fasziniert. »Und wo kam das Wasser her?«

»Der Brunnen wurde vom Aquädukt Acqua Felice gespeist, Papst Urban VIII. hatte es restaurieren lassen. Und übrigens war dieser Brunnen das erste Werk Berninis.«

»Mir gefällt sein Bienenbrunnen besser«, sagte Mata und deutete auf die Nordseite des Platzes.

»Dann lass uns doch hinübergehen. Es ist ein so schöner Tag«, schlug Alfred vor. »Wir können dann auch den Palazzo Bernini besichtigen.«

»Gib mir eine Stunde«, bat Mata, die sich nur oberflächlich hatte ablenken lassen. »Ich möchte zuerst an Astruc schreiben und ihm mitteilen, dass ich unbedingt die Salome tanzen muss.«

»Gut.« Alfred nickte. »Ich gehe solange ein wenig hinunter, trinke einen Kaffee und lese die Zeitung.«

Mit einem energischen Ruck zog Mata den Vorhang halb zu, sodass der Brunnen hinter dem prächtigen Brokatstoff verschwand. Trotz Alfreds Ausführungen konnte sie sich nicht mit ihm anfreunden.

Sorgsam breitete sie ihre Schreibutensilien vor sich auf dem kleinen Hotelschreibtisch aus. Sie liebte all ihre schönen Dinge, denn in ihnen lag eine gewisse Sinnlichkeit. Und wenn man das erst einmal begriffen hatte, dann wurde die Welt zu einem einzigen Ort der Schönheit, weshalb sie sie stets mit der nötigen Sorgfalt behandelte. Nun ja, es gab Ausnahmen, dachte sie und zog den Brokatvorhang noch ein Stückchen weiter zu

Sie schraubte ihren mit Perlen und Diamanten besetzten Füllfederhalter auf, strich über das weiche Büttenpapier, das nach einer Mischung aus Rosen und Jasmin duftete, und begann in ihrer sauberen und klaren Handschrift zu schreiben.

*Cher Gabriel,*

Sie setzte den Füllfederhalter wieder ab und blickte auf die belebte Piazza hinaus. Sie hatte sich lange nicht bei Astruc gemeldet und konnte nicht so einfach ihr Anliegen schildern. Es bedurfte zunächst einer kleinen Einleitung. Sie überlegte und fuhr dann fort:

*Ich habe eine lange Reise nach Ägypten gemacht. Ich bin dorthin gefahren in der Hoffnung, klassische Tänze zu finden. Aber leider ist alles, was einmal schön war, verschwunden. Die Tänze, die übrig blieben, sind ungraziös und reizlos.*

Das sollte als Einleitung genügen, dachte Mata, und würde dafür sorgen, dass er von ihr keine neuen ägyptischen Tänze erwartete.

*Warum ich Ihnen aber eigentlich schreibe, ist Folgendes: Mir wurde zugetragen, dass Sie die Pariser Premiere der Salome von Richard Strauss am 10. Mai im Châtelet-Theater vorbereiten. Ich möchte in dieser Oper auftreten. Die Musik von Strauss ist machtvoll. Ich möchte die Bedeutung des Tanzes, der gewöhnlich der schwächste Punkt einer Oper ist, kreieren und interpretieren. Ein schlecht dargebotener Tanz nimmt allem die Wirkung.*

Wieder fiel ihr Blick auf die belebte Piazza hinaus. Ob er verstand, was sie meinte? Es irritierte sie, dass er sie nicht von sich aus gefragt hatte. Er musste doch wissen, wie viel ihr die Salome bedeutete! Doch es ging ja nicht um sie, eigentlich, es ging um das Werk als solches. Und es würde auf jeden Fall schlechter werden, wenn sie es nicht tanzte.

*Ich erwarte Ihre Antwort ungeduldig. In wenigen Tagen werde ich wieder in meinem Appartement in der Nachodstraße 39 in Berlin sein. Bitte senden Sie Ihren Brief dorthin.*

Sie hatte gerade ihre Unterschrift unter das Schreiben gesetzt, als es klopfte. Unwillig wandte sie sich um. »Ja?«

»Bitte entschuldigen Sie«, sagte Anna von der Tür her. »Ich habe Herrn Kiepert unten im Café gesehen und wollte sichergehen, dass Sie alles haben, was Sie benötigen.«

»Kommen Sie herein, Anna«, sagte Mata und winkte sie zu sich. »Ich habe soeben an Astruc geschrieben und ihm mitgeteilt, er möge dafür sorgen, dass ich in Richard Strauss' Oper die Salome tanzen darf. Ich frage mich, warum er nicht von selbst darauf gekommen ist.« Ärgerlich runzelte sie die Stirn.

»Vermutlich, weil er nicht wusste, ob und wann Sie wiederkehren werden oder wo er Sie erreichen kann«, überlegte Anna. »Sie haben ihm lange nicht geschrieben, und bei einem Mann wie Strauss kann er kein Risiko eingehen.«

Mata nickte hoffnungsvoll. »Da mögen Sie recht haben. Ja, das ist sicher der Grund!«

»Wenn ich etwas vorschlagen dürfte?«

»Aber natürlich, liebe Anna. Das wissen Sie doch.«

»Schreiben Sie noch einen Brief«, empfahl die Gesellschafterin. »Schreiben Sie einen Brief an Richard Strauss.«

»Aber ich habe seine Adresse gar nicht.«

»Bitten Sie Astruc, den Brief weiterzuleiten. Ein Mann wie Richard Strauss wird großen Einfluss auf die Besetzung seiner Oper nehmen. Ein Brief von Ihnen wird ihm schmeicheln und ihn sicherlich positiv beeinflussen – wenn Sie ihm Ihre Verehrung mitteilen. Denn es gibt wohl keinen Mann auf der Welt, der sich Ihre Verehrung nicht wünscht.«

Mata nickte langsam. »Ja«, sagte sie. »Ja, Sie haben recht. Ach, Anna. Was würde ich nur ohne Sie tun!«

»Wenn Sie erlauben, würde ich Ihnen Ihre Tagesgarderobe zurechtlegen, während Sie den Brief an Herrn Strauss verfassen.«

»Eine wunderbare Idee.«

Mata wandte sich wieder zu ihrem kleinen Schreibtisch um, legte den Brief an Astruc zur Seite und breitete ein weiteres Blatt Papier vor sich aus.

*Verehrter Herr Strauss, derzeit im fernen Italien weilend, wende ich mich mit einer großen Bitte an Sie. Wie ich vernommen habe, ist mein Agent Gabriel Astruc derzeit damit betraut, die Pariser Premiere Ihrer Salome am 10. Mai im Châtelet-Theater vorzubereiten. Da ich bald zurück in Berlin sein werde, möchte ich Sie gern um ein Treffen bitten. Ich möchte sehr gerne den Tanz für Salome kreieren. Vor allem möchte ich ihn in Paris tanzen, wo ich sehr bekannt bin. Ich allein werde in der Lage sein, die wahren Gedanken der Salome zu interpretieren.*

Sie legte den Füllfederhalter beiseite und wandte sich zu Anna um, die ihre Tageskleidung zurechtgelegt hatte, ein bodenlanges, dunkles Kleid mit einem diamantenbesetzten Verschluss im Dekolleté. Es war aus einem herrlichen Seidenstoff und würde sich in der italienischen Hitze angenehm um ihre Haut schmiegen.

»Ich dachte, dazu könnten Sie Ihre dunklen Perlen tragen«, schlug Anna vor.

»Wunderbar«, stimmte Mata zu. Sie liebte ihre dunkle Perlenkette. In der Mitte befand sich eine einzelne schwarze Perle, zu einem dunklen Tropfen geformt, rechts und links auf Höhe des Schlüsselbeins schwebten zwei weitere Perlen.

»Darf ich Ihnen beim Ankleiden behilflich sein und Sie frisieren?«, fragte Anna, doch Mata schüttelte fast ungeduldig den Kopf. »Noch nicht. Ich möchte Ihnen erst den Brief an Richard Strauss vorlesen.«

Als sie geendet hatte, zögerte Anna. »Ich würde noch eine Referenz angeben.«

»Eine Referenz?« Mata war empört. »Ich brauche keine Referenz! Jeder weiß, wer ich bin, und jeder weiß um meine außergewöhnlichen Fähigkeiten!«

»Sicher«, beeilte sich Anna zu sagen. »Wenn Sie dieses Wissen bei Richard Strauss aber nicht voraussetzen, wirkt das angenehm bescheiden und steigert seine eigene Bedeutung.«

»Wie klug Sie sind«, sagte Mata und fügte ihrem Brief dann noch den Zusatz bei.

*In Monte Carlo tanzte ich die Air Hindu von Massenet, der Ihnen mehr über mich erzählen kann. Mit meinen allerherzlichsten Grüßen bin ich Ihre Mata Hari.*

»So«, sagte sie zufrieden. »Bitte machen Sie die beiden Briefe nachher fertig, und geben Sie sie auf. Nun, meine liebe Anna, dürfen Sie mir beim Ankleiden helfen.«

# 39. Kapitel

Die Rückkehr nach Berlin war für Mata wie eine eisige Dusche. Statt der erwarteten Briefe von Gabriel Astruc und Richard Strauss fand sie ein Päckchen ihres ehemaligen Gatten vor, in der dieser kommentarlos die goldene Uhr zurückschickte, die sie an Non gesandt hatte. Bei dem Anblick brach Mata in Tränen aus, und Anna brauchte lange, um sie zu trösten. Als Mata sich wieder einigermaßen beruhigt hatte, schlug ihre Trauer in Wut um, und sie verfasste einen zutiefst vorwurfsvollen Brief an Astruc. Was Strauss zu ihrem Brief gesagt habe. Und was ihm überhaupt einfalle, ihr ebenfalls nicht zu antworten. Er wisse doch wohl, wer sie sei!

Astrucs Antwort kam postwendend, und sie fiel ausgesprochen kühl aus. Er habe ihren Brief nicht an Strauss weitergeleitet, da er sie nicht für geeignet halte, die Rolle der Salome zu tanzen. Außerdem habe sie sich ja ohnehin ins Private zurückgezogen.

Mata tobte. Plötzlich hatte sie das Gefühl, dass der Boden, auf dem sie stand, immer brüchiger wurde. Zumal Alfred sich immer noch nicht hatte scheiden lassen und sich seit ihrer Rückkehr ausgesprochen rarmachte. Was sie, wenn sie ehrlich war, nicht einmal störte. Seine Gesellschaft war ihr zunehmend lästig geworden.

Wenn sie auch ohne Frage viel Schönes gemeinsam erlebt hatten, so bereute sie nun, so viel für ihn aufgegeben zu haben. Denn bevor er kam, war der Boden auf dem sie stand, eigentlich recht sicher gewesen. Mehr noch – wäre sie ihm nicht gefolgt, hätte sie die Salome tanzen dürfen, dessen war sie sich mit einem Mal sehr sicher. Wie hatte sie nur so dumm sein können!

Plötzlich fühlte sich Mata ungemein einsam und verloren. Und die Sehnsucht nach Non wurde beinah übermächtig. Vier Jahre hatte sie ihre Tochter nicht gesehen. Erst jetzt wurde ihr klar, dass sie die Verbindung zu Kiepert auch in der Hoffnung eingegangen war, Non dann zu sich holen zu können. Schließlich wäre sie dann eine reiche und ehrbare Frau, die in eine allerbeste Familie einheiraten würde. Aber Alfred ließ und ließ sich Zeit. Sie jedoch konnte nicht mehr warten. Und sie wollte es auch nicht mehr. Wohl aber konnte und wollte sie die Tatsache, dass sie derzeit in mehr oder weniger geordneten Verhältnissen lebte und – zumindest momentan – nicht auftrat, zu ihren Gunsten nutzen.

Kurz entschlossen griff sie zu Papier und Füllfederhalter und begann zu schreiben.

*Berlin, 1. Mai 1907*

*Lieber John,*
*nun sind wir also tatsächlich geschieden worden, und alles ist nach Deinem Willen verlaufen. Ich lebe inzwischen in Berlin und bin die Verlobte eines sehr reichen Mannes. Ich führe ein ehrbares Leben, John, und die Tänze, an denen Du Dich so gestört hast, die gibt es auch nicht mehr. Und wenn Du es erlaubst, mir zu erklären: Ich habe nur für Non getanzt. Ich wollte Geld verdienen, um ihr eine gute Zukunft bieten zu können, und ich wollte Dir auch nicht*

*auf der Tasche liegen. Du bist ein guter Vater, John, und Du sollst das, was Du hast, für Dich und Non behalten. Nun, ich war erfolgreich. Ich bin eine sehr wohlhabende Frau, und mein zukünftiger Mann ist es auch. Ich möchte Non so gern an diesem Leben teilhaben lassen, sie zumindest dann und wann sehen, ihr Geschenke bringen. Bitte erlaube mir das, John, es würde mir viel bedeuten.*

*Hoffnungsvoll,*
*Deine Griet*

Nachdenklich betrachtete sie die Zeilen. Sie hatte ihrem geschiedenen Mann ganz bewusst stark geschmeichelt, da sie wusste, dass das John gefiel. Und sie hatte ganz bewusst mit dem Namen unterschrieben, bei dem er sie immer genannt hatte – vor allem dann, wenn sie sich liebten. Inzwischen allerdings schauderte sie bei der Erinnerung daran.

Zu ihrer großen Überraschung antwortete John schnell – und positiv. Mata konnte es kaum glauben, als sie das Schreiben in den Händen hielt. Ihr geschiedener Mann erklärte sich tatsächlich bereit, dass sie Non sehen durfte!

*Guten Tag, Griet,* schrieb John. *Non und ich erwarten Dich am 6. Juni um fünf Uhr nachmittags im Bahnhof von Arnheim am Eingang.*

Mata begann augenblicklich zu zittern vor Aufregung, das Glas fiel ihr aus der Hand. »Anna!«, rief sie. »Kommen Sie! Schnell!«

Sekunden später war ihre Gesellschafterin bei ihr. »Was ist denn geschehen?«, fragte sie besorgt.

Mata reichte ihr den Brief. »Ich darf Non sehen«, sagte sie unter Tränen. »Ich darf wirklich Non sehen.«

»O meine Liebe!«, rief Anna, während sie das kurze Schreiben überflog. »Ich freue mich ja so für Sie.«

Mata war aus ihrer Erstarrung erwacht und sprang hektisch auf. »Der 6. Juni ist schon in zwei Tagen. Wir müssen sofort alles vorbereiten. Wir müssen einkaufen gehen. Sie soll alles bekommen, was sich ein kleines Mädchen nur wünschen kann.«

*

Es hätte eine Zugverbindung gegeben, mit der Mata kurz vor dem Treffen mit Non am Bahnhof angekommen wäre. Aber das war ihr zu riskant. Deswegen war sie mit Anna und Martin, Kieperts Butler, der die zahlreichen Koffer und vor allem die Geschenke für Non trug, bereits am Vortag angereist, und für beide Frauen war es ebenso beglückend wie fremd, wieder in ihrer alten Heimat zu sein. Sie bestellten Poffertjes, und Mata musste daran denken, wie sie diese mit van der Poel gegessen hatte. Sie überließen Martin sich selbst und schlenderten durch die Straßen, an denen die Namen auf Niederländisch fein säuberlich in weißer Schrift auf den blauen Schildern standen; sie gingen in die Geschäfte und wurden – natürlich – in der Landessprache bedient. »Finden Sie es auch so seltsam?«, fragte Mata verwundert. »Ich fühle mich in meinem eigenen Land wie eine Fremde.«

Anna nickte. »Ja, ein wenig geht mir das auch so. Wir waren einfach so lange fort. Und andererseits ist es für mich schon wie nach Hause kommen. Und das wäre es für Sie auch, wenn Sie länger hier wären.«

»Ja, vielleicht«, murmelte Mata.

»Ganz sicher sogar«, bekräftigte Anna. »Sie haben eine erstaunliche Gabe, sich den Gegebenheiten anzupassen.«

Nachdenklich nahm sie einen Schluck von ihrem echt niederländischen Kakao und fuhr dann fort: »Man hat bei Ihnen immer das Gefühl, dass Sie ganz in dem, was Sie tun, aufgehen. In Paris sind Sie Pariserin, in Wien Wienerin und jetzt Berlinerin. Sie lernen die Sprache, passen sich den Gewohnheiten an und wirken jeweils so, als seien Sie schon immer dort gewesen.«

»Ja«, murmelte Mata nachdenklich. »Ich fühle mich auch immer recht schnell heimisch. Aber vielleicht liegt diese Anpassungsfähigkeit auch daran, dass ich keine Heimat habe.«

Anna sah sie betroffen an.

»Eigentlich«, sagte Mata. »Eigentlich will ich doch nur eines. Ehefrau sein. Und Mutter.«

»Nun«, versuchte Anna, sie aufzuheitern. »Vielleicht ist beides ja nicht mehr allzu fern.«

*

Am Morgen des 6. Juni, dem Tag, an dem Mata nach vier Jahren endlich ihre Tochter wiedersehen würde, stand sie nach einer weitgehend schlaflosen Nacht um sechs Uhr morgens endgültig auf und ging wie ein gefangener Tiger in ihrem Zimmer auf und ab. Um halb sieben hielt sie es nicht mehr aus und öffnete die Tür zum Salon, der ihr Zimmer mit dem von Anna verband. Zu ihrer Überraschung saß ihre Gesellschafterin am Tisch und sah ihr entgegen.

»Guten Morgen«, sagte sie.

»Guten Morgen«, erwiderte Mata überrascht. »Ich hätte nicht erwartet, dass Sie schon wach sind.«

»Ich kann mir vorstellen, wie aufgeregt Sie sein müssen«, erklärte die Gesellschafterin. »Ich wollte Ihnen beistehen.«

»Ach, Anna«, sagte Mata mit den Tränen kämpfend. »Sie

sind und bleiben einfach die Beste. Sie sind immer für mich da, und …«

»Schon gut«, sagte Anna. »Das mache ich gerne, wirklich.«

»Wie, um alles in der Welt, sollen wir uns denn nun die Zeit vertreiben?«, fragte sie. »Es ist noch so unendlich lang bis fünf Uhr.«

»Ich schlage einen Spaziergang vor«, entgegnete Anna. »Dann können wir mittagessen gehen. Und schließlich müssen wir uns auch noch der Frage widmen, was Sie tragen werden.«

»Darüber habe ich mir die ganze Nacht den Kopf zerbrochen«, rief Mata. »Es darf auf keinen Fall aufreizend sein, das würde mir John sofort negativ auslegen. Aber auch nicht zu bieder, sonst behauptet er noch, ich würde mich verkleiden. Zu elegant sollte es nicht sein, sonst reagiert Non möglicherweise mit Scheu. Aber auch nicht zu schlicht, sonst denkt sie, das Treffen mit ihr sei mir nicht wichtig genug, um mich gut zu kleiden.«

»Sie machen sich zu viele Gedanken«, versuchte Anna, sie zu beruhigen. »Non ist sicherlich mindestens ebenso aufgeregt wie Sie und bemerkt vermutlich nicht einmal, was Sie tragen.«

»Meinen Sie wirklich?«, fragte Mata eingeschüchtert.

»Ja. Aber ich glaube trotzdem, dass Sie in der Tat gut überlegen müssen, was Sie anziehen.«

»Wegen John?«, fragte Mata.

»Auch«, erwiderte Anna. »Aber vor allem Ihretwegen. Es ist wichtig, dass Sie sich ganz und gar wohl in Ihrer Haut fühlen, wenn Sie nachher diesen schweren Gang machen.«

»Da haben Sie recht«, sagte Mata. »Also, was schlagen Sie vor?«

»Wählen Sie doch das hellblaue Rüschenkleid«, empfahl Anna. »Das ist hochgeschlossen, nicht zu elegant, aber wunderschön anzusehen. Sie wirken darin wie eine Prinzessin beim Nachmittagstee.«

»Eine Prinzessin beim Nachmittagstee.« Mata lächelte verträumt. »Das klingt wunderbar und genau richtig für ein kleines Mädchen.«

*

Irgendwie hatten sie es geschafft, sich die Zeit zu vertreiben. Sie waren in der Stadt spazieren gegangen und hatten stundenlang am Fluss Nederrijn gesessen, um den Schiffen zuzusehen. Der Blick aufs Wasser hatte Mata schon immer beruhigt. Fünfzehn Minuten vor fünf trafen sie schließlich am Bahnhof ein und mussten zwanzig Minuten warten. Mit Anna hatte sie vereinbart, dass diese in einigen Metern Entfernung bleiben und sie beobachten solle. Martin stand mit den Geschenken ebenfalls etwas abseits, aber nicht direkt neben Anna, um, auf Matas Geheiß hin, mit den Paketen herbeizueilen.

Und da waren sie endlich. Um fünf nach fünf bogen sie um die Ecke. John, groß, kräftig, verbittert, grobschlächtig. Aber Mata sah gar nicht wirklich hin. Sie hatte nur Augen für Non, ihre wunderbare, zauberhafte Non. Zart und schmal war das Mädchen, und mit ihren dunklen Augen und ihrem schwarzen Haar war die Kleine ein Ebenbild ihrer selbst.

Mata hatte sich Zurückhaltung auferlegt. Sie wollte sich ihrer Tochter langsam annähern, behutsam sein, schließlich waren vier Jahre eine lange Zeit und für Non deren halbes Leben. Aber als sie sie erblickte, quoll ihr das Mutterherz über vor Liebe, und es war ihr unmöglich, sich zusammenzureißen. Sie stürzte auf die Kleine zu und zog sie in die Arme, bedeckte ihr Gesicht mit Küssen. »Non, meine kleine Süße, mein Liebling, mein Ein und Alles, jetzt ist Mama wieder da!«, rief sie ein ums andere Mal.

Das Kind in ihren Armen reagierte nicht, sah sie nur aus seinen dunklen Augen an, in denen, wie Mata jetzt aus der Nähe mit Entsetzen erkannte, eine unendliche, abgrundtiefe Traurigkeit lag.

»Non«, sagte Mata hilflos.

»Du machst ihr Angst«, brummte John, und sie schauderte, als sie seine Stimme, die schon so viele schlimme Dinge zu ihr gesagt, die sie verflucht hatte, vernahm. Aber vor allem der Inhalt seiner Worte war wie ein Peitschenhieb.

*Du machst ihr Angst.*

Sofort ließ Mata ihre Tochter los und zuckte zurück. Nun stand Non ihr gegenüber, hilflos und offenbar vollkommen überfordert mit der Situation.

Sacht, ganz sacht, streckte Mata die Hand aus und strich Non über die Wange. »Ich wollte dich nicht erschrecken, Liebes«, flüsterte sie. »Ich bin nur so unendlich glücklich, dich endlich wieder sehen zu dürfen. Du hast mir so schrecklich gefehlt.«

Zaghaft flog der Hauch eines Lächelns über Nons Gesicht. Mata wusste nicht, was sie als Nächstes tun sollte, befürchtete, die Kleine erneut zu verschrecken, und obendrein war da John, der mit seinen missbilligenden Blicken alles beobachtete.

Die Geschenke! Die würden helfen, das Eis zu brechen!

Sie wandte sich zu Martin um. »Kommen Sie«, sagte sie. »Es ist Zeit für die Geschenke.«

Diensteifrig kam der Butler herbei.

»Was ist das?«, ächzte John angesichts der unzähligen Päckchen, Pakete und Tragetaschen, die Martin auf der Bank, die neben dem Eingang stand, aufbaute.

»Geschenke für Non«, entgegnete Mata kühl.

»Das ist zu viel, Mata«, sagte John kalt. »Allein daran merkt man, wie wenig Ahnung du von Kindern und Erziehung hast.«

Non sah schüchtern von einem zum anderen, aber auch mit sehnsüchtigen Blicken auf die Geschenke. Es war dem Mädchen deutlich anzusehen, wie gern sie sie geöffnet hätte, dass sie sich jedoch angesichts dieser angespannten Situation nicht traute.

»Aber ich habe es doch nur gut gemeint«, sagte Mata flehend. »Ich wollte doch nur …«

»Du wolltest nur, du wolltest nur …«, höhnte John und fasste besitzergreifend nach Nons Hand. »Ich habe genug. Rauschst hier einfach an, den Arm voller Pakete, und denkst, alles ist wieder gut. Einen Butler bringst du auch noch mit und protzt und prahlst vor uns mit deinem Reichtum, während wir in der Gosse leben müssen.«

»Aber ich wollte doch nicht …«, setzte die verzweifelte Mata wieder an. Dieses Wiedersehen lief ganz und gar nicht, wie sie es sich erträumt hatte, und das lag nur an John. Wut stieg in ihr auf. Wahrscheinlich hatte er von Anfang an geplant, ihr eine Szene zu machen. Und sie nur kommen lassen, um sie zu demütigen. Wahrscheinlich hatte der Umstand, dass sie in dem Brief von ihrem Wohlstand berichtete, dazu geführt, dass er ihr zeigen wollte, dass sie auch mit Reichtum nicht das bekommen konnte, was sie sich am sehnlichsten wünschte: ihre Tochter Non. Sie würde mit Non nie eine Beziehung aufbauen können, solange sich John in ihrer Nähe befand.

Verzweifelt wandte sie sich an ihre Tochter. »Möchtest du mit mir einen Spaziergang machen?«, fragte sie.

An der Miene der Kleinen konnte sie erkennen, dass Non das sehr gern wollte, ebenso gern wollte sie die Geschenke auspacken. Fragend sah sie zu ihrem Vater auf, doch John schüttelte erbarmungslos den Kopf. »Nein«, sagte er und packte ihre Hand fester. »Das kommt nicht infrage. Es ist schon sehr spät, wir müssen gehen.«

»Aber …«, rief Mata, »aber ich habe noch kaum mit ihr geredet. Und es ist erst fünfzehn Minuten nach fünf. Außerdem hast du die Uhrzeit vorgeschlagen.«

Finster sah er sie an. »Nein, Mata.« Er wandte sich um und zog Non hinter sich her. »Wie schon gesagt, es war keine gute Idee. Mach jetzt keine Szene, das schadet dem Kind nur noch mehr. Du hast ihr schon genug angetan.«

»Nein!«, hauchte Mata entsetzt. »Nein, nein, nein.«

Mit hängenden Armen stand sie vor den Geschenken, die sie mit so viel Liebe ausgesucht hatte, und sah zu, wie John ihre Tochter über den Bahnhofsplatz davonschleifte. Das Mädchen wandte sich noch einmal um und sah sie in stummer Verzweiflung und voller Sehnsucht an. Erst jetzt wurde Mata bewusst, dass ihre Tochter kein einziges Wort gesprochen hatte.

Schluchzend sank sie auf dem Bahnhofsvorplatz zusammen. Und dann war Anna da, um sie zu halten.

Als Mata an Alfreds Arm das Adlon am Pariser Platz betrat, fühlte sie sich wie im Himmel – und sie war auch wirklich gespannt auf die Veranstaltung, hatte sie den Baufortschritt in den letzten Monaten doch mit Interesse verfolgt und war deshalb beinahe gerührt, wie nobel und elegant das Luxushotel an diesem Abend des 27. Oktober daherkam. Elegant war wohl das richtige Wort, denn das Adlon war weit davon entfernt, prunkvoll zu sein. Stattdessen bestach es mit einer klaren klassizistischen Fassade, die vereinzelt mit Jugendstilelementen verziert war.

»Es ist wirklich großartig geworden«, sagte Alfred, der das Hotel schon einmal hatte in Augenschein nehmen dürfen. »Unten gibt es ein Café und ein Restaurant, eine Lounge, einen Rauchsalon, einen Musiksalon und ein Damenzimmer. Und natürlich die Lobby. Die meisten der dreihundertfünfzig Zimmer verfügen über fließend Wasser und Elektrizität.«

Inzwischen hatten sie die Lobby betreten, und Mata sah sich staunend um. Der Raum war im Stil des Neobarock gehalten, es gab Deckengemälde und Stuckverzierungen in den Gewölben, die von mächtigen Säulen gestützt wurden. Eine breite Treppe führte nach oben in die Gästezimmer.

»Dort drüben ist Lorenz Adlon«, sagte Kiepert und deutete auf einen distinguiert wirkenden Herren Ende fünfzig, der einen mächtigen Schnauzbart hatte und ausgesprochen würdevoll wirkte.

»Das dachte ich mir schon. Er sieht aus wie der Hausherr und verhält sich auch so.«

»Ich möchte ihn dir gern vorstellen.«

»Sehr gern.«

An Alfreds Seite schritt sie durch das Foyer, in dem sich die illustren Gäste drängten. Er nickte nach links, grüßte nach rechts, und Mata genoss die Blicke, die sie trafen. Sie waren neidvoll, bewundernd, manchmal allerdings auch abfällig und nie wohlwollend. So fühlte es sich also an, offiziell die Frau an seiner Seite zu sein!

Inzwischen waren sie bei dem Hotelier angelangt.

»Lorenz«, sagte Alfred.

Der Angesprochene wandte sich um. »Alfred, wie schön, dass du es möglich machen konntest.«

Sein Blick fiel auf seine Begleiterin. »Und Mata Hari. Es ist mir eine Ehre. Wäre mir doch nur vorher eingefallen, Sie für den Abend zu engagieren.«

»Mademoiselle Hari ist heute nicht als Tänzerin hier«, ließ Kiepert Adlon wissen und legte den Arm um sie. »Sondern als meine Verlobte.«

»Oh.« Adlon zog eine Augenbraue nach oben und wandte den Kopf. Mata folgte seinem Blick, Alfred ebenfalls.

»Mein Vater«, sagte er leise. »Die beiden sind alte Freunde.« Er war schneeweiß geworden.

»Möchtest du mich ihm nicht vorstellen?«, fragte Mata.

Alfred wurde einer Antwort enthoben, was ihn sehr zu erleichtern schien. In diesem Moment betrat nämlich Seine Majestät der Kaiser das Adlon, und die Gesellschaft sank hernieder.

»Der Kaiser hat Adlon sehr beim Bau seines Hotels unterstützt«, flüsterte Alfred Mata zu, froh, der peinlichen Situation entkommen zu sein.

»Mein lieber Freund«, sagte der Kaiser und holte Lorenz Adlon an seine Seite, »ich bin stolz auf Sie und das, was Sie geleistet haben. Sie haben Preußen zu einem wahren Luxushotel verholfen. London und Paris haben es schon, nun besitzt auch unser Berlin eines. Bravo.«

»Es hat im Vorfeld ziemliche Diskussionen gegeben«, sagte Alfred, nachdem der Kaiser seine Rede beendet hatte, zu Mata. »Früher stand hier das Palais Redern, ein elegantes Wohnhaus mit einer Schinkel-Fassade. Viele waren ziemlich erbost, dass es für den Neubau weichen musste. Der Kaiser selbst war es, der den Verkauf genehmigte.«

»Und warum hat er das getan?«, fragte Mata abwesend.

»Nun, der Besitzer, Wilhelm Graf von Redern, hatte sein ganzes Vermögen an den König von Großbritannien im Spiel verloren. Adlon hat zwanzig Millionen investiert, das ist fast doppelt so viel wie die Kosten für den Dom.«

Mata antwortete nicht – denn sie war in den Blicken zweier Männer gefangen. Die einen waren kalt, bitterböse und wollten sie offenbar erdolchen, die anderen interessiert und vielleicht auch ein wenig lüstern. Die einen kamen von Alfred Kieperts Vater. Die anderen von Seiner Majestät dem Kaiser Wilhelm II. Wie hinreißend er in seiner Uniform aussah. Wie männlich und wie bedeutend. Sie hatte Uniformen schon immer gemocht, liebte es, wenn Alfred die seine trug, und die Uniform war wohl am Ende das Einzige gewesen, was sie an John gemocht hatte.

»Hörst du mir überhaupt zu?«, fragte Alfred.

»Natürlich«, erwiderte Mata, ohne den Blick vom Kaiser zu wenden. »Es ist nur so, dass dein Vater ständig sehr böse zu uns herüberstarrt. Ich finde, du solltest mit ihm sprechen.«

»Ach, da schaust du immer hin«, sagte Alfred unwillig. »Nun gut, ich habe wohl keine andere Wahl. Ich bin ja auch ausgesprochen naiv. Mir hätte klar sein müssen, dass er ebenfalls eingeladen ist.«

»Und dann wärst du mit mir nicht hergekommen.« Es war keine Frage, sondern eine Feststellung, und Alfred dementierte auch gar nicht. »Genau«, bestätigte er. »Dann wäre ich mit dir nicht hergekommen.«

»Weil man mit seiner Verlobten ja auch auf keinen Fall das gleiche gesellschaftliche Ereignis besuchen sollte wie der eigene Vater.«

Endlich begriff Alfred. »Mata«, rief er und nahm sie beim Arm. »So meine ich es doch gar nicht. Aber du weißt, wie die Dinge liegen.«

Nun wandte Mata den Blick vom Kaiser ab und sah ihrem Liebhaber direkt in die Augen. Ihre Enttäuschung war abgrundtief. »Ja«, sagte sie. »Ja, ich weiß, wie die Dinge liegen. Unter diesen Umständen kannst du mich natürlich auf keinen Fall mit zu dem Gespräch mit deinem Vater nehmen. Geh du nur allein. Ich spreche inzwischen mit dem Kaiser.«

Damit drehte sie Alfred Kiepert den Rücken zu und stolzierte hocherhobenen Hauptes auf Seine Majestät zu.

Als Mata bei Wilhelm II. ankam, versank sie in einem bodentiefen Knicks. »Kaiserliche Hoheit. Es ist mir eine Ehre, mich in einem Raum mit Euch zu befinden.«

Der Kaiser nickte hoheitsvoll und beschied die beiden Herren, mit denen er sich unterhalten hatte, mit einer Bewegung seines Kinns, sich zu entfernen. Eilig suchten sie das Weite. Der Kaiser ergriff ihre Hand und bedachte sie mit einem Handkuss.

»Wenn Sie erlauben, Majestät, würde ich mich gern vorstellen.«

»Das müssen Sie nicht«, sagte Wilhelm II. »Ich weiß, wer Sie sind. Ich hatte meine Dienerschaft schon längst angewiesen, einen Tanz mit Ihnen zu arrangieren. Es ist mir unbegreiflich, warum ich noch nicht in den Genuss desselben kam.«

»Das ist mir ebenso unbegreiflich, Majestät«, versicherte

Mata. »Sie müssen wissen, dass ich nichts lieber täte, als vor Ihnen zu tanzen.«

»Dann tun Sie das doch«, sagte der Kaiser. »Ich werde alles Nötige veranlassen.« Dann hob er scherzhaft den Finger. »Aber sehen Sie sich vor. Mein Sohn, Kronprinz Wilhelm, ist bis über beide Ohren in Sie verliebt.« Er musterte sie von oben bis unten. »Und ich muss sagen, ich kann ihn sehr gut verstehen.«

»Oh«, entfuhr es Mata, und sie senkte den Blick. »Nun machen Sie mich ganz verlegen.« Dann hob sie die Augen wieder, sah ihn schräg von unten an. Da war er wieder, der Blick, der ihr so viel Macht gab. Er verfehlte auch beim Kaiser seine Wirkung nicht.

»Ich residiere heute Nacht im Adlon«, sagte er heiser. »Ich möchte der erste Gast dieses Hauses sein. Was halten Sie davon, mir eine Privatvorstellung zu geben?«

Mata schluckte. Darauf war sie nicht vorbereitet. Aber sie hatte es schon immer verstanden, Gelegenheiten zu nutzen. Zumal sie den Kaiser wirklich ausgesprochen attraktiv fand – und sich mächtig über Alfred geärgert hatte. *Er* war schließlich verheiratet! Da konnte *sie* dem Kaiser doch eine Privatvorstellung geben, wenn dieser das wünschte!

Sie hatte nicht mehr mit Alfred gesprochen, war ihm ausgewichen und hatte sich die hinreißenden Räume des Hotels angesehen, als sie eine Stunde später, wie verabredet, kurz nach dem Kaiser über die elegante Holztreppe nach oben verschwand. Bevor sie im ersten Stock um die Ecke bog, blickte sie allerdings noch einmal über die Schulter nach unten. Alfred stand dort, mitten in der Lobby, und blickte sie stumm an.

*

Als Mata Stunden später nach Hause kam, saß Alfred im Wohnzimmer auf dem Sofa und blickte ihr entgegen. Er hatte das Licht nicht angeschaltet.

»Warum sitzt du hier im Dunkeln?«, fragte Mata.

»Kannst du dir das nicht denken?«, erwiderte er.

»Nein«, sagte sie stur. »Nein, das kann ich mir nicht denken.«

»Jeder Einzelne hat gesehen, dass du mit dem Kaiser in dessen Gemächer gegangen bist, Mata«, sagte Alfred. »Du hast mich vor ganz Berlin blamiert, und was noch schlimmer ist: auch vor meinem Vater.«

»Ich habe dich blamiert?«, spie Mata ihm entgegen. »Ich dich? Oder vielleicht doch eher du mich? Schließlich bist du es, der sich standhaft weigert, mich zu einer ehrbaren Frau zu machen.« Sie schaltete das Licht an und stellte fest, dass Alfred leichenblass war.

»Das tue ich nicht!« Er sprang auf. »Erst gestern habe ich dir diesen Ring an den Finger gesteckt.« Er deutete erbost auf ihre Hand. »Und ich habe dir gesagt, dass wir im Herzen längst Eheleute sind, und dir versprochen, dass ich unser Verhältnis bald legalisiere. Wir haben uns gestern verlobt, Mata.«

»Kann man sich mit einem verheirateten Mann verloben?«, fragte sie kalt.

»Das …« Überfordert sah er sie an. »Das … ich denke schon. Aber das ist jetzt auch egal. Mein Vater stand unserer Verbindung ohnehin ausgesprochen skeptisch gegenüber. Jetzt aber …«

»Jetzt aber was?«, fragte Mata, der auf einmal ausgesprochen bang zumute war.

»Er hat mich vor die Wahl gestellt: Entweder ich verlasse dich, oder ich verliere alles, was ich besitze. Ich werde enterbt, und auch meinen Rang beim Militär würde ich dann verlieren.«

Mata hatte das Gefühl, keine Luft mehr zu bekommen. Sie taumelte und sank neben ihm auf das Sofa.

»Weißt du, was das Schlimmste ist?«, fragte Alfred und sah sie mit einer unendlichen Traurigkeit im Blick an.

»Nein. Was ist das Schlimmste?«

»Das Schlimmste ist, dass ich vielleicht für dich sogar wirklich all das aufgeben würde. All mein Geld, meinen Reichtum, meinen Luxus, meine Karriere beim Militär. Aber du würdest mich dann nicht mehr wollen.«

Sie sah ihm in die Augen und wusste, dass er recht hatte. Auch wenn sie sich dafür nicht leiden mochte, aber genau so war es.

»Du liebst den Luxus, meine schöne Frau«, sagte er und strich ihr bedrückt über ihr Gesicht, wie er das schon so oft getan hatte. »Du liebst den Luxus, und du liebst mächtige Männer, die dir die Welt zu Füßen legen. Bisher war ich ein solcher Mann. Aber ich würde es nicht mehr sein. Wir müssten ganz bescheiden leben oder wären auf das Geld angewiesen, das du verdienst. Das würde uns beide nicht glücklich machen. Mich auch nicht im Übrigen, denn wer bin ich, dass ich von meiner Frau abhängig sein muss?«

Mata spürte keine Wut, keinen Zorn, nur Kummer. Irgendwie fühlte sich die Trennung von Kiepert richtig an. Sie war wie befreit. Seine ständigen Versprechungen, sich zu trennen, das dauernde Wechselbad zwischen Hoffnung und Enttäuschung hatten sie zermürbt. Und damit, dass sie für Alfred ihre Karriere weitgehend aufgegeben hatte, hatte sie auch ein Stück ihres Selbst aufgegeben. Sie wusste längst, dass der Tanz für sie mehr, viel mehr war als nur die Gelegenheit, Geld zu verdienen. Der Tanz, ebenso wie die Geschichten, die sie darum spann, war ein Teil ihres Wesens geworden. Wenn sie nicht tanzte, sich nicht als die Tänzerin Mata Hari in der Gesellschaft bewegte, wenn sie nur ein Anhängsel war, dann verleugnete sie einen Teil ihrer Identität. Und ja, Alfred hatte recht mit seinen Worten. Die Vorstellung, dass er von ihr abhängig sein könnte, ließ sie schaudern, und sie hatte Angst, dann die Achtung vor ihm zu verlieren.

»Wir hatten schon einmal einen solch ehrlichen Moment miteinander, Alfred«, sagte sie daher leise. »Und dieser hier ist der nächste. Du hast recht mit allem, was du sagst, auch wenn es nicht unbedingt schmeichelhaft für mich ist.«

»Ich bin stolz auf uns, dass wir in diesem Moment ein so würdevolles Verhalten an den Tag legen«, gestand Alfred und nahm ihre Hand. »Behalt den Ring, Mata. In Notzeiten kannst du ihn verkaufen, dann wird er dir viel Geld bringen. Und ich werde dir dreihunderttausend Reichsmark überlassen. Ich habe versprochen, für dich zu sorgen, und das werde ich tun. Jetzt, da ich mich von dir trenne, kann ich das ja auch.«

Er erhob sich, um zur Tür zu gehen, kam aber zurück und küsste sie ein letztes Mal auf die Wange.

»Leb wohl.«

# 41. Kapitel

Wilhelm Prinz von Preußen war ein großer Mann mit langer Nase, seelenvollen Augen, einem akkurat gestutzten Schnurrbart und einem Seitenscheitel. In seiner Husarenuniform sah er fantastisch aus, wie Mata fand.

Nachdem sie vor Kaiser Wilhelm im Adlon ganz exklusiv getanzt hatte, hatte sie gleich in der folgenden Woche ein Telegramm von Astruc erhalten. Der Kaiser wünsche, dass sie im Berliner Schloss vor ihm, seiner Frau und seinem Sohn auftrete. Ausführliche Instruktionen waren gefolgt, und Mata war froh um die Ablenkung gewesen. Denn obwohl die Trennung von Alfred sie gewissermaßen erleichtert hatte, so war sie doch ungemein traurig. Immerhin war er ihre große Liebe gewesen. Nun war er fort, und dass er eine Leere hinterließ, war sicherlich vollkommen normal. Auch wenn Anna alles tat, um sie in ihrem Kummer zu trösten, kam der lang ersehnte offizielle Auftritt vor dem Kaiser gerade gelegen.

Sie fand sich pünktlich vor dem Berliner Schloss ein und wurde von einem Wachmann, der sich offenbar ausgesprochen wichtig vorkam, ins Innere geleitet, wo sie ein weiterer Bediensteter in seine Obhut nahm und sie in ein Badezimmer brachte, in dem sie sich umziehen konnte. Angesichts des recht bescheidenen Luxus des Berliner Schlosses konnte Mata Kaiser Wilhelm jetzt noch besser verstehen, der am Abend nach ihrem Treffen zu ihr gesagt hatte, er wolle jetzt öfter ins Adlon kommen.

Und nun war sie also hier. Im Berliner Schloss. Um vor dem Kaiser zu tanzen. Wie sie es sich erträumt hatte. Bevor der Auftritt beginnen würde, hatte der Kronprinz sie allerdings gebeten, mit ihm einen Spaziergang zu unternehmen. Sein Vater sei noch nicht abkömmlich, und er habe das Vergnügen, ihr derweil die Zeit zu vertreiben.

Lächelnd sah sie den Mann, der an ihrer Seite durch die ausladenden Parkanlagen schritt, von der Seite an.

»Sie sind eine bezaubernde Schönheit, Mata Hari«, sagte er verzückt.

»Danke, Eure Majestät.« Sie erwiderte seinen Blick. Und sie fühlte sich sehr unsicher. Was nicht daran lag, dass er der Kronprinz war, auch nicht daran, dass sie seinem Vater eine Privatvorstellung gegeben hatte. Nein, sie fühlte sich einfach ein wenig haltlos seit ihrer Trennung von Alfred. Als wisse sie nicht, wo ihr Platz war, wo sie hingehörte. Und zum ersten Mal in ihrem Leben dachte sie an die Frau des Mannes, der ihr seine Gunst schenkte. Sie wusste, dass der Kronprinz im letzten Jahr geheiratet und gerade eben Vater geworden war. Und so attraktiv er ihr erschien, in seiner Uniform, so hatte sie doch das Gefühl, dass es nicht richtig war, sich auf seine Avancen einzulassen. Was hatte Alfred Kiepert zu ihr gesagt? Dass sie mächtige Männer beeindruckten, sie sie attraktiv fand, vor allem dann, wenn diese Uniformen trugen? Er hatte recht gehabt! Mehr als recht! Aber war das nicht gleichermaßen ein Armutszeugnis für sie selbst? Es kam doch nicht auf Uniformen, nicht auf Rang und Namen an, zumal keiner der Männer, die sie mit ihrem Ruhm, ihrem Geld und ihrer Macht so beeindruckt hatten, sich irgendetwas davon selbst erarbeitet hatte.

»Mademoiselle Mata?«, fragte der Kronprinz an ihrer Seite. »Wo sind Sie mit Ihren Gedanken?«

»Verzeihen Sie, Hoheit«, sagte Mata rasch und fügte dann als Entschuldigung das hinzu, was ihr als Erstes einfiel: »Ich bin so verwirrt von Eurer Gegenwart.«

Das Gesicht des Kronprinzen leuchtete auf. »Das bin ich auch von der Ihren, Mata Hari, glauben Sie mir.«

Er zog sie in eine Pergola, die am Wegesrand stand und über und über von Rosen bewachsen war, und begann sie zu küssen. Wild, sehnsüchtig und, wie Mata fand, auch übergriffig. Seine Zunge bohrte sich in ihren Mund, seine Hände griffen nach ihren Brüsten, dem Teil ihres Körpers, zu dem sie immer ein ablehnendes Verhältnis gehabt hatte.

Sie hatte schon viele Männer geküsst. So viele, dass sie irgendwann aufgehört hatte, sie zu zählen. Und meistens hatte sie Erregung dabei empfunden. Erregung und Befriedigung, die daraus resultierte, dass es ihr, dem kleinen Mädchen aus Leeuwarden, ihr, der später misshandelten Frau, gelang, die Macht und die Kontrolle über diese Männer zu haben. Die Mächtigsten lagen ihr zu Füßen, und eigentlich war sie damit, dass nun der Kronprinz in ihren Armen lag und ihr zeigte, wie sehr er sie begehrte, doch am Ziel angekommen. Doch Mata fand seine Annäherungsversuche nur abstoßend – und sich selbst auch.

Sie hob die Hände, um ihn von sich wegzustoßen.

»Hören Sie auf«, sagte sie. »Ich möchte das nicht.«

Der Kronprinz sah sie verletzt und auch wütend an. Vermutlich hatte ihm noch niemals eine Frau eine Abfuhr erteilt, dachte Mata, und flüchtig kam ihr in den Sinn, dass das wohl der Inbegriff der Macht war: den preußischen Kronprinzen zurückzuweisen.

»Wie können Sie es wagen!«, stieß Wilhelm hervor.

Mata sah ihn kühl an. »Nein«, sagte sie. »Wie können *Sie* es wagen? Sie sind verheiratet und gerade zum ersten Mal Vater geworden. Und auch wenn ich weiß, dass es für Ihresgleichen ganz und gar üblich ist, sich Mätressen zu halten: Ihre Frau hat das nicht verdient.«

Wilhelm öffnete den Mund, um etwas zu sagen, doch sie hob abwehrend die Hand und hieß ihn Schweigen.

»Und was mich angeht – Ihr Vater hat mich gebeten, vor Ihnen und Ihrer Familie zu tanzen. Nur deshalb bin ich heute hier. Und das werde ich nun auch tun.«

Und dann lenkte sie ihre Schritte in Richtung des Berliner Schlosses. Um vor dem deutschen Kaiser zu tanzen.

# Teil 3

## 1909-1912

## 42. Kapitel

Mata lächelte, als sie mit ihren Händen sorgsam über die beiden ledergebundenen Erinnerungsalben strich, in die sie immer noch, wie schon seit vielen Jahren, jeden Zeitungsartikel und jeden Brief von Bewunderern einklebte. Und auch dieser hier sollte seinen Platz in dem zweiten Album, das inzwischen fast zur Gänze gefüllt war, bekommen. Er tat ihr gut, dieser Brief. Denn er zeigte: Es gab noch immer Männer, junge Männer, die sie zutiefst verehrten. Noch einmal flogen ihre Augen über die Zeilen.

*Paris, 15. November 1909*

*Verehrteste!*
*Lange habe ich gezögert, bevor ich es wagte, das Wort an Sie zu richten. Aber ich verehre Sie nun schon so lange, dass ich mir endlich ein Herz fassen will. Zumal ich einen Anlass habe: Ich werde bei einer Soiree im Hause meiner Familie zum ersten Mal auftreten – ich spiele Violine, müssen Sie wissen. Es wäre mir eine ausgesprochen große Ehre, Sie unter den Gästen begrüßen zu dürfen.*

*Voller Hoffnung auf Ihre Zusage bin ich Ihr*
*Clement Rousseau*

Nachdem sie den Brief eingeklebt hatte, erhob sie sich, um nach nebenan zu gehen und Anna zu bitten, ihr ein passendes Kleid herauszulegen. Nur zu gern würde sie dem jungen Rousseau die Freude machen. Sie gab sich ganz besondere Mühe mit ihrer Garderobe und ließ sich von Anna aufwendig schminken und frisieren. Als sie ihr Spiegelbild betrachtete, war sie ausgesprochen zufrieden mit sich. Sie wirkte immer noch jugendlich, und wenn die Jahre auch Spuren in ihrem Gesicht hinterlassen hatten, so führten diese allenfalls zu mehr Tiefe und Reife.

Das Haus der Rousseaus lag in der Rue Vivienne, und der Erste, dem Mata begegnete, als sie ihren Mantel ablegte, war Henri de Rothschild.

»Mata«, sagte er, offenbar unangenehm überrascht von der Begegnung. Was, wie sie vermutete, an seiner Begleitung lag, einer schönen Dame mit blond gelocktem Haar, die an seinem Arm hing. »Darf ich vorstellen?«, sagte der verlegene Baron, »meine Gattin Sophie, Mata Hari.«

Sophie musterte die andere abfällig von oben bis unten und ließ keinen Zweifel daran, dass sie von Matas Affäre mit ihrem Mann wusste und sie dafür verachtete.

»Ich habe von Ihnen gehört«, sagte sie in einem Ton, mit dem man sonst über Fäkalien und andere unangenehme Dinge sprechen mochte. »Kommst du?« Sie zog an Henris Arm. Der warf Mata einen entschuldigenden Blick zu und war verschwunden.

Mata sah ihm nach. Sie hatte sich oft gefragt, was wohl aus Henri geworden war, auch an Gaston Menier und an Guimet hatte sie in letzter Zeit häufig gedacht – ebenso wie an Madame Kiréevsky. Nach ihrer Rückkehr aus Berlin hatte sie bis auf den Reitstallbesitzer Molier, in dessen Stall nun ihre Pferde standen, keinen von ihnen wiedergesehen und wieder und wieder überlegt, die Wegbegleiter aus der Vergangenheit aufzusuchen. Doch wieder und wieder hatte sie davon abgesehen. Aus Scheu vor deren Reaktionen, wie sie sich jetzt eingestand. Sie wollte, dass sie sie als jugendliche, strahlende Schönheit in Erinnerung behielten, als Mythos. Sie wollte nicht, dass sie die Spuren des Alterns in ihrem Gesicht sahen, und schon gar nicht wollte sie erleben müssen, dass die anderen von ihrem Besuch unangenehm überrascht sein würden – so wie jetzt Henri.

»Welch Glanz in unserem bescheidenen Heim«, sagte in diesem Moment eine Stimme hinter ihr, und sie drehte sich um. Der Mann, der vor ihr stand, war etwa drei Jahre älter als sie und, wie sie fand, einer der bestaussehenden Herren, der ihr je begegnet war. Vor allem fühlte sie sich in seiner Gegenwart sofort ausgesprochen wohl. Mehr noch: Dieser Mann erzeugte in ihr ein Gefühl, nach dem sie sich immer gesehnt hatte und das ihr nie jemand hatte geben können – außer vielleicht Alfred Kiepert.

»Gestatten Sie, dass ich mich vorstelle?«, sagte der Mann. »Xavier Rousseau.«

»Angenehm«, erwiderte Mata Hari, während sie sich von ihm die Hand küssen ließ. »Ich bin ...«

Ihr Gegenüber legte den Kopf leicht in den Nacken, während er immer noch ihre Hand hielt, und brach in schallendes Gelächter aus.

Mata sah ihn verwirrt und auch ein wenig verletzt an. Lachte er sie aus?

»Verzeihen Sie meinen Heiterkeitsausbruch«, sagte er und sah ihr in die Augen. »Aber die Vorstellung, dass Sie sich vorstellen müssten, ist nun wirklich belustigend. Es gibt wohl niemanden in ganz Europa, der nicht weiß, wer Sie sind.«

»Oh«, machte Mata verlegen. »Sie übertreiben.«

»Und dann auch noch diese Bescheidenheit«, freute sich Rousseau. »Ich habe meinem Sohn schon gesagt, dass Sie sicherlich nicht eingebildet oder arrogant sind und er es ohne Sorgen wagen kann, Sie einzuladen.«

Wie gut seine Worte taten! »Aber natürlich«, sagte Mata, und da sie jetzt wusste, wie sie ihr Gegenüber einschätzen konnte, und ihr klar war, dass es sich bei dem Mann um einen Bewunderer handelte, wieder selbstsicherer. »Ich freue mich, wenn ich Einladungen von jungen Talenten erhalte.«

Eindringlich sah er sie an, wie schon so viele Männer sie angesehen hatten, und sein Interesse an ihr als Frau war mehr als deutlich. Mata spürte, dass sich ihr Herzschlag beschleunigte, doch im nächsten Moment wurde sie enttäuscht und ernüchtert.

Eine schöne Dunkelhaarige mit barocken Formen schob sich neben sie. »Liebling.« Besitzergreifend legte sie ihre Hand auf den Unterarm ihres Mannes, und sowohl der Blick als auch die Geste erinnerte Mata an die unliebsame Begegnung mit Henri de Rothschild und seiner Gattin kurz zuvor.

»Möchtest du mich nicht vorstellen?«

»Natürlich«, sagte er, wirkte jedoch ausgesprochen reserviert, »Mata Hari, meine Gattin Eve. Eve, Mata Hari.«

»Willkommen«, sagte Madame Rousseau und lächelte huldvoll. »Unser Sohn«, sie betonte das *unser,* »wird sich sicherlich sehr freuen, dass Sie seiner Einladung Folge geleistet haben.«

»Dann lasst uns doch gleich hineingehen, damit wir unserem Ehrengast noch einen guten Platz sichern«, schlug Rousseau vor, der offenbar ebenso wie Mata danach trachtete, der für beide ohne Frage unangenehmen Situation zu entkommen.

Das Konzert war ein voller Erfolg, und Rousseaus Sohn war, wie Mata feststellen konnte, wirklich ein ausgesprochen begabter Musiker. Und bis über beide Ohren in sie verliebt. Von der Bühne aus – einem kleinen Podest, das die Dienerschaft in dem riesigen Salon aufgebaut hatte – schenkte er ihr immer wieder sehnsuchtsvolle Blicke, und als er die Vorstellung beendet hatte und alle applaudierten, warf er ihr vor aller Augen einen Handkuss zu, den sie mit einem zurückhaltenden Lächeln quittierte. Denn Mata hatte nur Augen für seinen Vater, Xavier Rousseau. Immer wieder trafen sich ihre Blicke, und immer wieder wurde dieser zärtliche Blickkontakt von einem Blickdolch getroffen: Xaviers Gattin Eve bemerkte sehr wohl, dass sich zwischen ihrem Mann und der berühmten Tänzerin etwas anbahnte, und sie war ganz offensichtlich nicht im Mindesten gewillt, das zu dulden.

Im Anschluss an das Konzert belegte der Sohn des Hauses sie mit Beschlag und überschüttete sie mit derart leidenschaftlicher Verehrung, dass es selbst ihr, die ja stets so nach Bewunderung dürstete, zu viel wurde und sie sich für ihre Verhältnisse ungewöhnlich früh verabschiedete. Die Enttäuschung stand dem jungen Rousseau ins Gesicht geschrieben.

Als sie in ihren Wagen stieg und sich von ihrem Chauffeur nach Hause fahren ließ – sie bewohnte mit Anna eine luxuriöse Wohnung in der Rue Mozart –, glitt ihre Hand in die Manteltasche. Ihre Finger verfingen sich in einem Stück Papier, das zuvor ganz sicher nicht dort gewesen war. Sie zog es heraus und betrachtete es verwundert. Es war klein, lediglich ein Zettel, auf dem, wie sie im Licht der vorübergleitenden Straßenlaternen erkennen konnte, jemand per Hand etwas geschrieben hatte. Was, das konnte sie nicht erkennen. Aber sie wusste mit untrüglicher Sicherheit, dass die Notiz von ihm war. Xavier.

*Sie haben mich verzaubert. In der Hoffnung, nicht zu aufdringlich zu sein, erwarte ich Sie morgen um zwölf Uhr zum Mittagessen im Maxims. Ihr Xavier*

So las sie, nachdem sie das Foyer ihres Wohnhauses betreten hatte, mit wild klopfendem Herzen. Eine Welle widerstreitender Gefühle brach über sie herein. Xavier. Er hatte ebenso empfunden wie sie. Aber er war verheiratet. Mehr als das. Er hatte einen Sohn, der sich nach ihr, Mata, verzehrte. Und eine Frau, die, anders als Alfred Kieperts schöne Ungarin, ein Gesicht hatte, weil Mata sie kennengelernt hatte. Andererseits: Waren die Voraussetzungen nicht andere? In diesem Fall kannte sie die Spielregeln von vornherein, wusste von der Frau, wusste von dem Sohn. Vor allem aber wusste sie eines: Sie hatte gar keine andere Wahl, als zu diesem Mittagessen zu gehen. So lang schon hatte sie sich einsam und allein, ungeliebt gefühlt. So lang schon leer und nutzlos. Nun war all die Leere in ihr mit einem Mal gefüllt, voll, übervoll. Und sie bereit, so bereit für die Liebe.

# 43. Kapitel

In ihrer Affäre – nein, man konnte es eigentlich Beziehung nennen – mit Xavier galten andere Gesetze. Und auch andere Zeitbegriffe. Dinge, die sich ansonsten erst entwickelten, ausprobiert werden mussten, waren zwischen ihnen von Anfang an klar. Bei ihrem Mittagessen hatte er ihr in aller Offenheit gesagt, dass sie ihn tief berührt, dass ihn die Begegnung mit ihr fast schon erschüttert habe. Bis ins Mark getroffen. Sie hatte gesagt, dass es ihr ebenso ergangen sei, und für sie beide, für ihn und für sie, hatte außer Frage gestanden, dass es Schicksal war, was sie verband, und dass sie einander ihr Leben lang gesucht und sich endlich gefunden hatten. Dass sie sich nicht mehr loslassen würden, war die logische Folge davon. Anders als Alfred Kiepert hatte er ihr von Anfang an klargemacht, dass er sich nicht scheiden lassen werde, dass seine Ehe aber nur auf dem Papier bestehe. Und sie war nicht eifersüchtig und verstand ihn, weil dieses Gefühl zwischen ihnen beiden so tief und echt und rein war, dass ihr klar war: Diese Liebe konnte ihr niemand nehmen, diese Liebe konnte er mit niemandem anderen teilen, denn es konnte sie nur zwischen ihnen beiden geben. Diese Liebe war einzigartig.

Mata hatte ihm gesagt, dass er jederzeit bei ihr willkommen sei, doch er hatte den Kopf geschüttelt und erwidert, er wolle ein ganz eigenes Zuhause mit ihr erschaffen, nur für sie beide, in dem sie zusammen leben könnten. Er habe da auch schon etwas im Auge, hatte er gesagt und sie für den Folgetag gebeten, sich abermals um zwölf Uhr mittags bereitzuhalten. Dieses Mal werde er sie vor ihrem Haus abholen lassen. Als Mata pünktlich auf die Minute das Foyer des Jugendstilgebäudes verließ, das sie bewohnte, stand er bereits neben seinem Wagen, einem A. L. F. A. 24 HP, und sah ihr mit ruhiger Gelassenheit entgegen. Es war wie nach Hause kommen, aber viel aufregender.

»Xavier«, sagte sie.

»Mata«, erwiderte er und zog sie in seine Arme, um sie hier, auf offener Straße, vor ihrem Haus, vor aller Augen, leidenschaftlich zu küssen. Es war ihr erster Kuss, und er fühlte sich so an wie der ganze Mann. Aufregend und vertraut. Zärtlich und leidenschaftlich. Und vor allem so, als könne sie sich ihm hingeben, sich ganz in seine Hände begeben, sich ihm anvertrauen. Als sei die Zeit des Kämpfens nun vorbei. Bei ihm konnte sie sich ausruhen.

Später saßen sie im Heck des Wagens, hielten einander bei den Händen und sahen sich voller Zärtlichkeit an.

»Wir kennen uns erst seit zwei Tagen«, sagte Mata leise. »Und nun besichtigen wir schon unser gemeinsames Zuhause.«

»Nein.« Er schüttelte den Kopf. »Wir kennen uns schon viel, viel länger.«

Sie seufzte auf und lehnte sich an seine Schulter. Auch diese Geste fühlte sich so unendlich vertraut an.

»Da wären wir«, sagte Xavier wenig später.

Mit leisem Bedauern hob Mata den Kopf von seiner Schulter. »Wir sind in Neuilly, falls das deiner Aufmerksamkeit entgangen sein sollte«, sagte er mit zärtlichem Spott, und sie musste lachen. Überhaupt brachte er sie oft zum Lachen, was sie von ihren anderen Liebhabern nicht gewohnt war. Aber es fühlte sich ganz ausgezeichnet an.

Im nächsten Moment öffnete der Chauffeur ihr auch schon die Wagentür, und sie stieg aus. Um gleich darauf scharf die Luft einzusaugen. »Das ist es?« Entzückt blickte sie auf das herrschaftliche Haus, die Villa Madrid in der Rue Windsor 11, mit seinem normannischen Baustil.

Er nickte. »Erbaut 1860. Gefällt es dir?«

»Xavier!«, sagte sie, wandte sich zu ihm um und legte die Arme um ihn. »Es ist wunderwunderschön.« Sie lachte. »Und das weißt du.«

Er stimmte in ihr Lachen ein. »Ja, das weiß ich. Und ich wusste auch, dass es dir gefällt. Komm, lass uns hineingehen.« Hand in Hand schritten sie auf das schmiedeeiserne Tor zu. Xavier öffnete es, und sie betraten den Kiesweg, der sich dahinter erstreckte. Und Mata wusste: Sie war angekommen.

*

Ihre Glückssträhne hielt an: Am ersten Morgen nach ihrem Einzug brachte der Bote ein Schreiben, das Mata in höchste Aufregung versetzte. Es stammte von Monsieur Antoine, dem Direktor des Pariser Odéon-Theaters. Mit fliegenden Fingern riss sie das Kuvert auf.

*Verehrteste Mata Hari,*
*schon seit vielen Jahren bin ich einer Ihrer größten Bewunderer. In meinen Augen sind Sie eine ganz große Künstlerin, und es war schon immer mein Plan, ein Stück zu inszenieren, in dem Sie eine große Rolle spielen könnten.*

*Nun, es ist so weit, Verehrteste. Ich möchte das Werk Antar des libanesischen Autors Chekri-Ganem mit der Musik des Komponisten Nikolai Andrejewitsch Rimski-Korsakow zunächst in Monte Carlo auf die Bühne bringen. Es spielt in Arabien, und der dritte Akt wird von der Kleopatra getanzt – und nur von ihr. Der ganze dritte Akt besteht aus diesem Tanz. Ich könnte mir keine Rolle vorstellen, die besser für Sie geeignet wäre als diese. Natürlich habe ich auch Gabriel Astruc geschrieben, es war mir aber wichtig, mich auch persönlich an Sie zu wenden, um zu beteuern, welch große Ehre es für mich wäre, Sie für die Rolle der Kleopatra gewinnen zu können.*
*Hochachtungsvoll bin ich Ihr*
*André Antoine*

Wie benommen legte Mata das Schreiben zur Seite.

»Gute Nachrichten?«, fragte Anna.

»Allerdings«, sagte Mata. »Monsieur Antoine, der Direktor des Odéon-Theaters, will mich für ein Stück gewinnen. Ich soll in Monte Carlo die Kleopatra tanzen – den dritten Akt ganz allein.«

»Das ist ja wunderbar«, rief Anna. »Ich freue mich wirklich sehr für Sie.«

Mata nickte grimmig. »Astruc und Richard Strauss wird es noch leidtun, dass sie mich damals die Salome nicht haben tanzen lassen, wenn sie sehen, wie großartig ich als Kleopatra sein werde.«

Diesen Schlag hatte sie immer noch nicht verwunden.

»Nun«, sagte Anna lächelnd. »Richard Strauss kann das sicher leidtun, wenn er Sie denn sieht. Aber er kann ja nichts dafür, da Astruc ihm den Brief damals gar nicht weitergeleitet hat.«

»Er hätte auch von selbst draufkommen können, mich zu fragen«, ließ Mata keine Entschuldigung gelten.

»Dann fahren wir nach Monte Carlo?«, fragte Anna statt einer Antwort.

»Ja«, sagte Mata und strahlte. »Wir fahren nach Monte Carlo.«

# 44. Kapitel

Der Auftritt in Monte Carlo war ein rauschender Erfolg gewesen, und Mata schwebte im siebten Himmel. Sie war großartig als Kleopatra, und sie wusste es. Antoine hatte recht gehabt: Die Rolle war ihr auf den Leib geschrieben, sie spielte die Kleopatra nicht nur, sie war wirklich die bezaubernde Pharaonin, und als solche wollte sie auch behandelt werden. Ihr Umfeld schien das allerdings nicht so zu sehen. Mata bemerkte, dass sich die anderen Schauspieler immer mehr von ihr distanzierten. Das brachte sie aber nicht zum Nachdenken, ob sie sich vielleicht falsch verhielt, sondern es schürte im Gegenteil ihren Ärger. Mit dem Ergebnis, dass sie auf die anderen noch herrischer wirkte und diese sich noch mehr distanzierten. Die schwierigste Beziehung aber hatte sie zu Antoine, der doch anfangs so begeistert von ihr gewesen war. Am Tag der Premiere kam er wutentbrannt in Matas Garderobe gestürmt.

»Hören Sie mir jetzt genau zu, Madame Mata Hari«, sagte er und schob sein Gesicht ganz nah an das ihre heran. Er betonte jedes einzelne Wort, als er sagte: »Sie. Sind. Nicht. Kleopatra.«

»Natürlich bin ich Kleopatra«, erwiderte sie. »Ich identifiziere mich immer mit den Rollen, die ich spiele.«

»Das ist auch gut so«, sagte er. »Auf der Bühne. Aber nicht im wahren Leben. Sie sind keine Pharaonin, Mata. Sie haben keine Sklaven, die hinter Ihnen stehen, wenn Ihnen heiß ist, und Ihnen mit Palmenblättern Luft zufächeln.«

Kühl sah sie ihn an. »Ich bin Mata Hari.« Sie sagte es so, als würde sie sagen: »Ich bin eine Göttin.«

»Ihr Stern war gesunken, Mata«, rief Antoine wütend. »Bevor ich kam, um Sie zu engagieren, wollte niemand etwas von Ihnen wissen. Es gibt Jüngere, Schönere, die genauso geheimnisvoll sind wie Sie und die Ihnen den Rang abgelaufen haben. Sie haben ja nicht einmal mehr Geld für Ihre Auftritte bekommen, sondern leben auf Kosten dieses reichen Bankiers.«

»Weil ich es nicht nötig hatte«, sagte Mata scharf, und ihre kühle Gelassenheit begann aufsteigender Wut Platz zu machen. »Ich habe genug Geld.«

Antoine sah sie spöttisch an, wobei er eine Augenbraue hochzog. Dann sagte er: »Wie Sie wissen, werde ich *Antar* auch in meinem eigenen Theater, dem Odéon, aufführen. Wenn Sie so weitermachen, werde ich die Rolle der Kleopatra dort anders besetzen.«

Mata war schneeweiß geworden. »Das wagen Sie nicht.«

»Und ob ich das wage. Ich sitze am längeren Hebel. Und ich bereue inzwischen sehr, Sie überhaupt für diese Rolle engagiert zu haben.«

Er wandte sich zum Gehen, drehte sich aber in der Tür noch einmal um. »Ich sage Ihnen das jetzt nur einmal. Ihr Benehmen wird durch Ihre Leistungen in keiner Weise gerechtfertigt. Sie sind nicht gut, Mata. Ich bin enttäuscht von Ihnen als Tänzerin. Sie wirken künstlich und überzogen. Wären Sie wirklich gut, würde ich vielleicht all das übersehen. Aber Sie *sind* nicht gut. Ihr Zenit ist überschritten. Das macht den Gegensatz zwischen dem, was Sie leisten, und dem, was Sie glauben zu sein, nur noch größer. Wenn Sie meine Warnung ernst nehmen und an sich arbeiten, will ich es für Paris gern noch einmal mit Ihnen versuchen. Wenn sich die Situation aber nicht erheblich verbessern sollte, sind Sie raus.«

Mit einem lauten Knall schloss er die Tür hinter sich.

Mata starrte eine Weile auf die verschlossene Tür. Dann wandte sie sich langsam um, um sich im Spiegel zu betrachten. Was sie sah, gefiel ihr nicht. Ihre einst so strahlende Haut hatte einen fahlen Schimmer bekommen, um ihre Augen lagen dunkle Schatten, und, ja, Antoine hatte recht, um ihren Mund hatte sich ein hochmütiger Zug eingegraben. Mata mochte eine Meisterin im Märchenerzählen sein. Aber dann und wann hatte sie auch Momente, in denen sie sich selbst gegenüber vollkommen ehrlich war. Und wenn sie auch fand, dass Antoine sich gehörig im Ton vergriffen hatte, so musste sie doch eingestehen, dass er in gewisser Weise recht hatte. Was ihr Verhalten, aber auch was die Tatsache anging, dass ihr Stern im Sinken begriffen war. Vermutlich reichte es nicht mehr aus, die vielen jungen, schönen Nackttänzerinnen einfach zu ignorieren. Sie waren und blieben eine ernste Konkurrenz. Allzu viele Gelegenheiten würde sie nicht mehr haben – und ja, sie hatte sich arrogant und überheblich verhalten. Beinah schämte sie sich dafür, wie sie hier so einsam in ihrer Garderobe saß und sich im Spiegel betrachtete.

Sie atmete tief durch und gab sich selbst ein Versprechen: Sie würde alles dafür geben, um auch in Paris die Kleopatra spielen zu können.

*

Matas Neuanfang in Paris stand unter keinem guten Stern. Sie hatte sich wirklich vorgenommen, sich Mühe zu geben, aber sie war von Anfang an vom Pech verfolgt worden. Gleich am ersten Tag hatte ihr Chauffeur eine Reifenpanne, sodass sie mit einstündiger Verspätung bei den Proben eintraf. Als sie das Theater erreichte, schäumte Antoine vor Wut. »Mata«, sagte er kalt, während er die Proben auf der Bühne unterbrach. »Wie schön, dass Sie sich die Ehre geben. Nachdem wir eine halbe Stunde auf Sie gewartet haben, haben wir eine andere Szene vorgezogen. Nun sind Sie es, die warten muss.«

Die Schauspieler auf der Bühne und auch jene, die in den Zuschauerrängen Platz genommen hatten, warfen ihr verärgerte Blicke zu. »Es tut mir leid«, stieß Mata hervor. »Der Chauffeur hatte eine Reifenpanne, und ...«

»Ha!«, rief Hélène Rouvier, eine blonde, schlanke Schönheit, die als ihre Zweitbesetzung bei allen Proben mit dabei war und mit der sich Mata von Anfang an nicht gut verstanden hatte. »Was muss man auch mit dem Chauffeur zu den Proben fahren? Und selbst wenn der eine Reifenpanne hat, ist es ja nicht so, als würde es nicht unter ganz Paris ein riesiges Metronetz geben. Aber dazu ist sich Madame ja zu fein.«

»Wagen Sie es nicht, so mit mir zu reden!«, schnaubte Mata und machte einen drohenden Schritt auf die andere zu. »Wissen Sie überhaupt, wen Sie vor sich haben?«

»Natürlich«, erwiderte Hélène und lachte höhnisch. »Die berühmte Mata Hari, von der keiner mehr was wissen will, weil sie zu alt ist, und die nun noch mal ein Gnadenbrot bekommen hat.«

Mata spürte heiße Wut in sich aufsteigen. Es war eine Wut, genährt aus der Einsamkeit, aus der Trauer und aus dem Gefühl, das sie schon mehrfach in ihrem Leben gehabt und vor dem sie sich immer wieder gefürchtet hatte: den Boden unter den Füßen zu verlieren. Keiner interessierte sich mehr für sie, und auch wenn sie mehr Geld hatte, als sie jemals ausgeben konnte – was war das schon, wenn man nicht gewollt, nicht verehrt, ja nicht einmal mehr geschätzt wurde? Diese Frau hingegen hatte alles, was sie nicht hatte. Sie war jung, sie war schön, und sie wurde in der Presse gefeiert.

»Sie sind erledigt, Mata!«, sagte die Blonde leise.

In diesem Moment war es um ihre Selbstkontrolle geschehen. Mata stürmte die wenigen Stufen hinauf, die vom Zuschauerraum zur Bühne führten, stürzte auf die Blonde zu und packte sie bei den Armen.

»Lassen Sie sie sofort los!«, brüllte Antoine und stürmte ebenfalls auf die Bühne, um die beiden Frauen voneinander zu trennen. Er riss Mata zurück und drehte sie zu sich um.

»Gehen Sie nach Hause«, sagte er. »Ihr Verhalten ist ungeheuerlich.«

»Aber sie hat mich provoziert«, schäumte Mata und zeigte auf Hélène.

»Sie klingen wie ein Schulmädchen«, knurrte Antoine. »Und Sie benehmen sich auch so. In einem derart unprofessionellen Ambiente kann ich nicht arbeiten. Ich hatte Sie gewarnt.«

»Aber …«, begehrte Mata auf, doch Antonie schüttelte den Kopf. »Gehen Sie«, wiederholte er. »Bevor ich Sie von den Kulissenbauern hinauswerfen lassen muss. Stellen Sie sich mal die Schlagzeile vor.«

»Das werde ich mir nicht bieten lassen«, rief Mata wütend, während sie sich, was blieb ihr anderes übrig, zum Ausgang begab. »Ich werde Sie verklagen.«

»Tun Sie das«, schnappte Antoine. »Ich wünsche Ihnen viel Glück.«

*

Das Pariser Gericht, vor dem der Fall Mata Hari gegen André Antoine verhandelt wurde, war ein klassizistisches Gebäude, über dessen Tor die Justitia prangte. Mata war bang zumute, als sie zwischen Anna und ihrem Anwalt Jules Jung, der ihr von ihrem treuen Freund Clunet empfohlen worden war, die breiten Holzstufen emporstieg.

Oben wurden sie sofort ins Verhandlungszimmer gebeten. Antoine war schon da, ebenfalls in Begleitung seines Anwalts, und sah Mata finster entgegen.

Nach dem üblichen Prozedere ergriff Jules Jung das Wort. »Herr Richter, meine Klientin ist in Borneo geboren, in jenem geheimnisvollen Holländisch-Ostindien. Natürlich ist sie allein deshalb und auch wegen ihrer enormen Bekanntheit mehr als geeignet für die Rolle der Kleopatra gewesen. Antoine wollte sie unbedingt haben. Sie hat nach langem Werben nachgegeben und dafür wichtige Engagements abgesagt.«

»Das ist doch gar nicht wahr«, rief Antonie wütend. »Kein einziges Engagement hatte sie mehr. Und schon gar kein wichtiges.«

»Können Sie das beweisen?«, fragte der Richter.

»Nun ...«, begann Antoine. »Ich ... mir blieb gar keine andere Wahl, als sie nicht weiter zu beschäftigen. Ihr Auftritt in Monte Carlo war eine Katastrophe.«

»Einspruch, Euer Ehren«, sagte Jules Jung.

»Bitte.« Der Richter erteilte ihm das Wort.

Jung zog aus seiner Aktentasche einen Stapel Zeitungsartikel, die Mata Hari in der Rolle der Kleopatra in Monte Carlo feierten. »Die Presse war da ganz anderer Ansicht. Es war ein rauschender Erfolg.«

Er reichte dem Richter die Unterlagen, der diese aufmerksam studierte.

»Nun, es scheint, als habe Jules Jung recht in dem, was er sagt«, stellte er fest.

»Meine Mandantin möchte sich gerne äußern«, erklärte Jung.

»Bitte.« Der Richter nickte ihr zu.

Mata erhob sich. »Hohes Gericht«, sagte sie. »Monsieur Antoine wollte nicht nur eine berühmte Tänzerin. Er wollte seinem Publikum außerdem einen originalen Hindutanz bieten, dessen Geheimnis seit Jahrhunderten weitergereicht wird, ohne jemals schriftlich niedergelegt zu werden. Ich habe also ein echtes Geheimnis, und die Kenntnis dieser alten Hindutänze ist mein wertvollster Besitz.«

Während sie sprach, bemerkte sie, dass der Richter ihr aufmerksam zuhörte. Mit jenem untrüglichen Instinkt, der ihr schon immer gesagt hatte, wie ein Mann zu ihr stand, wusste sie, dass der Richter auf ihrer Seite war. Sie bewunderte, verehrte. Sie musste ein Lächeln unterdrücken. Es war ein gutes Gefühl, dass sie immer noch Macht hatte.

»Fahren Sie fort«, ermutigte er sie.

»Nun, Monsieur Antoine sagte mir, ich würde künstlich tanzen und sei nicht gut genug. Nur, wissen Sie, er war so dreist, mir vorzuschreiben, wie ich zu tanzen habe. Aber die Geheimnisse des Tempeltanzes folgen nun mal einer ganz tiefen, eigenen Logik.«

Wieder nickte der Richter.

»Ich habe mich schließlich gebeugt, weil ich es musste«, sagte Mata. »Aber als ich das tat, war es ihm auch nicht recht. Da warf er mir dann vor, die Tänze seien zu künstlich. Ich bin heute überzeugt, er hat mich nur in die Rolle der Kleopatra gedrängt, um mich zu vernichten.«

»Warum sollte er das tun?«, fragte der Richter. »Gab es einen persönlichen Konflikt zwischen Ihnen?«

»Ja«, sagte Mata und sah Antoine direkt in die Augen, als sie log: »Monsieur Antoine verehrt mich seit vielen Jahren. Ich habe ihn jedoch immer abgewiesen. Das war seine Art, sich zu rächen.«

Mata gewann den Prozess und bekam zweihundert Franc pro entgangener Vorstellung zugesprochen, obwohl sich Antoine heftig gegen ihre Behauptungen zur Wehr setzte. Dennoch bekam sie nach dem Prozess in der Folgezeit keine weiteren Auftritte mehr. Das Gefühl, versagt zu haben, nicht mehr gefragt zu sein, wurde größer und immer größer, drohte sie zu verschlingen. Sie bildete sich ein, dass die Leute auf der Straße ihr schiefe Blicke zuwarfen, und wollte nur noch eines: sich in einen schützenden Raum zurückziehen, in dem sie nicht kämpfen, sich nicht beweisen musste. Zum Glück hatte sie diesen Raum: Die Villa Madrid war ihr längst Heimat geworden.

# 45. Kapitel

Grau und bedrohlich tobte die Seine durch die Stadt des Lichts. Kein Schiff und kein Boot waren auf ihr zu sehen, kein Mensch befand sich an ihren Ufern. Der romantische Fluss mit all seinen Brücken und Lichtern, den Mata so liebte und auf den sie von ihrem Lieblingsplatz an dem bodentiefen Fenster der Villa Madrid stundenlang blicken konnte, war zu einem ungestümen Monster angeschwollen. Es regnete seit Tagen, lang schon war die Seine über die Ufer getreten, die Keller liefen voll, und Eisschollen trieben durch die Stadt.

»Das macht mir Angst«, murmelte Mata, die es sich mit einer Decke und einer heißen Tasse Tee gemütlich gemacht hatte. Es hört einfach nicht auf zu regnen.«

»Es ist wirklich beunruhigend«, stimmte Anna ihr zu.

Seit die heftigen Schnee- und Regenfälle eingesetzt hatten, hatten Anna und Mata das Haus kaum verlassen, und inzwischen war das auch nicht mehr möglich. Die Rue Windsor hatte sich in einen Fluss verwandelt. »Es ist, als wären wir in Holland«, sagte Anna. »Nur, dass die Kanäle dort dazugehören und hier nicht.«

Mata beobachtete einen Mann, der die Straße entlangruderte, dort, wo sonst Autos fuhren. »Was für ein skurriles Bild«, sagte sie. »Da fahren die Menschen auf den Straßen mit dem Boot, während die Seine für den Schiffsverkehr gesperrt ist.«

Anna nickte. Bereits seit dem 20. Januar verkehrten auf der Seine keine Schiffe mehr, weil das Wasser viel zu hoch stand, als dass sie unter den Brücken hätten durchfahren können.

»Es ist so finster bei all dem Regen«, wandte sich Mata an Anna. »Machen Sie bitte das Licht an?«

Anna ging zum Schalter, um ihn zu betätigen, doch nichts tat sich. »Ich fürchte, dass die Elektrizität zusammengebrochen ist«, sagte sie.

»Haben Sie Nachrichten darüber, wie es in der restlichen Stadt aussieht?«

»Nein.« Anna schüttelte bedauernd den Kopf. »Das Telefon ist auch nicht mehr intakt, und Zeitungen haben wir schon seit Tagen nicht mehr bekommen. Die Dienerschaft weiß auch nichts.«

»Hoffentlich ist in den Fluten niemand ertrunken«, murmelte Mata.

»Dafür können wir nur beten«, sagte Anna. »Vor allem für all jene, die in den Souterrains wohnen, dürfte es schlimm sein. Die Keller sind alle vollgelaufen. Und als ich vorhin einmal für einen Moment das Fenster geöffnet habe, habe ich festgestellt, dass es in der ganzen Stadt fürchterlich stinkt.«

»Nach was?«

»Nach …« Anna zögerte. »Nach Fäkalien«, sagte sie dann. »Vermutlich sind auch die Abwasserleitungen überflutet, und der Unrat wird in die Stadt geschwemmt.«

»Igitt.« Mata rümpfte die Nase. »Das ist wirklich unappetitlich.«

»Hoffentlich bleibt es bei unappetitlich«, entgegnete Anna besorgt.

»Wie meinen Sie das?«, fragte Mata.

»Nun«, sagte Anna. »Wir hier oben hoch über den Fluten

sind zwar sicherlich besser dran als viele andere Menschen. Aber in Situationen wie diesen kann es auch schnell zur Verunreinigung von Trinkwasser und damit zu Seuchen kommen.«

»Wir verwenden kein Wasser aus den Leitungen mehr«, entschied Mata. »Unsere Getränkevorräte sind zum Glück gut gefüllt.«

*

Am nächsten Morgen saßen Mata und Anna gerade beim Frühstück zusammen, als sie von draußen ein lautes Poltern vernahmen.

Stirnrunzelnd eilte Luise, die Dienerin, die für das Frühstück zuständig war, zur Tür, um der Ursache des Lärms auf den Grund zu gehen. Im nächsten Moment erschien ein Stallbursche, triefnass und sichtlich aufgelöst.

»Madame!«, rief er Mata entgegen. »Bitte entschuldigen Sie, dass ich hier einfach so hereinplatze, aber Sie müssen mit zu den Ställen kommen.«

Mata wurde blass. »Die Pferde, sind sie … ertrunken?«, stammelte sie, doch der Bursche schüttelte hastig den Kopf. »Ertrunken nicht«, erklärte er. »Aber Ihre Lieblingsstute, Oriental Lady, hat furchtbare Krämpfe, und es ist nicht sicher, ob sie durchkommen wird.« Mata war starr vor Schreck. Bitte nicht, dachte sie. Bitte nicht ihre schöne schwarze Stute mit der langen seidigen Mähne, die ihr so viel Liebe und Zuneigung entgegenbrachte.

Sie musste zu ihr! Sofort.

»Ich vermute, Sie sind das letzte Stück mit dem Boot gekommen?«, fragte sie.

»Jawohl, Madame«, beeilte er sich zu antworten. »Monsieur Molier, der über den Vorfall informiert ist, hat extra drei Soldaten organisiert, die mich zu Ihnen bringen sollten.« Mata nickte. Nachdem der Reitstallbesitzer und sie vor Jahren im Streit auseinandergegangen waren, hatte sich zwischen ihnen längst so etwas wie Freundschaft entwickelt, und Mata wusste ihre Pferde bei ihm in den allerbesten Händen.

»Ich begleite Sie«, erklärte sie kurz entschlossen.

»Aber Madame, das ist doch viel, viel zu gefährlich!«, rief Anna erschrocken.

Doch Mata ließ sich nicht von ihrem Plan abbringen. »Unsinn«, erklärte sie. »Meine Stute ringt mit dem Tod. Sie braucht mich jetzt. Und mit dem bisschen Wasser werde ich schon fertig.«

»Bisschen Wasser«, murmelte Anna und warf erneut einen besorgten Blick nach draußen. »Wäre ja schön, wenn es wirklich nur ein bisschen wäre.«

*

Wenig später saß Mata mit den drei Soldaten und dem Stallburschen auf dem Ruderboot und steuerte durch die Straßen, auf denen sie sich sonst mit dem Automobil fahren ließ. Es war eine gespenstische, skurrile Szenerie. Teilweise ragten nur noch die Wipfel der Bäume und die Lampen der Laternen aus dem Wasser. Der Regen schlug ihnen gischtartig ins Gesicht, das Boot schwankte bedrohlich, und Mata wurde nun doch ein wenig mulmig zumute und sie war erleichtert, als sie endlich bei der Reitschule ankamen, wo Ernest Molier sie bereits erwartete. Das letzte Stück hatten sie zu Fuß zurückgelegt, da dieser Teil von Paris nicht vom Hochwasser betroffen war.

»Mata«, rief der Reitstallbesitzer und eilte ihr entgegen. »Es tut mir so leid, wir konnten nichts mehr tun.«

Ohne ihn auch nur eines Wortes zu würdigen, rannte Mata

zur Box ihrer geliebten Stute. Die Tränen liefen ihr über die Wangen, als sie neben dem Körper des verstorbenen Tieres auf die Knie sank und ihm sanft über die Nüstern strich.

»Danke, dass du mir so unendlich viel Freude geschenkt hast. Du bleibst in meinem Herzen, für immer.«

Sie war zutiefst erschöpft, als sie sich Stunden später wieder auf den Weg nach Hause begab. Die Rückfahrt in die Rue de Windsor verlief schweigend, und Mata nahm diesmal die bizarre Szenerie gar nicht wahr. Anna erwartete sie bereits in der Tür und sagte nach einem Blick in Matas Gesicht nur: »Ich lasse Ihnen ein Bad ein. Sie sind ja vollkommen durchnässt.«

*

Das Hochwasser hatte in der Stadt des Lichts enormen Schaden angerichtet. Zwar waren zum Glück keine Todesopfer zu beklagen, aber der verursachte Schaden betrug vierhundert Millionen Goldfranc, hinzu kamen fünfzig Millionen Goldfranc, die der Einsatz der Hilfskräfte gekostet hatte. Zwanzigtausend Häuser waren überschwemmt und die Hälfte des Metronetzes geflutet worden. Über acht Meter hoch hatte das Wasser am Pont d'Austerlitz gestanden, und die Menschen waren in ihren Häusern eingesperrt gewesen. Soldaten hatten Holzstege errichtet und Häuser mit Ruderbooten angefahren, um den Menschen die Möglichkeit zu geben, ihre Wohnungen zu verlassen. Auch das Haus in der Rue Windsor 11 war zu Schaden gekommen, und Xavier war durch das Hochwasser derart eingespannt, dass er kaum Zeit für sie hatte. Sie verstand das, aber dennoch war sie einsam, zumal der Streit um die Rolle der Kleopatra immer noch an ihr nagte. Seit ihrem Besuch im Reitstall hatte sie das Haus nicht mehr verlassen, stand Tag für Tag am Fenster und sah in den tristen Regen hinaus, der einfach nicht enden wollte. Und natürlich kamen nun, da es nichts gab, womit sie sich ablenken konnte, die Erinnerungen an ihre Kinder wieder hoch.

Da war sie mit all ihrem Luxus. Sie hatte mehr Geld, als sie es je hätte ausgeben können. Sie besaß alles, was sie sich erträumen konnte. Und wenn es auch jede Menge junge Damen gab, die versuchten, sie zu imitieren, die jünger und biegsamer waren als sie selbst, war sie doch das Original, die Königin, eine Legende. Daran änderte auch die unangenehme Sache nichts, und immerhin hatte sie den Rechtsstreit gewonnen. Im Gegensatz zu jenem vor vielen Jahren, der ihr viel wichtiger gewesen war und bei dem sie Non verloren hatte. Elf Jahre war ihre Tochter inzwischen alt. Wie sie wohl aussah? Ob sie manchmal an sie dachte? Und ob sie damals, nach ihrer Abreise aus Arnheim, heimlich zum Bahnhof zurückgekommen war, um sich zumindest eines der Geschenke zu holen, die Mata in voller Absicht dort gelassen hatte? Oder waren andere Kinder herbeigeeilt, um mit Nons Geschenken zu spielen? Auch der Gedanke an ihren Sohn ließ sich in dieser einsamen Abgeschiedenheit, in der es keine Ablenkung gab, nicht mehr vertreiben. Ihr lieber kleiner Norman. Wieder und wieder sah sie sein hilfloses Gesichtchen vor sich, und der Gedanke, dass sie ihn nicht hatte retten können, dass sie als Mutter versagt hatte, quälte sie.

Derart in ihre trüben Gedanken versunken, war sie wie erlöst, als Anna nach zehn Tagen beim Frühstück in altbewährter Weise einen Stapel Briefe und die Zeitungen neben ihren Teller legte. »Es ist vorbei«, sagte sie. »Wir haben es überstanden.«

»Wie wunderbar.« Mata schlug die Zeitung auf, um dann entsetzt aufzustöhnen, als sie die Bilder der Zerstörung und der hungernden Menschen in den Suppenküchen sah.

# 46. Kapitel

Nach und nach wurden die Hochwasserschäden behoben, und nach und nach heilten auch Matas Wunden. Abseits der Öffentlichkeit begann sie langsam wieder, das Leben zu genießen. Mata unternahm in den Alleen des Bois de Boulogne frühmorgens ausgedehnte Ausritte, nachdem sie und Xavier sich in der Nacht voller Inbrunst geliebt hatten. Über Xaviers Frau sprachen sie ebenso wenig wie über seinen Sohn, und im Stillen wunderte sie sich, dass Xavier es möglich machen konnte, jede Nacht mit ihr zu verbringen. Frühmorgens verließ er sie dann allerdings stets, um seiner Arbeit nachzugehen und erst am Abend – manchmal jedoch auch am Mittag – wiederzukehren.

Auch Anna gefiel ihr neues Leben ausnehmend gut. Sie hatte dank der zahlreichen Dienerschaft wirklich nichts anderes zu tun, als Mata Gesellschaft zu leisten, und tat dies wie eh und je voller Liebe und Begeisterung. Zwischen diesen beiden Menschen fühlte Mata sich glücklich, aufgehoben und geborgen. Zwar saß es ihr immer noch wie ein Stachel im Fleisch, dass ihre Präsenz auf der Bühne offenbar nicht mehr gefragt war, aber mit jedem Tag tat es ein bisschen weniger weh. Sie fühlte sich nun, umgeben und umsorgt von der Dienerschaft, mit einem liebenden Mann, der jeden Abend zu ihr nach Hause kam, zum ersten

Mal so, wie sie immer hatte sein wollen. Eine liebende Frau, die zu Hause auf ihren Mann wartete.

Doch dann wendete sich das Blatt, und ihre Bekanntheit wurde ihr zum Verhängnis. Jetzt, da sie sich bewusst von der Öffentlichkeit zurückgezogen hatte, wurde sie wieder interessant. Man rätselte, wohin Mata Hari denn verschwunden war – und eines Tages wurde sie erkannt, als sie in den Alleen ihre Pferde bewegte. Die Journalisten verfolgten sie, und es dauerte nicht lange, da lauerten sie ihr auf. Mata, die die Öffentlichkeit immer gesucht hatte, fühlte sich plötzlich regelrecht verfolgt. Verfolgt und in ihrem Glück bedroht. Dieses Glück aber wollte sie unbedingt verteidigen, sie wollte es nicht mehr loslassen.

»Können wir nicht für einige Zeit aufs Land fahren?«, bat sie Xavier daher eines Abends, als sie frühmorgens miteinander ausritten – zu einer Zeit, da kaum jemand anders unterwegs war und die Gefahr, entdeckt zu werden, daher gering.

Er warf ihr einen überraschten Blick zu, streckte die Hand aus und griff nach der ihren, während ihre Pferde einträchtig nebeneinander hertrotteten.

»Du auf dem Land?«, fragte er und lachte hell auf. »Liebling, das ist ein Bild, das ich mir nicht vorstellen kann. Warst du denn schon jemals auf dem Land?«

Mata stimmte in sein Lachen ein wie so oft. »Du hast recht. Meine Landerfahrungen beschränken sich, mit Ausnahme einiger Monate in Java, auf wenige Momente. Vielleicht stelle ich es mir deshalb so romantisch vor, dort mit dir zu sein.«

»Romantisch ist es sicher«, bestätigte er. »Aber für deine Begriffe auch furchtbar langweilig. Es gibt dort keine Theater, keine Restaurants, keine …«

»Das brauche ich alles nicht«, unterbrach Mata ihn heftig. »Im Gegenteil. Ich bin das alles so leid.«

»Ist alles in Ordnung?« Er brachte sein Pferd unter einem großen Baum zum Stehen, stieg ab, half Mata von dem ihren und band die beiden Tiere fest. Dann nahm er ihre Hand und zog sie neben sich auf die Wiese. »Und jetzt sagst du mir, was der Grund ist, dass du fliehen willst. Die Bauarbeiten wegen des Hochwassers können es doch nicht wirklich sein.«

Sie schüttelte den Kopf. »Wie gut du mich kennst«, sagte sie, nahm seine Hand und lehnte den Rücken an den Stamm. »Weißt du«, fuhr sie dann leise fort, »ich habe von alldem genug. Von all dem Ruhm und all der Pracht. Ja, es war mir wichtig, zu tanzen und bewundert zu werden, aber das war alles nur ein fahler Ersatz für die Liebe, die ich bis dahin noch nicht gefunden hatte.«

Gerührt sah er sie an.

»Jetzt habe ich diese Liebe gefunden, diese Geborgenheit, und damit alles, wonach ich mich je gesehnt habe. Wir haben uns eine wunderbare, heile Welt voller Fröhlichkeit und Lachen geschaffen, und ich will nicht, dass das irgendwann vorbei ist.«

»Es wird nicht vorbei sein«, tröstete er sie. »Warum sollte es auch? Und vor allem: Weshalb sollte es auf dem Land länger währen als hier in der Stadt?«

»Journalisten haben mich erkannt«, erklärte Mata. »Anna hat mir gesagt, die Zeitungen hätten von einem Verschwinden der geheimnisvollen Mata Hari berichtet. Nun werden sie schreiben, wo ich bin, und dann ist es mit unserer stillen Glückseligkeit vorbei. Sie lauern mir schon auf. Und ich weiß ja nicht, ob du deiner Frau und deinem Sohn von uns erzählt hast, Liebster, und ich will es auch gar nicht wissen. Aber klar muss uns beiden sein: Das wird dann auch ihnen zu Ohren kommen. Vielleicht wird deine Frau eines Tages hier auftauchen. Oder dein Sohn, und …«

»Du hast recht«, unterbrach er ihren Redeschwall. »Du hast recht, wie du immer recht hast, meine kluge, schöne Mata.« Er zog sie in seine Arme. »Ich werde uns einen wunderschönen Landsitz suchen. Und ich habe auch schon eine Idee.«

*

Xavier enttäuschte sie auch dieses Mal nicht. Er mietete das Schloss La Dorée in der Touraine, in Esvres-sur-Indre, und Mata war sofort hingerissen von dem schmucken Gebäude, das sich am Ende einer langen Allee hinter einem Blumenrondell erstreckte.

»Es ist aus dem 18. Jahrhundert«, ließ Xavier sie wissen, »und gehört einer gewissen Comtesse de La Taille-Trétinville. Ich habe es von ihr gemietet. Und warte erst mal ab, bis du den Stall siehst.«

»Wieso?«, fragte Mata, »was ist mit dem Stall?«

»Geduld, mein Liebling, Geduld.« Er küsste sie, und kurz darauf umrundete der Wagen das Rondell am Ende der Zufahrt und hielt vor dem Eingang, wo bereits die Dienstboten Spalier standen, um sie zu empfangen.

Der Chauffeur öffnete ihr die Wagentür, Xavier, der bereits ausgestiegen war, reichte ihr seinen Arm, die Dienerschaft verbeugte sich oder knickste, und die Hausdame hieß sie als Monsieur und Madame Rousseau willkommen. Mata warf Xavier angesichts dieser Begrüßung einen verwunderten Blick zu, doch er nickte nur leicht, fast unmerklich. »Alles hat seine Richtigkeit«, hieß das.

Nachdem die Hausdame, ihr Name war Claire Dupont, sie durch das Schloss geführt hatte, zog sich Xavier mit Mata auf deren Schlafzimmer zurück. »Weil du dich ja einmal über mein Schnarchen beschwert hast, haben wir jeder ein Schlafzimmer, die durch diesen großen Salon miteinander verbunden sind. Dann können wir uns nah sein, aber wenn ich dich störe, ziehe ich einfach in das andere Zimmer.«

Mata war gerührt. Wie rücksichtsvoll er war!

»Leider gibt es kein fließendes Wasser, und an die Elektrizität ist das Schloss auch noch nicht angeschlossen. Aber die Dienstboten werden immer dafür sorgen, dass du warmes Wasser hast, um dich der Pflege deines hinreißenden Körpers«, er küsste sie auf die Schulter, »widmen zu können, und außerdem gibt es natürlich jede Menge Kerzen und Öllampen.«

Mata, die unendlichen Luxus gewöhnt war und ihn liebte, spürte zwar eine leise Enttäuschung in sich aufsteigen, ließ sich aber nichts anmerken. Wie bemüht er war! Und was war Luxus schon gegen seine Liebe! Außerdem, das hatte er ja betont, würde es ihr auch so an nichts fehlen. Und als sie dann ihr Zimmer sah, waren auch die letzten Bedenken verflogen. Ihr Schlafzimmer hätte schöner nicht sein können. Es maß sicherlich dreißig Quadratmeter, in seiner Mitte stand, auf einer erhöhten Plattform, ein malvenfarbenes Himmelbett. Drei Stufen führten hinauf.

»Aber jetzt würde ich es begrüßen, wenn du nicht in das andere Zimmer gehen würdest«, sagte sie und schlang die Arme um ihn. »Ich möchte mit dir dieses wundervolle Bett einweihen.«

Er liebte sie, wie er das immer tat. Zärtlich und leidenschaftlich zugleich. Und sie fühlte sich wie immer in seiner Gegenwart. Geliebt und geborgen. Durch und durch. Hier, auf diesem Schloss, durfte sie seine Frau sein. Hatte seinen Namen. Ganz offiziell.

*

»Zeigst du mir nun endlich die Ställe?«, fragte sie eine halbe Stunde später und richtete sich auf, um aus dem gemütlichen Himmelbett zu steigen und sich anzukleiden.

Er grinste. »Ich dachte schon, du fragst nie. Lass uns gehen.«

In fliegender Hast kleideten sie sich an, und Mata verzichtete sogar darauf, nach Anna oder ihrer neuen Zofe zu rufen. Xavier erklärte sich nur zu gern bereit, sie zu schnüren, auch wenn er meinte, dass er sie lieber aus- als ankleide.

»Warum hast du mich eigentlich als deine Frau vorgestellt?«, fragte Mata, und Rousseau sagte: »Weil es sich so anfühlt, als seist du meine Frau. Im Herzen bist du es ja auch.«

Sie zuckte unmerklich zusammen. Ganz ähnliche Worte hatte Alfred Kiepert einst gebraucht, und ihre Beziehung hatte ein so trauriges Ende genommen. Aber anders als Alfred hatte Xavier ihr nie versprochen, sich von seiner Gattin zu trennen.

»Ich habe ihnen gesagt, ich sei mit dir in zweiter Ehe verheiratet«, fuhr er fort, und du seist eine gewisse Madame van Zellen, Witwe des Engländers Lord MacDonald. Und der sei wiederum Generalgouverneur in Indien gewesen.«

Sie musste lachen. »Du hast gut aufgepasst bei dem, was ich in der Öffentlichkeit über mich erzählte.«

Er stimmte in ihr Lachen ein. »Natürlich habe ich aufgepasst. Es ging ja um meine Liebste.«

Hand in Hand schritten sie durch das große Treppenhaus nach unten. Die Ställe befanden sich rechts und links des Haupthauses in komfortablen Remisen, auf ihren Rückseiten erstreckten sich beinah endlose Koppeln. Aber das war es nicht, was Xavier Mata unbedingt zeigen wollte.

»Das ist ja unglaublich«, rief sie, als er die Stalltür öffnete und ihr das Innere präsentierte.

»Ich habe noch nie so einen prachtvollen Stall gesehen.«

Staunend sah sie sich um. An den stuckverzierten Decken funkelten Kronleuchter, die Wände waren mit roten Samttapeten mit Goldornamenten bespannt.

»Ein Stall, der mit teurem Samt ausgekleidet ist«, rief Mata. »Das ist … unglaublich.«

»Und auch ein wenig unpraktisch«, fügte Xavier mit einem Grinsen hinzu. »Bestimmt ist ein Hausangestellter nur damit beschäftigt, jeden Tag die Pferdehaare aus dem Samt zu zupfen.«

Die beiden sahen sich an und lachten. Wieder einmal.

## 47. Kapitel

Der Alltag auf dem Château war ausgesprochen angenehm. Mata gewöhnte sich schnell an das süße Nichtstun und genoss es, umsorgt zu werden. Die Dienerschaft kümmerte sich mit Hingabe um die schöne Madame, und Anna hatte mehr Zeit denn je, ihr Gesellschaft zu leisten. Bald hatten die beiden Frauen eine Routine gefunden: Sie frühstückten gegen zehn Uhr, wobei Mata meistens nur Kaffee zu sich nahm. Das Frühstück wurde von der zweiundzwanzigjährigen Pauline Bessy aus dem Dorf serviert, die Mata sehr bewunderte.

Mata und Anna lasen bewusst keine Zeitung, sondern widmeten sich anderweitiger Lektüre, nach dem Frühstück machte Mata einen langen Ausritt auf ihrem Lieblingspferd Radjah, zum Tee war sie zurück, und in den Abendstunden unternahmen die beiden Frauen lange Spaziergänge. Freitagabends reiste Xavier, der während der Woche meistens in Paris zu tun hatte, an. Er fuhr mit dem Zug bis zum Bahnhof Tours und nahm sich von dort eine Droschke zum Schloss, wo er von Mata sehnlichst erwartet wurde. Diese Wochenenden waren die glücklichsten in ihrem Leben, und Mata genoss sie in vollen Zügen, bevor der Kutscher Xavier früh am Montagmorgen wieder zum Bahnhof brachte. So viel Müßiggang, so viel Nähe, so viel Lachen und so viel Liebe! Manchmal allerdings schlich sich in diese unbeschwerten Wochenenden ein bitterer Geschmack. Dann fiel ein Schatten über ihr Glück, und dann hielt Xavier sie in seinen Armen, um sie zu trösten. Er bemerkte ihre Stimmungsänderungen immer sofort und konnte sie, seit sie direkt nach ihrer ersten depressiven Verstimmung darüber gesprochen hatten, auch zuordnen. Mata vermisste ihre Kinder. Vor allem in Momenten des vollkommenen Glücks fragte sie sich, warum ihr kleiner Junge hatte sterben müssen, und überlegte, wie er wohl aussähe, wenn er hätte am Leben bleiben dürfen, und wie ihrer aller Alltag wohl ausgesehen hätte, wenn Non und Norman Xaviers Kinder gewesen wären und sie hier alle auf diesem Schloss ein glückliches Familienleben geführt hätten. Wieder und wieder sprach sie mit ihrem Liebsten auch darüber, ob es eine Möglichkeit gäbe, Non zu sich zu holen. Xavier versicherte ihr, dass er alles tun wolle, was in seiner Macht stand, dass er aber nicht wirklich einen Weg sehe, um ihr zu helfen. Dennoch war Mata glücklicher als je zuvor in ihrem Leben, das sie vollkommen in seine Hand legte. Es war ein so angenehmes Gefühl, sich um nichts mehr kümmern, nicht mehr bangen zu müssen. Sie überließ ihm alles, einschließlich ihres Vermögens. »Als Bankier weißt du, was du damit machen musst«, sagte sie und küsste ihn zärtlich.

»Leg es gut für mich an.«

Sie hatte ihren Hafen gefunden.

*

Als sie etwa zwei Monate nach ihrem Einzug von einem Spaziergang mit Anna zurückkehrte, kam ihnen in der Allee aufgeregt Pauline entgegengelaufen. »Sie haben Besuch«, keuchte die junge Frau vollkommen aufgelöst.

»Besuch?«, fragte Mata alarmiert. Keiner wusste, dass sie hier war, und das sollte auch unbedingt so bleiben.

»Ihre Schwiegermutter«, verkündete Pauline und sah sie aus großen Augen an. »Aber sie sagt, sie kenne sie gar nicht und sie seien gar nicht Monsieur Rousseaus Gemahlin.«

Mata wurde blass. Sie wechselte einen betroffenen Blick mit Anna, dann nahm sie die junge Frau beim Arm. »Hören Sie zu, Pauline«, sagte sie dann. »Meine Schwiegermutter hat recht. Ich bin nicht Monsieur Rousseaus Frau.«

Pauline sah wenig überrascht aus. »Das dachte ich mir«, sagte sie. »Sie sind Mata Hari. Ich habe schon viele Bilder von Ihnen gesehen.«

»Sie wussten es?«

Pauline schüttelte den Kopf. »Nein. Ich habe die Geschichte von Monsieur nicht hinterfragt. Und ich kenne auch nicht so viele Inderinnen. Ich dachte, vielleicht sehen Sie sich alle ähnlich. Und außerdem sehen Sie anders aus als auf den Zeitungsbildern.«

»Aber als Madame sagte, dass ich nicht Monsieurs Frau bin, haben Sie sich die Wahrheit zusammengereimt.«

Pauline nickte.

»Es tut mir leid«, versicherte Mata, während sie, zwischen ihren beiden Bediensteten, den Weg zum Schloss fortsetzte. »Ich wollte Sie nicht anlügen, Pauline. Ich wollte nur ein wenig Privatheit genießen, und die gäbe es nicht, wenn bekannt würde, wer ich bin.«

»Das verstehe ich. Und es geht mich ja auch nichts an.«

»Danke für Ihre Diskretion«, sagte Mata. »Sie sollen die ganze Wahrheit erfahren. Monsieur ist mit einer anderen Frau verheiratet. Aber wir lieben uns, und auch deshalb haben wir dieses Schloss gemietet.«

»Ja, das sieht man, dass Sie sich lieben«, erklärte Pauline. »Sie wirken sehr glücklich miteinander.«

»Das sind wir auch«, sagte Mata.

»Die anderen Dienstboten haben es allerdings ebenfalls mitbekommen, und einige sind empört.«

Obwohl Mata sich größte Mühe gab: Die älteren Dienstboten, die nicht eigens für sie neu eingestellt worden waren, begegneten ihr teilweise herablassend. Bisher hatte sie das nicht allzu nah an sich herankommen lassen, aber wenn sich dieser Zustand nun verschlimmern sollte, würde sie ihnen kündigen müssen. Zuvor aber stand ihr eine zweifellos unangenehme Begegnung bevor, und je näher Mata dem Schloss kam, desto nervöser wurde sie.

»Wo ist sie?«, fragte sie Pauline.

»Auf der Terrasse hinter dem Schloss. Wir haben Tee und Gebäck serviert.«

»Sehr gut«, befand Mata. »Ich will mich noch rasch etwas frisch machen und werde dann gleich zu ihr gehen.«

Madame Rousseau saß mitnichten am Tisch, als Mata, in einem zartgrünen Nachmittagskleid, durch den Salon auf die Terrasse trat, um ihren ungebetenen Gast zu begrüßen. Die alte Dame stand stattdessen am Fuß der Terrasse und ließ ihren Blick über die endlosen Weiten schweifen.

»Madame!«, sagte Mata und stellte sich neben sie. »Wie schön, dass Sie gekommen sind.«

Madame Rousseau wandte sich zu ihr um, und Mata stellte überrascht fest, wie jung und vital sie aussah. Unter dem hochgesteckten, dunklen Haar funkelten zwei sehr helle Augen, die Mata aufmerksam musterten. Sie trug wertvollen Schmuck, ihre Rechte lag auf einem diamantenbesetzten Spazierstock, dessen Knauf sie fest umschlossen hielt.

»Ach?«, fragte sie. »Freuen Sie sich darüber wirklich? Wie

Sie sich denken können, bin ich nicht in freundlicher Absicht gekommen.«

Mata blieb ruhig. Ihre Liebe zu Xavier hatte sie in die Lage versetzt, auch schwierigeren Situationen wie dieser gelassen entgegenzutreten. »Ja«, sagte sie. »Ich freue mich darüber, die Frau kennenzulernen, die diesem großartigen Mann das Leben geschenkt hat.«

»So pathetisch, meine Liebe?«, fragte Madame. »Aber das liegt Ihnen ja.«

»Ja«, entgegnete Mata. »Ja, das liegt mir. Setzen wir uns doch.«

Sie wartete, bis Xaviers Mutter Platz genommen hatte, und ließ sich ihr gegenüber nieder. Dann lächelte sie Pauline zu, die diensteifrig herbeigeeilt war, um Tee einzugießen.

»Sie dürfen sich entfernen«, sagte Madame anschließend hoheitsvoll zu dem Dienstmädchen. »Was ich zu sagen habe, ist nur für Madames Ohren bestimmt.«

»Sehr wohl«, bejahte Pauline und eilte ins Innere des Hauses.

»Ich sage es Ihnen ganz direkt«, begann Madame Rousseau, den Tee und das Gebäck ignorierend. »Ich möchte, dass Sie diese Liaison mit meinem Sohn beenden. Er hat bereits eine Familie.«

»Das tut mir leid«, erwiderte Mata. »Aber diesen Gefallen kann ich Ihnen nicht tun. Ich liebe Ihren Sohn, und er liebt mich. Und auch wenn Ihnen das nun vermutlich zu pathetisch scheint: Wir sind beide der Meinung, dass wir füreinander bestimmt und füreinander geschaffen sind.« Ihre Augen hatten zu leuchten begonnen, wie immer, wenn sie von Xavier sprach oder sich in seiner Nähe befand. »Er ist so ein kluger, humorvoller und fürsorglicher Mann.«

Madame betrachtete sie nachdenklich, während Mata ihre

Lobeshymne auf Xavier fortsetzte und sich gar nicht mehr bremsen konnte.

Schließlich nickte Madame Rousseau zufrieden. »Sie haben meinen Jungen gut charakterisiert«, sagte sie und klang beinahe zärtlich. »So wie Sie ihn beschrieben haben, ist er wirklich. Aber so hat seine Frau ihn nie gesehen.«

Mata lächelte. Darauf gab es nichts zu sagen.

»Sie tanzen nicht mehr?«, fragte Madame Rousseau dann übergangslos.

»Nein«, sagte Mata. »Ich möchte mich ganz Ihrem Sohn und der Liebe zu ihm widmen.«

Wieder nickte die andere, und Mata konnte in ihrem Gesicht sehen, dass die anfängliche Ablehnung nach und nach großer Zuneigung wich.

»Sie sind eine berühmte Tänzerin, Sie sind reich, Sie könnten allen Luxus haben, aber Sie sitzen hier in der Einsamkeit in einem Schloss ohne jeglichen Komfort und warten darauf, dass er am Wochenende kommt. Ich glaube, Sie lieben ihn wirklich.«

»Ja«, sagte Mata schlicht. »Ja, das tue ich.«

Madame seufzte auf. »Also, ich muss schon sagen, es geschieht nicht oft, dass ich meine Meinung ändere. Aber was Sie angeht, muss ich das tun. Ich freue mich von Herzen. Vor allem für Xavier. Mein Junge hat eine Frau an seiner Seite verdient, die ihn schätzt. Meine Schwiegertochter tut das nicht.« Sie rümpfte abfällig die Nase.

Mata schwieg. Sie wollte Xaviers Mutter keinesfalls über ihre Kontrahentin aushorchen, das wäre ihr unpassend erschienen, und sie und Xavier hatten sich ja auch bewusst dafür entschieden, seine Ehe auszuklammern. Aber ein wenig, das konnte sie nicht verhehlen, interessierte sie seine Gattin doch. Zu ihrer Erleichterung sprach Madame Rousseau ganz von selbst weiter: »Sie ist nur auf sein Geld aus. Und nichts kann er ihr recht machen.«

Dann unterbrach sie sich. »Nun, das ist alles andere als schicklich, vor Ihnen über meine Schwiegertochter zu schimpfen.« Sie lächelte Mata zu. »Aber ich würde Sie gern noch ein bisschen besser kennenlernen. Wenn Sie erlauben, bleibe ich für ein paar Tage. Und am Wochenende überraschen wir meinen Sohn mit meiner Anwesenheit.«

»Gern.« Mata versuchte, ihr Unbehagen herunterzuschlucken.

*

Doch sie hätte sich – zumindest in dieser Hinsicht – keine Sorgen zu machen brauchen. Madame Rousseau erwies sich als ausgesprochen amüsante und kurzweilige Gesellschafterin, und nachdem die anfängliche Skepsis verflogen war, begann Mata ihre Anwesenheit in vollen Zügen zu genießen. Auch Xavier zeigte sich von dem Besuch seiner Mutter eher erfreut als verärgert, und als sie abends im Bett lagen, gestand er ihr, dass er immer unter dem angespannten Verhältnis zwischen seiner Mutter und seiner Frau gelitten habe und sich nun darüber freue zu sehen, wie gut sich Madame Rousseau und Mata verstanden. Als beide schließlich wieder abreisten, hatte Mata das Gefühl, nun endgültig von der Familie Rousseau anerkannt und in ihr aufgenommen zu sein.

# 48. Kapitel

Und dann begann Xavier sich zu verändern. Mata bemerkte es sofort, obwohl sie es zunächst nicht greifen konnte. Die Veränderungen waren nur ganz fein, kaum wahrnehmbar, und wenn sie sich nicht so nah gewesen wären, hätte sie sie sicherlich auch gar nicht bemerkt. Doch sie verstärkten sich von Wochenende zu Wochenende. Xavier wirkte bedrückt, hatte seine Unbeschwertheit verloren, war oft innerlich abwesend. Und irgendwann lachten sie auch nicht mehr zusammen. Das Schlimmste aber war, dass sie ihre Ehrlichkeit verloren hatten, denn wenn Mata ihn fragte, was denn mit ihm sei, winkte er nur ab und sagte, es sei nichts, und als sie insistierte, reagierte er sogar unwillig bis harsch und fuhr sie an, er habe ihr doch gesagt, dass nichts sei, und sie solle es bitte unterlassen, in ihn zu dringen. Mata zog sich immer weiter in sich zurück, und die Abgeschiedenheit des Schlosses, die sie für lange Zeit so genossen hatte, war mit einem Mal beängstigend und bedrückend. Sie beriet mit Anna darüber, nach Paris zurückzukehren, und beide Frauen entschieden sich dafür. Wenn das zwischen ihr und Xavier wirklich Liebe sei, ließe sich ihre Beziehung so, wenn Mata wieder selbstständig sei, vielleicht retten, argumentierte Anna, und Mata weinte stundenlang in ihren Armen. Ihr Lebenstraum, dass es gelingen konnte, mit einem Mann lange

Zeit einfach nur glücklich zu sein, war nun wieder einmal und vermutlich endgültig zerplatzt.

»Ich werde ihn am kommenden Wochenende darum bitten, mir mein Geld wieder auszuzahlen. Dann suchen wir uns eine schöne Wohnung in Paris«, überlegte Mata. »Zum Glück bin ich zumindest finanziell nicht auf ihn angewiesen.«

»Ja«, sagte Anna und fügte hinzu: »Ach, Madame, es tut mir so unendlich leid.«

*

»Ich muss mit dir reden«, sagte Mata ernst, als Xavier am Freitag anreiste. Anders als früher hatte er sie nur mit einem halbherzigen Kuss auf den Mund begrüßt und war dann nach oben gegangen, um sich für das Abendessen anzukleiden. Als sie selbiges nun zusammen einnahmen, bat ihn Mata um das Gespräch.

Fragend sah er auf, Ablehnung im Blick. »Bitte, Mata«, knurrte er mit einer Stimme, die noch nie so kalt geklungen hatte. »Ich habe eine anstrengende Woche hinter mir und bin hier, um mich zu erholen. Ich kann wirklich keine neuerlichen Probleme gebrauchen.«

»Nun«, erwiderte sie ebenso kühl. »Nach meiner Mitteilung wirst du ein Problem weniger haben. Ich werde zurück nach Paris gehen. Dann bist du deiner lästigen Wochenendverpflichtung enthoben.«

»Was?« Er war kreidebleich geworden und ließ seine Gabel auf den Teller sinken. Mata hatte das Gefühl, als sei sie das erste Mal seit Wochen wieder zu ihm durchgedrungen, als sei er wie aus einem Traum erwacht.

»Ich werde zurück nach Paris gehen«, wiederholte sie ruhig. »Ich bin hier die ganze Woche allein, ohne dich, und wenn du am Wochenende kommst, bist du abweisend. Das ist nichts für mich.«

Wenn sie erwartet oder gehofft hatte, er werde jetzt einlenken, sie in seine Arme ziehen, sie bitten, ihm zu vergeben, hatte sie sich getäuscht.

Sie erkannte ihn kaum wieder, als er nun rief: »Das habe ich dir doch gleich gesagt, dass das nichts für dich ist, vergnügungssüchtig und geltungssüchtig, wie du bist. Aber nein, du wolltest ja unbedingt aufs Land, und es konnte nicht pompös genug sein. Weißt du überhaupt, was mich all das hier kostet?« Er machte eine weit ausholende Bewegung und sah sich im Speisesaal um, wobei sein Blick auf die junge Pauline Bessy fiel, die eingeschüchtert ob des Streits ihrer Herrschaft vor dem Kamin stand.

»Hinaus!«, spie Xavier ihr entgegen, und Pauline ergriff mit einem gemurmelten »Sehr wohl, Monsieur« hastig die Flucht.

Sprachlos sah Mata Xavier an. Sie hatte das Gefühl, einen völlig anderen Mann vor sich zu haben. Einen Mann, den sie nicht kannte. Er hatte nichts gemein mit dem zärtlichen, liebevollen und lustigen Xavier, den sie so in ihr Herz geschlossen hatte. Er erinnerte sie, wie er jetzt vor ihr saß und sich augenscheinlich in keiner Weise unter Kontrolle hatte, in erschreckender Weise an John, und Angst kroch in ihr empor. Sie durfte jetzt nicht hysterisch werden, befahl sie sich. Sie musste ruhig bleiben, unbedingt!

»Ich habe gar nichts gefordert, außer aufs Land zu gehen«, sagte sie daher distanziert. »Dieses Schloss hast du für mich ausgesucht, Xavier. Und natürlich fand ich es schön, aber ich habe es nicht gefordert. Ich habe mich für eine Abgeschiedenheit entschieden, um mit meinem liebevollen, zärtlichen, humorvollen Mann Zeit verbringen zu können. Aber dieser Mann ist verschwunden. Es gibt ihn offensichtlich nicht mehr. Und deshalb bin ich nun sehr einsam.«

»Du liebe Güte«, höhnte Xavier. »Wie melodramatisch.«

Nun hatte Mata genug. Sie erhob sich. »Es reicht jetzt. Ich werde das Schloss noch morgen verlassen. Ich erwarte die umgehende Rückzahlung meines Geldes auf meinem Bankkonto.«

Plötzlich fiel Xavier in sich zusammen. Keine Wut war mehr in ihm und auch keine Farbe. Ganz klein wirkte er auf einmal, als er sagte: »Das ist es ja. Das Geld ist weg. Restlos weg.«

Erschüttert ließ Mata sich wieder auf ihren Stuhl sinken.

*

Fürs Erste kehrte Mata mit Anna in ihre Villa nach Neuilly zurück. Zwar gehörte diese Xavier, aber wenn er schon all ihr Geld verloren hatte, argumentierte Mata, dann könne sie doch wenigstens noch in seinem Haus leben, bis sie etwas Neues gefunden hatte.

An jenem schicksalhaften Abend hatte Xavier ihr alles erzählt, sich alles von der Seele geredet. Er habe einen großen Fehler begangen und Geld verloren. Viel Geld. Von ihr und auch von anderen Menschen, die ihm nahestanden und die ihn nun teilweise massiv unter Druck setzten. Xavier, der erfahrene Bankier, hatte sich verspekuliert und alles verloren. Auch die zweihunderttausend Mark, die Mata ihm anvertraut hatte. Als er ihr alles gestanden hatte, hatte er sie um Verzeihung gebeten, ihr versichert, es wiedergutmachen zu wollen, und ihr auch erläutert, dass er sich nur deshalb so seltsam verhalten hatte, weil er so furchtbare Angst gehabt hatte, ihr alles zu gestehen. Denn er hatte nicht nur ihr Vermögen verloren, sondern auch sein eigenes. Ihr prunkvolles Leben wäre vorbei. Er habe sich einfach schrecklich geschämt, erklärte er.

Doch Mata verzieh ihm nicht. Wobei es ihr nicht einmal darum ging, dass er einen Großteil ihres Vermögens verloren hatte. Was sie am allermeisten traf, war die Tatsache, dass er seine Not nicht mit ihr geteilt, sich von ihr abgewandt hatte. Dabei hatte sie doch gedacht, sie seien sich so nah, wie man sich nur sein konnte, und es gebe nichts, was sie auseinanderbringen würde. Vor allem aber hatte er ihr Angst gemacht und sie zutiefst verletzt, als er sie bei ihrem letzten gemeinsamen Abendessen derart verhöhnt hatte. Wieder einmal hatte Mata schmerzlich erfahren müssen, dass man sich auf niemanden verlassen konnte. Und dass es besser war, das Herz nicht zu öffnen. Denn je offener das Herz, desto größer die Verletzbarkeit.

Xavier hatte ihr unendlich wehgetan, und das war ihm nur möglich gewesen, weil er große Macht über sie hatte. Diese wollte sie ihm nie wieder einräumen.

Nach ihrem Streit war sie in Annas Zimmer geflüchtet und hatte sich von ihrer Gesellschafterin trösten lassen, bis sie schließlich in deren Armen vollkommen erschöpft eingeschlafen war. Am kommenden Morgen hatte sie sich in Annas Bett, liebevoll zugedeckt, vorgefunden, während diese die Nacht auf ihrem Sessel verbracht hatte. Mata hatte sie angewiesen zu packen und dem Diener – einer von jenen, die ihr abweisend gegenüberstanden – befohlen, ihr Gepäck zur Kutsche zu bringen. Und nun war sie also hier. Wieder.

»Irgendwie fühlt es sich schon an wie ein Zuhause«, sagte Mata und sah sich um. »Auch wenn es das nicht mehr ist.«

Traurig fügte sie hinzu: »Als ich hier das letzte Mal war, war zwischen uns noch alles in Ordnung. Und ich dachte, endlich meine große Liebe gefunden zu haben.«

»Es tut mir wirklich sehr leid, was Ihnen widerfahren ist«,

versicherte Anna und schlug vor: »Ich mache uns jetzt erst mal ein schönes Feuer im Kamin. Und dann sehen wir weiter.«

Mata nickte und kuschelte sich in ihren Sessel. Der Raum mit seinen getünchten Wänden und dem frei liegenden Fachwerk war in seiner Heimeligkeit fast schon tröstlich. Dieser Umstand konnte aber nicht darüber hinwegtäuschen, wie einsam sie war.

Nachdenklich blickte Mata ins Feuer. Vielleicht hatte sie nie genug gekämpft? Vielleicht hatte sie immer zu schnell aufgegeben? John war inzwischen auch von seiner zweiten Frau geschieden. Und die gemeinsame Tochter lebte bei der Mutter. Dann müsste das doch auch bei ihr möglich sein!

Die Flammen tanzten einen perfekten Tanz, die Wärme breitete sich langsam im ganzen Zimmer aus. Wärme. Nähe. Geborgenheit. Das, wonach sie sich immer gesehnt hatte, konnte und wollte sie ihrer kleinen Tochter geben. Wobei klein eigentlich nicht stimmte: Non war inzwischen immerhin dreizehn Jahre alt!

»Anna«, sagte Mata kurz entschlossen. »Wir werden mit allen Mitteln darum kämpfen, Non zurückzugewinnen. Sie werden nach Holland fahren, um sie zu beobachten.«

# 49. Kapitel

Mata hatte ihrer Gesellschafterin deren Unbehagen über das Vorhaben deutlich angemerkt, doch sie widersprach nicht, und Mata konnte sich auch denken, warum: Anna liebte sie inzwischen wie eine Tochter und wollte immer das Beste für sie, wünschte sich nichts sehnlicher, als dass sie glücklich wäre. Und wenn Mata zu ihrem Glück eben ihre Tochter brauchte, würde Anna alles tun, um ihr dieses Glück zu ermöglichen, vor allem da Mata mit der Trennung von Xavier jüngst einen so schweren Schicksalsschlag hatte hinnehmen müssen. Also tat Anna, wie ihr geheißen.

»Sie werden nach Holland fahren und mit Non zurückkehren. Koste es, was es wolle.«

»Sie wollen aber nicht, dass ich Non entführe?«, fragte Anna eingeschüchtert.

»Wenn es sein muss, auch das«, erklärte Mata.

»Aber dann würde ich mich strafbar machen und müsste ins Gefängnis.«

»Aber nein«, versicherte Mata. »Ein Kind gehört zu seiner Mutter, und wenn der Vater den Kontakt verweigert, muss man eben zu anderen Mitteln greifen. Das wird jeder verstehen.«

Anna sah sie zweifelnd an, sagte jedoch nichts.

»Hören Sie zu«, fuhr Mata fort. »Ich habe mir das schon

genau überlegt. Sie fahren mit dem Auto nach Velp, ihrem Wohnort, das ist ganz in der Nähe von Arnheim, das kennen Sie ja schon. Sie bringen Non dazu, mit Ihnen zu kommen, und fahren mit ihr nach Antwerpen. Dort steigen Sie in den Zug nach Paris, und dort werde ich euch holen.«

»Aber ich kann doch gar nicht Auto fahren«, argumentierte Anna hilflos.

»Das müssen Sie auch gar nicht«, entgegnete Mata erstaunt. »Sie bekommen selbstverständlich einen Chauffeur vor Ort.«

»Sie reden immer davon, ich solle keine Kosten scheuen – und nun noch der Chauffeur«, setzte Anna an. »Haben wir denn überhaupt noch Geld? Ich meine, haben *Sie* überhaupt noch Geld? Bitte entschuldigen Sie, ich wollte nicht …«

»Es ist alles gut, Anna«, beruhigte Mata ihre Gesellschafterin, die sie noch nie so aufgelöst gesehen hatte. Es war deutlich zu erkennen, dass Anna sich angesichts der geplanten Entführung Nons – und nichts anderes war es, wie sie beide sehr wohl wussten – alles andere als wohlfühlte.

»Ich habe Xavier nicht alles Geld gegeben. Etwa hunderttausend Mark von dem Geld, das Alfred mir überlassen hat, sind noch übrig.«

»Ach so«, machte Anna. »Ja, dann …«

Kurz darauf, im Februar 1912, reiste Anna ab. Mata, die in Neuilly zurückblieb, wartete voller Anspannung auf Neuigkeiten oder auf eine Rückkehr der beiden. Zum ersten Mal seit Anna in ihr Leben getreten war, war sie wirklich ganz allein. Es gab keine Anna, es gab keinen Mann in ihrem Leben und schon gar keine Non. Zwar versuchte Xavier, immer wieder zu ihr durchzudringen, aber sie wies ihn jedes Mal ab. Bei seinem ersten Besuch hatte sie ihn noch empfangen und sich angehört, was er ihr schon am Abend seines Geständnisses gesagt hatte. Er hatte erklärt, er werde alles gutmachen, und einen Moment lang war sie sogar versucht gewesen nachzugeben, zu groß war die Sehnsucht nach den glücklichen Tagen. Doch dann hatte er gesagt, bis dahin könnten sie ja von dem Geld leben, das Kiepert ihr hinterlassen hatte. In einer Partnerschaft müsse man gegenseitig füreinander einstehen, schließlich habe sie ja auch lang genug von ihm gelebt.

Mata hatte ihn hinausgeworfen. Sie, die unzählige Männer nur ihres Geldes und Rangs wegen in ihr Bett gelassen hatte, fühlte sich von ihm ausgenutzt und hatte das Dienstpersonal angewiesen, ihn nicht mehr zu ihr zu lassen. Und die Diener hörten inzwischen auf sie, nicht auf ihn, da sie es nun war, die ihre Löhne bezahlte. Der Butler informierte sie aber stets darüber, wenn Xavier Rousseau wieder einmal vor der Tür stand. Fünfmal war das bisher der Fall gewesen.

Die Tage zogen sich endlos in die Länge, und Mata wäre gern für Non einkaufen gegangen, wagte es aber nicht. Schließlich hatte sie das Mädchen beim letzten Mal mit ihren Geschenken überfordert, und außerdem war ja noch längst nicht klar, ob Anna wirklich mit Non zurückkehren würde – oder alleine. Wenn Non allerdings in ihrer Begleitung wäre, überlegte Mata, hätte das junge Mädchen sicherlich große Freude daran, gemeinsam mit ihr durch die Kaufhäuser zu schlendern und sich jeden Wunsch erfüllen zu lassen. Das wäre doch viel schöner, als zu Hause einen Berg von Geschenken vorzufinden.

Und dann war Anna wieder da. Mata, die fast die ganze Zeit über am Fenster gestanden und gewartet hatte, sah die Droschke, die vor dem Haus hielt, sah, wie Anna ausstieg, wartete mit rasendem Herzen darauf, dass sich die andere Tür ebenfalls öffnen und ihre Non herauskommen würde, doch die zweite Wagentür blieb geschlossen. Die Droschke fuhr wieder ab, Anna ging schweren Schrittes und mit gesenktem Kopf auf das Haus zu, Mata flog nach unten und riss noch vor dem herbeigeeilten Butler die Haustür auf. »Was ist?«, keuchte sie. »Wo ist Non?«

Doch Anna schüttelte nur müde den Kopf, nichts als Kummer stand in ihrem Gesicht, als sie sagte: »Es ist alles ganz furchtbar schiefgelaufen.«

»Aber was ist denn passiert, um Himmels willen?« Mata nahm sie beim Arm.

»Wenn ich mich vielleicht setzen dürfte?«, bat Anna sichtlich mitgenommen.

»Aber natürlich.« Mata zog ihre Gesellschafterin in Richtung Wohnzimmer. »Ich bin nur so schrecklich aufgeregt.«

Sie nahmen vor dem Kamin Platz, und Mata bat Agathe, das Dienstmädchen, Anna etwas Tee und Gebäck zu servieren, dann begann diese mit ihrem Bericht.

»Ich habe mich vielleicht auch etwas dumm angestellt«, sagte die sonst so gelassene Mittfünfzigerin und konnte offenbar nur mit Mühe die Tränen unterdrücken. »Ich war einfach so nervös, denn ein Kind zu entführen, das ist eine Straftat, das wissen wir beide. Aber ich hätte es ja für Sie gemacht, und ich weiß, was es Ihnen bedeutet, aber ich hätte es sicher geschickter anstellen können.«

In diesem Moment brachte das Mädchen den Tee und das Gebäck, die beiden Frauen schwiegen, während sie servierte, und das gab Anna die Gelegenheit, sich etwas zu fangen. Als Agathe den Raum verlassen hatte, fuhr Anna fort:

»Gleich nach meiner Ankunft habe ich mich vor Nons Schule positioniert. Ich hatte vorher Bonbons gekauft. Und ich hatte ein älteres Mädchen gebeten, bei mir zu bleiben und mir zu zeigen, welches der Mädchen Non ist – ich habe sie ja auch schon lange nicht mehr gesehen, und in diesem Alter verändern sich die Kinder schnell.«

Mata nickte ungeduldig. »Und dann?«

»Dann kam Non heraus. Und in dem Moment eilte Major MacLeod auf die Schule zu. Und dann habe ich vermutlich einen Fehler gemacht.«

»Was?«, rief Mata, bis auf das Äußerste gespannt. »Was haben Sie gemacht?«

»Ich habe MacLeod direkt angesprochen, als er mit Non aus der Schule kam«, stieß Anna hervor. »Und habe ihm gesagt, eine Dame habe mir ein Geschenk für seine Tochter gegeben. Damit wusste er vermutlich sofort, was Sache ist, und sagte: ›Wenn hier Geschenke gemacht werden, so bin ich derjenige, der sie macht.‹ Dann hat er mir den Rücken zugedreht und ist mit Non davongegangen.«

»O nein«, ächzte Mata. »Denken Sie, sie haben Sie erkannt?«

»Nein«, sagte Anna. »Damals am Bahnhof haben sie mich ja gar nicht bemerkt. Ich stand zu abseits, und sie waren vollkommen auf Sie fixiert.«

»Und einen weiteren Versuch, Non zu treffen, haben Sie nicht unternommen?«, hakte Mata nach.

»Nein«, murmelte Anna. »Ich … ich konnte es einfach nicht. Ich wollte nur noch weg, so schnell wie möglich. Bitte verzeihen Sie mir.«

Mata nickte. Dann beugte sie sich vor und legte eine Hand auf die ihrer Gesellschafterin. »Entschuldigung«, sagte sie.

Anna sah sie überrascht an.

»Entschuldigung, dass ich Sie in diese Situation gebracht habe«, fuhr sie fort. »Ich war dumm und egoistisch. Sie sind so eine brave Frau, Anna, Sie haben sich nie etwas zuschulden kommen lassen. Und ich habe Sie gezwungen, eine Straftat zu begehen, zumal ich weiß, dass Sie mir nichts abschlagen können. Es tut mir wirklich leid.«

Überrascht und unendlich erleichtert sah Anna sie an. Dann brach sich die ganze Anspannung der letzten Tage Bahn, und sie begann bitterlich zu weinen.

Mata zögerte keine Sekunde, stand auf, setzte sich neben ihre Gesellschafterin auf das Sofa und zog sie in ihre Arme.

»Es tut mir leid«, sagte sie erneut.

# 50. Kapitel

Auch wenn sie es sich Anna gegenüber nicht anmerken ließ: Mata hatte finanzielle Sorgen. Mit den hunderttausend Mark, die Alfred ihr hinterlassen hatte, hatte sie die Villa Madrid in Neuilly gekauft, sie brauchte ein Zuhause, und dieses Haus bot ihr ein solches. Doch damit war sie pleite. Sie hatte kein Geld mehr, um ihren und Annas Lebensunterhalt zu bestreiten und die Dienerschaft zu bezahlen. Nachdem sie eine halbe Stunde lang grüblerisch in ihrem Zimmer auf und ab gegangen war, setzte sie sich an ihren Sekretär und begann zu schreiben.

*Cher Gabriel,*
*nun sind zwei Jahre vergangen, seit ich das letzte Mal von mir habe hören lassen, und ich hoffe, Sie nehmen mir diese Auszeit nicht übel.*

Nachdenklich hielt sie inne. Es lag auf der Hand, dass Astruc ihr ihr zweijähriges Verschwinden durchaus übel nahm, schließlich hatte sie ihn damals einfach stehen lassen. Zwar hatte er ohnehin keine Engagements für sie gehabt, aber das tat nichts zur Sache. Sie hatte bei ihm unter Vertrag gestanden. Daher brauchte sie eine Ausrede.

*Ich habe diese Zeit gebraucht, um zu mir selbst und zu den Wurzeln meiner Kunst zu finden. Ich habe neue Tänze einstudiert, und ich bin sicher, dass sie Ihnen, wenn Sie die Gelegenheit hätten, sie zu sehen, gefallen würden. Aber ich habe in dieser Zeit kein Geld verdient und benötige nun dringend welches. Kennen Sie wohl jemanden, der an der Förderung von Künstlern interessiert ist? Ich denke an einen Kapitalisten, der eine Investition machen möchte. Ich befinde mich zurzeit in einer ziemlich schwierigen Lage und benötige umgehend etwa dreißigtausend Francs, um aus dieser Situation herauszukommen und die geistige Ruhe wiederzugewinnen, die ich für meine Kunst so nötig brauche. Es wäre wirklich schade, eine aussichtsreiche Karriere wie die meine vorzeitig zu beenden. Als Garantie für ein Darlehen biete ich alles, was ich in meinem Haus besitze, einschließlich der Pferde und Wagen. In der Hoffnung auf eine positive Antwort bin ich Ihre*
*Mata Hari*

Astrucs Antwort ließ auf sich warten. Mata war empört. Wie konnte er sie nur so behandeln? Das hätte er früher nicht gewagt. Andererseits war sie über die Jahre zu mehr Selbstreflexion gelangt, und ihr war klar, dass er nicht sofort wieder herbeisprang, nachdem sie damals einfach verschwunden war und sich zwei Jahre lang nicht gemeldet hatte. Sie beschloss, noch ein wenig zu warten und ihren ehemaligen Agenten dann, wenn er sich nicht melden sollte, persönlich aufzusuchen. Doch das Warten sollte sich lohnen. Astruc hatte zwar keinen Investor, aber ein Engagement für sie.

»Anna!«, rief Mata. »Bitte kommen Sie! So schnell, wie Sie können.«

Keine Minute später stand die Gesellschafterin im Frühstückszimmer, wo die Sechsunddreißigjährige gerade ihre Post durchgegangen war. »Der Brief ist von Astruc«, rief sie und streckte Anna den Umschlag entgegen. »Er hat ein Engagement für mich.«

»Das ist ja großartig«, freute sich Anna. »Ich wusste, dass Sie zurückkehren werden. Sie gehören einfach auf die Bühne!«

»Aber was für eine Bühne!« Mata strahlte. »Astruc hat einen Auftritt in der Mailänder Scala für mich arrangieren können. Können Sie das glauben?«

Glücklich fiel sie der Älteren um den Hals.

»Wie wunderbar!« Anna zog sie enger in ihre Arme. »Das werden Sie ganz großartig meistern.«

»Ja, das werde ich. Und das ist noch nicht alles, Anna, stellen Sie sich vor, Astruc will sich auch dafür einsetzen, dass ich bei den Balletts Russes auftreten kann. Mit Diaghilew arbeiten, Anna, das wäre ein Traum! Ich weiß, dass ich dafür bestimmt bin.«

*

Matas Ankunft in der Hauptstadt der Lombardei war für sie eine Offenbarung. Ein wenig fühlte es sich an wie damals, vor acht Jahren, als sie das erste Mal nach Paris gekommen war. Und doch war es anders. Ganz anders. Denn als Mata nach Paris gefahren war, hatte sie einer ungewissen Zukunft entgegengeblickt, sie hatte nicht gewusst, wie es weitergehen sollte, und hätte niemals geahnt, dass sie als Tänzerin die Bühnen erobern würde. Mailand war anders. Mailand *erwartete* sie, es war der Ort, an dem sie mit Glanz und Gloria auf die Bühne zurückkehren würde. Sie war die große Mata Hari. Die Welt gierte danach, sie zu sehen. Obwohl sie jetzt, da sie ihre Gage noch nicht erhalten hatte, über nicht genügend Geld verfügte, um einkaufen zu gehen, genoss sie es doch, mit Anna durch die Galleria Vittorio Emanuele II. zu bummeln.

»Bald werde ich mir all das wieder leisten können, Anna«, sagte Mata und betrachtete sehnsüchtig ein paar überdimensionale, tropfenförmige Diamantohrringe in einem Schaufenster des Juweliers Pepenero.

»Und solange können Sie die Ohrringe tragen, die sich bereits in Ihrem Besitz befinden«, sagte Anna trocken. »Sie haben nämlich genau die gleichen.«

Mata musste lachen. »Erwischt«, sagte sie. »Ich muss gestehen, dass es mir mehr Freude bereitet, die Dinge anzuschaffen, als sie zu besitzen.«

Sie hakte die Ältere unter. »Meine Proben beginnen erst morgen, aber ich würde mir die Scala gern schon einmal ansehen. Begleiten Sie mich?«

Anna strahlte. »Nur allzu gern.«

Eine halbe Stunde später standen sie vor dem Eingang – einer Vorhalle mit Portikus. Mata legte den Kopf in den Nacken und sah an dem gigantischen klassizistischen Gebäude empor. »Die Scala«, sagte sie staunend. »Ich trete wirklich in der Mailänder Scala auf, dem größten Opernhaus der Welt. Höher hinauf geht es nicht. Ich habe es geschafft.« Gerührt betrachtete sie das Giebelfeld, in dem der Sonnenwagen des Apoll dargestellt war. »Was für ein gutes Omen«, sagte sie. »Der Gott Apoll kümmert sich hier an der Fassade um die Sonne. Und ich als Mata Hari, die *aufgehende* Sonne, tanze im Inneren des Gebäudes.«

Sie wandte sich an ihre Gesellschafterin. »Sie wissen schon, dass Mata Hari auf Malaiisch aufgehende Sonne bedeutet?«

Anna sah sie verwundert an. »Aber natürlich weiß ich das. Ich lebe immerhin schon eine ganze Weile mit Ihnen.«

»Stimmt«, musste Mata eingestehen. »Wie dumm von mir.«

»Aber wenn wir schon bei Namen sind«, fuhr Anna fort, »Wissen *Sie* eigentlich, woher die Scala ihren Namen hat?«

Mata schüttelte den Kopf. »Nein, aber Sie wissen es bestimmt, weil Sie sich ja immer so ausführlich mit den Orten beschäftigen, an die wir reisen oder an denen ich auftrete.«

»Ja«, bestätigte Anna. »Ja, ich weiß es. Und es wird Ihnen gefallen, denn es ist eine Frau, der wir die Scala zu verdanken haben.«

»Eine Frau?« Mata sah sie fragend an. »Eine Frau namens Scala? Das wäre auch ein hübscher Name für mich gewesen. Zumal es ein wenig nach Skandal klingt«, fügte sie selbstironisch hinzu.

Anna musste lachen. »1776 ist der Vorgängerbau, das Teatro Regio Ducale, abgebrannt«, setzte sie dann zu ihrem kleinen Exkurs in die Geschichte des Hauses an. »Die Lombardei und damit auch ihre Hauptstadt Mailand war damals noch österreichisch, und Kaiserin Maria Theresia kümmerte sich darum, dass das abgebrannte Theater einen würdigen Nachfolger erhielt.«

»Die Scala«, erriet Mata, und Anna nickte.

»Aber warum dann Scala?«, fragte die Tänzerin. »Sie hätte es ja auch Teatro Maria Theresia nennen können, was übrigens auch ausgesprochen gut geklungen hätte.«

Anna lachte. »Sie ließ für den Neubau die Kirche Santa Maria alla Scala abreißen«, erklärte sie. »Zur Erinnerung an das Gotteshaus, das von Beatrice Regina della Scala gestiftet worden war, erhielt das Theater dann einen Teil von deren Namen. Und so wurde das Opernhaus nicht nur von einer Frau errichtet, sondern bekam auch den Namen einer anderen. Und sie beide waren für die Geschichte dieses Ortes so bedeutsam.«

Wieder blickte Mata nachdenklich an dem Gebäude empor. Und abermals fragte sie sich, ob es später etwas geben würde, das auch an sie erinnerte. Würde eine Straße nach ihr benannt werden? Vielleicht sogar ein Opernhaus? Würde jemand einmal eine Biografie, einen Roman über sie schreiben? Oder würde man ihren Namen in hundert Jahren vollkommen vergessen haben?

# 51. Kapitel

Die Arbeit an der Scala war für Mata sehr bereichernd. Und dieses Mal geriet sie auch weder mit dem Regisseur noch mit den anderen Schauspielern aneinander. Sie wollte aus ihren Fehlern lernen. Und von ihren Kollegen, denn auch wenn sie sicherlich nicht unter mangelndem Selbstbewusstsein litt, so gab es doch gerade hier in Mailand einige, die sie bewunderte und von denen sie nur allzu gern lernen wollte. Eines dieser Vorbilder war Olga Iossifowna Preobraschenskaja, eine der berühmtesten Ballerinen ihrer Zeit. Die Russin war wenige Jahre älter als sie und, wie Mata fand, ungemein ausdrucksstark und beweglich. Auf ihr Können bildete sich die Ballerina – zumindest Mata gegenüber – aber überhaupt nichts ein, gab sich freundlich und offen und machte der anderen Komplimente für deren tänzerischen Ausdruck. Und dann sagte Mata einen Satz, den sie noch nie in ihrem ganzen Leben zu jemandem gesagt hatte: »Ich würde gern von Ihnen lernen.«

Olga nickte. Eine Frage wie diese war selbstverständlich für sie, hatte sie doch bereits zahlreiche berühmte Ballerinen unterrichtet.

»In Ordnung«, sagte sie nur. »Treffen wir uns morgen vor der Probe im Gymnastiksaal.«

Mata war pünktlich auf die Minute, Olga ebenfalls. »Ich habe

Ihren Tanz gestern auf der Bühne gesehen«, sagte sie. »Sie tanzen wirklich wie eine Göttin.« Die zierliche Russin lächelte, und Mata wunderte sich, dass sie, die viel gefeierte Diva, wegen des Kompliments dieser Frau so verlegen wurde. Vielleicht, weil sie Olga ebenfalls hatte tanzen sehen und fand, dass man aus deren Bewegungen nicht nur enormes Talent, sondern auch eine enorm präzise Technik erkennen konnte. Olga Iossifowna Preobraschenskaja tanzte nicht intuitiv, sondern sie beherrschte jede noch so winzige Bewegung vollkommen. Vor ihr kam Mata, die ganz stark ihrer eigenen Intuition zu folgen pflegte und diese in ihren Bewegungen zum Ausdruck brachte, sich vor wie eine Anfängerin. Und eben weil ein Engagement bei den Balletts Russes winkte, verunsicherte sie die Präzision dieser Frau noch mehr, und sie fragte sich, ob sie bei Diaghilew wirklich eine Chance hatte. Energisch hieß sie die innere Stimme schweigen. Ohnehin ließ sie Momente des Selbstzweifels nur sehr selten zu. Sie war Mata Hari, der Star der Mailänder Scala, und wenn sie nun von einer Kollegin noch etwas dazulernen könnte, vor allem als Vorbereitung auf die Balletts Russes, dann war das doch nur gut. Umgekehrt könnte auch sie Olga sicherlich eine Menge beibringen.

»Tanzen Sie«, forderte die andere sie auf. »Tanzen Sie noch mal die Prinzessin. Ich werde Sie korrigieren.«

Leiser Ärger stieg in Mata auf. Was sollte das heißen: Ich werde Sie korrigieren? Niemand korrigierte eine Mata Hari! Andererseits hatte sie ja genau darum gebeten! Olga Iossifowna Preobraschenskaja tat nur das, was sie von ihr gewollt hatte. Vielleicht, überlegte sie, hatte sie die andere nur deshalb danach gefragt, damit diese laut auflachen und sagen könne, Mata brauche doch nun wirklich keinen Unterricht und sie könne ihr nichts beibringen?

»Madame?«, fragte die Russin in ihre Gedanken hinein, und Mata hörte eine leise Ungeduld in deren Stimme. Natürlich. Olga war diszipliniert. Sicher war sie immer pünktlich auf die Minute und kam nie zu spät.

Lass dich drauf ein, sagte sich Mata. Du kannst von ihr nur lernen. Und es sieht und weiß ja keiner, dass sie dich hier unterrichtet.

Minuten später hatte sie alle Ressentiments und inneren Kämpfe vergessen. Nun regierte nur noch die Kunst. Die beiden Frauen arbeiteten hoch konzentriert, Olgas Anmerkungen waren, wie Mata sich eingestehen musste, allesamt ungemein bereichernd und brachten Struktur und Festigkeit in ihren sonst so impulsiven Tanz. Und Mata hatte das Gefühl, dass die Ausdruckskraft ihrer Kunst darunter nicht litt – im Gegenteil.

*

Matas Tanz *Die Prinzessin und die Zauberblume* im fünften Akt der 1777 komponierten Oper *Armide* von Christoph Willibald Gluck war ein voller Erfolg – die Zuschauer jubelten ihr zu, und sie wusste, dass sie es verdient hatte. Nie zuvor war sie so großartig gewesen. Ungemein befriedigend fand sie aber auch die Tatsache, dass sie damit wohl ihre Feuerprobe als Ballerina bestanden hatte. Und es würde ein weiterer Auftritt folgen: Nach einem rauschenden Silvesterfest, bei dem sie wie eh und je im Mittelpunkt des männlichen Interesses gestanden hatte, brillierte sie am 4. Januar als Venus in einem Stück des italienischen Komponisten Romualdo Marenco. Mata hatte das Gefühl, auf dem absoluten Höhepunkt ihres Lebens angekommen zu sein. Die traurige Liebe zu Xavier war längst überwunden, sie besaß auch wieder eine Menge Geld, die Tropfenohrringe hatte sie erstanden, und die Männer lagen ihr nach wie vor zu Füßen – ungeachtet der Tatsache, dass sie inzwischen siebenunddreißig Jahre alt und damit nicht mehr ganz jung war. Einer ihrer Bewunderer war der dreiunddreißigjährige Dirigent der Eröffnungsvorstellung, Tullio Serafin, und als sie sich auf der Premierenfeier stundenlang unterhielten – Mata war ebenfalls durchaus beeindruckt von dem so jungen wie berühmten und begnadeten Dirigenten –, stellte sie fest, dass Tullio ihr Komplimente für andere Dinge machte, als es die Männer vor ihm getan hatten. Mit der ihm eigenen italienischen Glut huldigte er zwar ihrer Schönheit, erklärte ihr aber auch, sie sei eine *Grande Dame*, er bewundere sie, weil sie so kultiviert sei, so durch und durch Künstlerin.

»Das strömt Ihnen aus jeder Pore«, sagte er und unterstrich seine Worte mit Gesten, als würde er dirigieren. Mata betrachtete ihn fasziniert. Dieses Kompliment konnte sie nur zurückgeben.

»Sie sind für die Kunst geboren, Mata«, sagte er, während er ihre Hand nahm, sie küsste und ihr dabei in die Augen sah. »Sie sind ein wunderschönes und ungemein begabtes Geschöpf. Wie eine natürliche Aristokratin. Eine Aristokratin der Künste.«

Mata musste lächeln.

»Was?«, fragte er. »Warum lächeln Sie?«

»Ach«, sagte sie. »Aristokratin der Künste, das gefällt mir einfach.«

»Mir auch«, bekräftigte er. »Und wie.«

»Bisher haben mich die Männer immer für meine Schönheit bewundert. Und natürlich auch dafür, wie ich tanze. Aber die Künstlerin in dieser Tiefe, die hat noch niemand in mir gesehen.«

»Dann haben sie das Schönste an dieser unfassbar schönen

Frau bisher noch nicht entdeckt«, sagte er leise und sah ihr erneut tief in die Augen.

Und obwohl sie nicht allein waren, war dieser Moment von ungemeiner Intimität.

# 52. Kapitel

Inzwischen hatte Mata auch den dritten Erinnerungsband fast zur Gänze mit Briefen und Zeitungsartikeln gefüllt.

»Wenn wir zurück sind, müssen wir neue Alben besorgen«, sagte sie lächelnd zu Anna.

Die stimmte zu. »Ich kümmere mich sofort nach unserer Rückkehr darum.«

»Ach, Anna«, seufzte Mata zufrieden. »Ich bin wieder da.«

Nachdem sie den letzten Zeitungsartikel eingeklebt hatte, schrieb sie an Astruc.

*9. Februar 1912*

*Cher Gabriel,*
*als Venus bin ich ein voller Erfolg. Alle Journalisten sind begeistert von mir, die Zeitungen sind voll von meinen Bildern und Berichten über meine Tanzkunst. Alle Zeitungen behaupten einstimmig, dass ich die ideale Venus bin. Bei den Mailändern und dem Ballettmeister der Scala habe ich großen Eindruck hinterlassen. Ich tanze die Venus mit meinem eigenen Haar, also dunkel. Sie waren zunächst verblüfft, doch ich belehrte sie, dass die Venus eine abstrakte Figur sei, die Verkörperung der Schönheit schlechthin. Sie könne also braun, rothaarig oder auch blond sein. Sie gaben mir recht.*

Astruc antwortete umgehend. Und er hatte eine hervorragende Nachricht.

*Ihr Ruhm ist bis nach Russland gedrungen. Ich stand ja schon vor Ihrer Abreise nach Mailand in recht vielversprechenden Verhandlungen mit Diaghilew. Aber diese Verhandlungen sind weitgehend abgeschlossen. Eigentlich geht es nun nur noch um die Einzelheiten des Vertrages. Ich lege Ihnen den Entwurf bei. Sie müssen ihn nur noch zurückschicken. Außerdem bin ich mit Berlin in Verhandlungen, auch dort besteht großes Interesse an einem Auftritt Ihrerseits. Ich schlage vor, dass Sie dort noch einmal auftreten, bevor Sie sich den Balletts Russes anschließen.*

Mata teilte Anna die Neuigkeiten jubelnd mit und machte sich sodann, nachdem sie den Vertragsentwurf gelesen hatte, an ein Antwortschreiben.

*Anbei sende ich Ihnen den Vertragsentwurf zurück mit der Bitte, ihn an Diaghilew weiterzuleiten. Was Berlin betrifft, so bin ich durchaus bereit, einen meiner klassischen Tänze dort vorzuführen. Doch ich glaube nicht, dass ich dort die Bühnenausstattung an üppigen Pflanzen und Mondlicht erhalten werde, die beide für meinen Tanz so unerlässlich sind.*

Nachdenklich sah sie aus dem Fenster ihres Hotelzimmers, das auf die Piazza del Duomo blickte. Sie wollte nicht wieder nach Berlin. Eine Rückkehr dorthin käme ihr wie ein Rückschritt vor, und vermutlich würde sie dort auch alles an Alfred Kiepert erinnern, was sie nicht wollte. Aus der Mailänder Perspektive, die glänzende Premiere an der Scala im Rücken, schien ihr Berlin furchtbar verstaubt und rückständig. Preußisch eben. Außerdem: Ihren Traum, die Salome zu tanzen, hatte sie nie aufgegeben, und der ihr vollkommen ergebene Tullio hatte für sie tatsächlich einen Auftritt als Salome arrangiert – im privaten Rahmen zwar, aber darauf kam es nicht an. Sie würde die Salome tanzen. Endlich!

*

Mata hatte viel in ihrem Leben gesehen, in zahlreichen prunkvollen Häusern gastiert. Dennoch war sie vom Palazzo Barberini wie verzaubert und von dessen schierer Größe mehr als beeindruckt. Der gigantische Barockpalast erhob sich an der Via Quattro Fontane und war das Zuhause von Carlo Bourbon Del Monte, 4th Prince of San Faustino, der Mata mit überbordender italienischer Herzlichkeit empfing. Nachdem Mata ihre Suite bezogen hatte – zusammen mit Anna, Tullio hatte noch Verpflichtungen in Mailand und würde erst zur Aufführung anreisen –, geleitete ein Diener Mata zu den Gemächern des Prinzen, während Anna auf dem Zimmer blieb. Sie bestand darauf, Matas Gepäck selbst auszupacken und das nicht der Dienerschaft zu überlassen. Als Mata eintrat, erhellte sich die Miene des Prinzen, der am Fenster gestanden und hinausgesehen hatte. Mit ausgestreckten Händen eilte er ihr entgegen, ergriff die ihren und krönte die Begrüßung mit drei Wangenküssen. »Mata Hari«, sagte er, und es klang wie ein Gebet. »Dass Sie mir die Ehre erweisen, mich zu besuchen, berührt mich zutiefst.«

Mit einer theatralischen Geste presste er eine Hand an sein Herz, und Mata dachte, dass der Prinz ein wenig überdramatisch wirkte, fand andererseits aber genau das wieder sympathisch, da sie diesen Hang zur Theatralik ja durchaus selbst hatte.

»Es ist mir eine Ehre, Königliche Hoheit«, sagte sie und beeilte sich zu knicksen.

»Die Ehre ist ganz meinerseits.«

»Ich habe mich wirklich sehr über Ihre Einladung gefreut – wissen Sie, die Salome zu tanzen, war schon immer mein Traum. Das ist die Rolle, für die ich wie geschaffen bin.«

»Warum haben Sie sie dann noch nie getanzt?«, wollte der Prinz wissen.

Mata erschrak. Mit dieser Frage hätte sie rechnen müssen, aber was sollte sie antworten? Dass ihr Agent sie nicht für geeignet erachtet und ihren Brief an den Komponisten seinerzeit nicht einmal weitergeleitet hatte? Unmöglich.

Sie setzte ein geheimnisvolles Lächeln auf und bedachte den Prinzen mit einem ihrer tiefsten Blicke, als sie nachdenklich und ein wenig melancholisch erwiderte: »Ich war noch nicht reif für diese Rolle. Alles, was ich in den letzten Jahren gelernt und getanzt habe, war nur eine Vorbereitung auf die Salome, diese Rolle meines Lebens.«

Carlo Bourbon Del Monte, 4th Prince of San Faustino, hatte inzwischen ihren Arm genommen und sie zu einem Barocksofa geleitet, auf dem sie sich, ins Gespräch versunken, nahezu gleichzeitig niederließen.

»Sprechen Sie weiter.« Wie verzaubert sah der Prinz di San Faustino sie an.

»Nun«, sagte Mata langsam. »Die Salome zu tanzen, ist für mich so bedeutend, das konnte ich einfach nicht irgendwo und vor irgendwem.« So wie er zuvor, war sie es nun, die ihre Hand an ihr Herz legte.

»Und nun tanzen Sie die Salome bei mir«, sagte er gerührt. »Es ist mir eine große Ehre.«

Er hob die Hand und strich ihr eine Strähne hinter das Ohr.

Sie hielt den Atem an. Die Berührung war elektrisierend, und sie war mit einem Mal gar nicht mehr böse, dass Tullio sie nicht begleitet hatte.

»Sie sind wunderschön, Mata Hari«, sagte er, und es klang beinah feierlich.

Gebannt sah sie ihn an, wartete darauf, dass er sie küsste, doch er strich nur zart mit dem Daumen über ihr Gesicht und sagte leise: »Man müsste Sie malen, Mata. Darf ich Sie malen lassen?«

»Das… ja, natürlich«, stammelte sie, überrumpelt, weil sich die Situation so anders entwickelt hatte, als sie es erwartet hatte. Andererseits: Wie viele Männer hatten sie geküsst! Darum gebeten, dass man sie malen dürfe, hatte sie, bis auf den unliebsamen Picasso, noch keiner.

»Großartig.« Der Prinz klatschte in die Hände und sprang auf. »Ich werde sogleich nach einem Künstler schicken lassen. Der kann dann den Proben beiwohnen, um ein Gefühl dafür zu bekommen, in welcher Pose er Sie für die Ewigkeit festhalten soll.«

»Gut«, sagte Mata irritiert, dass der intime Moment damit schon vorüber war und der Prinz auch keine weiteren Anstrengungen unternahm, ihr näherzukommen. Er war nicht ablehnend, überhaupt nicht, sie hatte nur den Eindruck, dass er über die Begeisterung für das Porträt die Begeisterung für sie selbst vergessen hatte – wie ein Kind, das ein neues Spielzeug bekommt.

»Wann lerne ich denn das Orchester kennen? Wir müssen noch proben«, fragte sie betont geschäftsmäßig, um ihre Verwirrung zu verbergen.

»Oh, sie sind alle schon da und erwarten Sie.« Prinz di San Faustino sandte ihr einen bewundernden Blick. »Ich wollte Sie nur erst einmal ganz für mich haben. Dekadent, nicht wahr?«

Er stieß ein leises Kichern aus, und Matas Verwunderung wuchs. Dieser quirlige Italiener erschien ihr mehr und mehr wie ein großes Kind.

Sie lächelte zurückhaltend. »Durchaus nicht, Hoheit«, sagte sie und erhob sich nun endlich ebenfalls – erst in diesem Moment fiel ihr ein, dass sie das der Etikette zufolge vermutlich direkt hätte tun müssen, als auch der Prinz aufgestanden war. Andererseits wirkte Carlo Bourbon del Monte Santa Maria, 4th Principe di San Faustino, nicht so, als würde ihn das stören.

»Würden Sie mir die Ehre erweisen, mir das Ensemble vorzustellen?«

»Aber natürlich, meine Liebe!«, rief der Prinz und läutete nach seinem Diener. »Augusto wird Sie bringen. Dann kann ich mich gleich um den Künstler kümmern.«

*

Und dann tanzte sie zu der machtvollen Musik von Richard Strauss die Salome, wie sie das schon seit Jahren hatte tun wollen. Und wenn sie bei ihren vorigen Tänzen schon durchaus manches Mal das Gefühl gehabt hatte, sich in ihren Bewegungen regelrecht aufzulösen, in ihnen zu zerfließen, so war das nur eine Ahnung dessen gewesen, was sie nun erlebte. Sie verschmolz mit der Salome, nahm ihre Identität an. Es war ihr auch gleichgültig, dass sie nicht vor einem großen Haus spielte. Tullio und der Prinz, die in der ersten Reihe saßen und sich mit glühenden Blicken überboten, genügten ihr ebenso wie die Bewunderung der etwa hundert geladenen Gäste. Sie genügten ihr, und gleichzeitig waren sie ihr gar nicht wichtig, wichtig war nur die Salome, die sie verkörperte.

Die Zuschauer spürten die Magie, die von diesem Tanz ausging – und das Gemälde, das der Künstler anschließend von ihr anfertigte, stand ganz im Bann dieses Tanzes. Er malte Mata so, wie sie aufgetreten war. Fast nackt, nur mit einem dünnen Schleier bedeckt in halb liegender Pose. Eine holländische Venus war sie, und als sie ein Exemplar dieses Bildes später in ihr Album klebte, hatte sie das Gefühl, sich selbst noch nie so nah gewesen zu sein wie in diesem Moment. Aller Schmerz um ihre enttäuschte Liebe war vergessen, ein Erfolg reihte sich an den nächsten, das Leben lag verheißungsvoll vor ihr. Denn so wohl sie sich in Rom auch fühlte und so angenehm sie das überschäumende Temperament der Italiener fand – was nun auf sie wartete, war atemberaubend: Diaghilew!

# 53. Kapitel

Nach einem ausgesprochen emotionalen Abschied von Tullio und den gegenseitigen Versicherungen eines baldigen Wiedersehens, reiste Mata mit Anna nach Monte Carlo – dort sollte sie endlich auf Diaghilew treffen. Da der Russe den Vertragsentwurf bisher weder unterzeichnet noch zurückgesandt hatte, ging sie davon aus, er wolle das bei dem Treffen, um das er sie gebeten hatte, persönlich tun.

»Spätestens mit meinem Auftritt in der Scala bin ich ja ganz oben angekommen, Anna«, sagte Mata mit leuchtenden Augen, als sie in Monte Carlo die Suite im Hôtel de Paris Monte-Carlo bezogen, in der sie schon das letzte Mal gewohnt hatten. »Da kann der große Diaghilew natürlich nicht einfach formlos einen Vertrag unterschreiben und mir senden. Wie sehe ich aus?«

Sie drehte sich zufrieden um ihre eigene Achse.

»Wunderschön, wie immer«, versicherte Anna und musterte ihre Arbeitgeberin in ihrem smaragdgrünen, auf Taille geschnittenen Kleid und den kunstvoll hochgesteckten Haaren.

»Dann los.«

Sie wollte gerade die Tür öffnen, als es klopfte und ein Diener einen weißen Umschlag auf einem Silbertablett brachte. »Ein Schreiben von Monsieur Diaghilew«, informierte der Page sie.

»Diaghilew? Zu dem wollte ich gerade.« Mata hatte ein mulmiges Gefühl, als sie das Kuvert aufriss, überflog das Schreiben, ließ es sinken und sah Anna dann entsetzt an. »Er ist zu beschäftigt, um mich zu sehen«, sagte sie und taumelte zum Sofa. »Er muss das Treffen verschieben.«

»Wenn ich sonst noch etwas für Sie tun kann, Madame?«, fragte der Page diensteifrig, doch Mata hob abwehrend die Hand. »Nein«, sagte sie. »Nein danke.«

»Sehr wohl.« Der Page verbeugte sich und zog die Tür wieder hinter sich zu.

Mata war aschfahl geworden. »Wie kann er es wagen? Glaubt er, ich würde für nichts und wieder nichts nach Monte Carlo reisen? Weiß er eigentlich, mit wem er es zu tun hat?«

»Natürlich weiß er das«, versuchte Anna, Mata zu beruhigen. »Es wird ihm sicher etwas sehr Wichtiges dazwischengekommen sein.«

»Was könnte es Wichtigeres geben, als mich zu treffen?«, begehrte Mata auf. »Was soll ich denn jetzt tun?«

»Warten Sie bis morgen ab«, empfahl die lebenspraktische Anna. »Er wird sich sicherlich mit einem Vorschlag für einen neuen Termin melden und sich dann auch gebührend entschuldigen.«

»Hoffentlich«, murmelte Mata und starrte wieder auf das Schreiben. »Dieser Brief hier macht nicht den Eindruck, als tue es ihm leid.«

Anna sollte recht behalten – zumindest teilweise. Am folgenden Tag traf tatsächlich ein weiteres Schreiben von Diaghilew ein, in dem er erklärte, er erwarte Mata Hari um zwölf Uhr mittags in der Oper. Mata, die die ganze Nacht über kaum ein Auge zugetan hatte, war während des ganzen Morgens von bleierner Müdigkeit geplagt gewesen, doch nun, da sie das Schreiben in Händen hielt, war sie hellwach. Da es schon später Vormittag war, kleidete sie sich mit Annas Hilfe in fliegender Hast an und machte sich auf den Weg. Als sie auf das Opernhaus zuging, stieg ein leiser Schmerz in ihr auf. Hier hatte sie ihre erste bedeutende Theaterrolle gespielt. Und hier hatte sie Alfred kennengelernt.

Entschlossen schob sie die finsteren Gedanken fort, atmete tief durch und stieß die Tür auf. Der Chef der Balletts Russes erwartete sie! Da blieb für Sentimentalitäten keine Zeit!

Diaghilew war anders als alle Menschen – vor allem als alle Männer –, denen sie jemals begegnet war. Da war keine Begeisterung, keine Huldigung, nicht einmal Freundlichkeit. Der russische Impresario saß mit zwei anderen Herren an einem Tisch, als sie eintrat. Er erhob sich nicht, gab ihr auch nicht die Hand, sondern nickte ihr nur zu. »Mata Hari«, sagte er. »Da sind Sie ja.«

Mata starrte ihn an. Keine Entschuldigung dafür, dass er gestern das Treffen abgesagt hatte, kein freundliches Willkommen, nicht einmal einen Platz bot er ihr an. Sie stand da wie ein verlorenes Schulmädchen.

»Das ist Nijinsky, seinen Namen werden Sie kennen«, Diaghilew deutete auf den berühmten Tänzer, der sich nicht einmal zu einem Lächeln herabließ, »und das hier«, er zeigte auf den zweiten Mann, der mit ihm am Tisch saß, »ist Léon Bakst.«

Der Mann lächelte spöttisch.

»Bakst ist, wie Sie sicher wissen, für die Kostüme zuständig. Ziehen Sie sich aus.«

»Wie bitte?« Mata war völlig entgeistert.

Diaghilew rollte die Augen. »Mädchen, wir haben nicht den ganzen Tag Zeit. Sie müssen sich ausziehen, damit Bakst Ihren Körper einschätzen kann. Anschließend werden Sie vortanzen.

Und dann entscheiden wir, ob wir eventuell den Vertragsentwurf unterzeichnen, den Sie uns zugesandt haben.«

Es waren zu viele schockierende Informationen auf einmal. Mata taumelte. Sie wusste nicht, was sie empörender fand: Die Tatsache, dass sie sich nackt ausziehen oder dass sie vortanzen sollte. Sie war doch keine Anfängerin, die ihr Können erst noch unter Beweis stellen musste! Die ganze Welt wusste um ihr außergewöhnliches Talent! Und was sollte das überhaupt heißen »eventuell unterzeichnen«. Man war sich doch schon längst einig geworden.

»Mata?«, fragte Diaghilew ungeduldig. »Wenn Sie sich dann bitte entkleiden würden?«

Mata starrte ihn an, dann flog ihr Blick zur Bühne. Mehrere Arbeiter waren dort zugange und verfolgten das Gespräch mit augenscheinlichem Interesse. Sie war zwar eine Meisterin der Enthüllung, aber das war etwas ganz anderes, als sich hier vor diesen missgünstigen Herren zu entblößen und sich mustern zu lassen! Wer war sie denn? Andererseits sah Diaghilew nicht so aus, als sei er zu Verhandlungen bereit. Und wenn er wirklich den Vertrag nicht unterschreiben würde, käme das einem enormen Gesichtsverlust gleich. Sie hatte doch schon überall erzählt, dass sie der neue Star an Diaghilews Himmel sei. Er musste diesen Vertrag unterzeichnen. Aber erniedrigen würde sie sich nicht.

»Also gut«, sagte sie hoheitsvoll. »Ich verstehe Ihr Ansinnen. Ich muss Sie jedoch um Verständnis bitten, dass ich mich nicht hier und jetzt vor all diesen Männern entkleiden werde.« Sie deutete auf die Bühnenarbeiter. »Wenn es unbedingt sein muss, empfange ich Monsieur Bakst in meiner Suite und werde mich dann vor ihm, in Anwesenheit meiner Gesellschafterin, entkleiden.«

Diaghilew brach in schallendes Gelächter aus. In Matas Ohren war es ein einziger Hohn. »Sonst sind Sie damit doch auch nicht so zimperlich.«

Wütend starrte sie ihn an, und sie hätte diesen arroganten, unverschämten Mann am liebsten geohrfeigt. Doch sie wusste, dass sie mehr zu verlieren hatte als Diaghilew, viel mehr, deshalb schluckte sie ihre Verletztheit und ihren Zorn herunter.

Da bekam sie Hilfe von völlig unerwarteter Seite. »Ist schon gut«, sagte Bakst. »Ich kann sie verstehen, und es reicht mir völlig, wenn ich sie in ihrem Hotelzimmer sehe.«

Diaghilew blickte finster drein, und Mata vermutete, dass er es nicht gewohnt war, dass ihm jemand in den Rücken fiel. Sie warf Bakst einen dankbaren Blick zu, den dieser jedoch ignorierte. Freunde sind wir deshalb nicht, schien er ihr damit sagen zu wollen.

»Also«, sagte Diaghilew. »Wenn Sie die Anprobe hinter sich haben, können Sie den Tanz der Göttin vortanzen.«

Auf dem Rückweg zu ihrem Hotel tobten in Mata die widersprüchlichsten Gefühle. Sie war gekränkt und gedemütigt, fühlte sich beschmutzt und verraten. Am liebsten hätte sie dem eingebildeten und unverschämten Impresario die Meinung gesagt und wäre umgehend zurück nach Paris gereist. Dass ein Mann es wagte, so mit ihr umzugehen, so herablassend und überheblich, so grob und kalt, riss eine alte Wunde in ihr auf, die nie gänzlich verheilt war, auch wenn sie sie mit Tausenden glitzernden Pflastern überklebt hatte. John. Ihr grober Ehemann. Der sie demütigte, sobald ein Mann ihr bewundernd nachgesehen hatte, der sie beschimpfte und schlug.

Doch sie hatte keine Wahl. Zum einen, weil sie kein Geld mehr hatte – in Erwartung dieses großen Engagements hatte sie ihrer Einkaufslust gefrönt –, zum anderen, weil sie sich bis auf die Knochen blamieren würde, wenn sie nun doch nicht bei den Balletts Russes auftrat – und selbst wenn sie behauptete, das sei ihre eigene Entscheidung gewesen, würde ihr doch keiner glauben, dazu hatte sie zu vielen Menschen erzählt, dass der Auftritt dort ihr absoluter Traum war.

Bei den Balletts Russes rausgeflogen. Nicht gut genug für Diaghilew! Das wäre ihr Ende!

Sie ließ die Anprobe mehr oder weniger regungslos über sich ergehen und war dankbar über Annas Anwesenheit. Léon Bakst erschien zum verabredeten Zeitpunkt, nickte knapp zur Begrüßung und nahm dann ungebeten auf dem Sofa Platz. Mata trug nur ihren Morgenmantel, den sie nun zu Boden gleiten ließ. Er musterte sie, bedeutete ihr, sich zu drehen und zu wenden. Sie fühlte sich entsetzlich bloßgestellt. Die indischen Tempeltänzerinnen waren berühmt dafür, einen Schleier nach dem anderen zu lüften und immer genau so viel zu zeigen, wie sie wollten. Sie hatten die Macht. Sie entschieden. Und die Macht, die Kontrolle zu haben, war etwas, das in Matas Leben stets eine große Rolle gespielt hatte. Nun hatte sie keine Kontrolle mehr. Und keinen Schutz.

»Was ist mit Ihren Brüsten?«, fragte Bakst, und es klang verärgert. »Nehmen Sie den Büstenhalter ab, sonst kann ich nichts erkennen.«

Mata schüttelte den Kopf. »Nein. Ich zeige meine Brüste nie.«

Bakst zuckte die Achseln. »Es wird Diaghilew nicht gefallen zu hören, welchen Widerstand Sie leisten.«

Doch Mata blieb standhaft. »Nein«, wiederholte sie. »Ich bin Ihnen sehr entgegengekommen. Aber weiter werde ich nicht gehen. Das hier ist meine Grenze.«

Bakst zuckte wieder die Achseln und erhob sich. »Das müssen Sie selbst wissen«, sagte er gelangweilt und ging zur Tür, um das Zimmer ohne ein weiteres Wort zu verlassen.

»Warten Sie!« Hastig griff Mata nach ihrem Morgenmantel und wollte ihm hinterhereilen, doch Anna griff nach ihrem Arm. »Nicht«, sagte sie. »Tun Sie das nicht.«

»Aber ich muss doch wissen, wie es jetzt weitergeht!«, beharrte Mata und machte sich los. »Heißt das nun, sie werden mich nicht zum Vortanzen bitten, weil ich meine Brüste nicht entblößt habe?«

Anna schüttelte den Kopf. »Das glaube ich nicht, zumal dieser Mann darüber wohl nicht zu entscheiden hat. Ich nehme an, er wird Diaghilew davon unterrichten, und der wird Ihnen schreiben. Nun heißt es wieder, sich in Geduld zu üben.«

Liebevoll sah sie die Jüngere an. »Es tut mir leid, was Sie durchmachen müssen.«

Mata nahm ihre Hand. »Danke, dass Sie immer für mich da sind, Anna.«

*

Und wieder hatte Anna recht behalten: Diaghilew sandte erneut einen kurzen Brief, in dem er erklärte, er erwarte sie zum Vortanzen. Gleiche Zeit, gleicher Ort.

Die fürsorgliche Anna hatte angeboten, sie zu begleiten, doch Mata hatte abgelehnt. Zum einen, weil sie fürchtete, Diaghilew könne sie dann erneut verhöhnen, weil sie den Gang zu ihm nicht allein wagte. Zum anderen aber, weil sie sich fast sicher war, dass Diaghilew kein gutes Haar an ihr lassen würde. Und wenn sie eine Schmach erlitt, dann sollte es keine Zeugen geben. Nicht einmal Anna. Die Gesellschafterin hatte sie zwar in ihren dunkelsten Stunden erlebt, war immer für sie da gewesen, aber dennoch war sie auch für sie die schöne und schillernde Mata Hari. Ein leichter Schleier hatte immer über ihr gelegen, ganz hatte sie sich nie gezeigt. Vor Diaghilew aber, das wusste sie genau, müsste sie nackt tanzen. Vollkommen nackt, auch ohne Brustschmuck. Nicht im eigentlichen, aber im übertragenen Sinne. Er würde alles Verhüllende, alles Verschleiernde von ihr fortreißen und sie im grellen Bühnenlicht auseinandernehmen. Und am Ende würde er bestätigen, was sie ohnehin ganz tief in ihrem Innern wusste und befürchtete: dass sie nicht gut genug war. Dass sie, die große Mata Hari, es hervorragend verstand, die Menschen auf der Bühne mit ihrer Exotik zu verzaubern, ohne wirklich tanzen zu können. Diaghilew würde es sofort bemerken. Sie musste wieder an die russische Ballerina denken, die sie in Mailand kennengelernt hatte. Auf eine sehr freundliche Art hatte diese ihr ebendas zu verstehen gegeben. Dass Matas Tanz einen durchaus in den Bann zog. Aber dass er mit Handwerk, Technik und Können wenig zu tun hatte.

Wieder öffnete sie die Tür. Erneut saß Diaghilew am Tisch. Auch dieses Mal war wieder Léon Bakst bei ihm.

»Tanzen Sie«, sagte er statt einer Begrüßung, »vor Bakst, ich habe andere Verpflichtungen.« Und da hatte Diaghilew bereits den Raum verlassen.

Sie war so nervös, dass sie stolperte, als sie die Bühne betrat. Sie spürte Léon Baksts Blicke wie Dolche in ihrem Rücken.

Und als sie den ersten Schritt tat, ansetzte zu tanzen, wusste sie, dass sie verloren hatte.

*

Es war wie damals: Die Landschaft draußen vor dem Zugfenster huschte vorbei. Dorf um Dorf, Baum um Baum. Mata sah hinaus, folgte allem mit den Augen. Sie war auf dem Weg nach

Paris. Wieder einmal. Paris. Die Stadt der Liebe und des Lichts, die Stadt der Träume und einst Ziel all ihrer Sehnsüchte! Paris. Ihre Heimat. War es noch ihre Heimat? Hatte sie überhaupt eine Heimat?

Plötzlich sah sie sich selbst als junge Frau im Alter von achtundzwanzig Jahren. Wie heute war sie nach Paris gefahren. Wenn auch aus einer anderen Richtung. In Paris könnte sie das sein, was sie einmal gewesen war, bevor das Leben ihr so übel mitgespielt hatte. Die schöne M'Greet, der die Männer zu Füßen lagen. Sie gehörte in Samt und Seide gehüllt, ihr Hals sollte von Geschmeide geschmückt werden, hatte sie damals gedacht. Sie hatte keinen Centime in der Tasche gehabt – aber sie hatte es geschafft.

Auch jetzt hatte sie kein Geld mehr, und Astruc hatte angedeutet, wie schwer es jetzt, nach dem Scheitern bei Diaghilew, wäre, Aufträge zu bekommen. Aber sie würde es schaffen. Anders als damals wusste sie, wohin sie nach ihrer Ankunft gehen würde. Nach Neuilly. In ihr Haus.

Und anders als damals war sie nicht allein.

Sie warf der Frau, die ihr gegenübersaß, einen dankbaren Blick zu. Nein. Sie war nicht allein. Sie hatte Anna.

# Epilog

Marina. Marina. Ich bin Marina.« Wieder und wieder flüsterte sie diesen Namen. So viele Namen hatte sie im Lauf ihres Lebens gehabt, und dieser war der einer Frau, die aus ganzem Herzen geliebt wurde. Zumindest hatte sie das gedacht. Vadim. Vadim de Masloff. Er hatte ihr den Kosenamen gegeben, wollte sie nennen, wie sie noch nie ein Mann genannt hatte. Wie einst Napoleon, der seine Marie in Josephine umbenannt hatte, hatte Vadim sie Marina getauft. Wie zärtlich er gewesen war. Und als Vadim ihr einen Heiratsantrag gemacht hatte, hatte sie überglücklich angenommen. Allein, sie waren nie vor den Traualtar getreten, denn die Ereignisse hatten sich überschlagen. Doch zuvor hatten sie glückliche Tage verlebt, und es war so stimmig, dass er ihr einen anderen Namen gab, denn sie war in seinen Armen ja auch eine andere gewesen. In der Beziehung mit Vadim war alles anders als je zuvor, waren die Rollen vertauscht. Hatte sie sonst stets vom Geld der Männer gelebt und ihren Schutz gefordert, war sie nun diejenige gewesen, die für ihrer beider Auskommen sorgte, denn Vadim de Masloff besaß keinen Franc. Und mehr als das: Sie hatte auch das Bedürfnis gehabt, ihn zu schützen! Er war so jung, so zart, so zerbrechlich und, da er im Großen Krieg, der inzwischen tobte, an der Front kämpfte, in tödlicher Gefahr.

Aber sie hatte ja auch kein Geld mehr gehabt! Und das schon, bevor sie seine Bekanntschaft machte: Nach ihrer Auseinandersetzung mit Diaghilew hatte sie in Paris nicht mehr Fuß fassen können und es dann in Berlin versucht. Doch noch bevor das Stück, in dem sie tatsächlich auftreten durfte, zur Aufführung kam, war der Krieg ausgebrochen und Matas ganzes Geld konfisziert worden, da sie nach zehn Jahren in Frankreich als Französin und damit als Feindin galt. Dank eines wohlmeinenden Landsmannes hatte sie ein Zugticket in die Niederlande bekommen, wo sie sich schrecklich gelangweilt hatte. Ihre Sehnsucht nach Paris war riesig gewesen. Und so hatte sie schließlich Ja gesagt, als Carl Krämer, ihr alter Bekannter und deutscher Generalkonsul von Amsterdam, ihr zwanzigtausend Francs angeboten hatte, wenn sie ihm Informationen aus Frankreich zuspielen würde. Sie hatte zunächst gezögert. Aber sie hatte auch gewusst: Dass wäre ihre Chance, dem langweiligen Leben in den Niederlanden zu entkommen, endlich wieder Pariser Luft zu atmen. Also hatte sie zugesagt. Ihr Codename: H21. Sie erinnerte sich noch genau an ihre Ankunft in Paris. Aus der Stadt des Lichts, so war es ihr vorgekommen, war nun die Stadt der Finsternis geworden. Die Cafés, Restaurants und Theater waren geschlossen, in den Uniformen der Straßenbahnfahrer steckten jetzt Frauen. Trotzdem hatte sie versucht, ihr altes Leben wieder aufzunehmen. Liebhaber hatte sie gehabt – den Marquis de Beaufort, Kommandant des Vierten Belgischen Lanzenreiterregiments, und den Marquis de Margerie, allein: Ihren Auftrag als Spionin hatte sie nicht erfüllt. Dennoch war man ihr nach einigen weiteren Verwicklungen auf die Spur gekommen. Georges Ladoux, Chef der französischen Spionageabwehr, hatte sie für seine Zwecke angeworben. Wie sie jetzt wusste, hatte er sie schon lange beobachtet und sie in eine

Falle gelockt. Er schlug ihr vor, für Frankreich zu spionieren. Sie hatte erst ab- und dann zugesagt. Als deutsche Spionin erkannt, hätte sie ohnehin nicht mehr für die Deutschen arbeiten können. Das war aber nicht der wahre Grund für die Zustimmung gewesen. Der wahre Grund war die Liebe. Denn zwei Tage nach Ladoux hatte sie *ihn* kennengelernt: Vadim de Masloff. Zweiundzwanzig Jahre alt, gut aussehend, sympathisch, unberechenbar und gefühlvoll. Sie liebten sich leidenschaftlich und hemmungslos. Seinetwegen nahm sie den Vorschlag von Ladoux an. Sie brauchte Geld, um für Vadim zu sorgen. Natürlich hätte es noch eine andere Möglichkeit gegeben, um an Geld zu kommen. Schließlich unterhielt sie in dieser Zeit ausgesprochen lukrative Affären, unter anderem zu dem niederländischen Baron Edouard van der Capellen. Aber Vadim zu betrügen, war für sie keine Option. Also doch Spionin im Dienste Frankreichs. Das gefiel ihr sogar ein wenig: Schließlich war Vadim Russe und somit ein Feind der Deutschen, denen sie durch ihre Tätigkeit vielleicht schaden würde. Und dann waren die Dinge aus dem Ruder gelaufen. Ladoux hatte ihr eine Falle gestellt, sie hatte auch Fehler gemacht, war leichtsinnig gewesen und am Ende als deutsche Spionin verhaftet worden. Und nun war sie hier, eine Gefangene. Am schlimmsten Ort, an dem sie je gewesen war. Im Gefängnis Saint-Lazare. Der Hunger wand sich schmerzhaft durch ihre Eingeweide, überall war Ungeziefer und Schmutz. Sie hatte keine frische Unterwäsche, keine Kleider zum Wechseln, keine Seife, keine Zahnbürste. Ihre Mitgefangenen gehörten einem Menschenschlag an, mit dem sie noch nie in Berührung gekommen war. Sie malträtierten und quälten sie. Sie wurde krank, aber nicht ernst genommen. Und dann war da die Stille, die endlose Stille, die sie erdrücken und erschlagen wollte. Von den kargen Gefängniswänden hallte ihr das Leid ihres

Lebens entgegen. Ihre endlose Einsamkeit. Eine Einsamkeit, die nur Vadim zu füllen vermochte. Doch auch er hatte sie am Ende verraten. Dass er sie heiraten wolle, hatte er als Gerücht abgetan und sie bei Verhören nur noch »diese Dame« genannt. Schweren Herzens hatte sie sich auf den wackeligen Stuhl gesetzt, der in ihrer kargen Zelle an einem ebenso wackeligen Tisch stand, und an den Prozessbevollmächtigten des Dritten Kriegsrats der Franzosen, Pierre Bouchardon, geschrieben.

*Heute ist eine Welt für mich eingestürzt, alle verleugnen mich, sogar der, für den ich durchs Feuer gegangen wäre. Eine solche Niedertracht hätte ich niemandem zugetraut. Nun sei es denn, ich bin allein, und wenn ich untergehen soll, so werde ich es mit einem Lächeln voller Verachtung tun.*

Marina. Sie war doch Marina. Und wenn sie nicht Marina war, wer war sie dann? Eine dem Tode geweihte, gealterte Frau.

Sie schrak aus ihren Gedanken, als sich mit einem hässlichen Quietschen die eiserne Gefängnistür öffnete. Eine schmale Gestalt in Nonnentracht huschte herein. »Schwester Léonide«, erkannte Mata erfreut.

Sie nickte. »Ich habe eine Tasse Kaffee für Sie. Und einen Kanten Brot konnte ich auch ergattern.«

Mata streckte ihre zitternde Hand nach beidem aus. Für sie, die sie einst Kaviar und Champagner in Hülle und Fülle gehabt hatte, bedeuteten ein Kanten Brot und eine Tasse schwarzer Kaffee nun das höchste Glück. Und die Besuche der treuen Nonne waren ihr, der umschwärmten Diva, die größte Freude in dieser kalten Einsamkeit.

Zuerst schlang sie das Essen hinunter.

»Kauen Sie langsam«, mahnte Léonide. »Dann haben Sie länger davon.«

Mata kaute daraufhin tatsächlich langsamer. Wie gut es tat, etwas im Magen zu haben, und sei es noch so wenig.

Als Nächstes war der Kaffee an der Reihe. Sie hatte nie schwarzen Kaffee gemocht, als echte Französin, als die sie sich lang schon fühlte, hatte sie stets Café au Lait bevorzugt. Und dann und wann hatte sie heimlich noch etwas Zucker dazugegeben. Aber wie der Kanten Brot köstlicher war als jeder Kaviar, war dieser schwarze Kaffee köstlicher als der edelste Champagner.

Mata wusste, es war ihre Henkersmahlzeit. Sie würde hingerichtet werden wegen ihrer vermuteten Spionagetätigkeit.

Als die Tasse leer war, fuhr sie mit dem Finger hinein, um die letzten Tropfen herauszuwischen.

War das würdelos? Ihre Würde war Mata immer sehr wichtig gewesen, und sie hatte alles gegeben, um sich wenigstens diesen letzten Rest nicht nehmen zu lassen. Aber vor Schwester Léonide durfte sie sich das gestatten. Diese Frau, die ihr in ihren dunkelsten Stunden zur Seite stand, hatte sie nackt und bloß gesehen. Vor ihr hatte sie den Schleier gelüftet, den sie all die Jahre über ihr Leben gebreitet hatte. Ein Leben, das nun zu Ende ging. Denn sie, Mata Hari, war eine Todgeweihte.

»Warum liebe ich Vadim so sehr?«, fragte sie. »Warum schütze ich ihn immer noch, obwohl ich doch nun weiß, dass er mich verraten hat?«

Denn trotz allem hatte sich Mata entschieden dafür eingesetzt, dass Vadim auf gar keinen Fall aussagen müsse vor Gericht, auf keinen Fall in all das mit hineingezogen würde.

Die Nonne sah sie liebevoll an. »Kann es sein, dass Sie in

einigen Männern Ihren Vater und in Anna Ihre Mutter gesucht haben?«, fragte sie.

Mata nickte.

»Nun«, fuhr Léonida fort, »ich glaube, das ist ein gewisses Muster im Leben – und nicht nur in Ihrem: Wenn etwas nicht abgeschlossen werden konnte, eine Beziehung, welcher Art auch immer, suchen wir uns andere Menschen, um diesen Abschluss in ihnen zu finden.«

»Ja«, sagte Mata nachdenklich. Ihr war klar, dass sie viele Männer nur benutzt hatte, teilweise auch bewusst, um das erfahrene Leid mit John zu rächen oder zu überwinden. Aber darauf, dass sie damit unbewusst versucht hatte, die Beziehung zu ihren Eltern zu kompensieren, war sie nicht gekommen. Doch jetzt schien es ihr vollkommen logisch.

»Und wer«, fragte die Nonne, »wer könnte der Mensch sein, den Sie in Vadim gesucht haben? Der väterliche Freund kann es ja nicht sein. Wen wollten Sie immer beschützen? Für wen wollten Sie sorgen und konnten es nicht?«

Mata war aschfahl geworden. »Norman«, keuchte sie. »Ich habe in ihm meinen kleinen Sohn gesucht.«

»Das glaube ich auch«, sagte Schwester Léonida leise und nahm Matas Hände in die ihren.

»Dann ist es vielleicht ganz richtig, dass aus uns nicht mehr wurde«, erkannte Mata. »Das hätte auf die Dauer nicht funktionieren können. Jetzt weiß ich auch, warum meine Liebe zu ihm anders war. So viel … selbstloser.« Sie schwieg eine Weile und fuhr dann fort: »Irgendwie passt ein sehr absurder Zufall zu alldem.«

Fragend sah die Nonne sie an.

»Nun«, sagte Mata. »Wie ich erfahren habe, hat sich Vadim mit einer jungen Krankenschwester getröstet. Ihr Name ist Olga Rousseau. Sie könnte wohl meine Tochter sein. Zumal ich eine

Zeit lang mit einem Monsieur Rousseau liiert war und mich Madame Rousseau nannte. Das passt auf verblüffende Weise zu Ihrer Überlegung mit der Mutter-Sohn-Beziehung.«

Eine Träne löste sich aus ihrem Augenwinkel. »Nun werde ich bald bei ihm sein, bei meinem kleinen Norman. Aber dass ich meine Tochter Non nicht mehr gesehen habe, diesen Schmerz werde ich mit ins Jenseits nehmen.«

Nun war es auch um die Fassung der Nonne geschehen. Die beiden Frauen waren sich in den vergangenen Wochen sehr nahegekommen. »Auch Sie waren wie eine Mutter zu mir«, sagte Mata. »Eine Mutter, die mir in der letzten Zeit meines Lebens beistand.«

»Es ist so ungerecht«, flüsterte die Schwester. »Sie sollten noch nicht sterben müssen.«

*

Der Morgen des 15. Oktober 1917 graute herauf. Mata Hari, das kleinen Mädchen aus Leeuwarden, die Ikone, der Star am Pariser Himmel, die Geliebte unzähliger Mächtiger, wurde zum Schafott geführt. Schwester Léonide begleitete sie, in Tränen aufgelöst, zum Hinrichtungsplatz. Dort wandte sich Mata zu ihr um und strich der Älteren liebevoll über das Gesicht. »Weinen Sie nicht«, sagte sie. »Nehmen Sie sich ein Beispiel an mir. Sie sehen, dass ich nicht weine. Ich bin viel durch die Welt gefahren. Ich reise jetzt weiter. Ich fahre einfach zu dem Bahnhof, vom dem es kein Zurück mehr gibt.«

Sie starb aufrechten Hauptes, die Augenbinde lehnte sie ab. Das Versprechen, das sie sich selbst gegeben hatte, hatte sie eingehalten. Sie konnten ihr alles nehmen, sogar ihr Leben. Aber ihre Würde, die gab sie ihnen nicht.

ENDE

# Danksagung

Im Frühjahr und im Sommer 2021 hatte ich das Glück, über zwei Frauen schreiben zu dürfen: Mata Hari und Alice von Battenberg, die Mutter von Prinz Philip. Beide lebten zur gleichen Zeit, Alice war neun Jahre jünger als Mata, und soweit ich weiß, sind sich die beiden nie begegnet. Und auf den ersten Blick hätten sie unterschiedlicher nicht sein können. Doch je mehr ich mich mit ihnen beschäftigte, desto überraschter stellte ich fest, wie viele Ähnlichkeiten es zwischen ihnen gab. Beide wurden von ihren Kindern getrennt. Beide erlebten im Krieg Ungewöhnliches, Prägendes. Beide waren stark und gingen ihren Weg. Über beide entschieden am Ende andere. Alice konnte sich nach langer Zeit befreien. Mata nicht. Sie starb vorher. Über sie zu schreiben, hat mich ungemein bewegt und, ja, auch dankbar gemacht. Für mein Leben in der Gegenwart, frei von Krieg und Revolution. Ich hoffe, es ist mir gelungen, Alice und Mata so zu charakterisieren, wie sie waren. Und ich hoffe, meine Romane über sie hätten ihnen gefallen. Dass ich die Chance bekam, sie zu schreiben, dafür danke ich dem Piper Verlag mit Programmleiterin Andrea Müller sowie den großartigen Lektorinnen Greta Frank und Kerstin von Dobschütz. Wir haben schon viele Bücher zusammen gemacht, und ich muss gestehen: Die Zusammenarbeit macht immer mehr Spaß!

Möge sie noch ewig dauern! Das gilt auch für das tägliche Tun mit meiner treuen Freundin und Kollegin Melanie Kunze. Ach, Melanie, was täte ich ohne dich! Bitte versprich mir, nie aus meinem Leben zu verschwinden. Danke für deine Begeisterung für die Bücher, die wir machen, für dein Wissen und die langen Diskussionen, die wir zu verschiedenen Figuren führen, für deinen unermüdlichen Einsatz, deine klugen Gedanken und vor allem: deine Freundschaft! Ein ebenso großer Dank gilt meiner Familie für ihre Geduld, ihr Interesse und den großen Brüdern fürs stundenlange Treppensteigen mit dem Jüngsten, der diese Tätigkeit gerade für sich entdeckt hat und nicht genug davon bekommen kann. Immer einen großen Bruder hinter sich, damit er nicht fällt und Mama schreiben kann. Meine Jungs finden meine Agentin übrigens ebenso cool wie ich und sind mit mir einer Meinung: Sie ist weltklasse. Danke, meine liebe Anna Mechler, dass es dich gibt!

Herzlichst, Ihre

Eva-Maria Bast

## Spuren der Realität

Die Wahrheit über Mata Hari herauszufinden, war, passenderweise, manchmal gar nicht so einfach. Ich habe zahlreiche Bücher über sie gelesen und Dokumentationen gesehen, teilweise widersprechen sich die Quellen. War das der Fall, bin ich der Mehrheit gefolgt oder habe weiterrecherchiert und konnte teilweise das eine oder andere be- oder widerlegen. Ich habe mich weitgehend an der Realität orientiert. Da es sich um einen historischen Roman handelt, ist das eine oder andere aber auch erfunden. So ist zum Beispiel nicht erwiesen, dass sie mit dem Reitstallbesitzer Ernest Molier eine Affäre hatte. Wohl aber, dass Mata bei ihm nach ihrer Ankunft in Paris eine Weile arbeitete. Erfunden ist auch ihr Beinahe-Auftritt bei der Hochzeit des spanischen Königs und einige ihrer Briefe. Dass sie Klimt in Wien begegnet ist, ist nicht erwiesen. Einen Auftritt an der Wiener Secession hätte er ihr aber definitiv nicht verschaffen können. Selbige hatte er ein Jahr zuvor wegen Streitigkeiten verlassen.

# Quellen und Literatur


**Carrillo, Enrique Gómez:** Mata *Hari: Das Geheimnis ihres Lebens und ihres Todes,* 2018.

**Chronik Verlag:** *Chronik der Metropolen Paris,* Gütersloh/München 2004.

**Chronik Verlag:** *Die Chronik Wiens,* Dortmund 1988.

**Coelho, Paul:** *Die Spionin,* Zürich 2016.

**Collas, Philippe:** *Mata Hari: Ihre wahre Geschichte,* München 2010.

**Kupfermann, Fred:** *Mata Hari Träume und Lügen,* Berlin 1992.

**Mayr, Volker:** *Mata Hari in Berlin und der Kammerdiener von König Ludwig II.,* Berlin 2015.

**Ottmann, Victor:** *Nach dem Pharaonenlande, Eine Reise auf Umwegen,* Berlin 1908.

**Paris-Blog:** https://paris-blog.org/2019/06/01/le-chocolat-menier-2-die-villen-der-familie-im-8-arrondissement-von-paris-und-das-grabmal-auf-dem-pere-lachaise/

**RBB:** *Mata Hari in Berlin.* URL: https://www.youtube.com/watch?v=7y3RsfLjzEI. Abgerufen am 12.3.2021

**Waagenaar, Sam:** *Mata Hari, Der erste wahre Bericht über die legendäre Spionin,* Bergisch Gladbach 1964 u. 1983.

**Wolfparisblog, Paris und Frankreich Blog:** »Le chocolat Menier« https://paris-blog.org/2019/05/23/le-chocolat-menier-1-die-schokoladenfabrik-in-noisiel-an-der-marne-repraesentative-fabrik-architektur-und-patriarchalischer-kapitalismus-im-19-jahrhundert/ Abgerufen am 02.08.2021

# Die Prinzessin, die für ihr Glück kämpfen musste

*Cover- und Preisänderungen vorbehalten

Eva-Maria Bast

**Die vergessene Prinzessin**

Alice von Battenberg – Fernab ihrer Heimat kämpfte sie um die große Liebe und rettete Menschenleben, Roman

Piper Taschenbuch, 400 Seiten
€ 12,99 [D], € 13,40 [A]*
ISBN 978-3-492-06260-2

London, 1902: Als die taub geborene Alice von Battenberg dem weltgewandten Prinzen Andreas von Griechenland begegnet, folgt sie ihm in seine Heimat – nichts von der Zerreißprobe ahnend, die ihr dort bevorstehen soll: Der Konflikt zwischen Volk und Krone stürzt das Land in eine schwere Krise. Alice kämpft für ihre neue Heimat, baut Hospitäler und kümmert sich um Kriegsversehrte. Doch die Lage verschärft sich, ihre Familie gerät wiederholt in tödliche Gefahr, und schließlich scheint eine Flucht der einzige Ausweg zu sein.

PIPER

Leseproben, E-Books und mehr unter www.piper.de